# 형식의 운명, 운명의 형식

# 형식의 운명, 운명의 형식

문 흥 술

도서출판 역락

형식과 내용은 분리될 수 없다. 내용이 형식을 규정하고, 형식이 내용을 규정한다. 그런 의미에서 '형식의 운명'과 '운명의 형식'이라는 명명이 가능할 듯싶다. 최근 관심을 가지고 있는 것 중의 하나가, 하나의 문학형식은 어떤 시대적, 역사적 운명과 결부되고 있는지, 혹은 문학의 시대적, 역사적 운명은 어떤 형식으로 귀결되는지에 관한 것이다.

일찍이 루카치가 도스토예프스키 소설을 두고 "도스토예프스키는 단 한 편의 소설도 쓰지 않았다."고 하였다. 루카치는 대서사양식 중 소설을 근대 자본주의의 서사시로 규정 짓고, 자본주의 이후 제3의 세계가 도래하면 새로운 서사시가 대두할 것이고, 도스토예프스키는 그런 새로운 서사시를 쓴 것으로 평가하고 있는 것이다. 거창하게 인류사의 측면에서 문학형식을 논의하고자 하는 것은 아니다. 다만 우리 문학의 거칠고도 가파른 흐름에서 시대마다 새로운 형식을 타개하려는 운명적 몸부림이 지속적으로 일어났고, 또 지금도 일어나고 있다는 점을 상기하고 싶다.

문학을 두고 '고독한 백조의 최후의 노래'라고 한다. 모든 새들이 칠흑 같은 시대의 어둠 속에서 길 잃고 방황할 때, 문학만이, 홀로 고독하게, 최후까지, 어두운 밤하늘을 비상하여 모든 새들이 나아갈 좌표를 제공한다는 이 명제를 나는 무척이나 좋아한다. 그러니까 문학은 시대의 어둠에 안주하는 것이 아니라, 윤동주의 시에서 보듯,

시대의 어둠을 조금이라도 내몰 등불을 밝히는 운명을 애초부터 지니고 있는 것이다. 문학에서 운명이라는 단어를 사용할 때, 그 운명은 반드시 시대적, 역사적 모순을 돌파하려는 문학의 고독하면서도 처절한, 그러면서 고귀하고도 숭고한 문학정신과 연결될 수밖에 없다. 그러기에 아무데서나 운명이니 형식이니 하는 단어를 운위할 수 없다. 그것은 최고의 예술 장르인 문학에서만 가능하다.

'등불'이 무엇이냐에 따라 '노래'도 달라진다. 역으로 '노래'가 무엇이냐에 따라 '등불'의 형태와 향기도 달라진다. 일제강점기 모더니스트 이상, 박태원의 비극적 등불과 처절한 노래에 숙연해졌던 기억이 있고, 또한 리얼리스트 이기영, 조명희의 장엄한 등불과 선 굵은 노래에 가슴 뭉클했던 기억이 있다. 어디 그뿐이겠는가. 해방 이후 오늘날까지 이어지는 과정에서 시대의 어둠을 돌파하려는 일급의 작가들의 노래와 그 노래가 밝힌 등불이 수천, 수만 개의 빛으로 환하게 타올라 황홀경을 이루고 있다. 그 장관에 도취되어 어찔한 현기증을 느낄 수 있다는 것이야말로 문학하는 이의 최고의 행복이 아니겠는가.

불행하게도, 요즘은 그런 황홀경에 도취되기가 무척이나 힘들다. 이와 관련하여 떠오르는 불쾌한 기억이 하나 있다. 몇 해 전 몇 십만 부가 팔릴 정도로 최고의 베스트셀러가 된 인터넷 소설이 있다. 도대체 어떤 책인가 하는 궁금증으로 소설의 첫 장을 들추어보고는 경악하지 않을 수 없었다. 어느 정도 예상은 했지만 첫 페이지부터 인터넷에서나 볼 수 있는 암호 같은 기호는 물론이고, 상스러운 욕과 비문으로 도배가 되어 있었다. 이 작품 외에도 수많은 '인터넷 소설'이 새로운 암호들을 양산하면서 인기리에 연재되고 있다. 혹자의 말처럼, 인터넷에 살인, 폭력, 섹스 등의 엽기적인 사이트가 판을 치고 있는 상황을 고려할 때, 인터넷 '소설'이 인기를 끈다는 것은 그나마 다행한 일이 아니냐고 스스로를 위안하였다. 그러면서 어차피 인터넷 소설은 대중문화의 한 상품에 불과하다고 생각하면서 애써 무시하려고 하였다.

그런데 최근 발표되는 본격문학 작품들을 읽으면서 인터넷 소설형식이 무섭게 파고들고 있다는 느낌을 지울 수 없었다. 환상, 엽기적인 폭력과 살인, 산문체를 파괴한 흥미위주의 말장난 같은 것이 본격문학의 장(場)을 난도질하고 있는 것을 보고 아연실색하지 않을 수 없었다. 인터넷 소설에 오염된 문학을 두고 운명이나 형식을 운위한다면 지나가던 소가 웃을 일이다. 인터넷 소설에 오염된 문학이 어떻게 시대의 어둠을 내몰 등불을 밝힐 수 있겠는가. 그리고 어떻게 고귀한 노래를 부를 수 있겠는가. 다만 정보사회의 하수인으로 전락하여 인터넷의 어둠 속을 무비판적으로 유영하는 마네킹들의 음산한 중얼거림만 난무할 뿐이다.

문학의 운명과 형식이 강조되어야 하는 이유가 여기에 있다. 문학의 운명은 그 문학이 속한 사회역사적 모순에 대한 비판과 결부되지 않으면 안 된다. 어떤 시대, 어떤 상황이 오더라도 문학은 스스로에게 주어진 이 운명을 회피해서는 안 된다. 만약 그 운명을 회피한다면 문학은 더 이상 존재의의를 상실하게 된다. 시대와 상황에 따라 문학은 각기 다른 형식을 취하면서 그 형식과 결부된 운명을 타개해 나가지 않으면 안 된다.

현재 우리 문학에 대한 이러한 우울한 진단이 대단히 주관적이라고 비판받을 수도 있다. 그러한 비판이 타당하기를 나 역시 바라지만,

이 진단이 크게 틀리지 않다는 생각을 할 수밖에 없다. 그래서 더욱 우울하다. 그러나 아직 희망의 불꽃은 살아 있다. 이런 혼돈의 와중에도 '고독한 백조의 노래'를 부르는 문학이 있기 때문이다. 그들의 등불과 노래가 있음으로 해서 아직까지 문학의 운명과 형식에 대한 논의는 유효할 수 있다. 그래서 나는 문학을 여전히 사랑하는 것인지도 모른다.

그 동안 평론을 하면서 문학의 형식과 운명과의 상관성을 염두에 두고 쓴 글들을 한 권의 평론집으로 묶었다. 부족한 글을 모아 정성껏 출간을 해서 세상에 선을 보이게 해준 <역락>의 모든 분들께 진심으로 감사드린다.


2006년 3월
문흥술

<h1 style="text-align:center">제 2 부 운명의 형식</h1>

# 제 3 부 형식, 혹은 운명

# 형식의 운명, 운명의 형식

# 제1부 | 형식의 운명



1

# 잘못, 혹은 철저한 포스트모더니즘

## 1. 잘못, 혹은 철저한

니체의 '신은 죽었다'라는 선언은 신의 존재를 부정하는 모독적인 발언이 아니라, 인간에 대한 종언을 고하는 말이다. 근대 이후 인간은 신을 살해하고 신 대신 세계의 중심이자 주인으로 등장한다. 이후, 인간은 세계의 모든 것에 인간적인 색채를 부여하면서 지배자로 군림하기 시작한다. 니체의 선언은 신을 죽인 살인자인 근대인간의 사라짐을 갈망하는 외침이다.

무한 개념의 상징인 신을 대신해 세계의 주인으로 등장한 이 오만한 근대인간에 대한 부정이야말로 포스트모더니즘의 핵심적인 미학적 의의인데, "인간은 바닷가 모래사장에 그려진 얼굴처럼 사라질 것이라고 장담"한다는 푸코의 발언에 그런 측면이 압축적으로 표현되어 있다. 1980년대 중반 이후부터 한국문학에 본격적으로 등장하기 시작한 포스트모더니즘에 대한 논의는 분분한데, 포스트모더니즘의 본질적 의의에 대해 접근하고자 할 때 다음 두 가지 측면에 주목할 필요가 있다.

첫째, 포스트모더니즘의 미학적 기반에 대한 문제이다. 대부분의 논자들은 포스트모더니즘을 '포스트모던한 시대'의 산물로 보고 있다. 제임슨은 포스트모던 이전 시대를 기차나 컨베이어 벨트 등이 주류를 이루는 '생산기계'의 시대로, 포스트모던 시대를 컴퓨터와 텔레비전 등이 주류를 이루는 '재생산기계'의 시대로 구분하고, 포스트모더니즘이 갖는 문제점을 다음과 같이 지적하고 있다.

> 포스트모더니즘 작품들 중 잘못된 것들을 보면 그와 같은 재생산 과정을 미학적으로 구상화할 때 편안한 방식으로 내용을 단순히 주제적으로 재현하는 일을 슬며시 하고 있음을 알 수 있다. 다시 말해 미학적 구상화를 재생산 과정에 대한 이야기, 영화 카메라나 비디오, 녹음기 등 환영을 생산하고 재생산하는 전체 기술을 포함하고 있는 이야기를 만드는 것이라 생각하는 것이다. (중략)
>
> 그러나 철저한 포스트모더니즘 텍스트에서는 무언가 다른 것이 나타나는 경향이 있다. 이 말은 포스트모더니즘적 작품이 주제나 내용을 초월하여 어떻게든 재생산 과정의 여러 망을 연결하여 우리에게 포스트모더니즘적 혹은 기술적 숭고함을 볼 수 있는 기회를 제공하고 있다는 점이다. (중략) 포스트모더니즘적 숭고함이 제대로 이론화될 수 있는 유일한 길은 비록 그것이 희미하게만 인식된다 하더라도 저 거대하고 위협적인 경제 및 사회제도의 다른 현실을 살펴보는 일이다. (F. Jameson, 「포스트모더니즘 – 후기자본주의 문화논리」, 『포스트모더니즘론』, 터, 1990. pp.180~182)

제임슨의 지적에 따르면, '잘못'된 포스트모더니즘은 재생산과정을 눈에 보이는 그대로 주제적으로 재현하는 것이다. 이와 달리 '철저'한 포스트모더니즘 텍스트는 주제나 내용을 초월하여 재생산과정의 여러 망을 보여줌으로써, 위협적인 경제 및 사회제도의 다른 현실을 보여주는 것이다. 이를 달리 해석하면, '잘못'된 작품들은 포스트모던 시대의 현상을 있는 그대로 작품에 무비판적으로 반영하는 것이고, '철저'한 작품들은 현상 저 너머 눈에 보이지 않는 본질을 포착하여 포스트모던 시대의 위협적인 모습을 비판하는 것이라 할 수 있다.

　제임슨의 이 지적에 오늘날 포스트모더니즘의 문제점이 고스란히 함축되어 있다. 이 점과 관련하여 모더니즘에 대한 논의가 필요하다. 20세기 초 예술운동으로서의 모더니즘은 근대성 구현이 아니라 그 비판을 핵심내용으로 삼고 있다. 실어증에 해당하는 난해한 글쓰기를 통해 식민지 경성의 타락한 근대성을 비판하고 있는 이상 문학과 박태원 문학이 1930년대 모더니즘의 대표적인 작품으로 평가되는 이유는 이 때문이다. 일반적으로 위대한 문학은 경험세계의 모순을 비판하고 그 모순이 극복된 가능세계를 지향한다. 근대 자본주의의 태동 이후 대두된 리얼리즘이나 모더니즘, 그리고 포스트모더니즘으로 분류되는 작품들은 모두 근대의 모순을 문제삼고 이를 비판하고 있다는 공통점을 지니고 있다. 그러나 이들은 비판방법과 그 도달점에 있어서 차이를 지닌다. 리얼리즘은 자본주의 체제를 전면부정하고 체제전복을 통해 새로운 사회(공산사회)를 지향한다. 반면 모더니즘과 포스트모더니즘은 자본주의의 존립근거를 인정하면서 근대성의 모순에 대해 비판을 가한다. 그런 측면에서 모더니즘과 포스트모더니즘은 리얼리즘과는 대척적인 자리에 있으면서, 탈근대적 지식이라는 공통점을 함유하고 있다. 그러면서 모더니즘과 포스트모더니즘은 근대성에 대한 비판방법에서 차이점을 지니고 있다.

이처럼 포스트모더니즘은 포스트모던 시대로 명명되는 정보사회에 대한 '비판'운동의 하나이다. 따라서 포스트모더니즘을 포스트모던 시대를 단순히 '반영'하는 것이라고 보는 견해는 포스트모더니즘의 본질과는 무관한 자리에 있다. 그럼에도 불구하고 지금 한국문학에서 포스트모더니즘은 탈근대적 지식이라는 측면을 사상한 채, 포스트모던 시대의 현상적 측면을 단순히 구현하고 반영하는 것으로 잘못 받아들여지고 있다.

둘째, 이와 관련하여 현재 한국문학에서 포스트모더니즘이 갖는 위상에 대한 문제이다. 결론적으로 말하자면, 지금 한국문학에서 포스트모더니즘 작품들 대부분이 그 본래적 몫으로부터 멀어져 있다. 앞선 제임슨의 지적처럼, 재생산과정을 단순히 주제적으로 구현함으로써 포스트모던 시대에 대한 비판기능을 상실한 작품들이 난무하고 있다. 이들 작품들은 포스트모더니즘의 궁극적 지향점을 몰각한 채 전망부재 상태에 빠져, '삶의 치열한 천착 없이 고통을 가볍게 무화'하거나, '해체를 위한 단순한 해체'만을 행함으로써, '유희적 글쓰기' 내지 '외계의 파충류'라는 비판을 면치 못하고 있다. 이러한 사태의 가장 큰 원인은 정보사회의 본질에 대한 천착이 결여되어 있기 때문이다.


## 2. 인간이성중심주의의 해체

포스트모더니즘은 근대성의 문제점을 비판하는 예술운동이다. 따라서 포스트모더니즘의 미학적 의의를 고찰하기 위해서는 먼저 근대성에 대한 논의가 필요하다. 포스트모더니즘은 근대성의 특징을 이성중심주의 내지 음성중심주의로 규정하고 있다. 근대는 우리의 모든 사상, 언어, 경험의 토대가 되는 어떤 궁극적인 진리가 있다고 보고, 이를 모든 것의 초월적 기의 내지 제1원리로 삼는다. 제1원리는 자신 이외의 것을 배제하는 이항대립체계에 의해 지탱되는 바, 곧 근대성은 인간이성중심주의에 입각한 폭력적인 이항대립체계로 규정된다. 이를 보다 자세히 고찰하기 위해서는 근대성의 사상적 기반에 대한 검토가 필요하다. 근대성의 사상적 기반은 계몽사상에 압축되어 있는데, 크게 칸트의 선험적 이성과 뉴턴의 자연과학, 다윈의 진화론으로 대표된다.

먼저 칸트의 선험적 이성이다. 칸트 철학의 특징은 "내용 없는 사상은 공허한 것이며, 개념 없는 직관은 맹목적이다."라는 구절에 함축되어 있다. 칸트 철학은 이성적 사유를 강조한 데카르트의 "나는 생각한다. 그러므로 존재한다(Cogito ergo sum)."는 합리론과 경험적 직관을 강조한 경험론을 종합한 것이다. 이에 기초하여, 칸트는 인식과정을 설명하면서, 경험적 지각에 의해 대상을 인식하고, 그것을 오성을 거쳐 이성에 의해 개념화하고 법칙화한다고 하였다. 그러면서 칸트는 이성적 인식능력을 인간만이, 그것도 선험적으로 지니고 있다고 함으로써 인간의 인식능력을 극대화한다. 인간만이 이성적 인식능력을 선험적으로 지니고 있다는 칸트의 이 선언에 의해, 근대 이전 자연의 일부로서 존재하던 인간은 이제 '만물의 영장'으로 부상하면서 세계의 중심이자 주체로 등장하고, 자연은 인간의 지배하에 놓이면서 노예이자 객체로 전락한다.

둘째, 뉴턴의 자연과학이다. 뉴턴 과학은 자연의 법칙은 기계처럼 그 흐름이 일정하다고 본다. 곧 어떤 시점에서 자연의 법칙을 발견하면 그 법칙은 긴 시간이 흘러도 기계처럼 그 법칙이 결정되어 있다고 보는데, 이를 두고 기계론적 결정론이라 한다. 기계처럼 흐름이 결정된 자연의 법칙을 발견할 수 있는 것은 인간뿐이다. 왜냐하면 인간만이 인식대상을 법칙화하고 개념화할 수 있는 이성을 지니고 있기 때문이다. 인간은 선험적 이성에 의해 자연의 법칙을 발견하고, 발견된 법칙에 의해 자연을 지배하고 재가공하게 된다.

셋째, 다윈의 진화론이다. 원숭이가 진화하여 인간이 되었다는 진화론은 물질적 진보개념으로 자리잡는다. 물질적 진보만이 최고라는 논리는, 진보가 곧 발전이라는 발전사관으로 고착되면서 근대는 인간의 자연지배에 의한 물질적 진보를 최우선시하게 된다.

이처럼 근대 이성적 인간주체는 그의 선험적 이성에 의해 자연의 법칙을 발견하고 그 자연을 지배하고 재가공하여 물질적 진보를 이루면서 근대 자본주의를 태동시킨다. 그 과정에서 근대 자본주의는 이성적 인간주체가 중심부를 이루면서 객체로서의 자연을 주변부로 지배하는 이항대립체계를 구축한다. 이항대립체계는 인간/자연, 이성/비이성, 의식/무의식, 자본가/노동자, 남성/여성, 물질/영혼, 도시/농촌으로 세분화되어, 근대 자본주의를 지탱하고 이끌어 가는 핵심동력으로 작동한다. 이러한 인간이성중심의 폭력적인 이항대립체계는 자본주의가 전개됨에 따라 자연의 황폐화로 인한 자연으로부터의 소외와 인간의 상품화에 의한 인간으로부터의 소외 등의 심각한 문제점을 야기한다. 포스트모더니즘은 이런 인간이성중심에 입각한 폭력적인 이항대립체계의 해체를 그 궁극적인 지향점으로 삼는 예술운동이다.

## 3. 불확정성과 주체구성이론

근대성 비판운동으로서의 포스트모더니즘은 근대성의 모순을 어떤 방법으로 비판하는 것일까. 이를 규명하기 위해서는 포스트모더니즘의 미학적 기반인 하이젠베르크의 불확정성이론과 라캉의 주체구성이론에 대한 검토가 필요하다.

먼저 불확정성이론이다. 뉴턴 물리학의 등장 이후 두 번에 걸친 과학혁명이 일어나는데, 그것이 아인슈타인의 상대성원리와 하이젠베르크의 불확정성이론이다. 뉴턴→아인슈타인→하이젠베르크로 이어지는 이러한 과학상의 변화는 일차적으로 실재(reality)개념의 변화에 대응한다. 뉴턴 물리학적 사고는 실재에 대한 확실한 믿음을 지니지만, 아인슈타인 물리학에서 실재는 회의의 대상으로 남는다. 단단한 구조로 알려져 있던 원자가 전자와 양자로 쪼개져 있다는 것에서 비롯된 실재에 대한 인식의 변모는, 하이젠베르크에 이르러 실재란 허상에 불과한 것이며 불확정적이라는 논의로 이어진다. 이를 토대로 각 단계의 과학상의 특질을 보다 자세히 고찰하면 다음과 같다.

뉴턴 물리학은 자연의 법칙은 기계처럼 결정되어 있으며, 그 법칙은 단 하나 절대보편적 진리라고 주장한다. 이 절대보편적 진리에 포섭되지 않는 것은 과학의 대상에서 배제된다. 물질의 최소단위인 원자도 절대불변적 실재로 여겨졌다. 그리고 시간과 공간이 분리된 3차원 절대 시-공간 개념에 의해 '과거-현재-미래'라는 객관적 시간단위가 선명하게 자리잡고 있다. 한편 이 시기의 기하학은 안과 밖의 구분이 명확한 유클리드 평면기하학이 지배하고 있다.

절대보편적 진리라는 개념은 아인슈타인의 상대성원리에 의해 진리는 관찰자의 위치에 따라 상대적이라는 개념으로 바뀐다. 이에 따라, 지금까지 물질의 최소단위로 알려진 원자가 전자와 양자로 쪼개져 있다는 것이 밝혀지면서, 절대보편적 실재개념은 실재회의론으로 대체된다. 더불어 3차원 절대 시-공간에 광속도가 부여되면서 4차원 시-공 연속체의 개념이 대두된다. 그리고 유클리드 평면기하학은 비유클리드 입체(위상)기하학으로 대체되는데, 안과 밖의 구분이 없는 뫼비우스 띠나 입구와 출구의 구분이 없는 클라인의 병(Clein's Pot)이 그 대표적인 상징물이다.

20세기 중엽 하이젠베르크의 물리학과 보어의 양자역학(상보성이론)이 대두되면서 고전적 과학방법은 그 뿌리에서부터 흔들리게 된다. '코펜하겐 해석'으로 불리는 새로운 과학은 무엇보다 한 입자의 운동량이나 그 위치는 각각 정확하게 측정될 수 있으나, 둘 모두를 한꺼번에 측정할 수는 없다는 것이다. 입자세계의 모든 변화는 인과율에 의해서가 아니라 확률에 의해서만 예측될 수 있다. 그리고 어떤 실험에서 어떤 결과가 나올 것인가는 결정적으로 말할 수 없고 실제로 실험을 해보아야만 알 수 있으며, 그 관찰되는 결과는 수학적인 확률의 법칙에 의해 나타난다. 이러한 모든 사태는 과학적 인식대상과 관찰자 간의 관계에 있어서 관찰자 혹은 관찰도구의 부정확성에 기인한다. 그 결과 과학은 과학적 대상에 대해 불확정적인 통계로만 예측할 수밖에 없다. 그렇듯이 지금까지 명확하고도 결정적인 것으로 여겨졌던 물질의 최소단위인 소립자도 확정된 것이 아니라 언제 다른 것으로 대체될지 모르는 불확정적인 것이다.

과학혁명의 변화과정을 대략 살펴보았지만, 여기서 이 글의 논의와 관련하여 중요한 것은 과학혁명이 단순히 과학의 영역에만 한정되는 것이 아니라 근대 이후의 인식관에도 큰 변혁을 끼친다는 점이다. 과학혁명의 변화과정은 근대 자본주의의 변화과정과 맞물려 있다. 자본주의의 변화과정은 각 시대의 사회적 상징물과 관련시켜 볼 때, 증기기관차→비행기→우주선의 시대로 구분될 수 있는데, 각각의 단계는 뉴턴 물리학→아인슈타인 물리학→하이젠베르크 물리학과 대응한다.

먼저 뉴턴 물리학과 유클리드 평면기하학이 지배하던 증기기관차의 시대는 평면에 놓인 레일의 안과 밖의 구분처럼 안과 밖이라는 선명한 이항대립체계에 기초하고 있다. 레일 안은 중심부이고 레일 밖은 주변부로, 중심부에 의한 주변부의 지배와 배척이라는 폭력적인 논리가 지배하고 있다.

두 번째 단계인 비행기의 시대는 아인슈타인 물리학과 입체기하학이 지배하는 시대이다. 관찰자의 위치에 따라 진리는 상대적이라는 이론은 중심만이 절대진리라는 이항대립체계에 균열을 가져온다. 의식이 무의식에 의해 지배된다는 프로이드의 무의식 개념이나, 언어가 객관 세계의 실재를 재현한다고 믿는 합리주의적 언어관을 거부한 소쉬르의 실재회의론적 언어관은 모두 이 상대성이론과 밀접한 관련이 있다. '뫼비우스 띠'와 '클라인의 병'으로 대표되는 입체기하학 역시 그러하다. 안과 밖, 시작과 끝의 구분이 무화되는 입체기하학은, 마치 비행기를 타고 하늘에서 둥근 지구를 볼 때, 더 이상 평면의 안과 밖, 중심과 주변의 구분이 무의미한 것과 동일하다. 따라서 이 시대에 이르러 이항대립체계는 서서히 무화되어 간다.

마지막으로 우주선의 시대는 이항대립이 완전히 해체된 탈중심의 공간으로, 달나라의 세계이자 진공과 같은 곳이다. 우주선을 타고 광대한 우주공간에서 지구를 보면 지구는 하나의 조그만 '촌(村)'에 불과하다. 이른바 '지구촌'의 시대가 그것인데, 그 속에서 어느 것이 중심이고 어느 것이 주변이라고 구별하는 것은 아무런 의미가 없다.

불확정성에 기초한 포스트모더니즘은 자본주의 전개과정에 있어서 우주선의 시대를 지향한다. 불확정성이론과 관련하여 우주선의 시대의 특징을 살펴보면 다음과 같다. 먼저, 우주선의 시대에 이르면서 자연은 더 이상 인간의 지배대상이 아니다. 자연은 기계처럼 법칙이 결정되어 있는 것이 아니라, 만물의 영장인 인간처럼 살아있는 유기적 생명체이므로 그 흐름은 불확정적이고 유동적이다. 이제 기계론적 결정론 따위는 존재하지 않는다. 자연을 지배하는 진리는 불확정적이며, 이에 따라 객관세계의 실재도 불확정적이다. 인간은 더 이상 자연의 법칙을 확정적으로 단언할 수 없으며, 자연을 황폐화시킬 경우 유기체로서의 자연으로부터 보복을 당할지도 모른다. 따라서 자연은 이전처럼 인간의 삶의 편리함을 위해 지배되고 재가공되는 단순한 기계가 아니라, 인간과 더불어 공존해야 하는 유기적 생명체로 취급된다.

또한 포스트모더니즘은 불확정성이라는 새로운 인식관에 입각하여, 지금까지 명료하고 절대보편적인 것으로 인식되던 진리를 거부한다. 이항대립에서 중심부를 차지하던 모든 것은 부정된다. 신도, 이념도, 이성적 주체도, 서양중심주의적 사고도 부정된다. 그리하여 중심부는 그 존립근거를 상실한다. 세계를 획일적으로 지배하던 절대보편적 진리가 거부되면서, 전체성, 인과율, 결정론 등도 부정된다. 이에 따라 포스트모더니즘은 동양과 서양, 인간과 자연, 이성과 비이성, 남성과 여성 등의 이항대립체계가 해체되면서 양자 사이의 모든 간극이 메워지고 경계가 허물어진 하나의 공동체를 궁극적인 지향점으로 삼는다.

그렇다면 포스트모더니즘은 어떤 방법으로 탈중심의 공간에 도달하고자 하는가? 이 물음에 대한 해답은 라캉의 주체구성이론에서 찾을 수 있다. 라캉의 이론은 "나는 생각한다. 그러므로 존재한다."라는 데카르트의 코기토를 "나는 내가 존재하지 않는 곳에서 생각한다. 그러므로 나는 내가 생각(사유)하지 않는 곳에서 나는 존재한다."로 대체한 구절에 압축되어 있다. 여기서 '존재하지 않는 곳' 내지 '사유하지 않는 곳'은 무의식을 의미한다. 곧 라캉은 인간의 의식은 무의식의 욕망에 의해 조종되는 것이며, 인간은 태어날 때부터 선험적으로 이성을 가진 주체가 아니라, 후천적으로 주체로 구성되어진 것이라고 주장한다. 의식적이며 이성적인 주체는 선험적으로 주어지는 의미의 근원이 아니라 언어활동을 통해 관계를 맺는 타자에 의해 구성되어지는 것에 불과하다. 라캉을 따라 인간이 주체로 구성되어지는 과정을 보자.

인간은 태어날 때부터 어머니의 모체로부터 분리되면서 무엇인가를 상실했다고 느끼는 원초적 결핍의 존재이다. 따라서 인간은 그 결핍을 보상해 줄 대체물을 끊임없이 찾게 되는데, 그 대체물을 어머니나 거울에 비친 자기영상을 통해 획득하는 단계가 거울상의 단계 혹은 상상적(l'imaginare) 단계이다. 이 단계는 언어를 배우기 이전의 유아기에 해당되는데, 어린아이는 거울에 비친 자기영상을 통해 자신이 찢어져 있다는 환영을 극복하면서 최초의 정체성을 획득한다.

이 단계를 지나 어린아이는 언어활동으로 관계를 맺는 사회문화적 영역으로 진입하는데, 이것이 상징적(le symbolique) 단계이다. 이 진입과정에서 어린아이는 오이디푸스 콤플렉스라는 단계를 필연적으로 거치는데, 이것은 아버지의 이름으로 상징되는 사회문화의 규범체계를 받아들이는 과정에 해당된다. 이 과정을 지나 인간은 상징계로 진입하여 하나의 사회구성원으로 성장한다.

그런데 여기서 문제가 되는 것은 상징계가 인간이성중심주의에 입각한 이항대립체계에 기초하고 있다는 점이다. 이항대립체계에서 볼 때 비이성이나 무의식 등은 이항대립체계를 전복시킬 수 있는 위험한 것이기에, 그것은 적극적인 지배와 통제의 대상이 된다. 그리하여 상징계는 인간을 선험적인 이성적 주체라고 길들이면서, 무의식을 의식 아래에 극력 억압시킨다. 이에 따라, 인간은 무의식이나 비이성 따위는 동물적인 위험한 것이라 여기고, 스스로를 태어날 때부터 이성적 주체라고 착각하게 된다.

인간은 스스로를 주체라 착각하지만, 실상 그는 그 어떤 자율성이나 개성을 가지지 못하고 상징계에 철저히 길들여져 그것이 시키는 대로 하는, 사물화된 자동인형 내지 마네킹에 불과하다. 그럼에도 불구하고 인간주체는 그것을 깨닫지 못하고 스스로 이성적 주체라 착각함으로써 지극히 자기중심적인 삶을 살아간다.

이런 라캉의 주체구성이론을 토대로 하여, 포스트모더니즘은 폭력적인 이항대립체계를 구축하는 핵심요체가 인간주체임에 주목하고 그것에 대한 공격을 제일의 과제로 삼는다. 이를 위해 포스트모더니즘은 상징계의 논리에 오염되지 않는 진정한 무의식의 욕망을 중요시한다. 무의식의 욕망이 궁극적으로 지향하는 것은 인간과 자연, 이성과 비이성, 의식과 무의식, 남성과 여성의 구분이 무화된 동일성의 세계이다. 동일성의 세계를 지향하는 무의식의 욕망은 의식상의 강력한 통제를 뚫고 분출되면서 욕망충족의 대체물을 상징계(타자)에서 찾기 마련이다. 그러나 이성중심의 이항대립체계가 지배하는 상징계는 그런 욕망의 대체물을 충족시켜주지 못한다. 충족되지 않은 무의식의 욕망의 기표는 상징계에서 그 진정한 대체물(기의)을 만나지 못하고 끝없이 미끄러져 간다.

이 미끄러져 가는 과정에서 상징계에 대한 비판이 가해진다. 곧 무의식의 욕망에 의해, 상징계가 이성중심의 이항대립체계를 구축하고 있다는 것을 간파하게 되고, 이에 대한 적극적인 비판을 가하게 되는 것이다. 동일성의 세계를 지향하는 무의식의 욕망은 그 욕망을 진정으로 충족시켜 줄 수 있는 진정한 타자의 회복을 갈망하면서, 그런 진정한 타자를 배척시키고 있는 상징계의 억압적 타자에 대해 공격을 가한다.

만약 인간이 계속해서 스스로를 선험적 주체라고 착각하는 경우 모순된 타자에 대한 공격은 불가능하다. 인간주체는 타자에 대한 관심 없이 스스로를 중심이라 생각하고 모든 것을 자기중심적으로 생각한다. 그 결과, 그의 인식은 '나'와 '너'의 이분법에 기초하여 '나'만이 중심이라 여기는 자폐적 측면을 띠게 되고, '너'에 대한 공격성을 표출하면서 동시에 타자의 모순에 대한 인식을 차단시킨다. 이항대립체계의 입장에서 볼 때, 이런 무비판적인 인간주체를 양산하는 것이야말로 그 체제를 공고히 하는 가장 확실한 방법이다. 만약 인간이 주체임을 포기하고 '너'와 '나'가 아닌 '우리'라는 공동체적 인식을 가지면서, '나'가 개체성을 가지기 위해서는 '나'의 무의식의 욕망을 충족시켜줄 수 있는 진정한 타자가 필요하다는 인식을 가질 때, 이항대립체계는 자신의 체계를 유지시켜주는 핵심요소를 상실하면서 일거에 무너지게 될 것이다.

포스트모더니즘은 하이젠베르크의 불확정성이론과 라캉의 주체구성 이론에 입각하여 이성적 인간주체에 대한 비판과 그 해체를 통해 이항대립이 진정으로 해체된 세계를 지향한다. 무의식의 욕망의 기표는 이성적 주체가 지배하는 이항대립체계를 해체하면서 끝없이 미끄러져 간다. 끝없이 미끄러지는 욕망의 기표가 궁극적으로 도달하고자 하는 것이 의식과 무의식, 이성과 비이성이 분화되기 전의 상태인 어머니의 자궁 속 같은 공간이다. 그 공간은 인류사적 관점에서 인간과 자연이 조화롭게 공존하던 인류사의 유년기 내지 시원(始原)의 공간이기도 하다. 또한 그 공간은 오늘날의 정보사회의 병폐를 극복하고 도달해야 할, 우주선으로 상징되는 탈중심의 공간이기도 하다.

그러나 그 공간은 이항대립이 지배하는 현실에는 부재한다. 부재하는 동일성의 공간(궁극적 기의)을 향해 끝없이 미끄러져 가는 기표는 상징계의 모든 기의를 거부한다. 그런 욕망의 언술을 라캉은 '상상적 언어'로, 크리스테바는 '기호적인 것'으로 명명하였는데, 따라서 이 욕망의 언술에 입각한 글쓰기는 의식상으로는 이해, 해석될 수 없는 난해한 정신분열 텍스트의 형태를 띨 수밖에 없다.

## 4. 정보사회와 한국 포스트모더니즘의 실상

불확정성과 주체구성이론에 그 미학적 기반을 두고 있는 포스트모더니즘은 탈중심의 우주선의 시대를 지향하는 해체적 글쓰기로 요약될 수 있다. 그렇다면 오늘날 한국문학에서 포스트모더니즘은 그 본래의 몫을 성실히 수행하고 있는 것일까? 앞선 제임슨의 지적처럼, 정보사회로 명명되는 포스트모던 시대의 모순을 비판하고 동일성의 세계를 지향하는 '철저'한 포스트모더니즘인가, 아니면 정보사회의 현상을 있는 그대로 작품에 무비판적으로 반영하는 '잘못'된 포스트모더니즘인가?

그 해답을 찾기 위해 먼저 오늘 우리가 살아가는 정보사회의 특징에 대한 검토가 필요하다. 흔히 컴퓨터 혁명으로 지칭되는 정보사회는 국가와 민족의 경계를 허물고 전세계를 하나의 '지구촌'으로 만들었으며, 나아가 지금까지 자본주의를 지배해오던 중심부와 주변부라는 폭력적인 이항대립체계를 해체하고 모든 것이 동등한 상태에서 평화롭게 공존하는 사회를 건설했다고 주장한다. 이들의 주장처럼, 오늘의 정보사회는 겉으로는 이항대립체계가 허물어지고 모든 구성원이 동등한 자격으로 정치, 사회, 경제, 문화의 제 측면에서 진정한 자유와 평등의 실현을 맛보고 있는 것처럼 보인다.

그러나 실상을 파헤쳐 보면 그것은 허구에 불과하다. 동구 사회주의의 몰락과 함께, 미국이라는 거대한 자본주의 국가가 세계의 중심부로 부상한다. 초월적 중심부로서의 미국을 중심으로 하여 모든 것이 재편된다. 이 재편과정에서 미국은 미국을 제외한 모든 것의 평등화를 주장하면서 '지구촌'의 시대를 선언한다. 지구는 하나의 작은 촌이기에 국가와 민족의 구분이 불필요하다면서, 미국은 이 '촌'을 지배하는 '촌장'으로 우뚝 선다. 겉으로는 이항대립이 해체되었지만, 실상은 미국이라는 초월적 중심부가 있고, 그 아래에 모든 것이 주변부로 자리잡는 상태가 '지구촌' 시대의 실상이다.

비유하자면, 원형감옥(le Panopticon)의 감시탑에 미국이라는 초월적 중심부가 있고, 그 감방에 지구의 모든 나라가 통제되는 시대라 할 수 있다. 1990년대 이후의 한국사회도 이 통제권 내에 편입된다. 그러면서 한국사회는 또다른 원형감옥을 설치한다. 가시적인 정치권력이 지배하던 1980년대와는 달리, 1990년대 이후에는 비가시적인 초국가적 권력, 곧 미국으로 표상되는 막강한 자본주의에 의해 조종되는 권력이 한국사회를 지배한다. 그것은 이전보다 더 교활하고 음흉스러운 형태로 사회를 통제한다. 이전에는 뚜렷하게 보이는 총칼로 사회를 통제했다면, 오늘날의 한국사회의 지배세력은 자신의 실체를 철저히 감춘 채 각종 정보 메커니즘으로 모든 것을 통제한다. 이러한 정보사회의 특징을 보다 구체적으로 살펴보면 다음과 같다.

먼저, 정보사회는 상품의 신격화와 소비의 대중화를 그 특징으로 한다. 정보사회는 인간과 자연을 비롯하여 모든 존재하는 것들을 상품화한다. 모든 것이 상품 이미지로 포장되는 시대, 인간뿐만 아니라 자연의 강, 산, 나무 등 온갖 사물들마저 상품 이미지로 덧칠된 시대가 지금이다. 상품이 신이 되어 모든 것을 지배하면서, 여기에 리즈만의 지적처럼 '한계적 차별화'에 의해 소비의 대중화가 이루어진다.

둘째, 정보사회는 '파시스트적인 속도'의 변화와 함께 모든 것을 획일화한다. 이전의 사회변화가 완행열차의 속도에 비유될 수 있다면, 정보사회의 변화는 고속열차의 속도에 비유될 수 있다. 완행열차를 타고 가다보면, 느릿하게 창밖을 스쳐 지나가는 풍경들을 보면서 지난 삶을 반성하고 미래에 대한 꿈을 꿀 수도 있다. 그리고 간이역에 잠시 내려 자신이 타고 가는 열차의 모습을 조망할 수도 있다. 그리하여 열차가 얼마나 흉측한 몰골을 하고 있는지 비판을 가할 수도 있다. 그러나 고속열차를 타고 가면 그런 풍경감상이나 삶에 대한 반성과 미래에 대한 전망 따위를 할 수 없다. 고속열차에서 낙오자가 되는 순간, 다시는 그 고속열차에 편승할 수 없게 된다. 따라서 열차의 가공할 속도로부터 일탈되지 않기 위해 그 열차의 속도에 따라갈 수밖에 없다. 모두가 급격한 변화에 적응하기 위해 온 신경을 곤두 세워야 한다. 그러다 보니, 열차 내의 승객들은 각자의 개성을 잃고 고속열차가 제공하는 각종 상품들로 자신을 획일적으로 치장할 수밖에 없다. 컴퓨터가 바뀌면 기존의 컴퓨터를 사용할 수 있는데도 불구하고 바꿔야 한다. 그래야 사회의 변화속도에 따라갈 수 있다. 옷이며, 가구며, 액세서리며 모든 것이 바뀔 때마다 바꾸어야 한다. 결국, 열차 내의 승객들은 모두가 전체주의적으로 획일화되면서 빠른 속도의 변화에 정신없이 따라갈 수밖에 없다. 개성이나 독창성, 혹은 비판정신에 신경 쓸 여유가 없게 되는 것이다.

상품의 대중소비화, 가공할 변화속도에 의한 획일화 등으로 인해 정보사회의 구성원들은 개성을 상실한 채 정보 메커니즘의 코드 기호로 전락한다. 정보사회의 지배세력은 원형감옥의 감시탑에서 그 실체를 드러내지 않는다. 대신, 감시탑은 각각의 감방에 구성원을 가둔 뒤 각종 정보 메커니즘을 통해 구성원들을 철저히 길들인다. 구성원들은 자신이 감방에 갇혀 길들여지는 것을 모르고, 자신들이 감방 속에서 모두 자유롭고 평등하게 존재한다고 믿는다. 그러나 실상은 눈에 보이지 않는 초월적 권력에 의해 삶의 세목까지 지배, 통제된다. 각종 정보 메커니즘에 의해 모든 개인의 삶이 정보 메커니즘의 한 코드 기호로 획일적으로 통제되고 있는 것이다. 정보 메커니즘에 의해 철저히 길들여지고 통제되는 획일화된 틀이 있고, 이 틀을 결코 벗어나지 못하는 코드 기호화된 삶만 있다. 제임슨의 지적처럼, 우리들 무의식의 욕망마저 이 틀을 벗어나지 못한다. 이제 어디를 가든지 정보사회에 의해 코드 기호화된 집단적 욕망과 획일화된 일상성만 남는다.

정보사회는 구성원들을 이처럼 획일화하여 길들이면서, 다른 한편으로는 각종 정보 메커니즘을 통해 멀티미디어 상상력의 세계를 제공하는 양면전술을 구사한다. 멀티미디어 상상력에 기초한 가상현실은 실상 일상성에 찌든 구성원들이 삶의 재충전을 위해 가볍게 다녀오는 주말여행과도 같다. 구성원들은 주말여행을 통해 일상적 삶을 살아갈 수 있는 에너지를 충전하고, 다시 일상으로 돌아와 획일화된 삶에 충실히 복무한다. 이와 마찬가지로, 멀티미디어 가상현실은 획일화된 일상을 살아가는 구성원들에게 일상에서 볼 수 없는 다양한 상상의 세계를 제공함으로써 일상을 견디어 나가게 하는 역할을 한다. 곧 그것은 정보사회가 그 지배를 더욱 용이하게 하기 위하여 허용한 억압된 상상력의 세계일 뿐이다. 마치 암암리에 공인된 욕망의 배설구와 같은 것이다. 따라서 그러한 가상현실이 정보사회의 모순을 비판하는 기능을 담당할 리는 만무하다.

사정이 이러함에도 불구하고, 오늘날 포스트모더니즘으로 명명되는 대부분의 작품들은 정보사회의 지배논리인 멀티미디어 상상력을 무비판적으로 차용함으로써 그 본래적 기능을 상실하고 있다. 이들 작품들이 멀티미디어 상상력의 세계에 함몰되는 과정은 다음과 같다. 획일화된 일상을 살아가는 구성원들은 그들의 일상과 똑같은 내용을 되풀이하는 문학을 멀리한다. 대신 일상성에서 벗어난 세계인 것처럼 보이는 정보 메커니즘의 가상현실에 흠뻑 빠져 있다. 획일화된 일상성, 그것으로부터 탈피하여 쓸거리를 찾아 헤매는 작가에게 그런 가상현실이 매력적으로 다가온다. 그 세계는 지금까지 보지 못했던 다양한 상상력의 세계를 보여주고 있다. 그래서 작가는 쓸거리를 찾아 정보 메커니즘의 상상력을 차용한다. 이전에 문학에서 멀티미디어로 흐르던 상상력의 방향이 이제 역으로 흐른다.

정보 메커니즘의 지배논리에 함몰된 멀티미디어 상상력의 세계를 문학의 자양분으로 받아들인 이들은 그런 상상력의 세계를 차용함으로써 정보사회의 획일화된 일상성을 비판할 수 있다고 생각하고 있다. 그러나 앞서도 살펴본 것처럼, 그것은 일상성에 찌든 우리들이 삶의 재충전을 위해 다녀오는 가벼운 주말여행과 같은 것이기에, 정보사회의 모순을 비판할 수가 없다. 그런데도 작가들은 이것을 깨닫지 못하고 획일화된 일상성으로부터 탈피하기 위해 정보 메커니즘의 상상력을 차용한다. 그리고는 그 세계가 정보사회의 획일화된 일상성을 비판하는 역할을 한다고 착각하는 것이다. 영화적 상상력, 비디오적 상상력, 컴퓨터적 상상력, 인터넷적 상상력 등 이른바 멀티미디어 텍스트의 상상력이 오늘 우리 문학을 지배하게 된 동기가 여기에 있다. 나아가 인터넷에서 볼 수 있는 환상성과 엽기적인 측면이 작품에 그대로 수용되면서 비현실적이고 황당무계한 작품들이 난무하고 있다. 그리고 이런 작품들이 포스트모더니즘이라는 그럴 듯한 이름으로 포장된 채 한국문학을 난도질하고 있다.


## 5. 올바른 위상정립을 위하여

포스트모더니즘은 포스트모던 시대로 명명되는 정보사회의 표면적 현상을 단순히 반영하는 것이 아니다. 포스트모더니즘은 근대성에 대한 비판적 예술운동의 하나로, 불확정성이론과 주체구성이론을 그 미학적 기반으로 삼고 있다. 이에 입각하여, 포스트모더니즘은 인간이성 중심에 입각한 폭력적인 이항대립체계의 해체를 통해, 인간과 자연, 이성과 비이성, 의식과 무의식, 남성과 여성 등이 서로 평화롭게 공존하는 세계를 지향한다. 그 세계는 증기기관차→비행기→우주선으로 이어지는 자본주의 전개과정에 있어서 정보사회의 모순을 극복하고 도달해야 할 탈중심의 우주선의 시대에 해당하며, 나아가 인류사적 관점에서 인류의 유년기 내지 시원의 공간에 해당한다. 이 공간의 현현을 위해, 포스트모더니즘은 이항대립체계를 구축하는 핵심요소를 인간주체로 파악하고 선험적인 이성적 주체의 해체를 제일의 과제로 삼는다.

이성적 인간주체의 해체는 정보사회의 메커니즘에 오염되지 않는 무의식의 욕망에 의해 수행된다. 무의식의 욕망은 어머니의 자궁 속처럼, 모든 이항대립이 해체된 동일성의 세계를 지향한다. 그런 욕망의 기표가 의식상의 체계를 뚫고 분출되면서 언어로 매개되는 상징계에서 그 대체물을 찾는다. 그러나 인간이성중심주의에 입각한 이항대립체계가 지배하는 상징계는 그런 욕망의 대체물을 충족시켜줄 수가 없다. 그로 인해 충족되지 않는 무의식의 욕망의 기표는 상징계에서 그 진정한 기의를 만나지 못하고 끝없이 미끄러져 간다. 욕망의 기표는 인간이성중심주의에 입각한 상징계의 모든 지배담론을 파괴하면서, 동일성의 세계라는 궁극적 기의를 찾아 끝없이 미끄러져 간다.

모든 것을 비인간화하고 코드 기호화하는 정보사회의 교활하고도 음흉한 본질을 간파하고, 그 모순비판을 통해 모든 이항대립체계가 해체된 동일성의 세계를 지향할 때, 한국문학에서 포스트모더니즘은 진정한 문학사적 의의를 획득할 수 있을 것이다. 바르트의 지적처럼, 모든 지배담론을 제거한 '하얀 글쓰기'인 '영도로서의 글쓰기'야말로 포스트모더니즘이 나아가야 할 확실한 좌표일 것이다.

# 포스트모더니즘 소설의 운명과 지평

## 1. 포스트모더니즘 소설의 위기

한국문학에서 1980년대 중반 이후에 대두된 포스트모더니즘 계열체 소설은, 이후 1990년대 들어 화려하게 만개하면서 지금까지 지속되고 있다. 이들은 우리 시대를 지배하는 타락한 자본의 핵심동력을 인간이성중심주의라 보고, 이제 그 이성이 인간마저 도구화하는 도구적 이성으로 전락했고, 그 도구적 이성이 지배담론의 핵심에 자리잡고 있다는 판단 하에, 도구적 이성에 의해 억압되어 있는 비이성적이고 무의식적인 측면을 드러냄으로써 이성적 담론을 내부에서 전복시키는 형태를 띤다.

이들은 대개 문자와 영상매체의 결합, 소설가를 주인공으로 한 소설, 소설 쓰는 과정을 드러내는 소설, 여성적 글쓰기, 정신분열적 글쓰기의 형태를 통해 기존의 소설양식을 파괴하면서 새롭고 신선한 감각양태를 보여주고 있다. 초기에 이들은 이 계열체가 지향하는 측면, 곧 비이성적인 것의 드러냄을 통해 도구화된 이성적 담론에 의해 억압된 진실과 인간의 본능적 욕구를 표현함으로써 그들이 맡은 임무에 충실하였고, 그럼으로써 우리 소설의 새로운 지평을 개척한 것으로 자리매김되어 왔다. 그런데 최근 들어 이 계열체는 그들이 맡은 본래적 몫을 망각함으로써 비판적 담론기능을 상실해가고 있다. 그 이유가 무엇일까?

포스트모더니즘은 인간주체의 해체를 통해 폭력적인 이항대립이 해체된 탈중심의 공간, 이른바 지구촌의 시대를 지향한다. '진정한' 지구촌의 시대는 국가와 민족의 경계가 없어져 지구가 하나 되는 시대이다. 그런데 문제는 오늘날의 정보사회의 경우, 겉으로는 이항대립을 해체한 것 같지만, 그 이면에는 초월적 권력이 초월적 중심부로 작동하면서 나머지 모든 것을 주변적인 것으로 지배하는 또다른 이항대립체계를 구축하고 있다는 점이다. 말하자면 정보사회는 이전의 폭압적인 이항대립체계를 구축하던 도구적 이성을 해체한 것이 아니라, 그 도구적 이성이 더욱 교활하고 강력한 형태로 자신의 모습을 바꾼 채 초월적 중심부로 작동하고 있는 것이다.

이러한 정보사회를 두고 '사이비' 지구촌의 시대라 할 수 있는데, 사이비 지구촌의 논리가 지배하는 이 시대는 미국으로 상징되는 세계자본이라는 초월적 중심부가 신격화된 자본을 내세워 우리 사회를 지배하고 있다. 신격화된 자본은 새로운 바벨탑을 형성하여, 현란한 상품 이미지들로 신전의 외피를 장식한 채 각종 전자정보매체를 통해 이 시대의 모든 것을 지배, 통제한다. 이를 두고 송경아는 다음과 같은 적절한 비유를 하고 있다.

엘리베이터가 내려가고 있다. 욕망에 휩싸인, 첨단기술로 만들어진 초고속 유성이 밤하늘을 가로지르고 있다. 엘리베이터 안팎에서 번쩍거리는 불빛은 이들의 꿈과 갈구에 계속 불을 붙이고 있다. 이 작은 사각의 공간 안에서 사람들은 무력하게 가속도에 몸을 내맡긴다. (송경아, 「엘리베이터」, ≪세계의 문학≫, 1996, 봄호. p.266)

송경아는 오늘 우리 사회를 엘리베이터에 비유하고 있다. 이 밀폐된 사각 공간에서는 구성원의 자율성은 허용되지 않는다. 구성원들은 획일화된 욕망에 의해 광물질의 박제상태로 전락한 채, 그저 엘리베이터의 가속도에만 좌우될 뿐이다. 신격화된 자본이 초월적 중심부로 작동하면서 모든 것을 획일화하고 통제하는 시대, 실재는 보이지 않고 상품 이미지뿐인 가상(simulation)의 시대, 한 순간의 일탈도 허용되지 않는 무서운 파시스트적 속도가 지배하는 시대, 이것이 '사이비' 지구촌 시대의 지배담론이라 할 수 있다. 자연과 무의식마저 지배하는 강력한 자본 앞에서 자유로운 것은 아무것도 없다. 인간은 자신의 존재를 확인할 수 있는 진정한 타자를 상실한 채, 광물질적 이미지의 더미 속에 붙박여서 자신의 마네킹을 아무런 감응 없이 바라볼 뿐이다. 상품 마네킹화된 우리의 눈에 보이는 것은 온갖 현란한 이미지로 덧칠된 사방의 벽면뿐, 자본의 감시탑은 보이지 않는다.

사무실 정중앙의, 지름 2미터의 원통형 기둥. 소방서의 망루 같기도 하고 교도소의 망대 같기도 한 감시탑. 투명한 유리로 둘러쳐진 그곳에서 등장은 직원들을 노려본다. 전기자동 회전장치가 위잉-하고 돌아가는 원형 감시탑에서. (구효서, 「스프링클러의 사랑」, 『확성기가 있었고 저격병이 있었다』, 세계사, 1993. p.100)

우리는 출구를 알 수 없는 미로 속에 갇힌 채 감시탑의 질서에 길들여지고 있을 뿐이다. 최수철은 이런 우리 사회를 '고래뱃속' 같은 닫힌 공간이라 규정하고, 그 속에서 비판능력을 상실한 채 살아가는 구성원들을 고래의 위벽 속에 갇혀 서서히 녹아가는 물고기로 묘사하고 있다.

> 그에게는 두 남녀의 모습이 아우슈비츠의 지옥 같은 가스실에서 상대방이 고통스럽게 죽어가는 과정을 지켜보며 스스로도 고통 속에서 서서히 죽어가는 장면을 연상시켰고, 거대한 수중 동물의 뱃속에서 남보다 늦게 소화되기 위하여 서로의 등을 떠미는 작은 물고기들을 보는 듯한 착각을 불러 일으켰기 때문이었다. 그러자 삶이란 결국 죽음이라는 동물의 내장 속에 들어앉아서 천천히 소화되어가는 과정에 다름 아니라는 일종의 깨달음이 가슴뻐근하게 그의 머릿속으로 밀려 들어왔다. (최수철, 『고래뱃속에서』, 문학사상사, 1989. pp.19~20)

지금 우리는 각종 정보 메커니즘이 삶의 세목을 지배하는 고래뱃속에 들어 있는 '잡어'와 같다. 고래뱃속 바깥의 무한한 바다, 곧 비판적 상상력의 토대인 실재 사물의 세계는 우리의 경험으로부터 철저히 차단되어 있다. 우리는 고래뱃속에 갇혀 있다. 그런데 우리는 갇혀 있음을 감지하지 못한다. 고래뱃속 바깥의 세계를 알지 못한다. 갇혀 있는 우리 눈에 보이는 뱃속의 세계가 경험세계의 전부인 것으로 알고 있다. 우리는 그 속에서 획일화된 일상적 삶을 영위한다.

작가의 일상은 정보사회의 대중의 일상과 동일하다. 따라서 대중은 문학을 멀리한다. 대신 일상성에서 일탈된 세계인 것처럼 보이는 정보 메커니즘의 가상현실에 흠뻑 빠져 있다. 획일화된 일상성, 그것으로부터 탈피하여 쓸거리를 찾아 헤매는 작가에게 그러한 가상현실이 매력적으로 다가온다. 그 세계는 지금까지 보지 못했던 다양한 상상력의 세계를 보여주고 있다. 그래서 작가는 쓸거리를 찾아, 정보 메커니즘의 상상력을 차용한다. 아마도 그들은 정보 메커니즘의 상상력의 세계를 차용함으로써 정보사회의 획일화된 일상성을 비판할 수 있다고 생각한 것 같다.

그런데 여기에는 심각한 함정이 도사리고 있다. 정보 메커니즘의 가상현실은 획일화된 일상을 살아가는 우리에게 다양한 상상의 세계를 제공해줌으로써 그 일상을 견디어 나가게 해주는 역할을 한다. 곧, 그것은 정보사회가 그 지배를 더욱 용이하게 하기 위하여 허용한 억압된 상상력의 세계일 뿐이다. 따라서 그러한 가상현실이 정보사회의 지배담론을 비판하는 기능을 담당할 리는 만무하다.

그런데도 작가들은 이것을 깨닫지 못하고 획일화된 일상성으로부터 탈피하기 위해 정보 메커니즘의 상상력을 차용한다. 그리고는 그 세계가 획일화된 일상성을 비판하는 역할을 한다고 착각하는 것이다. 그 결과 대부분의 작가들은 정보사회의 음흉한 지배세력과의 싸움을 방기한 채, 상품 이미지와 파시스트적 속도에 편승하여 자본의 신전을 가볍게 유영하고 있다. 그럼으로써 이들은 지배담론에 대한 비판능력을 상실한 채 타락한 자본의 한 하수인, 아니 열렬한 전도사로 전락함으로써 오늘날의 위기상황을 초래하고 있는 것이다.


## 2. 영도로서의 글쓰기: 서정인, 이인성

포스트모더니즘 소설은 정보사회의 양면전술에 대한 치열한 공격을 감행해야 한다. 상품물신주의와 인간의 코드 기호화를 지배담론으로 하는, 눈에 보이지 않는 원형감옥의 감시탑에 대한 공격을 통해 이항대립이 진정으로 해체된 사회를 지향해야 한다. 그 해체의 방법적 전략은 유폐적 그물망의 각 그물코에 대한 국지전의 형태를 띠어야 한다.

국지전이 성공적으로 수행되기 위해서는 바벨탑의 아킬레스건이 무엇인지를 찾아야 한다. 그것은 폭력적인 이항대립체계와 인간주체, 각종 정보매체와 상품 이미지, 그리고 파시스트적 속도이다. 이들은 자신의 실체를 교묘히 은폐시킨 채, 보다 강력한 초월적 중심부에 의해 이전보다 더욱 교활하고 음흉한 형태로 우리의 삶을 지배하고 있다. 따라서 바벨탑의 아킬레스건은 피상적인 인식만으로는 감지되지 않는다. 자신이 속한 각 그물망의 자리에서 그것에 대한 본질적인 천착을 통해 그 모순을 치열하게 돌파해 나가려는 가열찬 작가정신이 동반되지 않을 때, 그 인식은 불가능하다. 신전의 외피 뒤에 숨은 추악한 본질에 대한 치열한 탐색을 통해 그 모순을 간파하고 그것에 대한 강력한 비판을 가할 때, 바벨탑의 신화는 허물어질 것이며, 그럴 때 우리 시대의 모순을 극복하고 진정 지구가 하나 되는 시대, 곧 포스트모더니즘이 궁극적으로 지향하는, 모든 것이 조화롭게 공존할 수 있는 '진정한' 지구촌의 시대로 나아갈 수 있을 것이다.

포스트모더니즘 소설이 택할 수 있는 국지전의 형태는 여러 가지가 있겠지만, 그 중 가장 강력한 형태가 지배담론에 오염되지 않는 무의식의 욕망을 드러내는 것이다. 그 방법은 라캉의 주체구성이론에 입각한 인간주체의 해체이다. 인간은 태어나서 사회적 언어를 배우기 전에는 무의식의 욕망과 동일성을 이룬다. 그러다가 사회적 언어를 배워 사회의 규범체계에 진입하면서 무의식은 의식에 의해 억압된다. 그러나 무의식의 욕망은 의식의 억압을 뚫고 분출되어 사회규범체계에서 항상 그 대체물을 찾으려 한다. 그런 무의식의 욕망이 분출되면서 사회문화의 규범체계는 파괴되는 것이다. 지배담론에 대한 공격은 바로 인간주체의 해체를 통한 무의식의 욕망의 드러냄에 의해 수행된다.

그런데 문제는 정보사회가 이 무의식마저 지배하여 그것을 획일화한다는 점이다. 개성적 인간에 의한 개성적 욕망은 존재하지 않는다. 코드 기호화된 집단적, 획일적 욕망만 남는다. 집단적 욕망은 정보사회의 지배담론인 상품물신주의에 의해 조작되면서 대중들은 그 담론에 깊숙이 침윤되어 있다.

따라서 지배담론을 파괴하는 무의식의 욕망은 이런 획일화되고 조작된 욕망이 될 수 없다. 그것은 지배담론에 오염되기 전의 무의식의 욕망이어야 한다. 그 욕망은 인간과 자연, 이성과 비이성, 남성과 여성, 서양과 동양의 구분이 진정으로 사라지고 모두가 조화롭게 공존할 수 있는 공간을 지향한다. 그 공간은 인류의 원초적 고향이자, 시원의 공간이며, 어머니의 자궁 속 같이 아늑한 공간이다. 이 공간에서 울려나오는 시원의 소리가 무의식의 욕망의 기표이다. 시원의 소리는 현실세계에서 그 기의를 획득하지 못하고 끝없이 미끄러지는 욕망의 기표가 된다. 그 미끄러짐을 통해 무의식의 기표는 지배담론을 강력하게 공격하면서 이를 통해 이항대립이 진정으로 해체된 시원의 공간을 향해 끝없는 항해를 계속한다.

현재 한국소설에서 포스트모더니즘 소설이 갖는 이러한 본래적 기능을 충실히 수행하는 작가로 서정인, 이인성, 최수철을 들 수 있다. 그 중 서정인과 이인성의 글쓰기는 지배담론에 의해 오염된 언어체에 대한 공격으로 대표될 수 있다. 언어체는 단순히 의사소통의 도구가 아니라 지배담론의 이데올로기를 고스란히 담고 있는 것으로, 이 언어체에 대한 공격이야말로 다양한 예술 장르 중에서 소설(문학)만이 누릴 수 있는 가장 고유하면서도 본질적인 영역에 해당될 것이다. 우리는 이들의 글쓰기를 바르트의 '글쓰기의 영도'에 비유할 수 있다. 모든 이데올로기를 제거한 '하얀 글쓰기'인 '영도로서의 글쓰기'란 무엇인가? 그것은 지배담론에 길들여진 상징적 언어 이전의 세계, 곧 '상상적'이고도 '기호적'인 언어에 의한 글쓰기를 의미한다. 기호적 언어는 지배담론에 침윤되기 전의 언어, 곧 의식 이전의 무의식의 언어이며, 사회체계에 진입하기 이전의 어린아이의 발화와 같은 것이다. 그것은 어머니의 자궁 속 같은 공간에서 울려 나오는 소리이며, 존재의 시원에서 흘러나오는 소리이다. 이 시원의 소리가 지배담론의 언어체계를 꿰뚫고 분출하면서 지배담론을 파괴한다.

서정인은 『달궁』에서 『붕어』에 이르기까지 지배담론의 언어체에 대한 공격을 집요하게 추구해 오고 있다. 특히 『붕어』(세계사, 1994)를 보면 그의 언어체에 대한 공격 형태가 무엇이며, 그 공격을 통해 그가 지향하는 것이 무엇인지를 알 수 있다. 『붕어』에서 주목되는 것은 단편적인 일화의 묶음을 통해 작품의 완결성을 차단하고 있다는 점과 요설과 재담이 넘치는 풍자적인 판소리 사설체를 차용하고 있다는 점이다.

> 길 가다가 자빠지면 다닌 사람 탓을 마라, 말뚝 박고 금줄 치고 언제 통행 금했더냐. (p.228)

4·4조의 판소리 사설체가 작품전편을 지배하면서 전통적인 서사구조는 파괴된다. 인물들 간의 갈등에 기초한 일정한 플롯 없이, 이 작

품들은 거의 대화 중심으로만 전개된다. 마치 판소리 광대의 공연을 기록한 듯한 이들 작품들에서, 서술자와 인물의 진술은 뒤섞여 있고, 대화는 인물의 성격적 특성을 배제시키고 있다. 이러한 요설적인 판소리 문체에 의해 소설양식을 파괴하면서 비판하는 대상은 무엇일까? 그것은 공식적이고 획일적인 문어체(文語體)의 담론이다.

> 살얼음 같고 면도날 같은 세상에서 그의 욕설과 주장은 위태롭게 무례한 파격이었다. 그것은 수레바퀴 자국이나 틀, 구속이나 권태, 허위나 위선 같은 것들로부터의 탈출이었다. 일상에 대한 반역이었다. (p.200)

구어체의 사용이 일상에 대한 반역이라면, 허위와 위선이 지배하는 일상의 문체는 문어체이다. 문어체는 타락하고 오염된 현실을 은폐하고 미화시킨다. 문어체의 담론이 우리의 모든 일상생활을 지배하고 있다. 지배담론인 문어체에 함몰될 때, 문어체의 가면 뒤에 은폐된 추악한 지배담론의 모습을 인식할 수 없다. 문어체에 의해 거세된 구어체에 관심을 돌릴 때, 문어체가 미화시키고 있는 사회문화의 오염된 제반측면을 간파할 수 있다.

> 난 알아요, 내가, 사랑하는 것이, 무엇인지. 그것은 미국말 식으로 소리낸 한국말이었다. 그것은 한국말 오염의 극치였다. 뜻을 더럽히더니, 급기야 소리까지 난도질이었다. 그의 얼굴에 닭살이 돋았다. 물의 오염에, 말의 오염에. 목숨이 재경각인데 문화라고 성할쏘냐. 문화가 만신창인데 목숨인들 무사하랴. (p.267)

문화오염의 극점은 소리의 오염이다. 한국말은 미국말식으로 오염되었다. 곧 미국이라는 초월적 중심부에 의해 우리 말, 우리 문화는 극도로 오염되어 있다. 문화의 오염과 부패 정도는 위험수위를 이미 넘어섰다. 교통, 교육, 환경, 정치, 언론의 오염은 물론이고  모든 지식마저 오염된 상태이다. 그 속에서 살아가는 인간군상들의 모습은 오염된 강물에서 죽어가는 '붕어'와 같다. 이처럼 심각하게 오염된 현실을 오염되지 않은 구어체로 뒤집어엎는 것이 서정인의 지배담론 파괴방식이다.

전라도 방언과 판소리 사설체를 통해 지배담론인 문어체를 공격하는 서정인의 옆에 이인성의 정신분열 텍스트가 놓여 있다.『한없이 낮은 숨결』(문학과지성사, 1989)에 나타나는 이인성의 글쓰기는 기존의 지배담론체계에서 볼 때 한없이 낯설다. 아니 낯설음의 경지를 뛰어넘어 그것은 지배담론을 그 근저에서부터 파괴시켜버릴 정도로 강력하다.

> 여태껏……, 그러나, 말로 못 나서니……, 말, 말아야, 할까?……,, 말컨대……, 말로 되어야만……, 되는, 있는, 것이라면……,, 더듬거려도……, 어쨌거나, 더듬, 말은……, 엄연히, 는 아니라도……, 말 모양을, 좇으니……,, 한쪽에선, 그러자……,, 그거……보라며……,
> (p.297)

이인성은 지배담론의 언어를 더듬거린다. 그 더듬거림은 지배담론에 오염된 언어체에 대한 전면공격에 해당된다. 그는 그가 속한 사회문화 규범체계의 언어, 곧 상징적 언어를 '화석'으로 규정한다. 그는 화석화된 말을 부정하고 의식적인 글쓰기 이전의 단계, 곧 무의식적인 글쓰기의 단계를 지향한다. 그 글쓰기가 숨결로서의 글쓰기이다.

　어디로부턴가……, 누구로부턴가……,, 어디에서나……, 누구에게
서나……, 그 숨결……, 와, 닿아……,, 아무리, 멀어도……, 옆에, 곁
에……, 살아, 있는……, 있어 죽어가는……, 죽어 이어지는……, 이
어져 사는……,, 그 어떤, 무엇 혹은 누구, 의……, 한 없이 낮은, 말
결 숨결……, 바싹……, 진하게……,, 살아짐에……, 죽어짐에……,
한, 결로……, 취할 만큼…… (p.308)

　이 숨결로서의 글쓰기는 우리가 지배 언어체를 배우기 이전의 언어,
곧 지배담론에 감염된 언어의 심층 저 깊은 곳에 억눌려 있는 본래적
인 언어에 의한 글쓰기이다. 지배담론이 이성중심주의로 무장한 것이
기에 그것은 무의식, 비이성의 영역에 자리잡고 있다. 그것은 우리들
의식 저 깊은 심연, 곧 어머니의 자궁 속 같은 원초적인 공간에서 들
려오는 숨결이고, 무한공간에서 들려오는 숨결이며, 인간과 자연이 함
께 호흡하는 숨결이다.

　무한, 모두……, 여전히, 낯설어도……, 슬픔, 하나로, 펼쳐진……,
하늘 넓이, 함성……, 기쁜, 정다움……,, 이름이……, 소용이랴……,
이 행렬, 한 결로……,, 들끓는가……, 휘몰아치는가……,, 불이라도,
물결로……, 물이라도, 불결로……, 물불, 불물, 결로……,, 온갖……,
색색, 만장의……, 깃발……, 소리져……,, 넘실……, 휘감겨라……,
북소리, 곡소리……, 모두의, 말소리……,, 온소리들, 겹쳐……, 자연,
여울지니……, 노래인가……, (p.307)

　아늑한 무한공간에서 들려오는 숨결로서의 이인성의 글쓰기는 모든
지배 이데올로기를 제거한 순수한 영도 상태의 글쓰기를 지향한다. 그
러나 그 글쓰기는 숨결로서의 언어가 사회적 상징체계를 꿰뚫고 분출

됨으로써 분열 텍스트를 산출하듯, 의식상의 분열을 가져온다. 그 분열상태는 지배담론체계에서 볼 때 미친 것이다. 그러나 지배담론을 벗어날 때 그것은 지극히 정상적인 것이다. 따라서 이인성은 『미쳐버리고 싶은, 미쳐지지 않는』(≪문학과사회≫, 1994. 봄~겨울)에서 '미쳐가는 제정신과 제정신을 찾으려는 미침'에 대해 이야기하고 있다.

> 육체적 혼란의 끝자리에서 희극적으로 틀어져 나온 딸꾹질 소리가, 말이 말로 풀려나오지 못해 맺힌 말의 응혈 같은 것이었다면,, 그 너머의 혼란은 그렇게 단속적으로 각혈된 딸꾹질들의 회오리, 아니, 보다 정확히는, 딸꾹질에 묻혀나온 말 아닌 말들의 회오리,, 결국, 부서진 의식 자체의 회오리,, 어떤 의미로 서지 못하는 바람 더미여서, 그저 이 세상 온갖 느낌의 기둥으로만 분명한 회오리로 왔다. 무엇이 이것이고 무엇이 저것인지 도대체 알 수 없어지는 무분별을 넘어, 애당초 이것과 저것의 사이가 허물어져 있는 원천적인 무질서,, 그런 무질서에 응집력을 잃고 깨져 조각진 말들이 마지막으로 저 스스로 무질서를 증거하는 말이 되고자 하는 몸부림,, 그 몸부림이 격하게 피워올리는 돌개바람. (중략) 의식 자체를 말 먼지로 분해시키며, 말 먼지의 기둥으로 뻗쳐오르게 하며,, (p.141)

무의식의 심연에서 우러나오는 말은 지배담론에 의해 강력히 통제된다. 그러나 심연에서 끝없이 분출되어 나오는 무의식의 언어는 딸꾹질의 형태로 분출되어 '부서진 의식 자체의 회오리'로 발화되면서 지배담론을 파괴한다. 지배담론의 입장에서 볼 때, 이것은 미친 자의 발화이며, 지배담론체계를 일거에 폭파시켜버릴 만큼 위험한 것이다. 그러나 무의식의 심연을 지향하는 자의 입장에 설 때, 그것은 결코 미친 것이 아니며, 억압되어 있던 무의식의 욕망을 분출함으로써 본래의 정신, 제정신을 찾으려는 것이다. 미치고 싶지만 미친 것이 아닌 것, 그 자리에 이인성의 딸꾹질로서의 글쓰기가 도달해 있다. 숨결에서 딸꾹질로 이어지는 이인성의 정신분열적 글쓰기야말로 모든 지배 이데올로기를 제거한 영도로서의 글쓰기에 해당되며, 언어체에 의한 지배담론 공격에 있어서 가장 강력한 형태에 해당된다.


## 3. 진공을 향한 글쓰기: 최수철

서정인이 구어체에 의한 문어체의 공격을 통해, 그리고 이인성이 무의식의 심연에서 휘몰아쳐 나오는 숨결과 딸꾹질을 통해 지배담론을 공격함으로써 이들은 모두 일종의 '글쓰기의 영도' 상태를 지향한다고 할 수 있다. 서정인과 이인성이 지배담론에 의해 오염된 언어체에 대한 공격을 통해 지배담론을 파괴하고 있는 옆에, 최수철은 언어체에 대한 공격과 동시에 인식의 대전환에 의해 지배담론을 공격하면서 새로운 인식의 지도를 작성해 나가고 있다. 첫 창작집 『공중누각』에서부터 최근 장편소설 『분신들』에 이르기까지 최수철의 글쓰기는 '진공을 향한 글쓰기'로 요약될 수 있다.

먼저, 최수철이 지향하는 진공이란 어떤 공간인가? 최수철은 우리 사회를 고래뱃속 같은 닫힌 공간이라 규정한다. 이 공간은 미국이라는 초월적 중심부가 지배하는 폭력적인 이항대립체계와 그것에 편승하여 자신을 만물의 영장이라 자처하는 인간주체가 날뛰는 곳이다. 진공은 이러한 닫힌 공간의 이항대립체계가 해체된 탈중심의 열린 공간을 의미한다. 그 공간은 이성과 비이성, 의식과 무의식, 정상인과 비정상인, 남성과 여성, 인간과 자연, 서양과 동양이 구분되지 않고 조화롭게 공존하는 공간이다. 그곳은 '지금 이곳'의 모순을 극복할 때 도달할 수 있는, 다가올 21세기의 공간이기도 하다.

> 이윽고 진공 안은 무수한, 온갖 사람들로 발디딜 틈이 없게 되었
> 다. 그러나 그는 전혀 답답함을 느낄 수 없었다. 누군가가 그에게 아
> 는 척을 했다. 그는 그에게 미소로써 답했다. 그때 그는 자신이 방금
> 지은 미소가 자신의 얼굴에 그대로 박혀버리는 것을 느꼈다. 흰색
> 벽의 이곳저곳에서 사람들이 계속하여 얼굴을 들이밀었다. 그리고
> 벽이 서서히 무너져 내렸다. (중략) 그러면서 그는 진공 속으로 들어
> 서듯 진공을 벗어났다. 혹은 진공을 벗어나듯 진공 속으로 들어섰다.
> (『고래뱃속에서』, 문학사상사, 1989. p.398)

둘째, 최수철이 이러한 진공으로 나아가기 위해 택한 글쓰기의 방법적 전략은 무엇일까? 그 과정이 『고래뱃속에서』부터 『내 정신의 그믐』에 이르기까지 치열하게 탐구되어 오고 있는데, 특히 총 19개의 일화로 이루어진 「내 정신의 그믐」(문학과지성사, 1995)은 그의 방법적 전략을 일단락짓는 작품이라 할 수 있다. 일상에 침윤되어 꿈과 욕망을 상실한 채 박제화된 곤충 같은 정신의 그믐상태에서 벗어나 무의식의 욕망과 일체가 되어 새롭게 태어나는 과정을 그리고 있는 이 작품에서 우리는 다음 두 가지 방법적 전략에 주목할 필요가 있다.

(A) 작품전체를 관통하고 있는 '나 →그 →나'의 인칭변화이다. 이것은 '일상의 나→무의식의 그→무의식과 일체가 된 나'의 변화에 대응한다.

34살의 박시진은 광고회사 대리이다. 그는 일종의 정신분열증세로 인해 광고 모델인 한지연의 목을 졸랐고, 그래서 정신병원에 감금되었

다가 풀려난다. 그 후 신정면의 작은 마을에 있는 창고 속에 유폐된 채, 한지연을 목 조르게 될 수밖에 없었던 일들을 회상하면서 그곳에서의 몇 가지 일화들을 통해 새롭게 태어난다. 이 과정에서 처음의 '나'와 새롭게 태어난 '나'가 질적 변화를 겪는다.

한지연을 목 조르는 '나'는 사회현실 속에 있는 '나'이다. 사회현실은 제도적, 관습적인 억압체계가 모든 것을 길들이고 통제하는 곳이다. 본래, 인간은 의식-무의식을 지닌 '좌우대칭적'인 존재다. 억압적인 사회체계는 그 양면성 중 무의식을 철저히 배제시킨다. 그것은 진공청소기가 '나방'을 빨아들여 죽이는 것과 같다. 나방은 무의식과 꿈을 상징한다. 사회체계는 진공청소기처럼 나방을 철저히 배제시키고 길들인다.

> 그는 나방이 되어 청소기 안에 들어 있었다. (중략) 그곳은 말라 죽은 곤충들의 세계였다. 그 속에서 그들 모두는 바싹 말라붙은 채 공기 대신 먼지로 호흡을 하고 있었다. 어둠에 잠긴 그들의 눈동자들이 휘번득거리며 도처에서 그를 정면으로 바라보고 있었다. 옆과 뒤는 없었다. 모든 방향이 정면일 뿐이었다. (pp.242~243)

규격화, 획일화된 곳. 나방이 죽어 있는 곳. 마치 곤충도감의, 도해되고 박제화된 곤충과 같은 인간들이 있는 곳. 그곳이 '나'가 속한 현실이다. 그런 현실에서 살아간다는 것은 "고작 자기의 한쪽 반으로 나머지 반을 파내고 그 빈 속에 석고를 채워 넣는 일"과 같다. 그런데 보다 심각한 문제는 인간들이 그것을 깨닫지 못한다는 점이다. 석고화된 무의식의 욕망을 되찾으려 하기보다는 "좀더 지상에 머물러 있기 위해 땅을 붙들고 온몸을 뒤흔들어 대고 있는 것"이다.

반면, 나는 꿈과 욕망과 나방이 사회적 억압체계에 의해 길들여지고 박제화되어가고 있음을 깨닫는다. 그래서 나는 나방을 자유롭게 풀어 놓으려 한다. 현실의 벽은 허물어지고 꿈이 그 자리를 차지한다. 그러나 강력한 사회적 억압체계와 그것에 한쪽 발이 얽매인 일상의 '나'에 의해 나방은 강력히 통제된다. 꿈을 꾸고자 하나 그 꿈은 '꿈 없는 꿈'에 불과하다. 무의식은 무의식이되 의식에 의해 전파방해를 받고 있는 상태, 그것이 '의식의 뇌사상태'이자 '정신의 그믐'상태이다.

> 반은 나방이고 반은 사람인 한 동물의 환영이 나타났다. 그는 날지도 뛰지도 못하면서 헛되어 날려고도 하고 뛰려고도 하고 있었다. 그는 현실 속에서 뛰지도 못하고 꿈속에서 날지도 못하면서, 현실로부터 꿈속으로 뛰어넘으려 하고, 꿈으로부터 현실 속으로 날아오르려 하고 있었다. (p.272)

자유로운 나방이 되고자 하지만 현실의 차꼬에 얽매여 현실에도 적응하지 못하고 자유로운 나방이 되지도 못하는 상태. 나라는 존재의 개체성을 확립해주는 진정한 타자는 부재하고, 다만 "내 정신의 그믐이 나라는 존재의 그림자이며, 또한 나 자신"일 뿐이다. 내가 진정한 존재가 되기 위해서는 정신의 그믐상태를 벗어나야 한다. 욕망표출을 방해하는 것을 파괴해야 한다. 그 공격성이 나의 '내부의 적'을 처형하는 것으로 나타난다. 내부의 적이란 누구인가? 바로 일상의 덫에 침윤되어 있는 일상의 '나'이다. 일상의 '나' 자신이 진공청소기가 되어 무의식의 나방을 감금시키고 있다는 인식. "나는 나 자신을 처형하는 수밖에 없다." 자신에 대한 그러한 분노가 한지연에게로 옮겨가면서 그녀의 목을 조른다. 왜? "그녀가 진정으로 꿈을 꿀 수 있기를 바랐다.

그리고 그럼으로써 나 또한 꿈을 꾸고자"했기 때문이다.

그러나 그녀를 죽인다고 해서 무의식의 나방이 자유로워지는 것은 아니다. 일상의 '나'를 파괴할 때, 나는 진정 자유로운 나방이 될 수 있다. 정신의 그믐상태를 극복하기 위해 나는 유폐된 장소로 나아간다. 유폐된 장소에서 무의식의 '그'는 일상의 '나'를 죽이고, 그 행위를 통해 새롭게 태어난다. 새롭게 태어난 '나'는 이제 무의식의 '그' 자체이다. 무의식이 아무런 통제를 받지 않고 자유롭게 의식의 수면 위로 분출한다. 무의식이 의식이고 의식이 무의식이다. '나'는 '그'와 더 이상 적이 아니다. 의식은 무의식과 일체되어 있다. '나'는 분열되어 있지 않다. 아니 억압적인 사회체계에서 보면 완전한 정신분열자이다. 왜냐하면 무의식의 나방이 가장 자유로운 상태로 태어났기 때문이다. 의식과 무의식이 분열되어, 의식이 무의식을 통제하던 정신의 그믐상태는 극복되었다. '나'는 나의 욕망, 나의 나방, 그 순연한 '흰색의 백기'가 되어 다시 세상으로 나온다.

누구든 머리에 백기를 꽂고서 수시로 그 백기를 펄럭이며 살아가고 있는 것이었다. 그 백기가 세상의 때에 얼룩이 져서 수시로 색이 달라지는 것일 뿐이며, 그로 인해 우리는 백기가 바로 우리 머리 위에 존재하고 있다는 사실을 자주 잊게 되는 것이었다. 그렇다면 중요한 것은 그 백기의 존재를 매순간 의식하는 것, 그 백기가 언제까지고 흰색을 유지하게끔 하는 것이었다. 그리고 지금 나는 스스로 기꺼이 그 백기가 되어 있는 것이었다.

나는 앞으로 걸어나갔다. 이제 내 정신의 그믐은 결연한 슬픔 같은 것이 되어 있었다. 그러나 나는 그들에게 투항을 하는 것이 아니었다. 나는 진정으로 세상에 내 몸을 맡기려 하는 것이었다. (p.325)

　　정신의 그믐상태에 빠진 '나'를 극복하고 무의식과 일체가 된 '나'로 새롭게 태어나는 이 과정에서 우리는 최수철이 진공으로 나아가기 위한 첫 번째 방법적 전략이 무엇인지를 알 수 있다. 그것은 인간에 대한 인식의 대전환이다. 곧 '만물의 영장'이라 자처하는 이성적인 인간주체를 해체하는 것이다. 인간이 이성적 주체라는 인식은 지배담론에 의해 조작된 것에 불구하다. 그것을 깨닫지 못하고 인간이 선험적이고 이성적인 주체라고 자처할 때, 그의 인식은 철저히 자기중심적이며 자폐적인 것이 되어 지배담론의 모순에 대한 인식은 차단된다. 자본의 바벨탑은 이처럼 일상성에 침윤되어 정신 못 차리는 무비판적인 인간주체를 쉽게 길들인다. 길들여진 인간주체는 바벨탑의 번영과 발전을 위한 가장 풍부한 자양분이다. 바벨탑에 의해 길들여지고, 자양분이 되는 것을 거부하는 가장 확실한 방법은 인간이 주체임을 포기하는 것이다. 인간은 선험적인 이성적 주체가 아니라 의식과 무의식으로 쪼개진 존재다. 인간은 무의식의 욕망이 타자에 의해 충족될 때 자신의 개체성을 확립할 수 있는 존재이다. 그런 인식을 가질 때, 비로소 우리의 욕망을 억압하고, 그럼으로써 그 체계를 유지하는 바벨탑의 모순을 간파할 수 있다. 이성에 의해 억압된 무의식의 욕망과 일체가 되어 '세상과 만날 때', 비로소 바벨탑의 모순을 분명히 인식할 수 있고, 그 모순극복을 통해 진공이라는 열린 공간을 지향할 수 있다.

　　(B) 다음 소설형식의 실험을 삭이지 않는 방법 내에서 채택한 이야기성에 주목할 필요가 있다. 여기서 '소설형식의 실험'은 애초부터 그가 추구해 온 지배담론의 언어체 파괴를 의미한다. 최수철은 모든 인위적, 논리적 연계성이나 자기합리화 내지 허황된 자기실현의 취향을 가지고 있는 기존 글쓰기를 거부하고, 양식상 일화 중심, 내용상 글쓰

는 행위 자체의 탐구를 통해 '사유의 자유, 글 자체의 자유, 그로 인한 사람의 자유'가 가능한 글쓰기를 지향하여 왔다. 이러한 글쓰기를 두고 작가 스스로 "인간의 자유에 걸림돌이 되는 크고 작은 온갖 종류의 제도의 힘에 대처하고 싸움이라도 벌이기"를 주장하는 문학적 무정부주의자의 글쓰기라 규정한다. 그것은 사회적 실천만을 강조하거나, 혹은 사회적 실천과는 유리된 문학만을 고집하는 것과는 다르다. 그것은 양자를 종합하려는 것에 해당된다. 문학 속에서의 사회적 실천을 위해, 그것은 어떤 큰 이데올로기의 목소리가 아닌, "각각의 다양함과 개성적인 속성을 인정하고서 그것들이 각자 지니고 있는 특질을 발휘하여 사회의 변혁을 지향"한다. 그리하여 그는 기존의 소설 장르의 완고함과 지배 이데올로기에 오염된 언어체를 해체하는 글쓰기를 감행해왔던 것이다. 그로 인해 그의 글쓰기는 독자에게 난해한 것으로 받아들여져 독자로부터 외면당해 왔던 것이 사실이다.

이것을 극복하기 위해 도입한 것이 '이야기성'이다. 그의 이야기성은 전통적인 이야기 형식과는 다르다. 그것은 영상매체시대에 알맞게 개 울음소리 등의 시-청각 이미지, 상징, 비유 등을 확보하고 그 자체로써 다시 이야기성을 확보하는 것이다. 그러니까 그가 '소설형식의 실험을 삭이지 않는 방법 내'에서 '이야기성'을 도입한 이유는, 독자에게 보다 가깝게 접근하여 자신의 작품을 읽히게 하려는 의도이다. 이것은 상품 대중주의자들이 주장하는 대중화와는 질적으로 다르다. 곧 그의 대중화는 문학을 통해 사회변혁을 지향하는 문학적 무정부주의자가 그 사회변혁을 가속화시키기 위해 그의 작품이 독자에게 보다 쉽게 읽히도록 하기 위한 배려에 해당된다.

최수철은 인간인식의 대전환을 통해 무의식의 욕망과 일체가 되어 지배담론의 모순에 치열하게 부딪치면서, 동시에 언어체에 대한 변혁을 지속적으로 꾀하는 한편, 지배담론에 오염된 독자를 깨우쳐 바벨탑과의 싸움에 동참시키기 위해 독자에게 가깝게 다가가려는 노력을 필사적으로 감행하고 있다. '진공'이라는 열린 공간을 지향하는 이러한 최수철의 글쓰기야말로 신격화된 바벨탑을 파괴할 수 있는 우리 시대의 가장 강력한 부비트랩이라 할 수 있다.

## 4. 새로운 인식의 지도와 탈중심의 공간

신격화된 자본의 바벨탑은 자신의 실체를 드러내지 않은 채 우리 삶의 세목까지 지배하고 있다. 미국이라는 초월적 중심부가 자리잡고 교묘히 이항대립체계를 유지하고 있는 이 보이지 않는 적은 모든 것을 상품화하고 있다. 요란한 상품 이미지들로 신전의 외피를 장식한 적은 자신의 악마성을 교묘히 은폐시킨 채 우리를 옭아매고 있다. 우리들은 그것을 알아차리지 못하고 적의 논리에 길들여지면서 그 하수인으로 전락해가고 있다. 적은 분명하다. 다만 적의 실체를 인식하려는 우리의 치열성이 미흡하기에 오늘날과 같은 혼란이 일어나고 있는 것이다. 자본의 신전이 주는 쾌락과 풍요에 현혹되어 그것에 안주하려하기보다는 신전 뒤에 은폐된 자본의 추악한 본질을 파악하려고 할 때, 포스트모더니즘 소설의 위상도 새롭게 정립될 것이다. 그런 점에서 지배담론의 모순에 치열하게 부딪치면서 영도의 글쓰기를 지향하는 서정인과 이인성, 진공을 향한 글쓰기를 지속적으로 탐구해오고 있는 최수철의 고독하면서도 처절한 작업은 포스트모더니즘 소설의 본래적 의의가 무엇이며, 또 그것이 나아가야 할 올바른 방향이 무엇인지를 잘 보여주고 있다.

현 단계의 포스트모더니즘 소설이 지향해야 할 새로운 인식론적 지도는 최수철이 지향하는 탈중심의 진공으로 압축될 수 있다. 모든 이항대립체계가 파괴되고 의식과 무의식, 정상인과 비정상인이 공존하는 공간, 인간주체는 사라지고 상호보족적인 인간들이 자연과 사물과 평화롭게 공존하는 공간, 그 공간은 이미 사라진 과거적 공간이 아니라 우리 시대의 지배담론이 갖는 모순을 극복할 때 도달할 수 있는 21세기의 공간이자 진정한 지구촌의 공간이다. 이 탈중심의 공간이라는 새로운 인식론적 지층을 지향하면서 새로운 인식의 지도를 그려나갈 때, 길을 잃고 방황하는 우리의 포스트모더니즘 소설도 그 본래의 기능을 회복하면서 오랫동안 그 생명력을 유지할 수 있을 것이다.

# 해체시의 운명과 전망 모색

## 1. 해체시의 운명

1960년대의 시인 김수영의 '시여, 침을 뱉어라'라는 아포리즘을 시 일반론에 적용시킬 때, 그것은 '위대한 시란 무엇인가'라는 질문에 대한 한 답이 될 수 있을 것이다. 당대의 역사적 상황과 사회존재론적 측면의 모순에 분노하고 절망하는 시들이야말로 위대한 시라는 것을 '침'으로 상징화시킨 것이 이 경구일 것이다. 어떤 형태를 취하든, 곧 서정시든, 해체시든, 모더니즘 시든, 리얼리즘 시든, 모든 위대한 시들은 그것이 뿌리를 내리고 있는 사회의 모순에 대해 비판을 가하고, 그 모순이 극복된 새로운 세계를 지향하고 있다. 모순을 외면하고, 가식적인 미소를 띠면서 시대의 유행에 가볍게 편승하여 찰나적인 쾌락과 유희만을 읊조리는 시는 위대한 시가 될 수 없다. 그것은 잠깐 반짝하다가 시대와 역사의 뒤편으로 사라져버릴 저급한 시에 불과하다.

하나의 시운동 역시 그 시사적 의의를 확보하기 위해서는 당대의 지배담론이 내포하고 있는 모순을 비판하고, 그것을 넘어설 수 있는 새로운 인식의 지도를 보여주어야 한다. 곧 시대의 어둠 속에서 길 잃고 방황하는 무리들에게 경험세계의 모순을 비판하고 그것이 극복된 가능세계로 나아갈 수 있는 좌표를 제공할 때, 시운동은 일정한 시사적 의의를 획득할 수 있다. 근대 이후, 역사적 평가를 받는 시운동은 자본주의의 모순을 극복하는 데 모든 힘을 집중시키고 있다. 리얼리즘이 자본주의를 전면 부정하고 자본가와 노동자의 계급대립이라는 모순을 극복하려 했다면, 모더니즘과 포스트모더니즘은 자본주의의 자체 내의 발전을 인정하면서 도구화된 이성중심의 논리를 극복하려 하였다.

1990년대 초 이른바 '신세대'로 일컬어지는 일군의 시인들에 의해 등장한 해체시는, 1980년대 시의 주된 관심사였던 시대의 특수한 역사적, 정치적 상황이라는 거대담론으로부터 일탈하여, 정보사회의 일상적인 현실에 시선을 집중시킨 채, 시양식의 해체를 통해 우리 시대의 욕망의 허구성과 비인간적 메커니즘을 비판하면서 출발하였다. 이러한 해체시는 1990년대 내내 우리 시단에서 하나의 큰 흐름을 형성하면서 지금까지 지속되고 있다.

그러나 지금까지 해체시에 대한 평가는 대부분 부정적이다. '지적 귀족주의' 내지 '시정신과 시의 소멸'로 압축되는 해체시에 대한 비판은, 우리의 삶에 대한 치열한 천착없이 고통을 가볍게 무화시켜 버렸다거나, 형식실험 자체가 아무런 의미도 갖지 못하고 단지 유희적으로 진행된다거나, 그로 인해 해체의 극단이 시의 소멸과 시정신의 죽음을 초래한다거나, 혹은 해체시는 우리의 삶의 현실과는 동떨어진 외계의 파충류에 불과하기에 타매되어야 한다는 것 등으로 압축된다. 애초에 화려한 스포츠라이트를 받으면서 등장한 해체시가 이러한 비판을 받으면서도 왜 한마디 응전도 하지 못하고 있으며, 이제는 그 위세가 크게 위축되어 그 종말까지 운위되고 있는 것인가?

과연 해체시는 이제 그 시적 의의를 상실한 것인가? 해체시는 1990년대 초반의 한때의 문학적 유행에 불과한 것인가? 아니면 우리 시대에 아직도 유의미한 시적 의의를 지니고 있는데도 불구하고, 자체 내의 모순에 의해 나아갈 방향을 상실하고 지리멸렬해져 가는 것인가?


## 2. 1980년대 시양식 파괴의 의의

1990년대의 해체시는 1990년대 초반에 갑자기 등장한 것이 아니다. 그것은 멀리로는 1930년대의 모더니즘으로부터 그 맥을 이어받고 있으며, 가깝게는 1980년대의 박남철과 황지우로부터 그 직접적인 자양분을 얻고 있다. 여기서 1990년대 해체시에 대한 평가를 위해서 먼저 1980년대의 황지우와 박남철의 시에서 나타나는 시양식 파괴의 본질을 살펴볼 필요가 있다.

여기는 초토입니다

그 우에서 무얼 하겠습니까

파리는 파리 목숨입니다

이제 울음 소리도 없읍니다
(······)
(황지우, 『새들도 세상을 뜨는구나』, 문학과지성사, 1983. p.28)

1980년대는 5월의 광주로 상징되는 폭력적인 군사독재정권이 지배하는 암울한 시대상황에 어떤 방식으로 시적 응전을 하느냐에 따라 시계열체가 분류될 수 있다. '파리 목숨'처럼 살아갈 수밖에 없는 '초토'와 같은 상황에서 시인들은 무엇을 시로 써야할지 방향을 잡을 수 없었다.


   (i)

   (……)

   말은 곧 행동이다(→제도가 검열이란 야비한 수단으로 시인의 말을 통제하고 있음을 보더라도 말이 곧 행동임은 이미 주지의 사실이다).


   아아, 나는 말하고 싶다. 말하고 싶다, 그러나 말이 잘 되지가 않는다! 말이 안될 때가 너무나 많다!

(박남철, 『반시대적 고찰』, 세계사, 1999. p.80)


   (ii)

어제 나는 내 귀에 말뚝을 박고 돌아왔다

오늘 나는 내 눈에 철조망을 치고 붕대로 감아 버렸다

내일 나는 내 입에 흙을

한 삽 처넣고 솜으로 막는다

   (……)

(황지우, 『새들도 세상을 뜨는구나』, p.26)


   검열을 통해 모든 것이 통제되는 시대에 시인은 말하고 싶지만 아무 말도 할 수 없다. 오로지 '살아남기 위해, 증거인멸'을 위해, 입을 다물고 있을 수밖에 없는 상황에서, 그러나 시인은 시를 쓰지 않을 수 없다. 어떤 형태로든지 폭압적인 시대상황을 비판하는 시를 써야 한다. 동인지 『오월시』와 『시와 경제』에서 시작되는 민중시 계열은 사회적 상상력에 입각하여 '시의 무기화'를 내걸고 직접적인 대 사회비판으로 나아간다. 한편, 신화적 상상력을 표명한 동인지 『시운동』으로 대표되는 계열체는 기존의 시 장르의 해체를 통해 간접적인 사회비판으로 나아간다. 박남철과 황지우는 후자의 입장에서 시양식을 파괴시키면서 1980년대의 사회적 현실을 시화한다.


(i)

(······)

보성물산주식회사 장만섭 차장은 무료했다. 그는 거리에까지 들려 나오는 전자 오락실의 우주 전쟁놀이 굉음을 무심히 듣고 있다.

숑숑숑숑숑숑숑숑숑숑숑숑숑숑숑숑숑숑

띠리릭 띠리릭 띠리리리리리리릭

피웅피웅 피웅피웅 피웅피웅피웅피웅

**꽝! ㄲㅗㅏㅇ**

(······)


그리고 숑숑과 피웅피웅과 **꽝!**을 바꾸어 주는, 자물쇠 채워진 동전통의 주입구(이건 꼭 그것 같애, 끊임없이 넣고 싶다는 의미에서 말야)에서,

그러나 정말로 갤러그 우주선들이 튀어 나와, 보성물산주식회사 장만섭 차장이 서 있는 버스 정류장을 기총 소사하고, 그 옆의 신문대를 폭파하고, 불쌍한 아줌마 팩 쓰러지고, 그 뒤의 고구마 튀김 청년은 끓는 기름 속에 머리를 처박고 피 흘리고, 종로 2가 지하철 입구의 戰警 버스도 폭삭, 안국동 화방 유리창은 와장창, 방사능이 지하 다방 "88올림픽"의 계단으로 흘러내려가고 (······)

(황지우, 『새들도 세상을 뜨는구나』, pp.70~71)

(ii)

과연 누가 진짜 <裵裸將(→Big Brother)인가?

촬영 각도, 왼쪽에서 오른쪽으로……
촬영 각도, 왼쪽에서 오른쪽으로…… 아니, 아니 그 네 번째는 비
추지말고……
(……)

(박남철, 『반시대적 고찰』, p.15)

1990년대에 등장한 해체시보다 더 과격한 형태의 시양식의 파괴를 감행하고 있음을 볼 수 있다. 언어의 기호화, 회화적 요소의 차용 등을 통해 황지우와 박남철은 무차별적인 폭력이 난무하고, 철저한 검열이 가해지는 시대상황을 비판하고 있다.

여기서 우리는 1980년대 황지우와 박남철에게서 보이는 시양식의 파괴가 단순한 형식실험을 위해 태동된 것이 아니라, 당대의 사회적 모순으로 인한 시대적 절망감에서 비롯된 것임을 알 수 있다.

## 3. 1990년대 해체시의 대두와 전개양상

1990년대 초입에 유하는 『바람부는 날이면 압구정동에 가야한다』를 발표함으로써 해체시의 시대를 전면적으로 선언한다.

> 압구정동은 체제가 만들어낸 욕망의 통조림 공장이다
> 국화빵 기계다 지하철 자동 개찰구다 어디 한 번 그 투입구에
> 당신을 넣어보라 당신의 와꾸를 디밀어보라
> (……)
> 그 국화빵 통과 제의를 거쳐야만 비로소 압구정동 통조림 통 속
> 으로 풍덩 편입할 수 있게 되는 것이다.
> 이곳 어디를 둘러보라 차림새의 빈부 격차가 있는지 압구정동 현
> 대아파트는 욕망의 평등 사회이다 패션의 사회주의 낙원이다
> 가는 곳마다 모델 탤런트 아닌 사람 없고 가는 곳마다 술과 고기
> 가 넘쳐나니 무릉도원이 따로 없구나 미국서 똥구루마 끌다 온 놈들
> 도 여기선 재미 많이 보는 재미 동포라 지화자. 봄날은 간다—
> (……)
>
> (유하, 『바람부는 날이면 압구정동에 가야 한다』,
> 문학과지성사, 1991. pp. 60~61)

1990년대 초반 최첨단의 새로운 유행을 주도하던 압구정동을 두고 '체제가 만들어낸 욕망의 통조림 공장'이라는 지적은 1990년대의 시대적 상황을 압축적으로 담고 있는 표현이라 할 수 있다. '욕망의 통조림 공장'이란 욕망의 획일화를 의미하며, 이처럼 욕망을 획일화하는 시대에 대한 시적 응전에 해체시의 시대적 의의가 자리잡고 있다.

1990년대의 해체시가 맞은 시대적 의의를 논하기 위해서는 무엇보

다 포스트모더니즘에 대한 논의가 불가피하다. 1990년대 한국의 포스트모더니즘은 '지구촌'이라는 허울 좋은 표어를 내세우고 실제로는 원형감옥 같은 감시체계에 의해 욕망의 획일화를 꾀하는 정보사회에 대한 비판을 통해, 진정 모든 이항대립체계가 해체되고 모두가 평화롭게 공존하는 탈근대로서의 우주선의 시대를 지향하는 과정에서 대두된 문학적 흐름이다. 이 흐름 속에 해체시가 자리잡고 있는 것이다. 유하에 의해 시작된 1990년대 초반의 해체시는 이 몫을 성실히 수행하고 있다.

> 우리 나라 신식 국자는 무슨 국자? 일명 신식민지 국독자?
> 처음 코카콜라가 등장했을 때 웬 간장이냐며 국에 뿌린 년도 있긴 있을라
> 난 느껴요— 코카콜라, 언제나 새로운 맛 신식 국독자로 떠먹는 코카콜라 그때마다
> 톡 쏘는 맛처럼 떠오르는 여자가 있다 코카콜라 씨에프에서
> 팔꿈치로 남자를 때리며 앙증맞게 웃는 여자, 그 몇 프레임 안 되는 장면 하나가 방영되자마자 연예가 일번지 압구정동 일대가
> 술렁였댄다 그것 땜에 애인 있는 남자들의 옆구리가 순식간에 멍 들었다는데……
> (……)
>
> (유하, 『바람부는 날이면 압구정동에 가야 한다』, p.92)

'코카콜라'로 상징되는 막강한 미국의 자본주의에 의해 오염된 압구정동의 모습을 잘 포착하고 있다. 상품물신화의 시대, 광고에 의해 욕망이 조작되고 획일화되는 시대를 살아가는 압구정동의 인간군상들의 모습이야말로 1990년대의 한국사회를 살아가는 구성원들 모두의 모습

에 해당된다. 인간의 상품화와 물신화가 만연하는 시대상황에서 더 이상 사회구성원들 간의 의사소통은 불가능하다. 인간은 이제 상품기호 내지 정보 메커니즘의 한 기호로 전락해 있다.

직육면체의 벽지 속에 누군가가 숨어 산다 종이 한 장 두께만큼의 나의 얇은 고독도 굳은 담벼락에 풀칠해진 흐린 벽보마냥 한없이 흔들린다 아침 밥상이 꼭 제사상 같구나 얘야. 주간지 속에서 환히 웃고 있는 금년도 미스 코리아의 얼굴에 오랜 허무의 엑기스를 사정했다 짙은 밤꽃 냄새가 확, 무릎을 꿇은 채로

(세계와 나와의 통로를 차단하지 말자)
(……)
(함성호, 『56억 7천만 년의 고독』, 문학과지성사, 1992. p. 41)

세계와의 통로는 차단되어 있다. '직육면체의 벽지'처럼, 사방이 꽉 막힌 감방에 살면서 상품기호로 전락해 가는 것, 그것이 1990년대 온갖 화려한 상품기호로 치장한 '압구정동'으로 상징되는 한국사회의 실체이다.

(i)
저것은 거대한 욕망의 성채다

이성을 살해한 음울한 중세의 성벽과
빛나는 P. C. 자기질 타일 외장의 롯데 월드
그것은 무엇을 방어하고 있나요
당신을, 우리를, 무산 대중을?
꿈과 희망의 동산이요, 사랑과 행복의

당신의 휴식 공간 롯데는
우리를 모두 젊은 베르테르의 사랑에 빠지게 한다
욕구의 끓는 기름과 조갈의 불화살을 쏴
끊임없이 당신을 상품화하고
끊임없이 당신을 당신이 소비하도록
구애한다
(……)

(함성호, 『56억 7천만 년의 고독』, p.111)


(ii)

너나 가져라, 여의도

나는 여의도에만 가면 항상 한강의 수위가 걱정되더라 63빌딩은
거대한 남근 숭배의 신앙이다 올림픽을 앞둔 1988년 이전의 한국인
들은 어떤 종류의 번식을 바랐을까 소유의 확대를? 자본의 증식을?
섹스의 강화를, 繁雜을, 어차피 자본주의의 탄생 자체가 리비도적
충동의 산물이라면 저 황금빛의 연출은 충분히 암시적이다 그것은
그대로 피로한 짐진 자들의 아이맥스 화면이고 여의도의 수위를 가
시적으로 높여준 해발의, 금방, 쓰러지기 쉬운, 봉우리다
(……)

(함성호, 『56억 7천만 년의 고독』, p.113)


입구와 출구의 구분이 모호한 롯데 월드를 두고 흔히들 포스트모더
니즘에 입각한 건물이라 평가한다. 그러나 그것은 '지구촌'으로 위장
한 가짜 우주선의 시대의 표상에 불과하다. 그것은 온갖 현란한 상품
들로 자신을 포장한 채 모든 것을 상품화하고 획일화한다. 이처럼,
1990년대 초반의 해체시는 '지구촌'으로 위장한 정보사회의 모순을
간파하고 그것을 강력하게 비판한다. 이들은 63빌딩뿐만 아니라, 1990

년대의 지배체제의 이념을 수호하는 각종 정보 메커니즘, 곧 영화, 비디오, 음악, 패션 등 거의 모든 영역에 걸쳐 시선을 집중시키면서 그 이면에 감추어진 자본의 추악한 실체를 시 장르의 해체를 통해 비판한다. 1980년대의 황지우와 박남철이 시대적 상황에 절망하고 그것을 비판하기 위해 시양식을 파괴하였듯이, 1990년대의 해체시 역시 시대적 상황을 비판하기 위해 시를 해체하고 있는 것이다. 화려한 상품의 전시장에 현혹되지 않고, 상품기호를 벗겨낼 때 드러나는 자본주의의 천박한 모습을 포착하고 그것에 대한 강렬한 비판을 행함으로써, 1990년대 초반의 해체시는 그 맡은 바 몫을 성실히 수행하고 있는 것이다.

그런데, 1990년대 중반 유하는 『세운상가 키드의 사랑』이라는 시집을 발표한다. 유하가 도달한 압구정동과 세운상가의 거리야말로 해체시가 생산에서 유희로 전락하는 거리에 해당한다.

> (……)
> 세운상가, 욕망의 이름으로 나를 찍어낸 곳
> 내 세포들의 상점을 가득 채운 건 트레이시와 치치올리나,
> 제니시스, 허슬러, 그리고 각종 일제 전자 제품들,
> 세운상가는 복제된 수만의 나를 먹어치웠고
> 내 욕망의 허기가 세운상가를 번창시켰다
> (……)
> 네가 욕망하는 거라면 뭐든 다 줄거야
> 환한 불빛으로 세운상가는 서 있고
> 오늘도 나는 끊임없이 다가간다 잡힐 듯 달아나는
> 마음 사막 저편의 신기루를 향하여,
> 내 몸의 내부, 어두운 욕망의 벌집이 웅웅댄다
> 그렇게 끝없이 웅웅대다가 죽음을 맞으리라

파열되는 눈동자, 충동의 벌떼들이 떠나가고
비로소 욕망의 거울은 나를 놓아줄 것이다
　　(유하, 『세운상가 키드의 사랑』, 문학과지성사, 1995. pp.98~99)

　애초에 온갖 상품기호들이 지닌 허상을 파헤치고 그 추악한 실체를
비판하던 해체시가 이제 '세운상가'로 상징되는 천민자본주의에 서서
히 함몰되어가고 있는 모습을 읽을 수 있다. 세운상가란 무엇인가? 그
것은 이 시대의 획일화된 욕망에서 벗어날 수 있는 통로인가? 획일화
된 사회질서로부터 일탈하여 내부의 욕망을 자유롭게 토해낼 수 있는
어두운 곳인가? 상품기호와 각종 정보 메커니즘의 통제로부터 벗어나
자유롭게 우리들 내면의 어두운 욕망을 분출할 수 있는 곳인가? 그곳
은 포르노 비디오가 있고, 포르노 잡지가 있고, 온갖 복제품들이 인간
의 숨겨진 욕망을 만족시켜주는 곳임에 틀림없다. 그러나 그곳은 해체
시가 지향하는 탈근대로서의 우주선의 세계는 아니다.
　세운상가는 이 시대를 지배하는 정보 메커니즘에 의해 조작되고 통
제되는 곳에 불과하다. 그곳에 있는 불법의 포르노 비디오는 실상 정
보 메커니즘에 의해 용인된 것에 불과하다. 우리 시대의 정보 메커니
즘은 욕망마저 국화빵 기계에서 찍어내듯 획일화할 정도로 모든 것을
강력히 통제한다. 그 통제 속에서 우리들의 삶도 획일화된다. 획일화
가 지속되면 우리들은 염증을 느낀다. 염증을 느끼면 질서로부터 일탈
하려고 한다. 그럴 때 지배체제는 위협을 받는다. 따라서 지배체제는
염증을 느끼지 못하도록 강력한 통제망 속에 욕망의 배설구를 설치해
둔다. 지배체제의 감시망 속에 있는 이 욕망의 배설구를 통해 우리들
은 어두운 욕망을 분출하고, 다시 지배체제의 질서로 돌아오는 것이
다. 비유하자면, 그것은 틀에 박힌 일주일을 보내고 주말여행을 떠나

심신을 치유한 뒤, 다시 틀에 박힌 나날을 보내는 것과 같다. 주말여행을 떠나는 장소와 같은 곳, 그곳이 세운상가이다. 주말여행 삼아 떠나온 세운상가에서 더 이상의 상품기호에 대한 비판은 불가능하다. 1990년대 초반 해체시가 세운상가를 두고 비판한 다음 시구는 이제 그 의의를 상실하게 된다.

> (……) 대한교육보험 건물은 카피 문화의 3차원적 산물이다, 한국의 자동차는 일본 자동차 산업의 트로이 목마라고 하잖아요? (네로는 더 이상 견딜 수가 없었다) 세운상가는 일제의 문신이다 (……)
>
> (함성호, 『56억 7천만 년의 고독』, p.118)

세운상가는 더 이상 일제의 문신이 아니다. 그것은 이제 우리들의 어두운 욕망을 자유롭게 분출할 수 있는 곳으로 전도된다. 이 전도의 자리에 설 때, 해체시는 비판기능을 상실한 채 갖가지 상품기호로 치장한 전시장을 가볍게 유영하게 되는 것이다.

> (……)
> 세상이 나를 원하지 않을 것이기에, 태양의 언어 밖에서
> 난 노래한다, 박쥐의 눈으로 어둠의 광휘를
> 난 무능력한 자이므로, 풍자한다
> 호화 양장본 세상의 기막힌 마분지성에 대하여
>
> 나는 부유하는 육체의 세운상가
> 곰팡이를 반성하지 않는 곰팡이,
> 그리하여 곰팡이꽃의 극치를 향해가는 영혼
>
> (유하, 『세운상가 키드의 사랑』, p.105)

‘태양의 언어’가 지배하는 일상의 틀에서 벗어나 ‘박쥐의 눈으로 어둠의 광휘’를 본다 하더라도 그것은 해체시의 본령에서 일탈한 것이다. 해체시의 본령은 ‘호화양장본 세상’이나 세운상가의 ‘곰팡이’나 모두 이 시대를 지배하는 정보 메커니즘에 의해 조작된 동전의 양면에 불과하다는 비판적 인식을 가지는 것이다.

결국 1990년대 중반 이후 해체시는 ‘지구촌’으로 위장한 이 시대의 모순을 비판하는 기능을 상실하고 하나의 상품기호로 전락함으로써 그 시적 의의를 상실하게 된다. 상품기호로 치장한 유폐적 그물망에 걸린 채 해체시는 서서히 나락을 길을 걷고 있다. 지금, 해체시는 상품의 전시장을 가볍게 유영하면서 형식적인 해체만을 행하고 있다. 가벼운 유희행위로 전락한 해체시는 이제, 모든 것이 평화롭게 공존하는 진정한 탈근대성의 세계에 대한 지향점을 몰각한 채, 단순히 ‘해체를 위한 해체’만을 되풀이하고 있다.


## 4. 인간주체 해체의 의의


1980년대 말 문단을 강타하면서 요란하게 등장한 이후, 1990년대 내내 시단의 쟁점대상으로 부상한 해체시지만, 그 시사적 의의에 대해서는 긍정적인 평가를 받지 못하고 있는 것이 사실이다. 그 원인이 해체시가 발 디디고 있는 사회의 모순에 대한 비판능력의 상실이라는, 해체시 자체 내의 문제점에서 비롯된 것임을 지금까지 살펴보았다. 비판능력을 상실한 채, 지리멸렬한 상태에서 수명을 겨우 연장해 가고 있는 해체시에 대한 전망은 어둡다. 해체시가 거듭 나기 위해서는, 무엇보다 해체시의 발생적 토대인 정보사회의 모순을 비판하고 그것을 극복할 수 있는 새로운 인식의 지도를 제시해야 한다. 이를 위해서는 무엇보다 이성적 인간주체를 해체하는 것이 필요하다.

인간이 이성적 주체라는 인식은 이성중심의 지배담론에 의해 조작된 것에 불과하다. 인간주체는 스스로 개성적이고 주체적인 삶을 살아간다고 여기지만, 실상은 지배담론에 의해 조작되고 통제되는 획일화된 삶을 살아가는 것에 불과하다. '나'는 '나'이되 진정한 정체성을 지닌 존재가 아니라 '나인 듯 함'으로서의 '나', 곧 유령과 같은 '나'일 뿐이다.

> 내 안에 갇혀서, 나에 의하여 뒤틀려서, 문득 나에 의하여 낯설어진 나는,
> 나의 유령인 나는, 나인 채 나이며 동시에 내가 아닌 나는, 그러나,
>
> 여전히 있다―그것이, 그것만이 유일한 문제이다
>
> 여전히 여기에 있다, <그것>, <…임>, <…인듯함>, 그러면서 <…아님>, <…아닌듯함>, <유령>이, 남은 생과 더불어
>
> 그러나 삶이라는 이 공간! 가로질러가야 하는 이 물질! 암담한!
> 내가 그 캄캄한, 명백한 그 감각적 <…임>을 손으로 만지작거린다
> (……)
>
> (김정란, 『매혹, 혹은 겹침』, 세계사, 1992. p.138)

이성적 담론이 지배하는 현실에서 '나'는 '…인 듯한 나'이며, 그런

'…나임 직한 나'가 있는 삶은 안정되고 평화로운 공간이 아니라 '가로질러가야 할 암담한 공간'에 불과하다. '나'의 진정한 정체성을 확보하기 위해서는 인간이 주체임을 포기해야 한다. 인간은 선험적인 이성적 주체가 아니라 의식과 무의식이 상호공존하는 존재라는 인식의 대전환이 필요한 것이다. 인간은 무의식의 욕망이 타자에 의해 충족될 때 자신의 진정한 정체성을 확립할 수 있다. 그런 인식을 가질 때, 우리의 욕망을 억압하고, 그럼으로써 그 체계를 유지하는 폭력적인 지배담론의 모순을 간파할 수 있다. 이성중심주의에 의해 배제된 '나'의 반쪽인 무의식의 욕망과 일체가 될 때, 지배담론의 모순을 분명히 인식할 수 있고, 그 모순극복을 통해 새로운 인식의 지도를 작성할 수 있는 것이다.

> 정해져 있는 모든 테두리들을 향해
> 또는 체제라고 불리는 모든 삶의
> 딱딱한 껍질들을 향해—나의 詩, 오 빨개벗은 연체동물
> 나는 詩의 혓바닥으로 '아니'라고 말한다.
> 그대는 꼬물대며 기어간다—비효율적!
> 어느 천년에……아닌게아니라 걱정스럽기는 하다.
> 그 기약 없는 절대성의 존재 놀이……
>
> 나는 축적된 생명의 모든 물량적 樣式을,
> 형태를 내용을 빠져 나온다. 나의 달팽이는
> 속살만으로 성벽을 기어내려온다……오 그대에게
> 내 궁극의 기원에게로 돌아가기 위해.
>
> 나의 달팽이는 알고 있다. 이 삐그덕댐이

긍정적 징조라는 것을, 혼, 안개무리, 또는
**언어**, 또는 우리가 神이라고 부르는
존재의 궁극에 대한. 感만으로 나의 달팽이는
최소한 指向한다
(길은 도처에 있고 길은 아무데도 없지만)
따라서 詩여 나는 그대의 덕성으로
삶 앞에 막바로 맞선다……나,
앞뒤로 인연의 끈을 주렁주렁 엮어든,
축적된 만큼의 행위로 결정되는
구체적 삶과 무관한 (내)가.
(……)

    (김정란, 『다시 시작하는 나비』, 문학과지성사, 1989. pp.70~71)


  인간주체를 해체할 때, 정보사회가 '정해진 테두리 혹은 체제'로 이루어진 억압적인 닫힌 공간임을 깨닫게 된다. 그곳은 각종 정보 메커니즘으로 우리의 삶의 세목까지 지배한다. 그 속에서 인간은 '달팽이'와 같은 존재로 전락해 있다. 억압적이고 획일적인 사회체제는 '딱딱한 껍질'이 되어 달팽이인 '나'를 옴짝달싹 못하게 한다. 이 체계를 깨부수지 않을 때, 인간은 단지 달팽이에 불과하다. 껍질을 빠져 나오기 위한 '삐그덕댐'이야말로 진정한 '나'의 정체성을 되찾고, '존재의 궁극'이라는 새로운 세계로 나아가기 위한 출발점이다. 출발점에서 도달점으로 가는 길은 '도처에 있으면서 또한 아무데도 없다'. 도처에 있는 길에 들어서기 위해서는 구체적 삶에서 괄호 쳐진, 곧 구체적 삶과는 무관한 '나'가 될 때이다. 이성적 담론이 지배하는 구체적 현실의 '나'를 해체하고, 무의식의 '나'와 일체가 될 때 그 길에 들어설 수 있다. 무의식과 일체가 된 '나'가 '축적된 생명의 모든 물량적 양식'을 거부하면서, 정보사회에 의해 오염된 가면을 벗어버리고 '속살'이 될 때, '궁극의 기원'이라는 새로운 세계에 도달할 수 있는 것이다.

> (네로는 더 이상 견딜 수가 없었다) 저 추잡한 거리, 비대한 공룡의 비늘 같은 마천루들, 거대 자본의 충실한 개들이 계획한, 재벌과 신의 사제들의 소유인, 불결해—섹스의 무자비한 충동과 네온으로 반짝이는 광고탑과 교회의 첨탑, 주거 양식이 생활 양식을 교정한 재난의 피난처 아파트—모호한 공간의 의도—탁월한 암산의 정치—바벨탑처럼 높아만 가는 금융회사의 사옥과 지하 생활로 입주한 철거민의 땅굴(네로는 더 이상 견딜 수가 없었다) 번창일로에 있는 교회 산업의 대리점들, 백화점 건물의 무반성과 체육관 건물의 비곗살, 1883년 9월 2일 샌프란시스코 팰리스 호텔에서 민영익은 젊은 아메리카의 야경을, 대한교육보험 건물은 카피 문화의 3차원적 산물이다 (……)
>
> (함성호, 『56억 7천만 년의 고독』, p.118)

최첨단의 건축물을 공룡에 비유하면서 도시문명을 비판할 수 있는 근거는 이성적 인식을 버릴 때 가능하다. 이와 관련하여 1930년대 모더니스트 이상의 다음 발언에 주목할 필요가 있다. "왜 나는 미끈하게 솟아 있는 근대건축의 위용을 보면서 먼저 철근철골, 시멘트와 세사, 이것부터 섬뜩하니 감응하느냐."(「종생기」)라는 발언이 그것이다. 이처럼 근대건축의 겉모습에 현혹되지 않고, 그 흉측스러운 몰골을 투시하는 '슬픈 투시벽'은 사진의 음화를 인식하는 방법에 기초하고 있다. 말하자면, 이성과 의식에 입각한 지배담론의 인식관을 버리고, 비이성과 무의식에 기초한 인식관을 지닐 때, 지배담론의 모순이 선명하게 떠오른다는 것이다.

도시문명에 대한 이 시의 비판도 정보사회에 오염되지 않는 무의식의 인식관에 의해 가능하다. 그런 무의식이 이성적 담론을 꿰뚫고 분출될 때, 이성중심주의가 지배하는 정보사회의 모순을 포착할 수 있고, 이를 통해 비판을 가할 수 있다. 곧 정보사회는 '주거 양식이 생활양식을 교정'하는 획일화된 전체주의적 공간이며, 신의 권위에 도전하려던 어리석고 오만불손한 인간들이 세운 바벨탑처럼 언젠가는 허물어져야 할 대상임을 자각할 수 있게 되는 것이다.

> (……)
> 꼭 있어야 될 욕망만 있게 하소서, 카메라가 포착할 수 있는
> 인생이 있다면……성난 말발굽 같은 이 밤……성급한 행인들의
> 발소리 들려
> ……이 밤 …… 발길질……이 밤……
> 하늘이 흐려지네……갈쿠리 같은 비에 문지방은 긁히는데……두
> 둥실
> 이 밤……먹구름 가리는데
> ……두리둥실 토끼가 떠난 달나라에서도
> 비가 올까
> 박자도 맞지 않는 빗방울 소리는 왜 장독대에서
> 아름다울까
> 비가 눈이 되는 이 밤……눈이 쌓이는 이 밤……눈이 맑아지는
> 이 밤
> ……흰눈 덮인 산정 산양은 산양일까 그저 흰눈이라면……
> (……)
>
> (박서원, 『이 완벽한 세계』, 세계사, 1997. pp.90~91)

의식과 무의식이 공존하는 인간은 사회체계와 관련을 맺으면서 욕

망의 대체물을 찾는다. 욕망의 대체물이 타자에 의해 충족되면 그는 진정한 정체성을 확보하고 그 사회에서 정상적인 삶을 영위할 수 있다. 그러나 그가 속한 사회체계가 욕망의 대체물을 충족시켜주지 못하면, 무의식은 의식의 수면을 뚫고 분출된다. 그리하여 그는 의식과 무의식으로 분열되고, 그 분열된 무의식의 욕망이 억압적인 사회체계를 전복시킨다. 이러한 무의식의 욕망의 언어를 라캉은 '상상적인 것'이라 했고, 크리스테바는 '기호적인 것'이라 명명하고 있다.

이 시 역시, 정보사회에 의해 조작당하는 기표가 아니라, 무의식의 욕망으로부터 분출되는 일종의 기호적인 언어로 씌어진 것이다. 말줄임표와 불규칙적인 행갈이는 이성적으로 조작된 것이 아니다. 그것은 '비가 눈이 되는 밤'이라고 말하는 무의식의 깊은 심연에서 우러나오는 욕망의 언어로 씌어진 것이다. 이성적 담론의 틈새를 뚫고 분출되는 '성난 말발굽' 같고 '박자도 맞지 않는 빗방울 소리' 같은 이 기호적 언어에 의해 획일화된 정보사회의 틀은 파괴된다. 그 파괴된 틈새를 통해 컴퓨터 코드 기호화된 우리가 잊고 있던 어떤 세계, 곧 '달나라의 토끼'와 '흰눈 덮인 산정'과 '산양' 등이 어우러진 세계를 꿈꿀 수 있는 것이다.


## 5. 해체시의 전망 모색을 위해

인간에 대한 인식의 대전환과 정보사회의 모순에 대한 비판을 통해 해체시가 지향해야 할 새로운 인식의 지도는 무엇일까? 그것은 어머니의 자궁으로 상징되는 인류의 원초적 고향이다. 인간은 원래 어머니의 모태에 있을 때 느꼈던 세계, 즉 인간과 모든 사물이 상호공존하는

세계에 대한 욕망을 무의식에 각인하고 있다. 그런데 이성중심의 지배
담론에 의해 무의식의 욕망을 억압당하고 조작당하면서, 그 세계에 대
한 기억과 지향성을 상실하게 되는 것이다. 어머니의 자궁에 대한 무
의식의 욕망을 회복하고 그것을 강렬히 지향하는 것, 그것이 해체시가
나아갈 새로운 인식의 지도이다.

> 어디 갔다 이제야 왔니? 남바리 갔었어요 엄마 가서 고기라도 잡
> 아올리고 벗의 죽음에 가서 꽃도 뿌리고 왔지요 그 바다의 고기들은
> 내내 싱싱하고 더 살쪄서 절로 배가 불렀어요 모든 것이 일순간에
> 너무 풍요로워지고 바다는 정말 번성했어요 어디 갔다 이제야 왔니?
> 이른 강에 갔었어요 엄마 강은 엄마의 젖무덤처럼 황폐해가지고 메
> 마른 바닥에서 나는 놀았지요 사람들은 곱게 서로서로의 머리를 매
> 어주고 얼굴엔 아름다운 화장도 해주었지요 나도 얼굴을 씻고 고운
> 진흙으로 단장하려 했는데요 엄마, 자그마한 웅덩이에 고인 물을 내
> 손주박으로 떠올렸을 때 거기에는요, 파도치며 흐르는 바다가 떡 하
> 니 있었어요 나는 그 바다에서 그만 목을 놓고 말았지요. (……)
>
> (함성호, 『56억 7천만 년의 고독』, p.26)

인간과 자연, 삶과 죽음이 어우러진, '풍요롭고 번성한 바다'와 같은
세계, 이성중심주의에 입각한 이항대립체계가 해체된 어머니의 자궁과
같은 세계가 해체시가 지향해야 할 궁극적인 지향점이다. 그 세계는
추상적인 것이거나 과거적인 것이 아니다. 그것은 우리들 곁에 늘 있
는 것이다. 다만 우리가 그것에 대한 욕망을 표출하지 않기에 그것을
인지하지 못하고 있을 뿐이다. 어머니의 자궁 속과 같은 세계를 강렬
히 욕망할 때, 그것은 지배담론의 완고한 벽을 꿰뚫고 우리들에게 현
실태로 다가올 것이다.

　인간과 자연, 인간과 인간, 남성과 여성, 동양과 서양의 구분이 무화되고 모든 것이 조화롭게 공존하는 세계야말로 해체시가 지향해야 할 궁극적 지향점이다. 해체시는 정보사회의 유폐적 그물망을 파괴하고 이 세계에 뿌리를 둔 무의식의 욕망을 강렬히 표출할 때, 정보사회의 모순을 비판하고 그 모순이 극복된 가능세계로 우리를 인도하는 새로운 인식의 지도를 작성할 수 있을 것이다. 그럴 때, 1990년대 그 본래적 기능을 상실한 채 나락을 길을 걷던 해체시도 그 시사적 의의를 다시 획득할 수 있을 것이다.

# 모더니즘 시의 특성과 의의

## 1. 논의를 위한 전제조건

모더니즘은 특정시기의 특수한 예술운동으로 근대성 비판을 그 핵심요소로 삼고 있다. 모더니즘과 관련하여 근대성을 개념규정할 때, 그것은 17~8세기 계몽사상에 압축되어 있는데, 칸트의 선험적 이성과 뉴턴의 자연과학, 다윈의 진화론이 그것이다. 인간은 태어날 때부터 선험적으로 이성적 존재라는 칸트의 선언 이후, 인간은 그의 이성적 인식능력에 의해 대상의 법칙을 발견하고 그것을 지배할 수 있는 세계의 주체로 등장한다. 여기에 자연은 기계처럼 그 법칙이 결정되어 있다는 뉴턴의 기계론적 결정론에 입각한 자연과학과 물질적 진보를 최우선시하는 다윈의 진화론에 힘입어, 인간만이 이성에 의해 자연의 법칙을 발견하고 재가공하면서 근대의 물질적 풍요로움을 이루게 된다. 그러나 19세기 말에 이르면서 '인간에 의한 자연지배'를 가능하게 했던 이성이 '인간에 의한 인간지배'라는 '도구적 이성'으로 전락하면서 근대 자본주의에 대한 낙관적 견해가 비판되기 시작한다.

20세기 초에 대두된 모더니즘은 이러한 근대성의 모순에 대한 비판을 그 핵심으로 삼는다. 서구 모더니즘의 출발로 평가되는 인상파나 상징주의 경우, 색채와 언어의 재현을 거부하고 그 자체에 대한 창의적 정복을 주장하고 있다. 뒤이어 등장한 입체파의 경우, 사진에서나 볼 수 있는 일원시점을 거부하고 다원시점을 통해 평면 위의 입체적 구성을 강조하였으며, 더불어 예술은 더 이상 대상을 있는 그대로 재현하는 것이 아니라 대상을 인공적으로 분할하고 재가공함으로써 예술가의 자율성을 중시하고 있다.

1930년대 한국 모더니즘 시를 논할 때, 모더니즘에 대한 이러한 측면은 강조되어야 하는데, 이는 다음 두 가지 측면과 관련이 있다. 먼저, 흔히 모더니즘을 두고 근대적 글쓰기로 일반화하는 경우가 있다. 곧 '모던(modern)＝모더니즘(modernism)'이라는 등식 하에, 근대적인 문학 전체를 모더니즘으로 추상화하여, 모더니즘을 20세기 초는 물론이고 현재까지도 그 영역을 확대하는 경우이다. 그러나 모더니즘은 20세기 초에 대두된 근대성 비판의 예술운동으로 그 자체의 특정한 방법론에 기초한 특정시기의 예술운동이다. 한국 모더니즘의 경우에도 그것은 1930년대라는 특정시기의 특정한 예술운동으로 규정되어야지, 그것을 1970년대를 넘어 오늘날에까지 지속되는 것으로 파악하는 것은 모더니즘의 특성을 무시한 추상적인 접근방법일 뿐이다. 이 추상적 접근방법의 입장에 설 때, 1930년대 한국 모더니즘의 특수성은 사상될 수밖에 없다.

다음, 모더니즘을 두고 흔히 근대성 구현의 측면에서 접근하는 경우가 있는데, 이는 한국 모더니즘을 지방성 차원의 저급한 문학으로 평가절하하는 태도에서 비롯된 오류이다. 보편적인 모더니즘은 근대성 비판을 핵심으로 삼고 있으며, 한국 모더니즘 역시 1930년대 근대도시 경성으로 대표되는 근대성을 비판하고 있다. 그럼에도 불구하고 지금까지 한국 모더니즘은 근대적 도시로 점차 그 모습을 갖추어나가고 있는 당대 경성의 제반측면을 반영하면서 근대성을 구현하는 작품들에 논의의 초점이 맞추어졌다. 그 결과 한국 모더니즘은 보편성에 함량미달되는 식민지 변방의 초라한 문학으로 폄하되었으며, 나아가 경박한 외래추수주의로 호도되어 온 것이 사실이다. 그러나 이상을 비롯한 모더니즘 작품들에 나타나는 근대성 비판의 측면이 연구의 중심으로 부각되면서, 점차 한국 모더니즘은 지방성 차원의 문학을 넘어 세계사적 보편성의 영역에 진입해 있는 것으로 그 가치평가가 바뀌고 있다.


## 2. 이미지즘 계열의 시

1930년대 한국 모더니즘 시는 이상, 김기림, 정지용, 김광균으로 대표된다. 이들은 근대성 비판이라는 공통분모를 함유하면서, 그 비판의 특질면에서 차이점을 내포하고 있는데, 그것은 크게 다음 두 가지로 나누어질 수 있다. 먼저 당대 비평가 최재서에 의해 소개된 주지주의 이론과 관계된 이미지즘의 측면이다. 이것은 흄의 불연속적 세계관에 기초하고 있다.

흄(T. E. Hulme)은 실재회의론에 입각하여 이전의 단일한 세계를 세 개의 동심원으로 나누어, ① 제일 바깥을 수리물리학의 세계로, ② 가운데를 생명의 세계로, ③ 제일 안쪽을 종교의 세계로 명명하고, 각각

의 동심원은 불연속을 이룬다고 본다. 그런데, 근대인간은 ②인 생명
의 세계만이 실재라고 주장하면서, 그 세계의 논리로 ①과 ③을 설명
함으로써 오늘날의 혼돈이 시작된 것이라 비판하다. 이처럼 ②만을 중
시하는 것이 근대의 휴머니즘이며, 그것이 문학에서는 감정의 과잉공
급이라는 문제를 내포하고 있는 로맨티시즘으로 발현된다. 흄은 예술
을 생명적인 것과 기하학적인 것으로 구분하면서, 생명적인 것을 중시
하는 근대예술을 부정하고, 새로운 예술은 생명적이고 인간적 요소를
배제하고 엄숙한 직선이나 곡선 같은 기하학적 완전성을 구유하기 위
하여 기하학적 예술이 되어야 한다고 주장한다. 흄의 이러한 주장은
칸딘스키류의 추상예술과 이미지즘의 바탕이 된다.

　흄의 기하학적 예술에 의해, 시에 있어서 감정노출이라는 낭만주의
적 경향이 극복되고 감정을 최대한 억제하면서 그것을 이미지화하는
이미지즘이 대두된다. 한국시사에서 1920년대의 감정의 과잉공급이라
는 낭만주의적 경향을 극복하고 대두된 것이 김기림, 정지용, 김광균
으로 대표되는 이미지즘 시이다.

> 琉璃에 차고 슬픈것이 어린거린다.
> 열없이 붙어서서 입김을 흐리우니
> 길들은양 언날개를 파다거린다.
> 지우고 보고 지우고 보아도
> 새까만 밤이 밀려나가고 밀려와 부디치고,
> 물먹은 별이, 반짝, 寶石처럼 백힌다.
> 밤에 홀로 琉璃를 닥는것은
> 외로운 황홀한 심사 이어니,
> 고흔 肺血管이 찢어진 채로

> 아아, 늬는 山ㅅ새처럼 날러 갔구나!
>
> (정지용, 「유리창」1)

잘 알려진 대로 이 시는 어린아이를 저 세상으로 떠나보내면서 쓴 시다. 아이를 잃은 슬픔이 과도하게 노출될 수도 있겠지만, 이 시는 그런 감정을 최대한 억제하고 그것을 이미지화하고 있다. '언날개', '물먹은 별', '산새'로 이어지는 이미지를 통해 아이가 저 세상으로 떠났음을 전달하고, 그러면서 '차고 슬픈 것'이라는 감정의 대위법과 '외로운 황홀한 심사'라는 모순형용 어법에 의해 감정을 최대한 절제하고 있다. 이처럼 한국 모더니즘 시에 있어서 이미지즘 시는 1920년대 감정의 과잉노출을 최대한 억제하고 그것을 이미지화함으로써 한국시를 그 질적 측면에서 한 차원 비약시키는 역할을 하고 있다.

그런데 여기서 유념할 점은 1930년대 이미지즘 시들이 흄의 기하학적 예술로서의 이미지즘이 갖는 그 본래적 의의를 사상하고 있다는 점이다. 인간적, 생명적인 것을 배제하는 흄의 기하학적 예술은 궁극적으로 개인적 주체로서의 근대인간을 비인간화함으로써 그것을 비판하는 것을 주된 목적으로 삼고 있다. 곧 도구적 이성으로 전락한 인간을 기존의 담론으로는 표현할 수 없기에, 그러한 비판의 한 방법으로 인간을 기하학적으로 처리하여 그것을 사물화 내지 단자화시킴으로써, 일상적인 시각에서는 인식되지 않는 근대 이성적 인간의 모순을 역설적이고 다면적인 수법으로 충격을 가하는 것이다.

그런데 1930년대 한국 모더니즘에 있어서 이미지즘 계열의 시들은 근대 이성적 인간에 대한 비판이라는 이미지즘 본래의 몫을 탈각하고, 다만 그것을 형식적, 기교적, 수사적 차원에서 접근하고 있다는 점이다.

바다는 뿔뿔이
달어 날랴고 했다.

푸른 도마뱀떼 같이
재재발렀다.

꼬리가 이루
잡히지 않었다.

힌 발톱에 찢긴
珊瑚보다 붉고 슬픈 생채기!

가까스루 몰아다 부치고
변죽을 둘러 손질하여 물기를 시쳤다.

이 앨쓴 海圖에
손을 싯고 떼었다.

찰찰 넘치도록
돌돌 굴르도록

회동그란히 바쳐 들었다!
地球는 蓮닢인양 옴으라들고……펴고……

(정지용, 「바다2」)

　이 시의 내용을 두고 다양한 해석이 제시되고 있다. 이 글에서는 그
런 해석에 또 다른 해석을 덧붙이려는 것은 아니다. 다만 이 시를 통
해 근대인간 내지 그러한 인간이 주축이 된 근대성에 대한 비판을 전

혀 찾을 수 없다는 점을 강조하고 싶다. 곧 근대성 비판으로서의 이미지즘 본래의 몫을 배제한 채 이미지들이 단순히 기교적이고 수사적 차원에서 병치되고 있을 뿐이다. 그러면서 이미지들이, 사랑하는 두 연인의 관계를 컴퍼스의 두 다리에 비유한 일종의 기상(conceit) 같은 이미지들로 연결되면서 해석상의 어려움을 불러일으키고 있다.

물론 정지용이 새것에 대한 호기심으로 인해 그의 시가 다소 경박성을 드러낸다는 견해도 있지만, 그렇다 하더라도 정지용을 떠나 1930년대 이미지즘으로 분류되는 다른 시인들의 작품들도 이러한 비판적 지적으로부터 결코 자유롭지 못할 것이다. 그러나 이들이 전혀 근대적 측면에 대한 비판을 담고 있지 않는 것은 아니다.

차단—한 燈불이 하나 비인 하늘에 걸리어 있다.
내 호올로 어데로 가라는 슬픈 信號냐.

긴—여름 해 황망히 나래를 접고
늘어선 高層 창백한 墓石같이 황혼에 젖어

찬란한 夜景 무성한 雜草인양 헝클어 진채
思念 벙어리 되어 입을 다물다.

皮膚의 바깥에 스미는 어둠
낯설은 거리의 아우성 소리
까닭도 없이 눈물겹고나.

空虛한 群衆의 행렬에 섞이어
내 어디서 그리 무거운 悲哀를 지고 왔기에

길―게 늘인 그림자 이다지 어두어

내 어디로 어떻게 가라는 슬픈 信號기
차단―한 등불이 하나 비인 하늘에
걸리어 있다

(김광균, 「와사등」)


　　1930년대 근대도시의 면모를 갖추어 가고 있는 경성에서 군중 속의
고독을 나타내는 것으로 평가되는 이 시에서 보듯, 이 시 역시 이미지
즘을 수사적, 기교적 차원에서 접근하고 있지만, 그 속에 근대도시 경
성의 물화되고 소외된 측면에 대한 다소간의 비판을 담고 있음을 볼
수 있다. 그럼에도 불구하고 1930년대 한국 이미지즘 계열의 시들에
대해, 근대성 비판이라는 이미지즘 본래의 미학적 본질에까지 나아가
지 못하고 있다는 비판을 가할 수 있는 이유는, 이들 시에 나타나는
근대비판이 그 모순의 본질적 측면으로까지 나아가지 못하고 다분히
피상적이고 현상적인 측면에 머물고 있기 때문이다.


아무도 그에게 水深을 일러 준 일이 없기에
힌 나비는 도모지 바다가 무섭지 않다

靑무우밭인가 해서 나려 갔다가는
어린 날개가 물결에 저러서
公主처럼 지처서 도라온다.

三月달 바다가 꽃이 피지 않어서 서거푼
나비 허리에 새파란 초생달이 시리다.

(김기림, 「바다와 나비」)

모더니즘 시의 특성과 의의　**85**

'수심'의 깊이를 모르듯, 근대의 본질적 모순을 간파하지 못한 상태에서 근대를 비판하다가 결국 '지쳐서' 돌아오는 '나비'는 한국 이미지즘 계열의 시의 모습에 다름 아니다. 이 시를 쓴 김기림이 『태양의 풍속』이라는 문명비판의 시를 발표하였지만, 그 시 역시 현상적이고 피상적 측면에서 근대비판에 머물고 있다는 비판을 면할 길이 없을 것이다.

이러한 사태를 두고, 서구 이미지즘과의 비교문학적 관점에 입각하여 한국시인들이 서구 이미지즘을 제대로 이해하지 못했다는데 원인을 두거나, 혹은 당대 경성이 서구의 근대도시보다 열악하다는 측면에 원인을 두어서는 안 된다. 그러한 판단은 한국 모더니즘이 지방성 차원의 저급한 문학이라는 잘못된 인식에 기초할 때 가능한 일이기 때문이다. 사태의 본질은 근대도시 경성의 모순을 인식하는 당대 시인들의 인식의 깊이 여부에 달려 있다. 이러한 판단은 다음 이상의 시를 통해 검증될 수 있다.

## 3. 분열 텍스트 계열의 시

1930년대 한국 모더니즘 시에 있어서 이미지즘 계열의 시가 한 축을 차지한다면, 이상으로 대표되는 시계열이 또 다른 한 축을 차지하고 있다. 흔히 이상 시를 두고 초현실주의, 다다이즘 등으로 명명하나 이는 타당하지 않다. 이상 시는 인상파에서 입체파, 표현주의, 초현실주의, 다다이즘으로 이어지는 모더니즘의 다양한 조류들의 다양한 측면을 자체 내에 내포하고 있기 때문이다. 물론 이러한 판단 역시, 이상이 서구 모더니즘의 다양한 조류를 모두 인지하고 그것을 수용했다는 것을 의미하는 것은 아니다. 이상은 경성으로 대표되는 당대의 근대성에 절망하고 그 모순을 본질적 측면에서 천착하여 비판했고, 그 결과 모더니즘의 다양한 조류를 포괄할 수 있을 만큼의 폭 넓고 질적으로 깊이 있는 시를 산출한 것이다. 가령 다음 시를 보자.

(i) 능금한알이추락하였다. 지구는부서질정도만큼상했다. 최후. 이미여하한정신도발아하지아니한다. (「最後」)

(ii) 유우크리트는사망해버린오늘유우크리트의초점은도처에있어서인문의뇌수를마른풀과같이소각하는수렴작용을나열하는것에의하여최대의수렴작용을재촉하는위험을재촉한다. (「線에관한覺書2」)

이 시에서 뉴턴 물리학과 유클리드 기하학이 “여하한정신도발아”하지 못하게 하고 “인문의뇌수를마른풀과같이소각하는수렴작용을나열”하는 것으로 비판하고 있음을 볼 수 있다. 앞에서 근대성의 사상적 기반을 살펴보았다. 이상은 식민지 경성으로 대표되는 당대의 열악한 근대성에 절망하고 그것을 치열하게 비판하는 과정에서 근대의 본질적 모순을 포착할 수 있었던 것이다. 그 결과, 이상은 칸트의 선험적 이성에 기초한 근대인간, 뉴턴 물리학과 유클리드 기하학으로 대표되는 기계론적 근대 자연과학, 그리고 물질적 진보사관에 대해 비판을 가함과 동시에 당대 경성의 타락한 근대에 대한 비판도 가한다. 그것이 『삼차각설계도』로 대표되는 일본어 시와 『오감도』로 대표되는 한글 시편들이다.

이상의 근대에 대한 본질적 비판은 이상 스스로 언급한 두 개의 아포리즘을 통해 압축될 수 있다. 먼저 “여자는 다마네기와 같다.”라는 것이다. 여기서 '여자'는 이상과 동거한 술집 작부 '금홍'이처럼, 근대도시 경성의 타락한 측면을 상징한다. 이상은 당대 근대성의 모순을 파헤치기 위해, 양파를 벗기듯, 근대도시 경성의 겉으로 드러난 껍데기를 하나하나 벗겨나가, 궁극적으로 그 본질적 실체를 파악할 때까지 집요하면서도 치열하게 모순을 천착해 들어간 것이다.

다음, "절망이 기교를 낳고, 기교 때문에 또 절망한다."라는 것이다. 이상은 당대의 열악한 근대성에 절망하고, 그것을 극복할 수 있는 새로운 세계(레몬으로 상징되는 세계)를 욕망하면서 그 세계의 언어(기교)로 시를 썼던 것이고, 그러면서 그런 새로운 세계(언어)로도 그 절망을 극복할 수 없음에 절망하면서 더욱더 기교를 극단으로 몰고 간 것이다. 그로 인해 이상의 시는 난해한 작품으로 기능하는데, 이를 두고 우리는 '분열 텍스트'라고 명명할 수 있을 것이다. 곧 의식상으로는 당대 근대성을 비판하면서 무의식으로는 새로운 세계에 대한 갈망을 새로운 세계의 언어로 분출하고 있기에, 이상 시는 의식과 무의식으로 분열된 글쓰기의 형태를 취하게 되는 것이다. 그러한 분열이 최고조에 달한 것이 일본어 시이며, 그나마 분열을 어느 정도 약화시킨 것이 다음에 인용되는 한글 시『오감도』중의「시제1호」이다.

十三人의兒孩가道路를疾走하오.
(길은막달은골목이適當하오.)

第一의兒孩가무섭다고그리오.
第二의兒孩가무섭다고그리오.
第三의兒孩가무섭다고그리오.
第四의兒孩가무섭다고그리오.

第五의兒孩가무섭다고그리오.
第六의兒孩가무섭다고그리오.
第七의兒孩가무섭다고그리오.
第八의兒孩가무섭다고그리오.
第九의兒孩가무섭다고그리오.
第十의兒孩가무섭다고그리오,

第十一의兒孩가무섭다고그리오.
第十二의兒孩가무섭다고그리오.
十三人의兒孩는무서운兒孩와무서워하는兒孩와그러케뿐이모혓
소.(다른事情은업는것이차라리나앗소.)

그中에一人의兒孩가무서운兒孩라도좃소.
그中에二人의兒孩가무서운兒孩라도좃소.
그中에二人의兒孩가무서워하는兒孩라도좃소.
그中에一人의兒孩가무서워하는兒孩라도좃소.

(길은뚤닌골목이라도適當하오.)
十三人의兒孩가道路를疾走하지아니하야도좃소.

(「시제1호」)

이상 시에 대한 대부분의 연구가 이 작품의 분석을 중요시하고 있으며, 그리고 각각이 나름대로의 정합성을 띤 해석을 제시하고 있다. 이들 대부분이 "13인의아해"가 절망 내지 공포에 질려있는 것이라는 동일 결론을 내리고 있다. 물론 이 글도 결과적으로는 좌절과 절망이라는 결론에 도달하지만, 그것이 갖는 의미가 무엇인가라는 관점에서 시각을 달리하고자 한다.

이 작품에서 한글의미단위는 "13인의아해", "도로", "질주하다", "무섭다"의 네 개다. 그런데 "도로"는 "막다른골목"과 "뚫린골목"에 의해, "질주하다"는 "질주하는"과 "질주하지아니하는"에 의해, "무섭다"는 "무서운"과 "무서워하는"에 의해 그 어미가 활용되면서 의미단위가 해체된다. 남는 것은 공간(골목)도, 운동(질주하다)도, 감정(무섭다)도 가지지 않는 "13인의아해"이다. 그런데 이 "13인의아해"는 "13"이라는 기하학적인 숫자와 결합됨으로써 그것은 어떠한 유기체적 생명감이나 생성적, 역동적인 측면이 제거된 무기질화되고 파편화된 상태로 제시되고 있다. 이러한 의미는 작품구조 자체로 침투하여 "도로"의 의미해체와 함께 작품구조의 대칭적 균형감도 해체되어 비대칭의 불안정감을 나타내면서 "13인의아해"의 절망적 고립화를 강화하고 있다.

"13인의아해"의 이러한 절망은 당대의 열악한 근대에 비롯된 것이면서, 동시에 그것을 극복할 수 있는 새로운 세계의 실현에 대한 좌절에서 비롯된 것이다. 이를 통해, 이 시에 나타나는 절망과 좌절은 근대성 비판의 측면에서 볼 때, 당대 한국 모더니즘 시편들 중에서 가장 깊은 영역에 도달해 있음을 알 수 있다.

## 4. 현재적 의의

하나의 예술운동이 문학사적 의의를 획득하기 위해서는 그 운동이 뿌리를 두고 있는 당대 현실에 대해 그 본질적인 측면에서 모순을 비판하고 이를 극복하려 노력해야 할 것이다. 흔히 1930년대 한국 모더니즘을 두고 서구 모더니즘과 비교하여 저급한 지방성 차원의 문학 내지 경박한 외래추수주의 문학이라 폄하하는 것은 극복되어야 한다.

1930년대 한국 모더니즘은 식민지 경성으로 상징되는 당대의 열악한 근대성을 비판하고 그것을 극복하려 한 예술운동으로, 근대성 비판이라는 측면에서 볼 때, 이상 시를 비롯한 작품들은 세계사적 보편성의 영역에 진입해 있으면서 이를 넘어서고 있는 것으로 판단된다.

1930년대 이미지즘 계열과 분열 텍스트 계열의 모더니즘 시를 검토하면서, 현 단계 한국시가 나아갈 방향과 관련하여 다음 사항은 지적되어야 한다. 단순히 수사적이고 기교적 차원에서 시적 완결성을 높이는 것도 중요하지만, 무엇보다 사회와 역사에 대한 절망의 깊이와 넓이를 확보하는 것이 중요하다는 점이다. 이 점은 오늘날의 다양한 시 조류들, 가령 전통서정시, 민중적 서정시, 자연서정시 등에는 물론이고, 특히 1990년대 이후 대두된 해체시에 대해 아무리 강조되어도 지나치지 않을 것이다. 곧 '해체를 위한 해체' 내지 '언어유희적 실험'만을 일삼는 시들과, 정보사회의 모순을 그 본질적 측면에서 포착하여 비판하고 극복하려는 시들을 대비할 때, 어느 것이 해체시가 취해야 할 바람직한 방향인지를 1930년대 모더니즘 시들은 잘 보여주고 있다.

# 환상문학의 발생론적 토대와 그 유형

## 1. 두 가지 문제점

오늘날 거의 모든 예술분야에서 환상(fantasy)이 중요한 장치로 등장하고 있음을 볼 수 있다. 현실과 꿈, 이승과 저승, 산 자와 죽은 자, 과거와 현재와 미래, 인간과 사물의 차별과 경계가 허물어지는 환상은 이제 거의 모든 예술의 미학적 구성에 있어서 핵심요소로 기능하고 있다. 오늘날 우리 문학에서도 환상을 작품의 중요한 구성요소로 사용하는 경우가 크게 증가하고 있다. 문학은 현실을 반영한다는 기존의 통념을 전복시키는 이러한 환상의 등장은 앞으로 더욱 가속화될 것으로 보인다. 그렇다면 오늘날 환상이 이처럼 중요한 요소로 등장하게 된 원인은 무엇이며, 환상이 갖는 시대적 의미 내지 미학적 의미는 무엇일까?

이 물음에 대한 해답을 찾기 전에 환상문학에 대한 기존의 연구사를 검토할 필요가 있다. 토도로프가 환상문학에 대해 최초의 정의를 내린 이후 지금까지 다양한 논의들이 제시되어 왔고 지금도 제시되고 있다. 이 다양한 논의들을 대하노라면, 환상문학을 어떻게 정의해야 할지 여간 당혹스럽지 않다. 하지만, 이들 논의들은 크게, (i) 환상문학을 장르로서 보고 장르론적 접근을 꾀하는 경우와, (ii) 환상을 모방과 함께 문학의 중요한 본질에 해당된다고 보는 반장르론적 접근을 꾀하는 경우로 구분된다.

이들 다양한 논의들을 종합하면, 우선적으로 환상문학은 다음과 같이 규정될 수 있다. 첫째, 환상문학은 환상이 문학작품에서 핵심요소로 작동하고 있어야 하며, 그러면서 환상은 현실적으로 합의된 리얼리티로부터 벗어나거나 전도된 새로운 2차 세계(비현실적, 초자연적 세계)로 그 자체의 내적 논리를 지녀야 한다. 둘째, 환상문학은 미스터리 문학(the uncanny)과 경이 문학(the marvelous)과는 다르다. 미스터리 문학은 초자연적 사건이 자연적인 방식으로 설명되는 것으로, 가령 도깨비가 등장했는데 나중에 알고 보니 사람의 장난임이 드러나는 경우다. 경이 문학은 초자연적 사건이 초자연적 방식으로 설명되는 것으로, 도깨비 장난이 끝까지 도깨비 장난인 경우이다. 셋째, 경이 문학은 화자-작중인물-독자가 초자연적인 사건을 단순히 초자연적인 것으로 받아들임에 반해, 환상문학은 화자-작중인물-독자가 초자연적으로 받아들일 것인지 아닌지에 대해 망설이게 만든다.

환상문학을 이렇게 정의할 때, 다음 두 가지 문제점을 제기할 수 있다. 첫째(A), 「단군신화」나 「조신설화」, 그리고 고려시대의 가전체소설, 조선시대의 「금오신화」나 몽자류소설 등처럼 고전문학에 나타나는 환상과 오늘날의 환상문학은 같은 기능을 내포하고 있는가하는 점이다. 만약 같은 기능을 내포하고 있다면, 고대로부터 조선시대에 이르기까지의 작품에 환상이 그토록 많이 등장하다가, 개화기 이후부터 1980년대의 소설에서 거의 사라진 후, 오늘날에 와서 왜 다시 유행하는가라는 의문을 갖게 된다. 이러한 의문은 고전문학에서의 환상과 현대문학에서의 환상이 동일한 기능을 하고 있지 않다는 판단에 기초하고 있다.

둘째(B), (i) 최근 유행하는 마법사 시리즈와 같은 환상문학과 (ii) 보르헤스나 마르케스, 카프카류의 환상문학, 그리고 한국문학 중 환상문학로 분류될 수 있는 작품들, 가령 김영하, 송경아, 이승우, 이제하, 최수철 등의 작품들은 모두 동일한 기능을 하는가의 문제이다. 문학은 경험세계의 모순을 비판하고 그 모순이 극복된 가능세계를 지향한다라는 관점에서 볼 때, 이들 환상문학들 역시 그 작품이 소속된 당대 사회의 모순을 비판하는 기능을 하고 있어야 한다. 그런데 이들 작품들을 읽고 나면, (i)의 경우 현실의 모순비판보다는 다분히 흥미위주의 작품들이며, (ii)의 경우 환상을 통해 현실의 모순을 비판하는 작품임을 알 수 있다. 만약 환상을 토도로프 등이 제기한 측면에서 접근한다면, 이들 작품들에 대한 변별력은 사라진다. 그렇다면 앞선 환상문학에 대한 제반논의들은 환상문학을 단순히 기법적 내지 수사학적 차원에서만 접근한 것이 아닌가 하는 의문을 제기할 수 있다.

이와 더불어 현재의 한국문학에서 환상에 대한 논의 또한 활발히 진행되고 있는데, 환상의 기법, 의의 등 다양한 측면에 대한 이들 논의를 지켜보면서, 이들 논의들 역시 오늘날 유행하는 환상문학에 대해 다분히 수사학적 차원의 접근에만 머물고 있는 것으로 판단된다.

이런 문제점을 해결하기 위해 이 글은 환상문학을 발생론적 토대의 측면에서 고찰하고, 이에 기초하여 현실모순에 대한 비판과 그 극복방식에 따라 그것을 유형화하고자 한다. 발생론적 측면에 대한 연구와 관련하여, 루카치가 역사철학적 측면에서 소설의 발생론적 기반을 근대 자본주의와 관련시키고, 소설을 근대 자본주의의 서사시라 명명한 것을 상기할 필요가 있다. 한 시대의 문학은 그 시대의 특수한 사회역사적 상황에 그 발생론적 토대를 두기 마련이다. 우리 문학에서 1930년대의 모더니즘이나 리얼리즘은 일제강점기라는 당대의 역사적 상황과 밀접한 관련이 있음은 주지하는 바이다. 물론 소설이든 시든, 혹은 모더니즘이든, 리얼리즘이든, 그것을 수사학적 장치라는 측면에서 접근하여 그 특징을 논할 수도 있다. 그러나 순전히 작품자체만을 해부하는 신비평적인 이러한 연구방식은 골드만이 제기한 바 있는 문학과 사회의 상동성을 배제함으로써 문학작품과 문예운동이 갖는 당대의 사회역사적 측면과 관련된 의의를 사상할 수밖에 없다.

현 단계 환상문학에 대한 연구가 갖는 한계가 여기에 있다. 지금까지 환상문학에 대한 논의의 대부분은 발생론적 측면과 관련된 특수한 시대와 역사적 상황을 배제하고, 초시대적이고 초역사적 측면에서 환상문학을 규정함으로써, 다분히 형식논리적 차원의 논의에 머물고 있는 실정이다. 환상문학을 수사학적이고 기교적 측면에서 접근한 결과, 환상문학에 대한 연구는 오늘날의 작품을 넘어서 일제강점기의 작품으로 확산되고, 심지어 조선시대 고전문학을 넘어 구비설화에까지 그 영역을 넓히고 있다. 환상문학을 수사적 측면에서 접근하면 고전문학에 나타나는 환상과 현대문학에 나타나는 환상의 차별성은 사라진다. 그러나 역사철학적 관점에서 환상의 발생론적 측면에 주목할 때, 고전문학에서의 환상과 현대문학에서의 환상은 명백한 변별점을 지니고 있으며, 이에 따라 그것이 각 시대의 문학에서 기능하는 측면도 질적으로 차이를 내포하고 있음을 알 수 있다.

따라서 현재 환상문학에 대한 논의에 있어서 중요한 것은 왜 오늘날 환상이 문학에서 중요한 구성요소로 부각되고 있으며, 그 의의는 무엇인가 하는 점이다. 그러니까 환상문학은 초시대적 내지 초역사적 개념이 아니라, 발생론적 측면에서 특정 시대의 특수한 상황과 밀접한 관련이 있는 미적 장치라는 인식의 전환이 시급하다. 이러한 인식전환의 자리에 설 때, 환상문학에 대한 올바른 개념규정과 문학사적 의의에 대한 검토가 가능하다.

## 2. 환상문학의 발생론적 토대

환상문학을 발생론적 측면에서 검토할 때, 중요논점으로 부각되는 것이 앞서 제기한 두 가지 문제점(A와 B)이다. 이 두 가지 문제점에 대한 해답을 찾는 과정에서 오늘날의 환상문학을 그 발생론적 측면에서 개념규정할 수 있는 핵심 준거틀을 마련할 수 있을 것이다.

첫째, 문제점 (A)와 관련하여, 먼저 고전문학에서의 환상과 오늘날의 환상문학과의 변별점에 대한 검토가 필요하다. 환상을 비현실적이고 초자연적인 것으로 규정할 때, 그것은 현실적인 것과 대비된다. 현실에 대해 환상이 구분되기 시작한 것은 근대 인식관이 대두하면서부터이다.

근대는 과학적이고 이성적이고 합리적인 인식이 지배한다. 이러한 인식은 데카르트와 칸트로 이어지는 인간의 이성적 인식과 관련이 있다. 데카르트의 "나는 생각한다. 그러므로 존재한다."는 명제는 '생각(사유)'하는 것만이 세계에 '존재'하며, '생각하지 않는 것'은 '존재하지 않는 것'이라는 선언에 해당된다. 곧 이성에 의해 생각하는 인간만이 존재하는 것이며, 그런 인간을 제외한 모든 것은 존재하지 않는 것이다. 데카르트의 이 독단적 선언을 뒤이어, 인간만이 태어날 때부터 이성적 존재라는 칸트의 선험적 이성이 제출되면서 인간은 세계의 유일한 존재이자 주체로 부상한다. 여기에 뉴턴의 자연과학이 대두되면서, 자연은 이제 신비로운 경외의 대상이 아니라 이성적 인간에 의해 그 비밀스런 측면이 모두 벗겨져 과학적 지배의 대상으로 전락한다. 뉴턴의 자연과학은 '기계론적 결정론'으로 명명되는데, 곧 자연은 기계와 같은 것으로 그 흐름이 일정하며, 그 흐름(법칙)은 절대불변이라는 것이다. 불변의 자연법칙은 이성적 인식에 의해서만 파악될 수 있으며, 따라서 그것은 이성적 인간에 의해서만 가능하다.

　이성적 인간에 의한 자연지배를 근간으로 하는 근대가 시작되면서부터 현실과 환상은 구분된다. 현실과 구분되는 환상은 근대 이성적 인식의 그물망에 걸리지 않는 것, 혹은 과학적, 합리적 현실에서 추방된 것들과 관련이 있다. 이성적, 합리적, 과학적으로 인식되거나 설명될 수 없는 것들은 비이성적, 비현실적, 초자연적인 것으로 치부되어 배척된다. '1+1=2'처럼 과학적, 수학적 명증성을 지니지 않는 것, 곧 신비로운 자연, 저승세계, 영혼의 교감, 꿈과 현실의 교직 등은 근대 이성적 현실에서는 수용될 수 없는 환상으로 규정된다.

　그러나 근대 이전의 세계에서는 인간과 자연, 육체와 영혼, 꿈과 현실, 이승과 저승의 구분이 존재하지 않기 때문에 현실과 환상의 구분이 성립되지 않는다. 사람이 죽으면 영혼이 하늘나라로 가서 다시 환생한다는 믿음이 지배하는 시대에 있어서 그런 내용은 결코 환상이 아니라 현실 그 자체이다. 곧 고전문학인 「구운몽」이 보여주는 천상계와 지상계 또는 꿈과 현실의 무차별성이나, 「금오신화」에 나타나는 이 승과 저승의 혼효는 이들 작품들이 산출된 당대에 있어서 환상이 아 니라 현실적으로 가능한 것으로 인식된다.

다음, 현실에 대비되는 환상은 무엇인가 하는 점이다. 환상은 과학 적이고 이성적인 현실에서 볼 수 없는 황당무계하고 허황한 공상 내 지 망상인가, 아니면 현실비판적인 것인가? 이 문제는 다시 근대에 대 한 논의를 필요로 한다. 근대는 인간이성중심주의로 규정된다. 인간 이성에 대한 절대적 믿음에 기초한 근대는 그러한 이성적 인간을 주 체로 설정하고, 객체로서의 자연을 비이성적인 것으로 평가절하한다. 근대 이성적 인간은 스스로 만물의 영장이라 뽐내면서, 자연을 지배하 고 재가공하여 물적 풍요로움을 이룩하는 등, 모든 것을 인간중심으로 재편한다. 곧 근대는 인간/이성/의식/육체/물질이 중심부에 자리잡고, 자연/비이성/무의식/영혼/정신 등은 주변부로 전락하여, 중심부에 의한 주변부의 지배와 배척이 행해지는 이항대립체계를 구축한다. 그 결과 인간과 자연, 현실과 꿈, 육체와 영혼은 분리되어, 후자는 비현실적이 고 초자연적인 것으로 치부되면서 과학적이고 합리적인 이성의 왕국 으로부터 영원히 추방당한다.

그러나 이 추방으로 인해 근대인간은 불구자로 전락한다. 근대인간 은 '육체'와 '물질'과 '인간 자신'만을 중시함으로써, 스스로 완전한 존재가 되기 위한 필수조건인 타자로서의 '자연'과 '영혼'과 '정신'과 '꿈'을 상실해버린 것이다. 근대인간은 잃어버린 반쪽을 찾아 방황할 수밖에 없는 운명에 처한다. 하이데거는 근대의 이러한 상황을 두고 '존재의 집'이 황폐화되었다고 규정하고 있다. 인간과 자연이 어우러 져 생명의 녹색향기를 발산하던 '존재의 집'은 자본주의가 시작되면서 황폐화된다. 밤하늘에 빛나는 별이 영혼의 별이 되고, 어디를 가더라도 마치 집안에 있는 것처럼 낯설지 않는 세계, 인간과 자연이 어우러져 평화롭게 공존하던 세계는 오만한 근대인간에 의해 사라져버린 것이다. '신이 사라진 시대'는 자본주의의 이러한 불구상태를 단적으로 드러내는 대목이라 할 수 있다.

하지만, 그것은 영원히 사라진 것이 아니다. 그것은 근대적 인식의 눈에 포착되지 않을 뿐, 우리 곁에 늘 공존하고 있다. 오만한 근대인간의 자세를 버릴 때, 그것은 언제든지 우리들 곁에 현현하는 현실적 가능태이다. 환상은 상실된 이 현실적 가능태의 영역과 관련이 있다. 인간과 자연의 교감, 숲의 정령들과의 대화, 꿈과 현실의 무차별성, 영혼과 육체의 일치 등과 같은 환상은 바로 황폐화되고 물신화된 근대의 모순을 첨예하게 비판할 수 있는 미적 기능을 지니고 있다. 오늘날 환상은 근대현실과 구분되는 이 세계를 궁극적인 지향점으로 삼고 있는 바, 환상이 문제시되기 시작한 것은 바로 근대비판과 맞물려 있다고 할 수 있다.

둘째, 문제점 (B)와 관련하여, 환상이 초시대적이고 초역사적인 수사적 장치 내지 기법적 차원의 것인가, 아니면 특정시대의 특정한 예술운동과 결부된 것인가의 문제이다. 결론적으로 말하자면, 환상은 포스트모더니즘의 중요한 미적 장치에 해당된다. 포스트모더니즘은 인간 이성중심주의에 입각한 폭력적인 이항대립체계를 비판하고 그것이 해체된, 중심과 주변의 구분이 없는 탈중심의 사회를 지향한다.

자본주의 발달과정은 '증기기관차→비행기→우주선'의 시대로 이어진다. 증기기관차의 시대는 레일의 안과 밖처럼 철저한 이항대립에 기초하고 있다. 반면 비행기의 시대에서는 중심과 주변, 안과 밖의 구분이 무화된다. 그리고 우주선의 시대는 우주선을 타고 광활한 우주에서 지구를 바라볼 때 지구가 하나의 점에 불과하듯, 안과 밖, 중심과 주변의 구분이 해체되고 모두가 '지구촌'이라는 하나의 공동체를 이룬다. 서양과 동양, 인간과 자연, 남성과 여성, 의식과 무의식, 이성과 비이성이 하나가 되는 동일성의 세계야말로 근대 자본주의의 모순을 극복하고 도달하고자 하는 탈근대의 세계가 아닐 수 없다. 포스트모더니즘은 그런 탈근대적인 우주선의 시대를 그 지향점으로 삼는 예술운동이다.

흔히 컴퓨터 혁명으로 지칭되는 정보사회를 두고, 국가와 민족의 경계를 허물고 전세계를 하나의 '지구촌'으로 만들었으며, 나아가 지금까지 자본주의를 지탱해오던 폭력적인 이항대립체계를 해체하고 모든 것이 동등한 상태에서 평화롭게 공존하는 사회를 건설했다고 주장한다. 그러나 실상을 파헤쳐 보면 그것은 눈가림에 불과하다. 비유하자면, 원형감옥의 감시탑에 미국이라는 초월적 중심부가 있고 그 감방에 지구의 모든 나라가 통제되는 시대라 할 수 있다. 오늘날의 한국사회는 이 통제권 내에 편입되어 있다. 그러면서 한국의 정보사회는 또 다른 원형감옥을 설치하고 각종 정보 메커니즘을 통해 구성원들을 철저히 길들인다. 구성원들은 자신이 감방에 갇혀 길들여지는 것을 깨닫지 못하고, 모두가 자유롭고 평등하게 생활한다고 착각하고 있다. 그러나 실상은 눈에 보이지 않는 초월적 권력에 의해 삶의 세목까지 지배, 통제된다. 그것은 다음 두 가지 상반된 방식에 의해 수행된다.

먼저, 상품의 대중소비화와 가공할 변화속도에 의한 획일화이다. 정보사회는 인간과 자연을 비롯하여 모든 존재하는 것들을 상품화한다. '고래뱃속' 같고 '엘리베이터' 같은 닫힌 공간에 있는 모든 것들은 자체의 실재로 존재하는 것이 아니라 상품 이미지로 덧칠된 채 존재할 뿐이다. 심지어 유적(類的) 존재로서의 인간 또한 그 존엄성을 거세당하고 하나의 상품기호로 전락한다. 상품이 신이 되어 모든 것을 지배하면서, 여기에 '한계적 차별화'에 의해 소비의 대중화가 이루어진다. 즉, 각종 정보매체에 의한 화려한 광고 등을 통해 대중들로 하여금 상품 이미지를 갖고 싶도록 만들고, 그러면서 남보다 비싼 상품을 소비하도록 유도한다.

정보사회는 상품의 대중소비화와 함께 '파시스트적인 속도'의 변화를 통해 모든 것을 획일화한다. '파시스트적 속도'라는 단어는 정보사회의 엄청난 변화속도를 비유하는 말이다. 이전의 사회변화가 완행열차의 속도에 비유될 수 있다면, 정보사회의 변화는 고속열차의 속도에 비유될 수 있다. 고속열차의 속도로 급변하는 시대, 그 변화에 적응하기 위해 온 신경을 곤두세우고 정신없이 따라가야만 하는 시대가 오늘날이다. 사회변화의 무서운 속도에 무조건적으로 따라가야만 낙오자가 되지 않는다. 그러다보면 결국 모두가 개성이나 독창성, 인간다움, 혹은 비판정신을 상실한 채 획일화되어 갈 수밖에 없다.

상품의 대중소비화, 가공할 변화속도에 의한 획일화 등으로 인해 정보사회의 구성원들은 개성을 상실한 채 정보 메커니즘의 코드 기호로 전락하고 있다. 곧 각종 정보 메커니즘에 의해 모든 개인의 삶이 정보 메커니즘의 한 코드 기호로 획일적으로 통제되고 있는 것이다. 정보 메커니즘에 의해 철저히 길들여지고 통제되는 획일화된 틀이 있고, 이 틀을 결코 벗어나지 못하는 코드 기호화된 삶만 있다. 이제 어디를 가든지 정보사회에 의해 코드 기호화된 집단적 욕망과 획일화된 일상성만 남는다.

다음, 정보사회는 모든 것을 획일화하고 코드 기호화하면서 다른 한
편으로는 멀티미디어 상상력의 세계를 제공한다. 획일화된 일상의 틀
에 갇힌 우리들은 답답한 틀로부터의 일탈을 기획한다. 정보사회의 입
장에서 볼 때 이러한 일탈에의 갈망은 정보사회의 체제를 뒤흔드는
위험한 요소이다. 그래서 정보사회는 멀티미디어 상상력의 세계를 제
공한다. 이른바 가상현실로 명명되는 이 상상력의 세계는 획일화된 틀
에 갇혀 있는 우리들이 전혀 접해 보지 못했던 새롭고 신비로운 세계
로 우리들에게 다가온다. 틀에 갇혀 답답함을 느끼던 우리들은 '미증
유의 표현가능성'을 지닌 멀티미디어 상상력의 세계에 몰두함으로써
잠시 기분전환을 하고 다시 획일화된 틀에 복귀한다. 곧 멀티미디어
상상력의 세계는 우리로 하여금 틀에 갇혀 있음을 인식하지 못하게
하면서 동시에 틀에 꾸준히 복무하게 만드는 것으로, 정보사회가 그
지배를 더욱 용이하게 하기 위하여 허용한 '욕망의 배설구' 내지 '억
압된 상상력의 세계'일 뿐이다.

정보사회는 이처럼 일상과 욕망의 획일화라는 '채찍'을 휘두르고 멀
티미디어 상상력의 세계라는 '당근'을 제공하면서 구성원들을 철저히
길들인다. 자연과 무의식의 욕망까지 획일화하는 고래뱃속 같은 닫힌
공간의 바깥으로 추방된 세계, 곧 정보 메커니즘에 오염되지 않은 세
계를 현실적으로 포착할 수 있는 방법은 없다. 그런데 그 추방된 세계
에 정보사회의 모순을 비판하고 극복할 수 있는 것, 즉 인간중심적인
이항대립이 해체된 세계가 있다. 이제 그 세계는 현실적으로 드러낼
수 없지만, 고래뱃속 같은 정보사회의 모순을 비판하고 그것을 강렬히
지향할 때, 그 세계는 언제 어디에서든지 우리들 곁에 현현할 수 있다
포스트모더니즘은 모든 것을 획일화하고 코드 기호화하는 정보사회

를 비판하고, 진정 이항대립이 해체되고 인간과 자연이 동일성을 이루
는 탈중심이자 탈근대 세계를 지향한다. 환상은 그런 포스트모더니즘
의 중요한 미적 장치 중의 하나이다. 곧 포스트모더니즘은 정보사회에
서 실재는 부재하고 모든 것이 상품 이미지화 내지 코드 기호화되었
다는 판단 하에, 전통적인 의미에서의 재현과 모방을 거부한다. 대신
그것은 정보사회의 획일화된 일상과 욕망의 틈새를 뚫고 들어가 비가
시적인 영역에 있는, 그러나 언제든지 현현 가능한 탈중심의 세계를
궁극적으로 지향한다. 그리하여 그것은 (i) 정보사회의 모순을 전면적
으로 비판하면서 탈중심의 세계를 작품 내에 함축 내지 내포하거나,
(ii) 아예 정보사회 자체를 부정하고 작품에서 직접적으로 탈중심의 세
계만을 전면적으로 드러내거나 한다. 이 중, 후자(ii)에 해당되는 것이
환상이다. 따라서 환상은 초역사적이고 초시대적인 개념이거나, 단순
한 수사학적 내지 기법적 장치가 아니다. 그것은 정보사회의 모순을
비판하고 탈중심의 세계를 지향하는, 20세기 후반에 등장한 특수한 예
술운동인 포스트모더니즘의 중요한 미적 장치에 해당한다. 오늘날 환
상문학이 주목되는 것은 이 때문이다.


## 3. 환상문학의 유형

　포스트모더니즘의 중요한 미적 장치로서의 환상에 주목할 때, 환상
문학은 정보사회의 모순을 비판하고 그 모순이 극복된 세계를 지향해
야 한다. 곧 일상과 욕망의 획일화, 모든 것의 코드 기호화, 상품물신
주의, 욕망의 배설구로서의 멀티미디어 상상력 등을 비판하고, 인간과
자연이 합일된 세계를 지향하는 환상문학이야말로 그 의의를 가질 수

있다.

그런데 한국문학에서 최근 수많은 환상문학작품이 등장했지만, 그 작품들 중에서 환상문학이 갖는 본래의 비판기능을 성실히 수행하는 경우는 그렇게 많지 않다. 환상을 채택한 대부분의 작품이 이름만 환상이지 실제로는 아무런 비판기능을 가지고 있지 않는 허황한 망상 내지 공상의 수준에 머물고 있다. 그 이유는 이들 작품들 대부분이 정보사회의 지배수단의 하나인 멀티미디어 상상력에서부터 환상의 요소를 무비판적으로 차용하고 있기 때문이다. 앞서 살펴보았듯이, 멀티미디어 상상력에 기초한 환상은 결코 정보사회의 모순을 비판할 기능을 가지고 있지 못하다. 오히려 그것은 정보사회의 지배체제를 강화하는 수단에 불과하다. 그럼에도 불구하고, 많은 작품들이 멀티미디어 상상력에 기초한 환상을 무비판적으로 수용하고 있는데, 아마도 이들은 획일화된 일상에서 멀티미디어 상상력의 세계야말로 미증유의 새로운 표현가능성을 열어준다고 착각하고 있는 듯하다. 그 결과, 멀티미디어 상상력에서 환상을 무차별적으로 차용한 작품들이 우후죽순처럼 늘어가고 있다.

## 3-1. 환상문학의 유형(A)

오늘날 우리 시대의 특수한 예술운동으로서의 환상문학은 반드시 정보사회에 대한 비판과 인간과 자연이 합일된 동일성의 세계에 대한 강렬한 지향성을 내포하고 있어야 한다. 이 점과 관련하여 보르헤스와 마르케스로 대표되는 환상문학에서의 환상성과 멀티미디어의 환상성과의 차이점을 검토할 필요가 있다. 양자 간의 가장 큰 차이는 현실비

판의 유무에 있다. 전자의 경우, 정보사회 자체를 전면부정하고 인간
과 자연이 상호공존하는 동일성의 세계를 환상적으로 그려내면서, 이
를 통해 정보사회가 얼마나 삭막하고 황폐한 것인가를 역설적으로 드
러내고 있다.

　　신성(神性)과의, 우주와의(나는 이 두 말이 서로 다른 건지 알 수
가 없다) 합일이 일어났다. 무아경은 똑같은 상징을 되풀이하면서
나타나지 않는다. 즉, 빛 속에서 신을 본 사람이 있는가 하면 칼이나
장미꽃의 둥그런 형상 속에서 신을 본 사람도 있다. 나는 지극히 높
은 ＜바퀴＞를 보았다. 그것은 내 눈앞에, 뒤에, 또는 옆에 있는 게
아니라 모든 곳에 동시에 있었다. 그 ＜바퀴＞는 물로 만들어져 있었
다. 그러나 그것은 동시에 불로 만들어져 있었고, 그리고 그것은 (비
록 그 둘레가 보이기는 했지만) 무한했다. 미래에 있을 것이고, 현재
에 있고, 그리고 과거에 있었던 모든 것들이 서로 얽혀 짜인 채 그
것을 형성하고 있었다. 나는 그 총체적인 구도 속에서 한 오라기의
실이었고, 그리고 내게 고문을 가했던 뻬드로 데 알바라도는 또 다
른 실 한 가닥이었다. 거기에는 원인들과 결과들이 함께 있었고, 모
든 것을 영원히 이해하기 위해서는 그 ＜바퀴＞를 보는 것만으로 충
분했다. 오, 사고하거나, 느끼는 것에서 오는 기쁨보다 더 거대한 깨
달음으로부터 오는 기쁨! 나는 우주와 우주의 심오한 구성 방식들을
보았다. 나는 『백성들의 책』이 들려주고 있는 세상의 모든 기원들
을 보았다. 나는 물을 뚫고 솟아나는 산들을 보았고, 나무로 만든 최
초의 인간들을 보았고, 그 인간들의 적으로 변하게 되는 물 항아리
들을 보았고, 그 인간들의 얼굴을 짓뭉개버리는 개들을 보았다. 나
는 신들의 뒤에 있는 얼굴 없는 신을 보았다. 나는 유일무이한 행복
을 이루어가고 있는 무한한 과정들을 보았고, 모든 것을 이해하게
되면서 또한 호랑이(재규어)에 씌어진 글을 이해하기에 이르렀다.
　　　　(보르헤스, 『알렙』(황병하 역, 민음사, 1996) pp.169~170)

이 작품은 인간과 자연이 합일된 동일성의 세계를 환상을 통해 직접적으로 제시하고 있다. 신성과 우주, 빛과 칼과 장미꽃과 바퀴, 물과 불, 과거와 현재와 미래가 합일되는 곳, 원인과 결과라는 근대의 과학적 인과관계가 적용되지 않는 곳, 물이 산이 되고 나무가 인간이 되고 인간이 동물이 되는 곳, 인간의 글(말)과 동물의 글이 소통되는 곳이야말로 우주와 세계의 궁극적 기원이자 인류의 원초적 고향이다. 그것은 신과 인간과 자연이 미분화 상태에서 조화롭게 공존하는 동일성의 세계로, 포스트모더니즘이 정보사회의 모순을 비판하고 궁극적으로 도달하고자 하는 세계이다. 보르헤스는 그런 탈중심의 동일성의 세계를 환상이라는 미적 장치를 통해 직접 제시함으로써, 그런 세계를 상실한 삭막한 정보사회를 비판하고 있다.

이처럼, 오늘날 우리 시대의 특수한 예술운동으로서의 환상문학은 반드시 정보사회에 대한 비판과 인간과 자연이 합일된 동일성의 세계에 대한 강렬한 지향성을 내포하고 있어야 한다. 우리 문학에서 현실 비판의 기능을 담당하는 이러한 환상성을 전면적으로 형상화한 작품은 거의 없다. 다만 작품 속에 부분적으로 차용하는 경우가 있는데, 소설의 경우 김영하, 송경아, 이승우, 이제하, 최수철의 작품을 그 대표적인 것으로 들 수 있다. 이들 작품들에 나타나는 환상성은 현실에 부재하는, 그러나 진정 인간다운 삶을 영위하기 위해서 반드시 회복해야 할 동일성의 세계를 환상적으로 묘사함으로써, 환상성이 갖는 현실 비판기능을 성실히 수행하고 있다.

왕이 일곱 번 바뀌었을 때, F는 이곳을 떠나야겠다고 마음먹었다. 그 동안 그는 그곳에서 다른 사람들과 똑같이 생활했다. 사람들은 아침에 일어나서 저녁에 잠들 때까지 하루종일 미로를 만들었다. 그것이 유일한 일이었고, 또 놀이였다. 그들은 일을 하듯 놀이를 했고, 놀이를 하듯 일을 했다. 그들은 까닭도 필요도 묻지 않고, 길을 만들었다. 열기 위한 길이 아니라 닫기 위한 길, 떠나기 위한 길이 아니라 가두기 위한 길을 만들었다. 왜 사느냐고 물으면, 그들은 대답했다. 길을 만들기 위해서라고. 그러나 그 길은 가기 위한 길이 아니었다. 다른 일은 아무것도 하지 않았고, 할 필요도 없었다. 특별한 것은 저녁 시간의 그 왕을 뽑는 의식의 되풀이밖에 없었다. F는 그 각질화된 일상의 단조로움과 철면피함에 질리기 시작했다. 다른 세계에 대한 욕망이 서서히 그의 가슴을 채워오기 시작했다.
(이승우, 『미궁에 대한 추측』, 문학과지성사, 1994. p.39)


이 작품은 수용소처럼 '각질화된 일상의 단조로움'이 지배하는 세계와 그 속에서 무의지적인 자동기계처럼 움직이는 구성원들의 모습을 통해, 정보사회의 냉혹하고 스산한 측면을 비판하고, 그런 모순이 극복된 '다른 세계'에 대한 욕망을 강렬하게 제시하고 있다. 그 '다른 세계'는 인간과 자연이 합일된 동일성의 세계에 다름 아니다.


엘리베이터가 내려가고 있다. 욕망에 휩싸인, 첨단기술로 만들어진 초고속 유성이 밤하늘을 가로지르고 있다. 엘리베이터 안팎에서 번쩍거리는 불빛은 이들의 꿈과 갈구에 계속 불을 붙이고 있다. 이 작은 사각의 공간 안에서 사람들은 무력하게 가속도에 몸을 내맡긴다.
(송경아, 「엘리베이터」, ≪세계의 문학≫, 1996, 봄호. p.266)


송경아는 오늘 우리 사회를 전자정보매체 등의 첨단기술과 현란한 상품 이미지의 불빛으로 무장한 채, 가속도로 추락하고 있는 엘리베이터에 비유하고 있다. 이 사각 공간에서 구성원의 자율성은 없다. 구성원들은 획일화된 욕망에 의해 광물질의 박제상태로 전락한 채, 그저 엘리베이터의 가속도에 좌우될 뿐이다. 신격화된 자본이 초월적 중심부로 작동하면서 모든 것을 획일화하고 지배하는 시대, 실재는 보이지 않고 상품 이미지뿐인 시대, 한 순간의 일탈도 허용되지 않는 무서운 파시스트적 속도가 지배하는 시대, 이것이 오늘날 정보사회의 실체이며, 송경아는 이 사회를 엘리베이터로 함축시키고 그 속에 환상의 공간을 설정함으로써 정보사회의 모순을 비판하고 있는 것이다.

한편, 최수철은 고래뱃속 같은 닫힌 공간인 정보사회의 모순을 비판하고 그 모순이 극복된 탈중심의 진공을 환상으로 제시하고 있다.

> 이윽고 진공 안은 무수한, 온갖 사람들로 발디딜 틈이 없게 되었다. 그러나 그는 전혀 답답함을 느낄 수 없었다. 누군가가 그에게 아는 척을 했다. 그는 그에게 미소로써 답했다. 그때 그는 자신이 방금 지은 미소가 자신의 얼굴에 그대로 박혀버리는 것을 느꼈다. 흰색 벽의 이곳저곳에서 사람들이 계속하여 얼굴을 들이밀었다. 그리고 벽이 서서히 무너져 내렸다. 그리하여 그는 드디어 공중에서 물구나무를 서고 있던 자신의 몸이 무게중심을 되찾아 천천히 바로잡히면서 바닥으로 내려앉는 것을 느꼈다. 그러면서 그는 진공 속으로 들어서듯 진공을 벗어났다. 혹은 진공을 벗어나듯 진공 속으로 들어섰다.
>
> (최수철, 『고래뱃속에서』, 문학사상사, 1989. p.398)

진공은 근대적 시간이 사라지고, 안과 밖, 이성과 비이성, 의식과 무의식, 꿈과 현실, 정상인과 난쟁이의 구분이 없는 탈중심의 공간이다. 그것은 일시적인 현실도피의 공간이거나 혹은 비현실적인 꿈의 공간이 아니다. 그것은 현재의 우리의 일상에서 가시적이지는 않지만,

그래도 '엄연히 존재'하는 공간으로, 환상이자 현실이고, 현실이며 환상의 공간이다. 곧 우리가 정보사회의 모순을 치열하게 비판하고 탈중심의 세계로 나아가고자 할 때, 언제든지 현현할 수 있는 현실적 가능태로서의 환상인 것이다.

### 3-2. 환상문학의 유형(B)

한편, 현재 우리 문학에서 앞서 분석한 작품들을 제외하고 거의 대부분의 작품들이 현실비판으로서의 환상성보다는 멀티미디어 세계의 환상성을 그대로 차용하고 있다. 멀티미디어의 환상성은 현실비판기능이 전무하다. 멀티미디어 자체가 정보사회의 지배전략의 일환이기에 그것으로부터 현실비판의 역할을 기대하는 것은 애초부터 불가능하다.

멀티미디어의 환상세계는 인간과 자연의 동일성의 세계와는 거리가 멀다. 환상문학에서의 동일성의 세계는 현실에는 부재하지만, 정보사회의 모순을 강렬하게 비판할 때 언제든 현현할 수 있는 현실적 가능태이다. 반면 멀티미디어의 환상세계는 현실적 가능태가 아니라 비현실태이다. 예를 들어, 과거와 현재가 중첩되어 연인들이 만나는 이야기나, 산 자와 죽은 자가 교감하는 이야기 외에도, 요즘 유행하고 있는 '마법사 이야기'나 '반지의 제왕' 같은 것들이 멀티미디어 환상세계의 예인데, 이들에 나타나는 환상성은 인간과 자연이 합일되는 동일성의 세계와는 전혀 무관한 것들이다. 그것은 비현실적이고 황당무계한 세계이거나, 인간성이 거세된 사이버의 세계일 뿐이다. 또한 그것은 진정한 의미에서의 상상력과도 거리가 멀다. 상상력은 현실에 대한 정확한 인식을 바탕으로 현실을 비판하고 극복할 수 있는 능력을 의미한다. 멀티미디어 환상세계는 그런 상상력이 아니라, 헛된 망상 내지 공상과 같은 것일 뿐이다. 다음 작품을 한번 보자.

> 출발할 때부터 차가 달려온 사이 후면경에 비친 유로의 다리는 계속 길어지고 있었다. 나는 잠시 졸다 깨어나, 피곤하지 않느냐며 유로에게 말을 붙였다. 차가 달리는 사이, 길어진 다리만큼이나 유로의 몸도 육감적인 아가씨처럼 자라나 있었다. 유로는 아가씨 같은 말씨로 언제 내려서 소풍을 즐기려는 거냐고 투덜거렸다. 빈은 오래 운전했더니 피로가 몰려온다고 했다. 이럴 줄 알았으면 따라나서지 않는 거였다며 유로는 길어진 다리를 바꿔서 꼬았다. 유로의 짧은 원피스 자락 밑으로 까만색 팬티 스타킹의 봉제선이 아슬아슬하게 드러나 있는 허벅지가 보였다.
>
> (서준환, 「수족관」, ≪문학과사회≫, 2001, 여름호. p.508)

이 작품은 환상과 현실을 넘나들면서 서사구조를 해체시키고, '나'와 베트남계 '빈' 그리고 어린아이 '유로'라는 인물을 통해 '유희성 살인'을 다루고 있다. 이 작품에 대해 "독특한 서사감각과 낯선 담론"을 펼치면서 "엽기적인 글감을 엽기적이지 않은 방식으로 서사화"했다는 평가를 하고 있지만, 그러나 이 작품이야말로 멀티미디어 상상력의 세계에 함몰된 우리 소설의 총체적인 문제점을 압축하고 있는 것으로 판단된다. 인용된 작품에서 보듯, 어린아이가 차안에서 요염한 성인 여성으로 변화하는 환상성은 현실비판과는 전혀 무관한 자리에 있다.

이 작품뿐만 아니라 요즘 멀티미디어 환상성을 채택하고 있는 거의 모든 작품들에 대해서도 이러한 비판은 적용될 수 있다. 한마디로 요즘 작품에 등장하는 환상성은 모두 멀티미디어 상상력의 세계에 기초한 가상현실을 무비판적으로 차용한 것에 불과하다. 이들 작품들은 멀티미디어 상상력의 세계야말로 '미증유의 표현가능성'을 열어준다고 열광하면서 그것을 맹목적으로 작품 속에 끌고 들어옴으로써 스스로 현실비판이라는 문학 본래의 몫을 방기하고 있는 것이다.

멀티미디어 상상력에 기초한 환상성은 결코 현실비판의 기능을 수행할 수 없다. 멀티미디어 상상력의 세계가 정보사회의 지배수단의 하나라는 점을 염두에 둘 때, 그런 요소들을 차용한 소설이 현실을 비판한다는 것은 전혀 불가능할 수밖에 없다. 더구나 심각한 것은 멀티미디어 상상력의 세계가 인터넷을 통해 미국과 일본을 비롯한 전세계와 연결되어 있다는 점이다. 곧 한국적 특수성은 사상된 채 미국과 일본의 폐수문화로부터 한 치도 벗어나지 못하고 있다. 그로 인해, 이들 상상력의 세계를 차용한 작품들을 보면 도대체 이 작품이 어느 나라를 배경으로 하고 있는지 알 수 없을 정도이다. 이제 한국을 배경으로 하여 한국적 현실을 담은 소설이 아니라 국적불명의 소설이 한국문학을 점령하고 있는 것이다.


영혼을 팔아서 물건을 사다니 정말 우습지.
나는 그 순간, 점박이 개 두 마리의 침이 뚝뚝 떨어지는 혓바닥이 향해 있는 한쪽 벽면을 보게 되었다.
그녀의 머리카락은 벌써 잘려나간 지 오래였다. 그래서 머릿수건을 쓰고 있었던 모양이었다. 사지를 깔끔하게 잘랐는데, 잘린 부분에는 응고가 덜 된 피가 고드름처럼 매달려 있었다. 약품 처리를 했는지 약냄새가 났다. 팔과 다리의 중간쯤에 묶은 오색끈은 무슨 패션 같았다. 내가 어루만지던 통통한 뺨, 행복하게 잠들게 해주었던 팔, 자전거 페달을 신나게 밟던 두 다리, 그리고 그 붕어눈이 박힌 머리가 기우뚱하게 벽에 걸려 있었다. 그녀는 사지가 절단된 채 박제가 되려는지, 좀 피로한 얼굴로 거기에 매달려 있었다.
(강영숙, 「청색모래」, ≪문학동네≫, 2001, 가을호. p.198)

이 작품은 공무원인 남편과 골동품 수집이 취미인 여자와의 결혼생활과 그 파경을 주된 내용으로 삼고 있다. 남편은 조퇴를 한번도 하지 않은 공무원답게 현실생활에 충실한 인물이다. 반면 여자는 살아가는 데는 하나같이 불필요한 물건들인 골동품에만 관심이 있는 인물이다. 결혼 이후 남편은 여자가 골동품을 사면서 빚진 돈을 수도 없이 갚다가, 결국 파경에 이른다. 위 인용문은 목숨을 팔고 인형을 산 여자의 최후의 모습을 보여주고 있는 작품 마지막 부분이다.

작품은 처음에 서울이라는 현실공간을 무대로 하다가 결말부에 이르러 "어느 날 아침 일어나 보니 주변이 온통 깜깜했다. 집안 전체를 작은 모래 알갱이들이 도포하듯 덮고" 있는 '청색모래의 집'으로 무대를 이동한다. 그 공간에서 여자는 골동품을 사기 위해 자신의 목숨마저 내던지고 만다. 이런 줄거리를 통해 이 작품은 삭막한 사막 같은 현실에서 우리가 잃어버리고 있던 어떤 영혼의 소중한 것(골동품으로 상징)의 회복을 주제로 삼고 있는 듯이 보인다.

그런데 문제는 '청색모래의 집'이라는 환상적인 공간과 사지가 절단된 여자의 모습이라는 엽기적인 측면이다. 이들 요소들은 멀티미디어 세계에서나 볼 수 있는 것들로, 이들로부터 인간과 자연이 합일되는 동일성의 세계에 대한 지향과 현실에 대한 비판적 측면을 읽어낼 수 없다. 다만 현실과는 동떨어진 황당무계한 망상적인 이야기만을 접할 수 있을 뿐이다. 더욱 심각한 것은 작품결말의 이 황당한 측면이 국적불명이라는 점이다. 이는 앞에서도 살펴보았듯이, 멀티미디어 환상세계 자체가 국적불명임에 기인한다. 멀티미디어 세계의 무비판적 수용,

그리고 국적불명의 요소로 인해 이 작품은 스스로 소설임을 포기해버리고 있다. 이 작품뿐만 아니라, 오늘 우리 문학에서 환상문학으로 분류되는 거의 모든 작품들, 예를 들어 이영도의 『드래곤 레자』, 이우혁 『퇴마록』 같은 작품들은 물론이고, 외국번역작품인 롤링의 『해리포터』 시리즈나 톨킨의 『반지의 제왕』 같은 작품들 대부분이 이 비판으로부터 결코 자유로울 수 없을 것이다.

## 4. 환상문학의 의의

　　실내에 샘물이 걸어 들어온다 가녀렸던 샘물이 번쩍이는 잉어떼와 山을 두 팔에 안고 가득 차오른다 성큼 미친 걸음으로 山이 불타오른다 타는 山 한 정적에 수억 년 꽃밭이 밀려온다 단정한 꽃밭이……채송화 봉숭아 다알리아 맨드라미 손을 휘젓자 머리칼이 미친 빛으로 헝클어진다 뒤돌아보지 마라 불씨가 꺼지기 전에 이윽고 연주되는 악기처럼 자물쇠가 열린다 자물쇠가 녹는다 알전구가 터진다 형광등이 폭발한다 갑자기 태어난 마네킹이 조명을 받으며 춤춘다 쓰라린 무용수 맨발 등뒤에 흐르는 식은땀 눈감지 마라 실내 한켠에서 썰물처럼 샘물이 마른다 눈시울처럼 뜨겁게 마르는 샘물의 손에 어느덧 들어찬 새벽숲 넓은 이파리들이 어깨를 들썩인다 흰 천사의 속치마가 몰래몰래 펄럭거리고 누군가의 곤충들이 교미를 한다 아아 뜻밖의 고통 눈감지 마라 숲속의 환기통이 열린다 오렌지가 익어간다 무화과가 잎을 맺는다 번성해버린 숲 굴뚝이 무너진다 무너진 굴뚝 분수처럼 쏟아지는 크레용 빨강 파랑 노랑 애드벌룬이 침범한다 조약돌이 날아와 둥둥 떠다닌다 색종이가 휩싸고 돈다 나, 부끄러운 얼굴 감추지 마라 실내에 어느 틈엔가 가을과 겨울이 오고 낡은 레코드판이 돌아간다 (……)
(박서원, 『난간 위의 고양이』, 세계사, 1995. pp.47~48)

샘물과 잉어떼와 산과 꽃이 어우러져 불타는 세계, 마네킹이 춤을 추고 넓은 이파리들이 춤을 추는 세계, 인간들이 곤충처럼 교미를 하고 형형색색의 애드벌룬과 색종이가 떠다니는 세계. 그 세계는 일시적인 현실도피의 공간이거나 혹은 비현실적인 꿈의 공간이 아니다. 그것은 현재의 우리의 일상에서 가시적이지는 않지만, 우리들 곁에 항상 있다. 우리가 살아가는 집의 '실내'에서도 얼마든지 만날 수 있는 그 세계는 우리가 그 세계를 강렬히 욕망할 때 우리들 앞에 언제든 현현하는 것으로, 환상이자 현실이고, 현실이며 환상의 공간이다. 곧 우리가 정보사회의 모순을 치열하게 비판하고 탈중심의 세계로 나아가고자 할 때, 언제든지 현현할 수 있는 현실적 가능태로서의 환상인 것이다.

발생론적 관점에서 환상문학은 우리 시대의 특수한 예술운동과 관련이 있다. 그것은 정보사회의 모순인 일상과 욕망의 획일화, 모든 것의 코드 기호화, 상품물신주의, 욕망의 배설구로서의 멀티미디어 상상력 등을 비판하면서, 궁극적으로 인간과 자연이 조화롭게 공존하는 동일성의 세계를 지향하는 포스트모더니즘의 중요한 미적 장치 중의 하나이다. 그것은 고래뱃속 같은 정보사회에서 추방된 세계, 곧 신과 우주와 지상, 인간과 자연, 과거와 현재와 미래가 합일되는 세계를 그 궁극적인 지향점으로 삼는다. 그리하여 그것은 그 세계를 환상으로 형상화함으로써 정보사회의 삭막함과 황폐함을 역설적으로 비판하고, 동시에 정보사회에서 상실된 동일성의 세계를 강렬히 지향하도록 충동한다. 만약 우리들이 그 세계를 치열하게 갈망할 때, 그것은 더 이상 환상이 아니라 현실적으로 현현할 수 있는 현실적 가능태이다. 오늘날 환상문학이 갖는 의의를 여기에서 찾을 수 있을 것이다. 정보사회에 대한 비판기능과 동일성의 세계에 대한 지향점이 몰각된 환상은 환상이 아니라 황당무계한 공상 내지 망상에 불과하다. 그런 작품들은 정보사회의 지배를 더욱 공고히 하고 그 체제를 미화하는 호객꾼이나 선전원의 간교한 교지만을 담고 있을 뿐이다. 이들 작품들은 반드시 타매되어야 한다. 그렇지 않으면, 우리 문학은 나아갈 방향을 잃고 긴 어둠의 터널에서 헛된 망상과 공상에 빠져 허우적거리다 공중분해되어 버릴 수 있는 위기상황에 봉착할지도 모르기 때문이다.

제 2 부 | 운명의 형식



2

# 광장의 좁힘과 확산, 그 운명의 형식 : 최인훈

## 1. 이데올로기 혹은 사랑

1960년의 대표적인 것으로 4·19 혁명과『광장』을 든 김현의 지적이 아니더라도, ≪새벽≫지에 연재된『광장』은 최인훈을 전후 최대의 작가로 부상시킴과 동시에, 지금까지도 문제적인 작품으로 소설사를 장식하고 있다.

지금까지『광장』에 대한 논의는 "전후문학의 한계를 극복한 문제작"이라는 데에는 대부분 동의를 하면서, 이데올로기 측면에 의한 현실비판과 두 여자와의 사랑 중 어느 쪽에 치중하느냐에 따라 평가가 달라지고 있다. 기존 논의들에서 문제점으로 지적되는 것을 정리하면 다음과 같다.

첫째, 이데올로기 비판과 사랑의 연관관계이다. 대부분의 논의는 이데올로기 비판의 측면과 사랑의 측면을 연결하지 못하고 분리하여 다루고 있다. 이로 인해, 전자에 치중할 경우 남북한 사회에 대한 비판을 주로 다루면서 후자를 소홀히 취급하고, 후자에 치중할 경우 이명준이 남북한에서 만난 두 여성과의 사랑을 주로 다루면서 전자를 소홀히 취급하는 한계를 드러내고 있다. 설혹 이데올로기 비판과 사랑을 연결하여 논의하더라도, 이명준이 이데올로기에 절망하고 그 절망적 허무의식에 대한 도피적 성격으로 여성과의 사랑을 추구하는 것으로 평가하고 있다.

둘째, 이러한 접근방법의 한계를 극복하기 위해 최근에는 이데올로기와 사랑을 통합적 관점에서 논의하는데, 이 경우 주체의 형성문제가 논의의 중심으로 부각되고 있다. 이에 대해, 최근 논의는 철저히 자기중심적 주체인 이명준이 타자수용의 가능성을 깨닫게 되는 결정적 동인으로 사랑이 작동하고 있다고 평가하고 있다.

셋째, 밀실과 광장의 개념이 모호하여 이데올로기 비판이 구체적 현실과 괴리되어 있으며, 이로 인해 관념적 진술이 과도하게 나타난다는 점이다.

이 세 가지 문제점을 해결하기 위해서는 주체의 동일화(J. Lacan, Ecrits 1, 2) 과정에 주목할 필요가 있다. 인간은 어머니 자궁 속에서 분리되어 언어를 배우기 이전의 '상상계'를 거쳐, 언어를 통해 사회문화규범 체계를 배우게 되는 '상징계'로 진입하는 과정에서 두 번에 걸친 동일화를 통해 주체를 구성해 나간다. 먼저, 주체는 상상계에서 '이상적 자아'라는 동일성을 획득하는데, 이는 타인과의 관계에서 자신을 객관화시키기 이전 상태, 즉 남을 배제하는 '나르시스적 관계(이자적 관계)'에서 나타난다. 다음, 주체는 상징계로 진입하여 타인과의 관계라는 '삼자적 관계'를 맺게 되는데, 이 과정에서 아버지의 이름으로 표상되는 상징계의 사회문화 규범체계 앞에 복종하고 그 아버지를 모형으로 하는 '자아이상'이라는 동일성을 획득한다.

이러한 주체의 동일화 이론을 통해 『광장』에 접근할 때, 지금까지 문제가 되었던 이데올로기 측면과 사랑의 측면을 통합적 관점에서 논할 수 있고, 나아가 이 작품의 최대약점으로 지적될 수 있는 광장과 밀실 개념의 모호성을 극복할 수 있다. 이를 위해, 먼저 이명준이라는 주체의 욕망을 검토함으로써 이명준이 상상계와 상징계 중 어느 쪽에서 주체의 동일화를 추구하는지를 밝힐 필요가 있다. 이를 토대로 하여 이데올로기와 사랑을 동시에 논하면서, 이 중 이명준의 욕망을 억압하는 것은 무엇이고 그러한 욕망을 강화하는 것은 무엇인지를 밝힘으로써 이데올로기와 사랑이 작품 속에 갖는 기능과 그 의의를 검토할 수 있고, 광장과 밀실의 개념을 명확히 규정할 수 있을 것이다.

이에 기초하여 이 글은 다음 네 가지 측면에 주목하고자 한다. 첫째, 이 작품에서 여성에 대한 사랑과 이데올로기는 따로 동떨어져 있는 것이 아니라, 이명준의 욕망을 매개로 하여 서로 밀접한 관련을 맺고 있다는 점이다. 결론적으로 말하자면, 이명준은 언어로 매개되는 남북한 상징계의 사회규범체계를 거부하고, 상상계적 동일성의 세계를 욕망하고 있다. 이런 측면에서 이데올로기는 이명준의 욕망을 억압하고 좌절시키는 기능을 하며, 여성과의 사랑은 그런 욕망을 강화하는 기능을 하고 있다. 작품이 전개되면서 이 양자는 유기적으로 연결되어 상징계의 억압적 측면을 폭로하고, 그러한 억압이 극복된 상상계적 동일성의 세계에 대한 강렬한 지향성을 제시하고 있다.

둘째, 이런 측면에서 주체의 형성문제에 접근할 때, 이명준은 상징계에서의 타자발견을 통해 상징계의 주체를 형성하고자 하는 것이 아니라, 상징계를 거부하고 상상계의 동일화를 갈망한다는 점이다. 후술

하겠지만, 이명준이 욕망하는 상상계의 동일화는 위대한 소설이 궁극적으로 지향하는 루카치적 선험적 총체성에 맞닿아 있다.

셋째, 이처럼 상징계와 상상계를 구분하여 접근할 때, 이 작품의 최대약점으로 지적되는 밀실과 광장 개념의 모호성 역시 극복될 수 있다. 이명준은 '상징계의 광장'을 부정하고 '상상계의 광장'을 강렬히 욕망하다가 자살에 이르게 된다. 이에 따라 '상상계의 광장'은 극도로 좁힘의 방향을 띠게 되는데, 이 좁힘을 통해 상징계에 대한 비판을 가하고 있다.

넷째, 이러한 논의들을 바탕으로 『광장』의 의의를 간략하게 언급하고자 한다.

이상의 논의를 위해, 이 글은 6차례의 개정판본 중, 갈매기의 상징을 완전히 새롭게 바꾸면서 가장 많은 개작을 한 1976년 문학과지성사판을 주된 텍스트로 삼을 것이다.

## 2. 상상계의 동일화와 선험적 총체성에 대한 욕망

『광장』은 '중립국으로 가는 타고르호 선상→남한사회 비판과 좌절→타고르호에서의 난동→북한사회 비판과 좌절→전쟁터에서의 사랑→타고르호에서의 자살'로 구성되어 있다. 주인공 이명준의 이러한 행보를 이끌어 가는 일차적 원인은 남북 이데올로기에 의한 좌절과 사랑의 실패이다. 그러나 보다 근본적인 원인은 작품의 심층에 내재해 있는데, 이는 명준의 무의식에 내재한 욕망의 특질을 통해 밝혀질 수 있을 것이다.

작품전편에 걸쳐, 명준의 경우 삼자적 관계에 입각한 상징계의 사회문화 규범체계에 편입되는 것을 거부하고, 나르시스적인 이자적 관계에 입각한 상상계의 동일화, 곧 '이상적 자아'에 의한 동일화를 강력하게 욕망하고 있다.

(A) 애당초부터 이게 아닐 텐데, 이런 게 아니지 하는 겉돎이 앞선다. 삶이 시들해졌다고 믿고 싶지는 않다. 왜냐하면, 그는 부지런히 무엇인가를 찾고 있었기 때문에. 다만 탈인즉 자기가 무엇을 찾고 있는지 저도 모른다는 것이고, 자기 둘레의 삶이 제가 찾는 것이 아니라는 낌새만은 분명히 맡고 있다는 게 사실이다. (p.32)

(B) 늘 묵직하게 되새겨지는 일 한 가지가 있긴 있다. 신이 내렸던 것이라 생각해온다. (중략) 온 누리가 덜그럭 소리를 내면서 움직임을 멈춘다.
조용하다.
있는 것마다 있을 데 놓여져서, 더 움직이는 것은 쓸데없는 일 같다. 세상이 돌고돌다가, 가장 바람직한 아귀에서 단단히 톱니가 물린, 그 참 같다. 여자 생각이 문득 난다. 아직 애인을 가지지 못한 것을 떠올린다. 그러나 이 참에는 여자와의 사랑이란 몹시도 귀찮아지고, 바라건대 어떤 여자가 자기에게 움직일 수 없는 사랑의 믿음을 준 다음 그 자리에서 죽어 버리고, 자기는 아무 짐도 없는 배부른 장단만을 가지고 싶다. (중략) 만일 이런 깜빡사이가 아주 끝까지 가면, 누리의 처음과 마지막, 디디고 선 발 밑에서 누리의 끝까지가 한 장의 마음의 거울에 한꺼번에 어릴 수 있다고 그려본다. (pp.33~34)

(C) 광장에는 맑은 분수가 무지개를 그리고 있었다. 꽃밭에는 싱싱한 꽃이 꿀벌들 닝닝거리는 속에서 웃고 있었다. 페이브먼트는 깨끗하고 단단했다. 여기 저기 동상이 서 있었다. 사람들이 벤치에 앉

아 있었다. 아름다운 처녀가 분수를 보고 있었다. 그는 그녀의 등뒤로 다가섰다. 돌아보는 얼굴을 보니 그녀는 그의 애인이었다. 그녀의 이름을 잊은 걸 깨닫고 당황해 할 때 그녀는 웃으며 그의 손을 잡았다.

"이름 같은 게 대순가요?"

참 이름이 무슨 쓸 데람. 확실한 건, 그녀가 내 애인이라는 것뿐.
(pp.116~117)

(D) 명준은 일어나 앉아 여자의 배를 내려다 봤다. 깊이 패인 배꼽 가득 땀이 괴어 있었다. 입술을 가져간다. 짭사한 바닷물 맛이다. "나 딸을 낳아요." 은혜는 징그럽게 기름진 배를 가진 여자였다. 날씬하고 탄탄하게 죄어진 무대 위의 모습을 보는 눈에는, 그녀의 벗은 몸은 늘 숨이 막혔다. 그 기름진 두께 밑에 이 짭사한 물의 바다가 있고, 거기서, 그들의 딸이라고 불리울 물고기 한 마리가 뿌리를 내렸다고 한다. 여자는, 남자의 어깨를 붙들어 자기 가슴으로 넘어뜨리면서, 남자의 뿌리를 잡아 자기의 하얀 기름진 기둥 사이의 배게 우거진 수풀 밑에 숨겨진, 깊은, 바다로 통하는 굴속으로 밀어넣었다. (pp.194~195)

(A)는 작품서두에 제시된 부분으로, 명준이 '자기 둘레의 삶' 즉 남쪽의 상징체계에 적응하지 못하고 겉돌면서, 확실치는 않지만 '부지런히 무엇인가'를 찾고 있음을 보여주고 있다. '무엇인가'는 "이상주의자적 사회개량의 열정"으로 제시되고 있는데, 이 열정은 상상계적 동일화의 추구로 구체화된다.

(B)는 대학신입생 때 겪은 신내림의 기억에 관한 내용으로, 이후 신내림은 명준의 무의식에 깊숙이 각인되어 "묵직하게 되새겨지는 일"로 자리잡는다. 명준이 신내림을 통해 경험하게 되는 세계는 상징계가

아니라 상상계에 해당된다. 그 세계는 "세상이 돌다가 가장 바람직한 아귀에서 단단히 톱니가 물린"것처럼, 모든 것이 가장 바람직한 상태로 합일되는 "조용한" 세계이다. 그러면서 "있는 것마다 있을 데 놓여져서, 더 움직이는 것은 쓸데없는 일"로 여겨지고, "누리의 처음과 마지막, 디디고 선 발 밑에서 누리의 끝까지가 한 장의 마음의 거울에 한꺼번에 어릴 수" 있는 세계이다. 또한 그 세계는 "여자가 자기에게 움직일 수 없는 사랑의 믿음을 준 다음 그 자리에서 죽어 버리고, 자기는 아무 짐도 없는 배부른 장단"만을 할 수 있는 곳으로, 마치 말을 배우기 전의 어린아이가 어머니의 사랑을 맹목적으로 요구하는 것과 같은 곳이다.

곧 그 세계는 모든 것이 자신의 고유한 개체성을 지니면서, 동시에 처음과 끝이 서로 상응하고, 그러면서 이 모든 것은 거울에 비친 영상처럼 주체에게는 자신과 똑같은 것으로 여겨진다. 이러한 친밀한 합일의 관계는 상상계의 나르시스적 동일화의 단계에서나 가능하다. 인간과 자연, 개인과 사회, 남성과 여성, 너와 나, 몸과 영혼 등이 미분화된 상태로 모든 것이 합일되는 세계가 상상계인 것이다.

(C)는 명준이 월북하는 배 속에서 꿈꾼 '새로운 광장'인데, 이 광장역시 상상계적 동일성의 세계에 다름 아니다. 이 세계는 꽃과 꿀벌과 인간과 분수와 무지개가 합일된 광장이며, 상징계에서 부여되는 '이름'이 필요치 않은 광장으로, 삼자적 관계에 입각한 '나'와 '너'라는 변별적 주체성의 확립이 불필요한 곳이다. 모두가 서로의 분신이기에, 서로는 서로에게 '애인'과 같은 존재이다.

(D)는 명준과 은혜가 전쟁터의 동굴에서 상상계적 동일화를 이루는 장면이다. 상상계적 동일성의 세계는 궁극적으로 모든 것이 합일되는

어머니의 자궁 속에 맞닿아 있다. 따라서 명준은 은혜라는 자기분신 (타자)을 통해 "바다로 통하는 동굴"로 진입함으로써 상상계적 동일화 를 이룬다.

이처럼, 이 작품의 주인공 명준은 신내림을 통해 겪게 되는 상상계 적 동일성의 세계에 대한 욕망을 무의식에 깊숙이 각인한다. 무의식에 각인된 이 욕망은, 이후 명준으로 하여금 상징계에 의해 의미부여된 가면을 쓴 주체로서의 '자아이상'이라는 동일화를 거부하게 하고, 상 징계의 가면을 벗고 맨몸(알몸)으로서 상상계에서의 '이상적 자아'로서 의 동일화를 지향하게 한다. 곧 명준은 타락한 자본주의와 타락한 공 산주의 이데올로기가 지배하면서, 종국에는 두 이데올로기가 대립하여 전쟁이라는 광기를 드러내는 상징계에 절망하고, 그러한 상징계에서의 동일화를 거부한다. 대신 명준은 상징계에서는 실현불가능한 상상계적 동일화를 욕망하는데, 명준이 욕망하는 이러한 상상계적 동일성의 세 계는 흔히 정신분열자들에게서 볼 수 있는 것처럼, 언어를 배우기 이 전의 어린아이 상태로의 단순한 퇴행을 의미하는 것은 아니다.

그것은 인간의 원초적 고향이라 할 수 있는 어머니의 자궁 속과 같 은 세계에 대한 강렬한 욕망을 내포하고 있다. 인간과 자연, 물질과 정신, 육체와 영혼, 나와 너가 구별되고 대립되는 상징계와 달리, 상상 계에서는 그 모든 것이 합일되고 평화롭게 공존한다. 마치 어머니의 자궁 속처럼 모든 것이 미분화된 채 친밀하게 합일되는 세계인 것이 다. 인류사적 측면에서 볼 때, 이러한 세계는 인류사의 유년기라 할 수 있는 루카치적인 선험적 총체성의 세계에 다름 아니다. 대우주와 소우주, 신과 인간과 자연, 주관과 객관, 육체와 영혼이 합일되는 이 세계는 "우리가 갈 수 있고 또한 가야만 할 길의 안내판 구실을 밝하늘의 별이 해주는 시대” 혹은 “어디를 가든 낯설지 않고 혼이 이르는 곳은 마치 집안에 있는 것과 같은 상태”, 곧 신과 더불어 있던 목가적 세계이다. 루카치는 이를 두고 선험적 총체성의 세계로 명명하고 있다. 발생론적 관점에서 볼 때, 소설은 근대 자본주의의 산물이다. 흔히 자본주의는 선험적 총체성이 상실된 시대 혹은 신이 사라진 시대로 규정된다. 무릇 위대한 소설은 개인과 세계의 구성적 대립에 입각하여, 자본주의의 모순을 비판하고 상실된 선험적 총체성의 세계를 강렬히 지향한다.

명준이 욕망하는 상상계적 동일성의 세계는 바로 이 선험적 총체성의 세계에 맞닿아 있다. 명준은 이러한 상상계적 동일성의 세계 내지 선험적 총체성의 세계를 욕망하면서, 그것이 상실된 남북한 사회적 상징체계의 모순에 대한 비판을 가함으로써, 이 작품은 위대한 소설의 반열에 오르게 되는 것이다. 이 작품에서 이러한 명준의 욕망은 ‘남→북→전쟁터→타고르호’로 이어지는데, 처음에는 욕망이 뚜렷한 실체를 갖지 못하다가 점차 그 실체가 명료해지고, 이에 따라 그것에 대한 욕망 역시 강화되면서, 그 욕망으로 인해 명준은 상징계로부터 고립, 추방되어 결국 자살하게 되는 것이다.


## 3. 몸의 사랑을 통한 상상계적 동일화의 추구와 좌절

명준의 상상계적 동일성에 대한 욕망은 여인과의 사랑을 통해 그 실체가 뚜렷해지면서 욕망의 정도도 강화된다. 상상계적 동일성은 남쪽에서는 윤애를 통해, 북쪽에서는 은혜를 통해 추구된다.

처음, 윤애와는 “서로 눈치를 보고 그럴 듯한 발뺌을 늘 마련하면서, 어느 쪽도 알몸을 먼저 드러내기를 꺼려"하고, "어줍잖은 위신을 다치지 않고 또 한번 만날 수 있는 것만을 은근히 기뻐하는 관계"에 머문다. 그러다가 S서 고문사건 뒤 "누르듯 무거운 공기에 견디다 못해서 불현듯 망막에 떠오른 윤애의 모습"을 쫓아 인천으로 달린다.

(i) 윤애는 무심히 부채질을 해 주고 있다. 늘 그렇게 해온 사이처럼. 명준은 덫에 걸린 느낌이 든다. 그러자 갑자기 거짓말처럼 흥이 돌아온다. (p.60)

(ii) 부드러운 살결이 벽처럼 둘러싼 이 물건을 차지해 보자는 북받침이, 불쑥 일어난다. 그러자, 언젠가 여름날 벌판에서 겪은 신선놀음의 가락이 전깃발처럼 흘러온다. (p.82)

(i)에서 명준이 윤애를 찾아갔을 때, 윤애는 "늘 그렇게 해온 사이"처럼 명준을 대한다. (ii)에서, 그런 윤애를 사랑하면서, 명준은 그녀를 신내림의 순간에 경험했던 상상계적 동일성 획득을 위한 타자로 설정한다. 여기서 윤애를 "부드러운 살결이 벽처럼 둘러싼 이 물건"이라고 표현한 것에 대해, 다음 두 가지 측면에 주목하자. 먼저 '벽'은 명준이 상징계의 폭력에 의해 위협받으면서 허물어질 때, 자신을 지켜주고 자신의 욕망을 지탱시켜주는 대상으로서의 여성을 지칭하는 개념이다. 다음, 흔히 기존 연구에 있어서, 명준이 여자를 두고 '물건', '짐승'이라 표현하는 것을 들어, 명준의 사랑을 남성의 일방적이고 지배자적인 사랑으로 평가하는 측면이 있는데, 이는 타당하지 않은 것으로 보인다.

지식을 다룬다면 어항 속 들여다보듯 빤한 그녀들의 속이, 성이

라는 자리에서 보면 보석처럼 단단한 벽으로 바꿔지고 말아, 관찰이
라는 빛은 그 벽에 부딪쳐 구부러져서는 그만 간데 없이 되고 만다.
(p.48)


　　명준에게서 여성은 상징계의 지식으로 관찰되는 대상이 아니다. 곧
상징계의 지식에 기초한 의식(마음)으로 여성을 대하는 것이 아니라,
그러한 일체의 지식을 배제하고, 때묻지 않은 알몸(성)으로 여성을 대
하면서, 그 몸을 통해 여성과 일치되고자 한다.


　　남자의 몸은 잘 안다. 자기 몸이기 때문이다. 그 속에서 타는 불
　　길이 얼마쯤 뜨거운지도 잘 알고 있다. 금방 살갗 밑에서 타는 불이
　　니까. 그러나 그녀들의 몸과 불은 알 수 없다. 자연과학이란 건 꼬투
　　리가 자기에 가까와지면 질수록 법칙으로 고쳐 놓기가 어려운 모양
　　이어서, 생리학 책은 전혀 도움이 되지 않는다. (p.49)


　　여기서 '불'은 본능을 의미한다. 명준은 상징계의 사회문화 규범체
계에 길들여진 '마음'을 버리고, 상상계적 동일성에 기초한 '불(본능)'
에 의한 사랑을 갈망한다. 그 사랑은 상징계의 지식(책)으로는 접근할
수 없다. 상징계의 모든 '타부'를 제거하고 알몸의 사랑을 행할 때 상
상계적 동일성을 획득할 수 있는 것이다. 그런 '몸'의 사랑을 행하는
대상은 더 이상 '나'에 반하는 '너'가 아니라, 거울에 비친 자기영상이
자 자기자신이다. 그러기에 명준이 '애인'이라 할 때, 그것은 상상계적
동일성의 성취를 가능하게 하는 타자에 대한 또 다른 명명에 해당된다.


　　마음은 몸을 따른다. 몸이 없었던들, 무얼 가지고, 사람은 사람을
　　믿을 수 있을까. 눈에 보이지 않는 신을 보고지라는 소원이, 우상을

만들었다면, 보고 만질 수 없는 <사랑>을, 볼 수 있고 만질 수 있게 하고 싶은 외로움이, 사람의 몸을 만들어 낸 것인지도 모른다. 사람의 몸이란, 허무의 마당에 비친 외로움의 그림자일 것이다. (p.88)

신의 부재가 '우상'을 만들었다면, 보고 만질 수 없는 사랑 때문에 '몸'을 만들었다는 것이다. 그런 '몸'을 통한 사랑이야말로 상상계적 동일화를 가능하게 하는 진정한 사랑이다. "마음은 몸을 따른다."라는 표현은 상징계에 오염된 '몸'을 버리고 상상계적 동일성에 입각한 '몸'을 지향할 때, 상징계에 오염된 '마음'도 변할 수 있다는 의미이다. 이러한 "몸을 통한 사랑"이 상징계에서 흔히 말하는 단순한 육체적 쾌락추구와 거리가 먼 것임을 다음 구절이 잘 보여주고 있다.

> (i) 그것은 살이 아니었다. 빛이 아니었다. 모양이 아니었다. 따뜻함이 아니었다. 매끄러움과 뿌듯함도 아니었다. 가파른 몸부림은 더구나 아니었다. 그런 것을 가지고 붙잡으려고 하면 새고 빠져나가는 어떤 것이었다. (p.107)

> (ii) 사람 모양을 한 살을 안았대서 어떻게 될 외로움이 아니다. 스스로 몸을 얽어오던 그리운 사람들의 사무치는 마음이 그리웠다. 마음이 몸이었다. (pp.108~109)

(i)에서 포로수용소의 갈보들 얘기를 통해, 명준은 갈보와의 몸 섞음은 전쟁터에서의 강간과 같은 것으로, 상상계적 동일성에 입각한 몸 섞음과 다르다는 것을 제시하고, (ii)에서 상상계적 동일성에 의한 몸 섞음은 "사무치도록 그리워하는 사람들의 마음"이 내재된 것이며, 그러한 "그리운 마음"이 곧 '몸'임을 제시하고 있다.

이처럼, 상상계적 동일성에 입각하여 '몸'의 합일을 지향하는 명준에게 윤애는 전혀 다른 사랑을 원한다. 윤애는 "책이 즐비하게 꽂힌 책장이 놓인 방안", "철학의 탑", "딱딱한 얘기"와 같은 상징계의 지식을 지향함에 반해, 명준은 그런 윤애를 "푸른 들판"으로 명명되는 상상계쪽으로 이끌려 한다. 그러나 윤애는 그런 명준을 거부한다.

> 명준이 진저리가 난 잿빛 부엉이가, 그녀한테는 금누렁 앵무새로 보였는지도 모른다. 틀림없이 그때 그녀의 몸은 스스로를 깨닫고 있지 않았다. 그런 그녀를 나는 비싸게 군다고 탓했지만, 그녀로서는 억울한 누명이었던 게 아닌가. 어떤 사람이든, 다른 사람에게 만지우고 잡히는 걸 싫어하지만, 애인한테만은 다르다고 보아야 했다. 그런데 윤애는 곧잘 그를 밀어내는 것이었다. 그럴 때 그는 창피스러웠다. 그녀가 고분고분하면 좋아라하고, 마다하면 비로소, 그녀도, 움직이지 않는 물건이 아니고, <사람> 하나라는 것을 알아차렸다. (p.93)

명준은 상징계를 지향하는 윤애를 두고 '물건'이 아니라 '사람'이라 표현하고 있다. 곧 '사람'은 상징계에 안주한 윤애를 의미하고, '물건'은 상징계의 모든 '타부'를 버리고 상상계의 '몸'에 의한 사랑을 원하는 '애인'을 의미한다. 윤애는 상징계의 가면을 쓴 주체로, 그 가면을 '마음'으로 삼고 '몸'을 '마음'의 지배에 두는 "사람 같은 사랑"을 원한다. 반면 명준은 상징계의 가면을 벗고 제도화된 의식 이전의 본능에 의한 '몸'과 '살'의 만남을 통해, 상상계적 동일성의 세계를 획득하고자 한다. 그러기에 명준에게 있어서, 상징계의 질서에 입각한 남성/여성의 구분에 따른 대화적 사랑은 애초부터 존재하지 않는다. 그러나 명준이 윤애에게 "체면과 타부와 거짓의 벽, 비곗살"을 버리고 "알몸으로 불"탈 때 자신도 변신할 수 있다고 애원하지만, 윤애는 그런 '몸' 의 사랑을 보여주다가도 그 다음날이면 '마음'의 사랑을 드러냄으로 써, 명준의 사랑을 끝내 거부한다.

> 가슴이 있다. 그가 만지게 맡겨주던, 촉촉히 땀밴 가슴이, 가랑비
> 를 맞으며 둥둥 떠 있다. 그 분지에서 자지러지게 어우러지다가, 그
> 녀는 불쑥
> "저것, 갈매기……"
> 이런 소릴 했다. 그녀의 당돌한 말이 허전하던 일. 그 바다 새가
> 보기 싫었다. 그녀보다도 더 미웠다. (pp.90~91)

명준이 '몸'으로 사랑을 할 때, 윤애는 그런 '몸'과 동떨어진 '마음' 을 드러내고 있다. 그런 윤애에게서 명준은 "윤애라는 사람 대신에 뜻 이 통하지 않는 억센 한 마리 짐승"을 보게 되고, 결국 그는 '구렁 속' 에 처박히게 된다.

남쪽에서 윤애를 통해 상상계적 동일화를 이루지 못한 명준은 새로 운 광장을 꿈꾸면서 월북한다. 그러나 월북 후 명준은 북한이라는 사 회적 상징체계의 실체를 파악하고 그것에 절망한다. 그러다가 은혜를 만난다. 은혜는 윤애와 달리 명준의 상상계적 동일화에 입각한 '몸'의 사랑을 적극적으로 받아들이는 존재다.

> i) "더러운 물건이 갑자기 아름다와 보일 때, 저는 제일 반갑습니
> 다. 눈이 열린다 할까요?"
> "더러운 물건이어야만 하나요?"
> "아름다운 물건이, 아름답게 보이는 건, 뻔한 일입니다. 그러나 그
> 대로는 더럽게밖엔 보이지 않던 물건이 그대로 아름다움 속에 돌아

나 보이는 건, 마음이 더 높은 곳으로 옮아갔다는 겁니다.”
　“그렇겠지요.”
　오호, 그렇겠지요라구. 이 텅빈 말. 귀밑 머리가 구름처럼 나부끼는 그녀의 옆 얼굴을 쳐다보며, 명준은 알 수 없는 미움이 치받쳤다.
　“바다와 산, 어느 편을 좋아하세요?”
　“둘 다 좋아요. 산은 산대로 맛이 있구…… 그렇잖아요?”
　주여, 이 깡통을 용서하옵소서. 일곱을 일흔 번 하여 용서하옵소서. (p.82)


　ii) “은혜, 나를 믿어?”
　“믿어요.”
　“내가 반동 분자라두?”
　“할 수 없어요.”
　“당과 인민을 파는 공화국의 적이라두?”
　“그럼 어떡해요?”
　“은혜의 그런 용기는 어디서 나와?”
　“모르겠어요.”
　(중략)
　명준은 윤애를 자기 가슴에 안고 있으면서도, 문득문득 남을 느꼈었었다. 은혜는 윤애가 보여주던 순결 콤플렉스는 없었다. 순순히 저를 비우고 명준을 끌어들여 고스란히 탈 줄 알았다. 그런 시간이 끝나면 그녀는 명준이 머리카락을 애무했다. 가슴과 머리카락을 더듬어오는 손길에서 그는 어머니를 보았다. 어머니와 아들, 아득한 옛적부터의 사람끼리의 몸짓. (p.138)


　(i)에서 보듯, ‘몸’의 사랑을 원하는 명준을 이해하지 못하고 윤애는 상징계의 ‘마음’의 사랑을 원한다. 그러기에 명준의 애원에 대해 윤애는 차갑게 “제가 뭔데요?”라고 반문하고, 매정하게 “싫어요.”라고 하

는 것이다. 그런 윤애에게서 명준은 '남'을 느낀다. 반면, (ii)에서 보듯, 은혜는 명준의 '몸'의 사랑을 기꺼이 받아들인다. 은혜는 순순히 '저' (상징계의 주체의 가면)를 버리고, 명준의 몸을 적극적으로 받아들인다. 윤애가 상징계적 질서에 자리잡고 있다면, 은혜는 상징계적 질서에서 벗어나 있는 것이다. 은혜는 "사상을 아랑곳 않"으며, "자기 영혼과 아무 탯줄이 닿지 않는, 시대의 꿈에서 떨어져 있을 수 있"고, "파리 에서 그림 공부를 했으면 도움이 되겠는데"라는 말에서 보듯 "이데올 로기로 갈라진 세계 지도를 잊어버린 사람처럼 망발하는 때"가 많다. 그런 은혜에게서 명준은 어머니의 사랑을 느끼는데, 명준이 은혜에게 스스로를 "당원도 아니고 인민의 일꾼도 아니고, 어린애 노릇하는 바 보"라고 말하는 이유가 여기에 있다. 곧 은혜와 명준의 관계는 어머니 와 자식의 관계로, 명준은 어머니 같은 은혜를 통해 상상계에서의 '이 상적 자아'라는 자기동일성을 확보할 수 있는 근거를 마련하게 된다.

> 세상에 태어나서 지금 이 자리에서 처음으로 진리의 벽을 더듬은 듯이 느꼈다. 그는 손을 뻗쳐 다리를 만져 보았다. 이것이야말로 확 실한 진리다. 이 매끄러운 닿음새. 따뜻함. 사랑스러운 튕김. 이것을 아니랄 수 있나. 모든 광장이 빈터로 돌아가도 이 벽만은 남는다. 이 벽에 기대어 사람은, 새로운 해가 솟는 아침까지 풋잠을 잘 수 있다. 이 살아있는 두 개의 기둥. (중략) 나에게 남은 진리는 은혜의 몸뚱 어리뿐. 길은 가까운 데 있다? (pp.136~137)

일찍이 대학시절 신내림을 통해 경험한 상상계적 동일성의 세계를 확보할 수 있는 유일한 타자를 명준은 비로소 찾는다. 그런데 그런 은 혜가 거짓말을 하고 모스크바로 떠난 후, 명준은 유일한 타자를 상실하게 되고, 상징계의 광기에 전면적으로 노출되어 전쟁에 참여한다.
그러다가 낙동강 전선에서 은혜를 다시 만난다.

> 이 동굴의 입구는, 그 틀처럼 모서리가 반듯하지는 않았다. 모서
리가 부숴진 네모꼴처럼 엉성한 데다가, 가장자리에 길죽길죽한 잡
초가 무성하게 뻗어 있다. 그런 대로, 그렇게 열린 공간이 뚜렷했고,
내리 맑은 날씨로 아물거리는 아지랑이 속에 펼쳐진 풍경은 아름다
왔다. 이 굴에서 풍경을 보기 비롯하면서, 세상에 있는 모든 풍경은
다 아름답다는 것을 알았다. 왼쪽으로도 막히고, 오른쪽으로도 막히
고, 아래위도 가려진 엉성한 구멍을 통하여, 명준은 딴 세계를 내다
보고 있었다. 굴 속, 손바닥만한 자리에 짐승처럼 웅크리고 앉아서,
전차와 대포와 사단과 공화국이 피를 흘리고 있는 저 바깥 세상을
구경꾼처럼 보고 앉은 자기의 몸 가짐을 나무라기에는, 이명준은 너
무나 지쳐 있었다. 훈훈한 땅김이 자기 체온처럼 느껴지는 동굴 속
에서, 이명준은 땅굴 파고 살던 사람들의 자유를 부러워했다. 땅굴
을 파고 그 속에 엎드려 암수의 냄새를 더듬던 때를 그리워했다. 이
렇게 내다보는 풍경은 아름다왔다. 원시인의 눈에는, 모든 게 아름
다왔을 게다. 저 푸짐한 햇빛들의 잔치. 이 친근한 땅의 열기. 왜 우
리는 자유스럽게 이 풍경을 아름답다고 보지 못하는가. (pp.170~171)

전쟁터에서 재회한 은혜와 함께 명준은 동굴에서 서로의 '몸'을 탐
한다. 동굴은 폭력적인 상징계의 질서와는 동떨어진 곳으로, 마치 어
머니의 자궁 속과 같은 곳이다. 명준은 은혜와 함께 모든 것이 합일되
어 조화롭게 공존하는 어머니 뱃속 같은 아늑한 공간에서 '이상적 자
아'로서의 상상계적 동일화를 획득한다. 그 동일성의 세계는 인간과
자연, 인간과 인간, 몸과 마음이 미분화된 채 조화롭게 공존하는 선험
적 총체성의 세계에 다름 아니다. 명준은 동굴 속에서 상상계의 아름

다운 풍경과 일체가 되면서, 동시에 그 세계 밖에서 벌어지는 상징계의 참혹한 살육을 구경꾼처럼 바라보고 있다.

> 눈을 뜨고 은혜를 들여다 본다. 그녀도 눈을 뜨고 남자의 눈길을 맞는다. 서로, 부모미생전 먼 옛날에 잃어버렸던 자기의 반쪽이라는 걸 분명히 몸으로 안다. 자기 몸이 아니고서야 이렇게 사랑스러울 리 없다. 그는 팔을 둘러 그녀의 허리를 죄었다. 뉘우치지 않는다. 내가 잘나지 못한 줄은 벌써 배웠다. 그런 어마어마한 이름일랑 비켜가겠다.
> 이 여자를 죽도록 사랑하는 수컷이면 그만이다. 이 햇빛. 저 여름풀. 뜨거운 땅. 네 개의 다리와 네 개의 팔이 굳세게 꼬여진, 원시의 작은 광장에, 여름 한낮의 햇빛이 숨가쁘게 헐떡이고 있었다. 바람은 없다. (p.173)

은혜를 두고 "부모미생전 먼 옛날에 잃어버렸던 자기의 반쪽"이라 여기는 것은 바로 상상계에서 '이상적 자아'로서의 동일화를 이룰 때 가능하다. 이 순간 은혜는 명준이고, 명준은 은혜이다. 그런 상상계에 상징계의 규범체계가 개입할 틈은 없다. 상징계의 그 어떤 제도화된 격식도, 그 어떤 언어도 필요하지 않다. 따라서 인간과 자연의 구분은 무의미하다. 모두가 하나의 고유한 존재이자, 서로로 하여금 자아동일성의 확보를 가능하게 해주는 타자가 되어 평화롭게 공존하고 사랑할 뿐이다. 하나의 수컷이 되어 자연과 더불어 사랑을 나눌 수 있는 이 공간이야말로 명준이 그토록 욕망해 오던 상상계적 동일성의 세계에 해당된다. 그러나 그런 동굴은 상징계의 가공할 폭력 앞에 허물어질 수밖에 없다. 상징계의 광기에 은혜가 전사하면서, 명준의 상상계적 동일화는 비극적 좌절로 끝나게 된다.

## 4. 광장의 좁힘과 확산에 의한 상징계의 모순비판

이 작품은 여성과의 사랑을 통해 상상계적 동일성에 대한 욕망을 추구하면서, 동시에 그러한 욕망이 좌절될 수밖에 없는 원인을 상징계의 모순과 결합시킴으로써, 남북한의 분단과 전쟁에 대한 비판을 가하고 있다. 그런데 남북한이라는 상징계의 모순파악과 그 비판은 관념적이고 추상적인 형태를 띠고 있다. 남북한의 상징계에 대한 비판은 각각 정 선생과 아버지와의 대화형식을 통해 제시되면서 관념적 진술로 일관하고 있다. 이 관념적 진술 속에 남쪽에서는 형사의 고문과 윤애와의 만남이, 북쪽에서는 자아비판과 은혜와의 만남이 구체적 현실성을 확보하고 있을 뿐이다. 이것은 명준이 "관념의 창"으로 상징계의 현실을 바라보는 것에 기인한다.

명준은 "양심이 마지막 숨은 곳인 철학의 탑 속에서 사람을 풍경처럼 바라"보거나, 현실과 차단된 방안에서 "창으로 내다보면서 헛궁리질할 때 가장 즐거움"을 느낀다. 곧 명준은 철학으로 상징되는 지식의 영역에서 "단단함" 혹은 "마음을 쏟을 만한 일"을 욕망한다. 이러한 욕망은 앞에서 살펴보았듯이, 상상계적 동일화에 대한 욕망으로 구체화된다. 명준은 그와 같은 욕망을 내재하고 상징계와 일정한 거리를 둔 채, 다만 방안의 창문을 통해 상징계를 바라보고 그것을 비판한다. 따라서 명준의 상징계에 대한 비판은 추상적이고 관념적일 수밖에 없다. 이상적인 것에 대한 관념적 지향이 앞서고, 그러한 관념으로 상징계를 끌고 들어와, 관념과 동떨어진 상징계의 측면을 관념적 진술의 형태로 비판하고 있는 것이다. 이로 인해, 이 작품은 당대의 객관적 현실에 대한 총체적인 구현이라는 측면에서 볼 때 다소 미흡한 측면을 지닐 수밖에 없다. 그럼에도 불구하고, 이 작품은 당대의 그 어떤 작품보다 남북한 상징계의 현실모순에 대해 신랄한 비판을 가하고 있는데, 그것은 광장의 좁힘과 관련이 있다.

흔히, 이 작품에 나타나는 광장과 밀실에 대해, 광장은 사회를, 밀실은 개인을 의미하며, 남쪽은 광장이 없고 밀실만 있는 것으로, 북에는 광장은 있고 밀실은 없는 것으로 제시한 후, 광장과 밀실의 개념을 뒤섞어 사용함으로써 그 개념을 모호하게 한다고 비판하고 있다. 그러나 이러한 비판 역시 타당하지 않는 것으로 판단된다.

개인의 밀실과 광장이 맞 뚫렸던 시절에, 사람은 속은 편했다. 광장만이 있고 밀실이 없었던 중들과 임금들의 시절에, 세상은 아무 일 없었다. 밀실과 광장이 갈라지던 날부터, 괴로움이 비롯했다. 그 속에서 목숨을 묻고 싶은 광장을 끝내 찾지 못할 때, 사람은 어떻게 해야 하는가? (p.81)

명준은 개인의 밀실과 광장이 서로 합일되는 이상세계를 지향한다. 그러나 남한과 북한은 그러한 광장과 밀실이 분리되어 있다. 명준은 광장과 밀실이 분리된 상징계에서, "목숨을 묻고 싶은 광장"을 욕망하는데, 이 때 그 광장은 다름 아닌 상상계적 동일성의 공간이다. 곧 이 작품에서 광장은 두 가지 의미로 사용되고 있다. 상징계의 모순을 비판할 때 사용되는 광장은 사회적 측면을, 밀실은 개인적 측면을 의미한다. 그러나 그런 상징계를 비판하고 상상계적 동일성의 공간을 지향하면서 그러한 공간을 '광장'으로 명명하고 있다. 말하자면, 광장과 밀실이 분리된 상징계에서 상상계적 동일성을 확보할 수 있는 공간을 또 다른 '광장'으로 명명하고 있는 것이다. 상상계적 광장은 작품이 전개될수록 점점 좁혀지는데, 그 좁힘의 극점에서 명준은 자살한다. 이러한 좁힘의 원인을 상징계의 모순과 연결시킴으로써, 이 작품은 상 징계에 대한 관념적 접근에 기초함에도 불구하고 그 나름의 강력한 비판력을 갖게 된다. 그 과정을 '남한→북한→전쟁터의 순'으로 살펴보면 다음과 같다.

　ⅰ) 개인만 있고 국민은 없읍니다. 밀실만 푸짐하고 광장은 죽었읍니다. 각기의 밀실은 신분에 맞춰서 그런 대로 푸짐합니다. 개미처럼 물어다 가꾸니깐요.
　좋은 아버지, 불란서로 유학 보내준 좋은 아버지. 깨끗한 교사를 목자르는 나쁜 장학관. 그게 같은 인물이라는 이런 역설. 아무도 광장에서 머물지 않아요. 필요한 약탈과 사기만 끝나면 광장은 텅 빕니다. 광장이 죽은 곳. 이게 남한이 아닙니까? 광장은 비어 있읍니다. (p.57)

　ⅱ) 자기라는 낱말 속에는 밥이며, 신발, 양말, 옷, 이불, 잠자리, 납부금, 담배, 우산…… 그런 물건이 들어 있지 않았다. 오히려 어떤 물건에서 그것들 모두를 빼 버리고 남는 게 자기였다. 모든 것을 드러낸 다음까지, 덩그렇게 남는 의심할 수 없는 마지막 것. 관념 철학자의 달걀이 명준에게 뜻있고, 실속있는 자기란 그런 것이다. 아버지가 그의 〈나〉의 내용일 수 없었다. 어머니가 그의 나의 한 식구일 수는 없었다. 나의 방에는 명준 혼자만 있다. 나는 광장이 아니다. 그건 방이었다. 수인의 독방처럼, 복수가 들어가지 못하는 단 한 사람을 위한 방. (p.63)

　ⅲ) 분명히 그녀와 나란히 서 있다고 생각한 광장에서, 어느덧 그는 외톨박이였다. 발끝에 닿은 그림자는 더욱 초라했다. (중략) 한번

　　명준의 밝은 말의 햇빛 밑에서 빛나는 웃음을 지었는가 하면 벌써
　　손댈 수 없는 그녀의 밀실로 도망치고 마는 것이었다. (p.115)

　i)에서, 남한은 밀실은 있고 광장은 비었다고 비판하고 있다. 여기서
광장과 밀실은 상징계의 영역에 자리잡고 있다. 곧 남한의 상징계는
타락한 광장과 타락한 밀실이 있는 곳으로, "일제는 반공이다. 우리도
반공이다. 그러므로 둘은 같다라는 삼단논법"이 횡행하고, "비루한 욕
망과, 탈을 쓴 권세욕과, 그리고 섹스"가 난무하는 곳이다. (ii)에서, 명
준은 그런 상징계에 편입되는 것을 거부하고, 자기만의 '방'에 머물고
있다. 이 방은 아버지와 어머니로 상징되는 상징계의 모든 것이 절연
된, 일종의 상상계적 공간이다. "나는 광장이 아니다, 그건 방이다."라
는 진술은, 자신의 방이 상징계의 광장과는 거리가 먼 것이라는 의미
이다. 그 공간에서 명준은 "관념 철학자의 달걀"처럼 고립, 유폐된 채,
창문을 통해 상징계를 바라보고 비판하면서 자신의 욕망을 달성하려
한다. 명준이 정 선생과의 대화에서 "한 판도 안 한 패가 많다."고 말
하는 것은, 그가 상징계와 한번도 부딪치지 않았음을 의미한다.

　그러다가 명준은 월북한 아버지로 인해 형사에게 모진 고문을 당한
다. 이 고문은 명준이 상징계로부터 당하는 일종의 첫 폭력이라 할 수
있는데, 명준은 이 고문으로부터 큰 상처를 입는다. 이것은 그가 관념
적으로 상징계의 모순을 파악하고 있다가, 실제로 그런 모순을 직접
경험하면서 겪는 충격 때문이다. 명준은 이 충격을 두고, "정치의 광
장에서 온 칼잡이가 침실 앞을 서성거리는 것"으로나, "방문이 무너지
는 소리" 내지 "튼튼하리라고 믿었던 문이 노크도 없이 무례하게 젖
혀지고, 흙발로 들이닥친 불한당아 그를 함부로 때렸다."로 표현하고
있다. 이로 인해, 명준은 절망하고 "검은 해가 비치는 어두운 광장에

서는 피어날 수 없는 씨앗"과 같은 상상계의 '방'을 윤애를 통해 회복
하려 한다.

그러나 (iii)에서 보듯, 윤애 역시 상징계의 질서에 안주하는 인물이
기에 명준의 욕망을 충족시켜 주지 못한다. 윤애를 통해 상상계적 '광
장'을 마련할 수 있다고 믿었던 명준은 자신의 상상계적 광장에 자기
혼자 외톨박이로 있음을 알고 절망한다. 이 절망이 새로운 상상계적
광장에 대한 지향으로 연결되면서 그는 월북한다.

> i) 개인적인 <욕망>이 타부로 되어 있는 고장. 북조선 사회에 무
> 겁게 덮인 공기는 바로 이 타부의 구름이 시키는 노릇이었다. 인민
> 이 주인이라고 멍에를 씨우고, 주인이 제 일하는데 몸을 아끼느냐고
> 채찍질하면, 팔자가 기박하다 못해 주인까지 돼버린 소들은, 영문을
> 알 수 없는 걸음을 떼어놓는다. (중략) 당이 뛰라고 하니까 뛰긴 해
> 도 그저 그만하게 뛰는 체하는 것뿐이었다. (중략) 광장에는 꼭둑각
> 시뿐 사람은 없었다. 사람인 줄 알고 말을 건네려고 가까이 가면, 깎
> 아놓은 장승이었다. (pp.129~130)

> ii) 그는 가슴에서 울리는 무너지는 소리를 들었다. (중략) 그의 마
> 음의 방문이 부숴지는 소리였다. 이번 것은 더 큰 울림이었다. 그러
> 나 먼 소리였다. 무디게 울리는 소리. 광장에서 동상이 넘어지는 소
> 리 같았다. 할 수만 있다면 그 자리에 엎드려서 울고 싶었으나, 울기
> 위해서는 그는 네 개의 벽이 아직도 성한 그의 방으로 가야했다. 아
> 니 그의 마음의 방이 아니다. 마음의 방은 벌써 무너진 지 오랬으므
> 로. 그의 둥글게 안으로 급힌 두 팔 넓이의 광장으로 달려가야 했다.
> (중략) 이제 명준에게 남은 우상은, 부드러운 가슴과 젖은 입술을 가
> 진 인간의 마지막 우상이었다. (pp.134~135)

i)에서, 명준은 새로운 광장을 꿈꾸면서 북한의 상징계로 갔지만, 북한 역시 자신이 지향하는 상상계적 광장이 아님을 깨닫는다. 북한의 상징계(광장)는 "볼세비키 당의 역사"로 획일화된 '장승'만 있는 '잿빛 공화국'에 불과하다. 그 광장에 있는 아버지 역시 혁명을 팔고 이상과 현실을 바꾸면서 타락한 채 살아간다. 더구나 그 광장은 지식마저 왜곡한다. '마르크스 이론'은 창시자의 뜻과는 달리 그 계승자에 의해 철저히 왜곡되어 있다. 명준은 절망한다. 결국 명준은 북한의 상징계의 광장에서도 자신이 꿈꾸는 상상계적 광장을 전혀 발견하지 못한다. 그는 다만 자신의 마음 속에서만 상상계의 광장을 꿈꿀 뿐이다. 그러나 그러한 마음의 방도 자아비판에 의해 허물어지는데, 그것이 ii)에 제시되어 있다. 명준은 마음의 방마저 허물어진 채, "두 팔 넓이의 광장"으로 내몰리게 되고, 그곳에서 은혜라는 마지막 '벽'을 통해 상상계적 동일성을 겨우 욕망할 수 있을 뿐이다. 명준이 자아비판에서 잘못을 인정하는 것은 자신이 지향하는 상상계적 동일성에 대한 욕망을 최후까지 유지하려는 몸부림에 해당된다. 그 몸부림은 은혜라는 타자가 있었기에 가능하다.

은혜가 거짓말을 하고 모스크바로 떠난 뒤, 명준은 허물어진 광장에서 마지막으로 기댈 '벽'을 상실하고 상징계에 그대로 노출된 채 전쟁에 휩싸이게 된다. 은혜가 있었다면 명준은 시간을 두고 상상계적 동일성을 회복함으로써 남과 북이라는 상징계의 모순을 비판, 극복하려고 했을 것이다. 그러나 은혜로부터 배신감을 느낀 명준은 상징계의 광기에 자포자기식으로 몸을 내던진다. 그것이 전쟁터에서의 광기로 표출된다. 명준은 철저하게 상징계의 광기에 편입되어 새롭게 태어나고자, 태식을 고문하고 윤애를 겁탈하려 한다. 그러나 그런 행동은 그의 무의식에 강렬하게 각인된 상상계적 동일성에 대한 욕망으로 인해 실패로 돌아간다.

명준에게서 상상계적 동일성의 광장을 확보할 근거는 거의 전무하다. 그러다가 낙동강 전선에서 은혜와 재회하면서 명준은 다시 상상계적 광장을 확보하려 한다. 그러나 그 광장은 현실과는 전혀 동떨어진 비현실적 공간으로 변질된다. 이러한 변질은 상징계의 가공할 폭력에 기인한다.

i) 누워서 보면, 일부러 가리기나 한 듯, 동굴 아가리를 덮고 있는 여름풀이, 푸른 하늘을 바탕삼아 바다풀처럼 너울너울 떠 있다. 접은 지름 3미터의 반달꼴 광장. 이 명준과 은혜가 서로 가슴과 다리를 더듬고 얽으면서, 살아 있음을 다짐하는 마지막 광장. (p.175)

ii) 나는 평범한 사람이 좋다. 내 이름도 물리고 싶다. 수억 마리 사람 중의 이름없는 한 마리면 된다. 다만, 나에게 한 뼘의 광장과 한 마리의 벗을 달라. 그리고, 이 한 뼘의 광장에 들어설 땐, 어느 누구도 나에게 그만한 알은 체를 하고, 허락을 받고 나서 움직이도록 하라. 내 허락도 없이 그 한 마리의 공서자를 끌어가지 말라는 것이었지. 그런데 그 일이 그토록 어려웠구나. (p.191)

iii) 돌아서서 마스트를 올려다 본다. 그들은 보이지 않는다. 바다를 본다. 큰 새와 꼬마 새는 바다를 향하여 미끄러지듯 내려오고 있다. 바다. 그녀들이 마음껏 날아다니는 광장을 명준은 처음 알아본다. 부채꼴 사북까지 뒷걸음질친 그는 지금 핑그르 뒤로 돌아선다. 제 정신이 든 눈에 비친 푸른 광장이 거기 있다.
자기가 무엇에 홀려 있음을 깨닫는다. 그 넉넉한 뱃길에 여태껏 알아보지 못하고, 숨바꼭질을 하고, 피하려 하고 총으로 쏘려고까지

한 일을 생각하면, 무엇에 씌었던 게 틀림없다. 큰일날 뻔했다. 큰 새 작은 새는 좋아서 미칠 듯이, 물속에 가라 앉을 듯, 탁 스치고 지나가는가 하면, 되돌아 오면서, 바다와 놀고 있다. 무덤을 이기고 온, 못 잊을 고운 각씨들이, 손짓해 부른다. 내 딸아. 비로소 마음이 놓인다. 옛날, 어느 벌판에서 겪은 신내림이, 문득 떠오른다. 그러자, 언젠가 전에, 이렇게 이 배를 타고 가다가, 그 벌판을 지금처럼 떠올린 일이, 그리고 딸을 부르던 일이, 이렇게 마음이 놓이던 일이 떠올랐다. 거울 속에 비친 남자는 활짝 웃고 있다. (p.200)

상징계의 폭력으로 인해 명준의 상상계적 광장은 (i)의 "동굴"을 거쳐 (ii)의 "한 뼘의 광장"으로 극도로 좁혀져, (iii)에서 "사북의 끝자리"라는 극한 상태로 치달리다가, "바다라는 푸른 광장"으로 확산된다.

그러기에 이 좁힘과 확산은 상상계적 동일성을 욕망하던 명준이 도달할 수밖에 없는 필연적이면서 운명적인 귀결점이 아닐 수 없다. 광기를 부리는 상징계에서 상상계적 동일성의 획득은 불가능하다. 그것은 죽음을 통해서만 획득될 수 있는 것이다. 그러기에 명준의 자살은 상상계의 '이상적 자아'실현이라는 욕망을 치열하게 추구한 결과물이라 할 수 있다. 죽음을 통해 도달한 푸른 광장에서 명준은 비로소 은혜와 그의 딸과 함께 상상계적 동일성을 획득하게 되는 것이다.

이처럼 이 작품은 상상계적 광장의 좁힘과 확산의 과정을 상징계의 모순과 유기적으로 연결시킴으로써, 현실비판이 비록 관념적 진술의 형태를 띠지만, 현실에 대한 객관적이면서도 총체적인 접근을 행하고 있는 다른 어떤 작품들보다 더 강력한 비판력과 감응력을 확보하게 된다.

## 5. 문학과 삶의 운명

이 작품은 상상계적 동일성을 지향하는 주인공이 자신의 욕망의 실체를 점점 뚜렷하게 자각하고, 그 욕망으로 인해 자살할 수밖에 없는 과정을 제시하고 있다. 그 과정은 일종의 폭로의 기법에 의존하고 있다. 곧 서두에서 명준은 타고르호를 타고 가면서 중립국에서의 새로운 생활을 꿈꾼다. 아무도 자신을 모르는 제삼국에서 그는 "병원문지기", "소방서 불직이", "극장 매표원" 등을 하면서 새로운 생활을 하고자 한다. 그의 희망은 선장의 호의(조카딸의 소개)로 볼 때, 얼마든지 실현 가능한 것이다. 그가 그런 중립국에 안착하는 것은 남한도 아니고 북한도 아닌 새로운 상징체계에 편입됨을 의미한다.

그러나 그는 타고르호가 출발할 때부터 따라오는 은혜와 딸의 분신인 갈매기를 통해 자신의 무의식에 내재한 상상계적 동일성에 대한 욕망의 흔적을 서서히 떠올린다. 처음에 그는 그 욕망을 애써 억제하려 한다. 그러다가 남한과 북한, 전쟁터의 회상을 거치면서 명준은 자신의 욕망의 실체를 뚜렷하게 자각하고, "무엇을 할 것인가"로 고민하다 결국 자살한다. 이 과정을 통해 작품은 명준의 상상계적 동일성에 대한 욕망을 점점 강화시키고, 이와 더불어 그런 욕망을 좌절시키는 상징계에 대한 비판을 가하고 있다.

이러한 각도에서 『광장』에 접근할 때, 다음 두 가지 측면에 대한 논의가 가능하다. 첫째, 『광장』은 기존의 평가처럼, 전후문학의 한계를 넘어선 분단소설이면서, 동시에 그러한 분단소설을 넘어서고 있다는 점이다. 이 작품에 제시된 상상계적 동일성의 세계에 대한 강렬한 지향성은 인류사의 유년기이자 황금시대라 할 수 있는 선험적 총체성

의 세계에 맞닿아 있다. 그런 점에서, 인류사의 황금시대라 할 수 있
는 선험적 총체성의 세계를 지향하는 『광장』은 한국의 분단 내지 전
후소설이라는 지방성과 개별성의 영역을 뛰어넘어 세계사적 보편성의
영역에 진입해 있으며, 자본주의의 모순이 첨예화되면 될수록 그것은
더욱 강력한 현재형의 기호로 작동하면서 아직도 그 유효성을 확보하
고 있는 것이다. 『광장』이 비록 현실에 대한 추상적 인식이라는 한계
를 내포하고 있지만, 문제적인 이유는 여기에 있다.

　다음, 『광장』은 작가 최인훈의 문학적 전개과정에 있어서 하나의
글쓰기의 원형으로 자리잡고 있다는 점이다. 이 점은 1990년대 초에
발표된 『화두』와의 관련성 때문이다. 『화두』에서 작가는 미국문명체
에 대한 경사를 은밀하게 드러내고 있다. 『광장』에서 이명준이 욕망
한, 남한도 북한도 제삼국도 아닌, 상상계적 동일성의 공간이 왜, 어떻
게 해서 『화두』에 이르러 미국문명체로 변질되는가에 대한 고찰은, 작
가 최인훈의 세계관과 그것의 질적 변화에 대한 검토와 맞물려 있으
며, 나아가 한 작가의 문학과 삶의 운명, 그 운명의 형식과의 상관성
에 대한 탐구와도 밀접하게 연결되어 있다. 이 점에서 『광장』은 또한
문제적이다.

# 현상 너머 본질에 천착하는 소설들

## 1. 유효성과 역사의 방향성

1970년대 말 조세희의 『난쟁이가 쏘아올린 작은 공』을 접하고 받은 충격은 컸다. 소설이란 꾸며낸 이야기라는 신비평의 논리만을 알고 있던 상황에서, 소설은 현실의 감추어진 본질적 모순을 포착하여 그것을 형상화함으로써 지배체제의 논리에 감염된 독자들의 무딘 감성을 깨우쳐주고, 나아가 모순이 극복된 새로운 가능세계를 지향하게 하는 것이라는 점을 깨달았을 때, 소설이 갖는 강력한 시대적 책무와 힘에 대해 가슴 설레는 환희와 더불어, 그런 소설을 쓸 수 있을까 하는 무거운 중압감을 느꼈던 기억이 지금도 생생하다. 이후에도 많은 작품들에서 현실에 고통 받고 소외된 무수한 '난쟁이'들을 만나면서, 소설의 기본양식은 시대에 따라 변할지라도 소설이라는 장르가 갖는 본질, 곧 현실의 모순포착과 비판은 불변이라는 것을 확신할 수 있었다.

한 편의 소설작품에 대해 좋다 혹은 나쁘다는 가치판단을 내릴 때,

그 기준이 되는 하나가 유효성이다. 유효성은 그 작품이 배출된 당대의 사회역사적 전망과 관련이 있다. 허균의 「홍길동전」이 유효한 작품일 수 있는 까닭은 그 작품이 조선사회의 모순 중의 하나인 적서차별의 문제를 본격적으로 다루면서 이를 극복할 방법을 탐색하고 있기 때문이다.

이와 관련하여 '도스토예프스키는 한 편의 소설도 쓰지 않았다'는 말을 상기할 필요가 있다. 대서사양식으로서 소설은 근대 자본주의의 산물이며, 그것은 자본주의가 몰락하고 새로운 제3의 세계가 도래하면 그 운명을 다하게 되고, 새로운 세계에 어울리는 새로운 서사시가 대두한다. 도스토예프스키는 바로 근대 자본주의를 넘어 인류사의 황금시대로 명명되는 새로운 세계를 작품화했고, 그러기에 그의 작품은 소설이 아니라 새로운 서사시에 해당된다. 여기서 새로운 서사시는 단순히 기존의 소설형식의 파괴만을 의미하는 것은 아니다. 형식은 내용과 맞물려 있으며, 내용은 작가정신의 깊이와 관련이 있다. 도스토예프스키가 이룩한 새로운 서사시의 경지는 그의 작가적 성실성과 관련이 있다. 자신이 살아가는 당대사회의 총체적 모순을 파악하고, 그 모순이 극복된 새로운 세계를 지향하는, 강렬하면서도 치열한 작가정신이 없다면, 도스토예프스키는 새로운 지평을 개진할 수 없었을 것이다. 도스토예프스키가 작품을 통해 밀고 간 역사의 방향성은 하도 높고 깊은 것이기에 그의 작품은 시-공간을 초월해 인류사에서 위대한 작품으로 고평을 받고 있는 것이다.

이처럼 유효하면서도 시대를 초월해 강력한 향기를 발산하는 작품을 현재의 한국소설에서 찾아볼 수 있는가를 물을 때, 그 해답은 단연 부정적이다. 그 이유는 갈수록 오늘의 우리 소설이 가벼워지고 있기 때문이다. 역사의 방향성을 문제삼는 유효한 작품은 해가 거듭될수록 그 모습을 찾아보기 힘들어지고 대신 피상적이고 현상적이면서 지엽적인 것만을 다루는 작품들이 늘고 있다.

소설은 몸이 가벼워서는 안 된다. 소설은 당대 사회의 표층을 가볍게 부유하면서 손쉽게 접할 수 있는 흥미롭고 감각적인 것을 다루어서는 안 된다. 유효한 소설은 그 어떤 예술도 포착할 수 없는 삶과 인생과 사회와 역사의 본질적이면서 보편적인 문제를 파고들면서, 나아가 그 모순이 극복된 새로운 세계를 지향해야 한다.

그러나 소설의 이러한 측면을 요즘 소설에 적용한다면, 소설다운 소설은 거의 없다고 해도 과언이 아닐 것이다. 특히 젊은 작가들의 작품의 경우 그 정도가 극에 달하고 있다. 자신이 살아가는 사회현실에 대한 인식을 내팽개친 채, 환상과 엽기에 빠져 그것만을 전면적으로 다루는 작품들이 대부분이다. 설령, 현실의 어떤 단면을 다루더라도 그 인식의 정도가 가볍고 천박하다. 지엽적인 현실의 단면을 그야말로 지엽적으로 다루고 있을 뿐이다. 진정한 소설은 일상의 사소한 현상을 취재해서 그 현상 속에 내재된 사회의 본질적 모순을 포착하여 형상화하는 것이어야 한다. 사소한 것을 사소하게 다루는 것이 아니라, 사소한 것을 파고들어 시대와 사회의 본질적 모순을 포착하고 그것을 비판하는 것이야말로 소설 본연의 몫일 것이다.


## 2. 현실인식과 관련하여: 우선덕, 김원일

한때, 한국문학에서 인도가 중심화제로 등장한 적이 있다. 많은 작가들이 인도로 떠났고, 돌아와서는 신비로운 인도에 대한 기행문과 감상문, 혹은 인도와 관련된 소설을 유행처럼 발표한 적이 있다. 그리고 지금도 인도는 신비로운 이상을 추구하는 작가들의 주된 관심사이기도 하다. 과연 인도는 신비로운 이상세계인가? 우선덕의 「인도로 가는 길」(≪문학나무≫, 2002, 여름호)이 이 물음에 대한 간접해답을 던져주고 있다.

두 여자가 있다. 이혼하여 자식들을 데리고 고단한 삶을 살아가는 '영인'이 있고, 운동권이었던 관계로 취직을 하지 못한 채 똑같은 운동권 출신인 연하의 남자와 결혼해 그 남편을 먹여 살리기 위해 온갖 궂은일을 마다하지 않는 '정주'가 있다. 정주는 한국의 현실과 관련된 모든 인연의 밧줄을 끊고 인도로 가고 싶은 꿈에 사로잡혀 있다. 그녀에게 인도는 부처의 미소가 있고 득도(得道)가 있는 이상세계이다. 그 인도로 가기 위해 정주는 영인을 비롯한 여러 친구들과 함께 계를 만들고 계주가 된다. 그런데 정주의 남편이 곗돈을 가지고 다른 여자와 인도로 도망가 버리자, 정주는 친구들을 피해 도망 다니는 신세가 된다.

이런 줄거리에서 주목되는 것이 인도라는 이상세계가 갖는 실체이다. 인도를 이상세계로 설정한 정주는 가혹한 사막에서 푸른 물줄기를 본 서영은의 「먼 그대」의 '문자'라는 여성과 상통한다. 그러면서 둘은 차이가 있다. 문자는 주어진 현실에 부딪쳐 절망하면서 그 절망의 심연에서 푸른 물줄기라는 이상을 추구했고, 반면 정주는 가혹한 현실을 외면하고 인도를 막연히 신비로운 세계로 설정한 것이다.

이 지점에서 강조되어야 할 것은 현실을 떠난 이상은 존재하지 않는다는 점이다. 윤후명의 일련의 소설에서 보듯, 이상은 현실의 바깥에 있는 것이 아니라 현실 속에 내재해 있다. 황폐한 현실에 처절하게 부딪쳐 절망할 때, 그 절망 속에서도 희망을 잃지 않을 때, 그리고 그 희망이 우리의 정신에 강렬하게 각인될 때, 그 때 그 희망이야말로 실현가능한 이상이 될 수 있는 것이다. 이상은 현실의 저 너머에 있는 추상적이거나 거대한 어떤 것이 아니라, 현실의 고통을 이겨낼 수 있는 구체적인 어떤 것일 때, 비로소 그 실현가능성을 지닌다. 자질구레한 일상적 삶이 주는 고통에 뿌리를 두고 그 고통을 이겨낼 수 있는 희망 내지 꿈이 심화되고 넓어질 때, 그것이 삶의 이상이 될 수 있는 법이다. 현실을 떠난 이상이나, 한국을 배제한 인도는 환상이자 망상일 뿐이다. 인도는 하나의 상징부호일 뿐이다. 그 상징부호는 인도가 아닌 '지금 이곳'의 한국 땅에 천착할 때에도 얼마든지 찾을 수 있는 것이다.

인도의 신비로움은 인도를 잘 모르는 여행자의 눈에 비친 한 측면에 불과한 것이 아닐까? 인도라는 구체적인 역사의 나라에도 고통과 번뇌가 그들의 일상에 깔려 있을 것이고, 또 그런 고된 일상을 이겨내려는 그들만의 이상이 있을 것이다. 마찬가지로 한국 땅에도 일상의 삶의 고통이 있고 또 그것을 극복하고자 하는 이상이 있을 것이다. 그렇다면 왜 굳이 인도인가? 왜 한국에서, 왜 한국의 일상에서 이상을 찾으려 하지 않는 것인가?

인도여행을 비롯한 해외여행소설이 갖는 맹점이 여기에 있다 할 것이다. 한국적 현실을 떠난 이상, 낯선 이국땅에 대한 막연한 동경보다는, '지금 이곳'의 현실에 천착해서 그 삶의 황폐함을 극복할 수 있는 꿈과 희망을 획득할 때, 그것이야말로 소설이 지향하는 가능세계이자 참다운 이상세계일 것이다. 한국 땅에서, 한국적 이상을 찾는 것이야말로 한국작가들에게 주어진 피할 수 없는 책무이다.

이와 관련하여, 우리 소설이 소설 본래의 몫을 회복하기 위해서는 무엇보다 '지금 이곳'의 현실의 모순에 대한 치열한 작가인식이 절실히 요청되고 있다. 그런 점에서 김원일의 「손풍금」(≪문학인≫, 2002, 여름호)에 주목할 필요가 있다.

이 작품은 사회학도인 주인공(나)이 집안의 작은 할아버지를 대상으로 하여 석사논문을 작성하면서 그 생애를 재구성하는 과정을 다루고 있다. 작은 할아버지인 박광수는 한국전쟁 때 인민군으로 참전했고, 전쟁 후 남파간첩으로 내려와 활동하다가 붙잡혀 장기수로 복역했던 인물이다. 그 인물의 생애를 재구성하는 과정을 통해, 이 작품은 '분단시대의 어느 사회주의자'라는 석사논문의 부제에서 보듯, 해방공간과 한국전쟁, 그리고 분단의 고착화 과정을 다루면서 왜곡된 반공주의를 비판하고 있다.

그런데 이런 부류의 분단소설은 지금까지의 소설사에 많이 제출되어 있고, 그런 작품들과 대비해 볼 때 이 작품만이 갖는 참신성이나 독특함은 거의 없는 편이다. 나아가 이 작가의 다른 분단소설 작품들과 비교할 때, 이 작품은 소설적 완성도의 측면에서 결함을 지니고 있다. 이 작품은 두 화자의 시점을 교차시키고 있다. 주인공 '나'의 시점과 월남한 '할아버지'의 시점이 그것이다. 전자의 경우, 해방공간에서부터 1960년대까지의 한국사회를 거의 보고서 내지 기록물의 형식으로 제시하고 있다. 말하자면 형상화의 측면에서 볼 때 실패작이라 할 수 있다. 그런데 후자의 경우, 나이 든 노인의 삶에 대한 회한과 아쉬움의 심정, 고향과 부모님과 어린시절에 대한 그리움, 가족에 대한 애정 등이 실감나게 형상화되어 있다. 아마도 후자의 경우, 그것이 원로작가의 삶의 체험에 깊숙이 뿌리를 내리고 있기 때문일 것이다.

만약 작가가 후자에만 치중했다면, 이 작품은 소설적 완성도의 측면
에서 볼 때 별 문제가 없었을 것이다. 그럼에도 불구하고 작가가 보고
서 형식이라는 수준미달의 장치를 통해 사회주의자의 삶과 그 시대적
상황을 다루려는 이유는 무엇일까? 다음 추론이 가능하지 않을까? 작
가는 이전의 자신의 작품에서처럼, 자신의 가족사에 바탕을 둔 분단소
설을 쓸 수 있을 것이다. 그러나 진정한 작가의 입장에서 볼 때, 과거
에 다룬 소재를 다시 다룬다는 것은 독자를 기만하는 것이자, 작가 자
신의 프로 의식에서 볼 때 절대 용납할 수 없는 상황일 것이다. 그렇
다고 해서 역사와 시대와 사회문제를 외면한 작품을 쓰는 것도 용납
될 수 없었을 것이다. 그것은 자신이 추구해온 소설의 본질과는 동떨
어진 것이기 때문이다. 그래서 다소 무리가 가고, 다소 함량미달의 상
태에 머물더라도, 작가는 지속적으로, 그리고 새롭게 한국의 역사와
사회현실을 파고들어 그것을 형상화할 수밖에 없었던 것이며, 그 결과
로 제출된 것이 이번 작품이다.


## 3. 진정한 소설가의 태도란: 하창수

한 편의 소설을 읽고 우리가 삶에서 무관심하게 지나치던 것들로부
터 새로운 의미를 발견할 때, 우리는 말할 수 없는 감동을 받는다. 우
리네 모두가 공감하는 보편적인 삶의 아픔과 상처를 드러냄으로써, 살
아간다는 것의 진정한 의미를 탐색하고, 나아가 사회와 시대의 문제에
대해 고뇌하고 성찰하는 소설을 접할 수 있다면, 그것은 크나큰 행운
이 아닐 수 없다. 그런 소설은 대개가 일상에 보이는 가시적이면서 단
편적인 현상들을 통해, 현상들 그 자체의 묘사에만 머물지 않고, 그

현상들 속에 내재된 비가시적인 본질에까지 진입하고 있다. 사랑, 죽음, 인생 등의 보편적 주제는 물론이고, 환경, 성, 분단 등의 특수한 주제에 이르기까지, 이들 작품들은 그것이 갖는 본질적 의미와 더불어 우리 시대의 특수한 의미를 밀도 있게 담기 마련이다. 이처럼, 현상을 통한 본질의 드러냄, 혹은 가시적인 것 너머의 비가시적인 것의 드러냄, 표층의 단편들을 움직이는 심층의 핵의 드러냄, 개별적인 것을 통한 보편적인 것의 드러냄, 그 드러냄의 장(場)을 두고 루카치는 예술(문학)의 특수성이라 명명하고, 이 특수성의 영역에서 '전형적 상황에서 전형적 인물의 창조'를 논하고 있다. 물론, 루카치의 이 논의는 마르크스 레닌주의에 입각한 리얼리즘 계열의 장편소설에 적용되는 것이지만, 그러나 오늘 우리의 소설작품들에 대한 비판을 가할 때 이 개념은 썩 유용하다고 할 수 있다.

요즘 발표되는 작품들을 읽노라면 단편적인 현상을 현상 그 자체로 묘사하는 경우가 대부분이다. 단편적이고 파편화된 현상들 속에 내재된 본질에 대한 탐색은 거의 전무하다. 물론 이런 소설들은 멀티미디어 상상력에 기초한 환상과 엽기로 치달리는 작품들에 비하면 그나마 나은 편이라고 할 수 있다. 그렇지만, 가시적인 단편적 현상들을 그야말로 단편적인 현상 그 자체로 다루는 작품들을 읽은 후, 그 독서로부터 우리는 어떤 새로운 삶의 의미를 찾을 수 있을 것인가?

이 점과 관련되어 하창수의 「월면보행」(≪문예중앙≫, 2002, 가을호)이 주목된다. 이 작품은 두 가지 구조층을 지니고 있다. 하나는 현몽 스님과 소설가 임준태의 만남, 다른 하나는 신문기자 '나'와 연상의 여자 화가, 그리고 임준태와의 만남이 그것이다. 이 구조층을 통해 이 작품은 월드컵 열풍이 한창일 때, 소설가는 어떤 소설을 써야하는가를 탐구하고 있다.

현몽 스님은 도통한 스님이다. 불화의 십우도에 몰입한 소설가가 십우도를 찾아 '아불사'라는 고찰에 가서 현몽 스님을 만나 스님의 높은 경지를 확인하고, 이후 그 스님의 이름으로 책을 발간한다. 기자인 '나'는 그 책의 서평을 기사로 작성했고, 월드컵이 한창일 때 현몽 스님을 인사동에서 잠깐 만나고 헤어진다. 그러면서 어떤 깨달음을 얻는다.

> (i) 옛 성현이 이르기를, 항상 먹을 것이 있어야 무엇을 항상 할 마음이 생긴다고 했다. 유항산유항심(有恒産有恒心)이 그것이다. (중략) 그러나 유항산유항심은 그릇된 말이다. 항심의 심(心)은 그 글자만 마음일 뿐 실은 마음이 아니다. 항심의 심은 습관화된 정신이며 육체에 길들여진 정신일 뿐이다. 그것은 먹어야 한다는 굳은 신조일 뿐이다. 항심의 심은 먹을 것 앞에서 굽히는 나약한 성정의 다른 말이다. 그렇게, 인간은 밥에 중독되어 평생을 산다. 자신이 하는 일의 가치는 밥벌이로 따져진다. 밥은 삶의 척도이자 의미가 되어버렸다. (p.141)

> (ii) 내가 받드는 것이 종지(宗旨)면 그 하나로 천하의 모든 것을 말하게 될 것이지만, 내가 받는 것이 그저 문자일 뿐이라면 그 하나로는 겨우 내가 말하려는 하나만을 말할 수 있을 뿐이다. (p.140)

(i)에서, 밥이 삶의 척도가 되는 것은 우리의 정신과 의식이 물욕에 사로잡혀 있다는 의미이다. 마치 월드컵을 매개로 하여 승부욕에 빠져 열광하는 우리네 정신과도 같은 것이다. 여기서 육체에 사로잡힌 정신은 눈에 보이는 현상에 사로잡힌 소설가의 은유로 읽혀진다. 소설가는 육체에 얽매인 정신, 가시적인 현상에 얽매인 정신을 가져서는 안 된

다. 그것을 넘어선 것, 곧 삶과 사회와 시대의 본질로 정신을 상승시켜야 한다. 그러기에 월드컵의 열기에 휩쓸려 그 열기에 덩달아 흥분하고 그것을 소설로 쓰는 것은 진정한 소설가의 태도가 아니다.

(ii)에서, '종지'는 불교의 가르침의 중심을 의미한다. 그러한 종지를 말하는 것은 이른바 현몽 스님 같은 '도사'의 영역에 해당된다. 그리고 '겨우 하나만을 말하는 문자'는 가시적인 현상을 말하는 것으로, 그것은 신문기자의 영역에 속한다. 소설가는 도사와 신문기자의 중간 영역, 중간장, 이른바 루카치의 특수성의 범주에서 말을 해야 한다. 그러기에 소설가 임준태는 두 권의 책을 썼지만, 그것은 도사의 말들이기에 소설작품이 아닌 것이고, 그래서 자신을 저자로 할 수 없었고 현몽 스님을 저자로 내세운 것이다. 신문기자가 얻은 깨달음이 바로 이것이다.

이 작품의 여성 화가처럼, 좋은 예술가는 월드컵의 열기에 편승하여 예술가 본래의 정신을 썩혀서는 안 된다. 모두가 월드컵 열풍에 휩쓸려 열광할 때, 좋은 소설가는 "세상의 열기가 조금도 느껴지지 않는 공간"에 자신을 위치시키고, 현상 뒤에 내재한 본질을 치열하게 탐색해 들어가야 한다. 작가 하창수의 이러한 성찰은, 그가 예전에 소설 쓰는 것 자체에 목숨을 건 작가를 두고, "제 모습에 취해 삶을 내던지고, 아니 삶을 송두리째 그르치는 불우한 운명의 소유자"(하창수, 『수선화를 꺾다』)라는 발언을 했기에, 더욱 진지하게 와 닿는다.


## 4. 삶의 고통 넘어서기, 그 감동의 울림: 정미경

살아가면서 크든 작든 육체적 내지 정신적 상처를 입지 않는 사람은 없다. 치유할 수 없는 어떤 상처로 고통 받고, 혹은 켜켜이 쌓여가는 삶의 더께로 인해 숨이 턱턱 막힐 정도로 힘겨워 할 때를 한두 번 이상은 경험했을 것이다. 그 누구와도 상처의 아픔을 공유할 수 없고, 또 누구의 도움도 받을 수 없는 처지에서 모든 꿈과 희망을 잃어버리고 홀로 어둡고 외로운 골방에서 뼈에 사무치듯이 밀려오는 고독과 맞설 때, 삶과 죽음의 경계선이 허물어지는 절망을 느끼면서, 다른 한편으로는 어떻게든 상처를 극복하고 새로운 삶의 끈을 잡고자 몸부림친다.

상처의 원인은 개인적인 것일 수도 있고, 또는 사회역사적인 것일 수도 있다. 만약 상처가 존재하지 않는다면 소설 역시 존재할 가치가 없다. 상처가 있는 한, 소설은 그 존재의의를 지닌다. 따라서 소설은 당대 사회에 존재하는 개인적이면서 사회역사적인 상처를 드러내고 그 상처 때문에 고통받는 이들과 함께 아픔을 공유해야 한다. 그런데 현재의 우리 소설에서 그런 상처를 다루고 있는 작품을 찾기가 극히 어렵다. 대부분의 작품들이 환상이나 엽기, 혹은 감각적이고 찰나적인 것들에 함몰되어 있음을 곤혹스럽게 인정할 수밖에 없다. 물론 몇몇 작품들은 상처를 다루고 있지만, 그 상처가 너무 협소하거나 피상적이다. 소설이 다루어야 하는 상처는 눈에 보이지 않는, 그러면서 우리 사회에서 보편적이면서 본질적인 것이어야 한다. 그런 점에서 주목되는 것이 정미경의 「성스러운 봄」(《문학사상》, 2003. 4)이다.

주인공은 보험회사 손해보험 사정원이다. 40대 중반의 '나'는 딸을 백혈병으로 저 세상에 보내고 고통스러운 삶을 산다. '나'는 딸의 '카데터' 교환을 두고 고민하다가, 결국에는 교환을 반대함으로써 딸과 작별한다. '나'가 카데터 교환을 반대한 이유는 고통 때문이다.

　　입원 기간이 길어지면서 딸아이는 주사를 너무 맞아 굳은살이 생겨 정맥을 찾을 수가 없었다. 링거용 바늘을 교환할 때마다 전쟁이었다. 척수검사를 끝내고 나면 아이는 내 품에 안겨 젖은 빨래처럼 늘어졌다. 고통을 호소할 기운마저 없어 그저 바르르 떨기만 했다. 내가 가장 견딜 수 없었던 건 그 아이의 등이 내 무력한 손바닥 안에서 바르르 떨리는 그 느낌이었다. 마지막 무렵 아이는 몸의 여러 군데에 튜브를 꽂고 카데터를 삽입해야 했다. 처음 카데터를 삽입할 때 나는 병원에 없었다. 전화기 속에서 아내는 울고 있었다. 내가 뭘 잘못한 거지? 아내는 내게 그렇게 물어보았다. 밤에 병원에 들렀을 때 아이보다 아내 얼굴이 더 망가져 있었다. 고통스럽게 설치했지만 그건 영구적인 건 아니었다. 망가진 카데터를 교환하던 날은 내가 병실을 지키기로 하고 아내를 내보냈다. 나는 그때 교환하는 걸 지켜보고 있었는데도 그 장면을 잘 기억할 수가 없다. 내 영혼은 그 장면을 외면하고 싶어했고 기억하고 싶어하지 않았다. 아이는 끝내 팔다리를 늘어뜨리며 까무러쳤다. 간호사가 피로 얼룩진 시트를 교환해주었다. 내 몸을 마취 없이 찢어대는 것 같았다. (pp.131~132)

극도로 감정이 절제된 채 담담하게 묘사되고 있는 이 대목을 통해 아이의 고통이 주인공의 고통으로 전이되고, 나아가 작품을 읽는 독자의 고통으로 전이되고 있음을 느낄 수 있다. "내 몸을 마취 없이 찢어대는 것 같았다."라는 표현 앞에서, 우리는 주인공의 선택에 대해 그 어떤 비판도 할 수 없을 것이다. 어린이날 야광 운동화를 신고 싶다는 아이의 소원도 들어주지 못하고 아이를 저 세상으로 보낸 주인공은 아내로부터 "몇 푼 치료비 때문에 딸의 목숨을 포기한 냉혈한"으로 치부되고, 그리고 아이를 잊어버리지 못하는 아내로 인해 또 다른 고통을 받는다.

　　이즈음 하루 종일 잠옷 바람으로 아이의 침대에 누워 있는 아내
가 원하는 건 상처의 소멸이 아니라는 생각이 든다. 고통이 물처럼
담담하게 흘러내리게 되는 그런 망각이 아니라 아내는 여전히 아이
의 재잘거림과 체온과 세상의 어느 것으로도 대체할 수 없는 보드라
운 입술이 볼에 와 닿는 느낌을 놓치게 될까 두려워하고 있는 것처
럼 보인다. 아내는 고통에서 벗어나기를 원하지 않고 있었다. 손에
쥔 아이의 옷자락을 결코 놓지 않으려 했다. 질병의 치유를 바라지
않는 환자를 바라보는 의사처럼 나는 무력할 뿐이다. (p.138)

　아이를 보낸 후 미친 듯이 울부짖던 아내, 그러다가 침묵에 빠져 있
는 아내. 하지만 주인공 역시 아이를 떠나보낸 뒤의 고통으로부터 벗
어나지 못하고 있다. 그러나 주인공은 고통스럽다고 말할 수조차 없
다. 왜냐하면 주인공은 말해질 수 있는 건 고통이 아니고, 아픔을 표
현할 수 있는 건 참을 수 있다는 것을 절감하고 있기 때문이다. 말로
표현할 수 없는 고통을 간직한 채 주인공은 아이의 병원 입원비로 지
게 된 엄청난 빚을 갚기 위해, 낮에는 두 군데 보험회사에 적을 두고
겹치기로 뛰어다니고, 밤에는 경력을 속이고 과외교사로 뛰어다니면서
네 시간 이상 잠을 자지 못한다.

　그런 와중에 자신을 가르쳤던 대학 스승이 BMW차를 몰다 사고를
내게 되고 주인공이 그 사고에 대한 보험문제를 책임지게 된다. 교수
는 자신이 직접 차를 몰다 일어난 사고라고 주장을 하지만, 주인공은
에어백에 묻은 립스틱 자국을 단서로 하여, 교수가 어떤 여인과 술을
마신 후 여인이 운전을 하다 사고를 낸 것임을 밝혀낸다. 교수는 자신
의 치부가 드러나자 점점 고통스러운 표정을 짓지만, 이미 말로 표현
할 수 없는 고통을 간직하고 있는 주인공에게 있어서 교수의 고통은

고통이 아니다. 지식인의 허울을 쓰고 온갖 나쁜 짓을 하다 그것이 드러날 때의 고통스러움과, 아이를 저 세상에 보내고 삶의 가장 밑바닥에 놓인 주인공의 고통은 대비할 수 있는 성질의 것이 아니다.

  아니다. 사실을 말하자면, 불안하게 흔들리는 심전도 모니터를 지켜보며, 가망없이 꺼져가는 불에 풀무질을 하듯 점점 많은 분량의 아드레날린을 링거 선에 퍼부어대던 그날밤 카데터를 뽑아버린 순간 나는 너무 늦게 깨달았다. 삶은 스스로 완벽하다는 것을. 어떤 흐트러진 무늬일지라도 한 사람의 생이 그려낸 것은 저리게 아름답다는 것을. 살아 있다는 것은 제 스스로 빛을 내는 경이로움이라는 것을.
  어딘가가 좀 아픈 듯한 얼굴로 앉아 있는 그를 쳐다보자 오래전 수업 시간에 그가 했던 말이 떠올랐다. 여러분, 우주 공간엔 우리 귀에는 들리지 않는 아름다운 천상의 음악 소리가 흐르고 있어. 별들이 부르는 노래라고나 할까. 당신들 말야. 언젠가 그대들 삶의 절정에서 그 음악 소리를 듣길 바래. 나는 어쩌면 지난 어느 날 그 천상의 음률을 들었다는 생각이 든다. 아빠, 아빠 눈 속에 별이 있어, 그 속삭임 말이다.
  그러자 나는 어딘가 이 방처럼, 초침 소리가 들릴 만큼 조용하고 어둑한 구석으로 가서 좀 울고 싶다는 생각이 들었다. 손에서 미끄러진 유리잔처럼 깨어져 어지럽게 흩어진 내 생에 대해, 돌이킬 수 없는 가혹한 선택에 대해. 걸을 때마다 뒤꿈치에 불이 켜지는 야광 운동화를 신어보지 못한 채 떠나버린 딸아이를 생각하며, 무엇보다 이 사람을 처음 만난 날로부터 지금까지 살아오면서 내가 잃어버린 것들에 대해. (p.144)


  "흐트러진 무늬일지라도 한 사람의 생이 그려낸 것은 저리게 아름답다."는 사실의 깨달음, "아빠 눈 속에 별이 있어."라는 죽은 아이의 속삭임을 천상의 음률로 들을 수 있는 것, "지금까지 살아오면서 잃어

버린 것"들에 대해 되새겨보면서 절망의 심연을 헤쳐 나오려는 몸부
림, 그 모든 것은 말할 수 없고 표현할 수 없는 절망적인 고통을 느낀
자에게만 가능하다. 그리고 그 고통과 일체가 된 작가만이 그것을 가
슴 뭉클하게 표현할 수 있다. 만약 작가가 주인공의 아픔을 단순히 소
재적 차원에서 접근했다면 위와 같은 절제되면서도 가슴 시린 표현은
불가능했을 것이다. 그것은 작가가 주인공의 아픔과 일체가 되어 주인
공과 함께 그 고통을 나누고, 그리고 절망의 심연을 함께 건너려 했기
에 가능한, 이 작가만의 고유한 영역이다. 아이의 죽음으로 인해 고통
받는 주인공의 모습은 반드시 아이의 죽음이 아니더라도, 주어진 삶을
성실하게, 또 치열하게 살아가는 열정적인 모든 이들이 한번쯤은 그
비슷한 상황을 겪게 되는 것이기에, 이 작품은 큰 울림으로 다가온다.


## 5. 기억의 현재화와 인식지평의 심화: 박완서, 정찬

기억은 과거의 회상이자 과거의 현재화이다. 현재화된 기억은 과거
를 바탕으로 하여 현재의 시간을 변화시키는 힘을 지니고 있다. 이런
기억을 소설 속에 끌고 올 때 유념해야 할 점은 기억이 작가 개인의
단순한 회고담 내지 추억담에 머물러서는 안 된다는 사실이다. 그런
기억은 굳이 소설작품으로 발표할 필요 없이 작가 개인의 일기장 내
지 신변잡기식의 글에 담아야 한다. 소설에서 기억이 수용될 수 있는
유의미한 순간은 작가의 기억이 현재를 살아가는 이들의 보편적인 현
실문제와 밀접한 관련을 맺을 때이다. 다음 두 편의 작품을 보자.

먼저, 박완서의 「그 남자네 집」(≪문학과사회≫, 2002, 여름호)이다. 이
작품은 주인공이 노년에 친구의 집들이에 갔다가 젊은 시절의 그 남

자네 집을 찾아 과거를 회상하는 내용이다. 젊은 시절 여인은 한국전쟁이 한창일 때 그 남자와 연애를 했다. 처참한 살육이 난무하는 시대에 여인은 남자와 탐미적인 사랑에 빠진다. 둘의 만남은 당시에 볼 때 '사치이자 시의 세계'와 같은 것이다. 서로를 사랑하지만 '불온한 정열'을 다스리면서 '플라토닉'한 사랑에 입각하여 끝까지 정신적 순결주의를 지향한다. 그러기에 젊은 시절의 그 사랑은 전쟁이라는 광기가 난무하는 혹독한 겨울에도 '구슬 같은 겨울'의 기억으로 남아 노년의 여인을 사로잡고 있다.

그러나 시대가 흐르면서 그런 정신적 사랑은 사라져가고 있다. 이제 신세대들은 대낮에도 거리끼는 일 없이 서로를 애무하면서 애정을 표출하고 있다. 육체적이고 물질적인 것만이 난무하는 세상이 되어 버린 것이다. 정신적 사랑은 번잡한 도심의 현대적 빌딩 모퉁이에서 겨우 그 명맥을 유지하고 있는 '보리수나무'와 '조선 기와집'과 '연탄'처럼 거의 사라져가고 말았다. 다음 대목은 주인공이 젊은 시절 정신적 사랑이 깃들은 스러져 가는 한옥 집과 그 남자를 끝내는 포기하고 물질적 가치를 추구한 것에 대한 회한 어린 비판적 진술에 해당한다. 이 진술은 오늘날 물질적 가치만을 추구하는 세태에 대한 비판으로 직결될 수 있을 것이다.

수컷은 청청한 잎이 달린 단단한 가지를 물어다가 견고하고 네모난 집을 짓고, 드나들 수 있는 홍예문도 내고, 빨갛고 노란 꽃가지를 물어다가 실내 장식까지 하는 것이었다. 암놈은 요기조기 집 구경을 하고 나서 그 중 가장 마음에 드는 집을 골라잡기만 하면 짝짓기가 이루어진다.

그래, 그때 난 새대가리였구나.

그게 내가 벼락치듯 깨달은 정답이었다. 나는 작아도 좋으니 하자 없이 탄탄하고 안전한 집에서 알콩달콩 새끼 까고 살고 싶었다. 그의 집도 우리집도 사방이 비 새고 금 가 조만간 무너져내릴 집이었다. 도저히 새끼를 깔 수 없는 만신창이의 집. 아직 태어나지 않은 내 새끼를 위해 그런 집은 버릴 수밖에 없었던 것이다. (p.527)

박완서의 작품에 담긴 기억이 1950년대에 닿아있다면, 정찬의 「섬진강」(≪실천문학≫, 2002, 여름호)은 1980년대의 광주에 그 기억의 뿌리를 드리우고 있다. 작가는 이미 「슬픔의 노래」(『아늑한 길』, 문학과지성사, 1995)를 통해, 1980년 5월의 광주를 아우슈비츠 대학살과 등가로 놓음으로써, 광주항쟁을 국지적이고 과거적인 것에서 세계사적 보편성을 띠면서 현재진행형의 것으로 승화시킨 바 있다. 따라서 이 작품은 소설사적 측면에서 볼 때 새로운 것이 아니다. 그러나 작가 개인에게서 볼 때, 이 작품은 작가정신의 치열함을 단적으로 보여주는 것이라 할 수 있다.

이 작품에서 작가는 이전의 작품에서처럼, 1980년의 광포한 권력과 역사와 자본을 한 축으로 놓고, 다른 한 축에 광주와 영혼과 아름다운 꿈과 순결한 것을 설정한 뒤, 5월의 광주를 전자에 의한 후자의 학살, 곧 폭력적인 권력과 자본에 의한 꿈과 영혼의 학살로 규정 짓고 있다. 여기까지는 작가의 이전 작품들의 동의반복이다.

그런데 작가는 여기에 머물지 않고 시선을 두 가지 방향으로 확대, 심화시킨다. 첫 번째로 5월의 광주를 한국전쟁 때 빨치산으로 투쟁하다 죽어 귀신이 된 영혼들과 연결시킴으로써 역사에 대한 인식의 지평을 확대시키고 있다. 두 번째로 지금까지 '자본'을 자본주의 일반이라는 추상적 영역으로 다루다가, 그것을 오늘날 정보사회의 사이버스

페이스에 함몰된 이른바 '디지털 리얼리즘'에 대한 비판으로 심화시키고 있다. 이 점에서 이번 작품을 통해, 5월의 광주를 지속적으로 다루어 온 작가가 그것을 매개로 하여 역사와 현실에 대한 인식을 더욱 넓고 깊게 펼치고 있음을 확인할 수 있다.

다음 대목을 보자. 소설은 현실에 대한 작가의 치열한 인식을 바탕으로 하여, 시대와 사회의 어둠(모순된 현실)을 인식하고 그 어둠을 극복할 수 있는 빛나는 별(가능세계)을 지향해야 한다는 것. 다분히 철학적 관념성을 내포하고 있어 소설적 감수성을 차단하고 있지만, 이 발언이야말로 오늘 우리 소설이 진정 소설 본연의 의무를 회복하기 위해 반드시 기억하고 실천해야 할 필연적 명제일 것이다.

> 그에게 세계는 차가우면서 어두웠고, 불가해했다. 문학은 차갑고 어둡고 불가해한 세계 속에서 고요히 빛나는 별이었다. 영혼의 시선이 지상에 갇혀 있을 때 그는 맹인이었다. 어둠에 잠긴 두 다리는 후들후들 떨렸고, 두 팔은 허공 속에서 허우적거렸다. 그러나 시선이 하늘을 향할 때, 거기에는 별이 있었다. 눈을 감으면 눈꺼풀에 따뜻한 별빛이 느껴졌다. 그가 찾고자 한 것은 별에 이르는 길이었다. 언어로 이루어진 그 길은 영혼의 성소를 품고 있었다. 언어는, 영혼의 성소를 품고 있는 언어는 삶의 황야에서 유일하게 빛나는 보석이었다. (p.121)

# 영혼과의 교감, 그 황홀경을 찾아서

## 1. 일상과 영혼 사이

루카치는 "내 영혼을 증명하기 위해 길을 떠난다(I go to prove my soul)."라는 명제로 소설의 특성을 압축적으로 표현하고 있다. 소설은 시대와 사회의 전체적 모순을 포착한 문제적 인물을 주인공으로 하여 그 모순을 비판하고, 이를 통해 상실된 선험적 총체성을 회복하기 위해 고독한 투쟁의 길을 떠나는 장르이다. 밤하늘에 빛나는 별이 내 영혼의 별이 되는 시대, 어디를 가더라도 낯설지 않고 마치 집안에 있는 것처럼 아늑한 시대. 대우주와 소우주가 원환을 이루면서 그 평화로운 공간에서 인간과 자연, 주관과 객관, 물질과 정신, 육체와 영혼이 합일되던 인류사의 유년시대를 두고 루카치는 선험적 총체성으로 명명하고 있는 바, 이 선험적 총체성이야말로 소설이 증명하고자 하는 '영혼'에 다름 아니다.

인간과 자연, 물질과 정신, 육체와 영혼이 분리되고, 전자가 후자를 지배, 배척하는 자본주의 시대가 도래하면서 선험적 총체성은 상실되고, 신이 떠나버린 이 버림받은 세계는 지독한 암흑에 휩싸인 채 낯설고 황폐한 곳으로 변하고 만다. 소설은 바로 이 거대한 자본주의와 맞서 처절한 싸움을 전개하면서 모든 사물이 조화롭게 공존하는 선험적 총체성을 회복해야만 하는 몫을 숙명적으로 지니고 있다.

그런데 멀티미디어 상상력이 지배하는 오늘의 정보사회에 있어서 우리 소설들의 대부분은 소설에 주어진 이 숙명적 몫을 회피하거나 외면하고 있다. 이들은 정보사회가 제공하는 감각적이고 쾌락적이고 찰나적인 것만을 소설화함으로써 시대의 모순비판과 상실된 영혼의 회복이라는 소설 본래의 몫을 방기하고 있다. '소설은 많은데 읽을 것은 없다'라는 자조 섞인 한탄에 대해 대부분의 작품들이 자유롭지 못하다. 그런 와중에 타락한 일상을 비판하고 상실된 영혼을 찾아 고독한 길을 떠나는 소설들이 있다는 점은 반가운 일이 아닐 수 없다. 이들 소설들은 크게 '일상'과 '상실된 영혼의 세계'라는 양 극단을 염두에 둘 때, 일상에 치우쳐 있으면서 일상을 비판하고 영혼의 세계를 지향하는 소설들과, 일상으로부터 일탈하여 영혼의 세계로 깊숙이 나아간 소설들로 나누어 질 수 있다.


## 2. 자웅동체로서의 달팽이: 조경란

조경란의 「달팽이에게」(≪문학수첩≫, 2004, 가을호)는 두 개의 서사축으로 이루어져 있다. 먼저 '나'와 두 고모의 관계이다. 예순 살이 넘어 '나'의 집에 기거하는 '하지' 고모와 '요지' 고모는 마치 '자웅동체의 달팽이'처럼 한평생을 같이 살아온 인물들이다. 큰 고모인 하지 고모가 알츠하이머병에 걸리자 요지 고모는 "태어날 때부터 한 몸이었던 것처럼" 큰 고모 곁을 떠나지 않고 지극정성으로 병간호를 한다. 그러다가 하지 고모가 죽게 되자, 요지 고모도 한 달 만에 세상을 하직한다. 그런 두 고모를 보면서, '나'는 "하지 고모와 요지 고모가 고통을 껴안고서도 이 세상에서 서로 유일하게 의존했던 존재"였다는 것을 깨닫는다. 이기적인 인간들이 횡행하는 세상에 자웅동체인 달팽이처럼 고통을 함께 나누고 서로 믿고 의지할 수 있는 형제 같은 사람과 살아가는 것이야말로 진정 인간다운 삶이 아닐까.

> 다른 사람의 눈을 들여다볼 때 형제나 자매가 보이면 아침이 밝았음을 알 수 있을 것이다. 만일 형제나 자매가 보이지 않으면 언제나 밤인 것이다. 항상 어둠 속에 있는 것이다. (p.227)

'나'와 '너'라는 이분법적 사고에 함몰되어 있는 이기적이고 자기중심적인 인간들은 어둠 속에 묻혀 자신과 영혼의 교감을 나눌 형제나 자매를 보지 못한다. 그런 사고를 버리고 '나' 주변의 모든 것들을 형제나 자매처럼 여기고, 나아가 자웅동체의 달팽이처럼 자신과 같은 한 몸이라고 여길 때, 비로소 우리는 어둠을 걷어내고 밝은 빛의 세계로 나아갈 수 있다. 밤의 어둠에 안주하지 말고, 낮의 밝음으로 나아가기.
　이 깨달음에 의해 이 작품의 또 다른 서사축인 '나'와 미연의 관계에 대한 결말이 제시된다. 유부녀인 미연과 만나던 '나'는 두 고모의 죽음 뒤에 미연과 헤어지기로 작정한다. 그 이유는 '나'와 미연 사이가 결코 두 고모처럼 자웅동체의 달팽이와 같은 사이가 될 수 없기 때문이다.

　　미연씨에게 들려줄 말이 생각났다. 나는 미연씨의 거실 벽에 걸
　려 있는 그림에 대해 이야기하게 될 것 같다. 고흐의 불안과 고통
　없이 그 그림이 진정 아름다울 수는 없을 거라고. 그러면 미연씨는
　내 말을 알아듣고는 또 콧물을 훌쩍거리겠지. (p.230)

　그동안 두 사람은 서로 삶의 고통에 대해 이야기를 하지 않았다. 그
것이 '완벽한 연애'라고 생각했기 때문이다. 그러다가 두 고모가 죽은
뒤 두 사람의 관계가 아무런 고통의 공유 없는, 마치 고흐의 삶의 고
통이 배제된 '복제그림'과 같다는 것을 깨닫게 된다.

　이 자리까지 오면, 어린시절 고모부가 팔뚝에 써 준 글, "의심하라,
그리고 움츠러들지 마라."의 의미가 밝혀진다. 세상을 살아가면서 주
어진 상황에 만족하고 그것을 그대로 받아들이지 마라. 현재의 삶에
대해 항상 의심하고, 보다 가치 있는 삶은 무엇인가를 생각하면서 그
삶을 향해 결코 움츠러들지 말고 나아가라. '나'와 '너'로 갈라져 서로
에게 낯선 이방인으로 살아가는 이 세계를 의심하고, 자웅동체인 달팽
이처럼 모두가 형제나 자매처럼 함께 살아가는 세계로 움츠러들지 않
고 나아가기.

　그것을 이 작품은 바다로 나아가는 달팽이에 비유하고 있다. 원래
달팽이 조상들은 바다에 살았는데, 그 중 몇 녀석이 강으로 땅으로 올
라와 지금의 달팽이가 되었다는 것이다. 대부분의 달팽이는 자신에게
주어진 현 상황에 만족하지만, '의심하고 움츠러들지 않는' 달팽이는
자신의 원래의 고향인 바다로 회귀하려 한다. 달팽이가 나아가고자 하
는 바다는 인간에게 있어서 어머니의 자궁 속과 같은 세계일 것이다.
'나'와 '너', 인간과 자연, 물질과 영혼이 미분화된 조화로운 그 세계
야말로 오늘날 우리가 상실한 '영혼의 세계'일 것이며, 그 밝은 영혼

삶에서 죽음을 의식하는 극한상황으로 내몰릴 때 비로소 진정한 삶의 가치를 인식하게 되고, 이를 통해 삶의 모든 것이 의미 있는 것으로 다가온다.

이러한 깨달음은 한국인 참수 후 이라크를 재취재하기 위해 이라크로 가서 만난 '하산'이라는 소년을 통해 심화된다. 하산은 자신의 아버지를 따라 위험지역으로 들어가면서도 "이렇게 살아있으면서 노래를 하고 춤을 추고 오늘처럼 차를 타고 여행을 할 수 있다는 게 얼마나 행복해요."라고 하면서, 무화과나무의 무성한 이파리 아래에서 춤을 춘다.

무화과나무란 무엇인가? "태초에 선악과를 따먹은 인간들이 알몸을 가린 곳"으로, 인간의 선과 악, 빛과 그림자가 공존하는 상징물이다. 그 양가적인 상징물은 바라보는 사람의 마음에 따라 그 색깔을 달리한다. 하산처럼 행복을 느낀다면 그 나무는 행복의 나무가 된다. 그 순간, 무화과나무는 '나'에게 자신의 신장을 이식시켜주려 한 애인인 '수명'의 자궁과 일체가 된다. "부부라고 쉽게 제 살 한 점 떼어주지 않는 시대"에 사랑하는 사람을 위해 자신의 신장을 기증하려 한 애인이 있고, 그 애인이 제공하는 "무한한 우주 속에서 평화로울 수 있는 그 좁디좁은 공간"이 있다는 것이야말로 얼마나 행복한 것인가. 죽음의 끝자락에서 삶의 진정한 가치를 깨달을 수 있듯이, 아무리 어려운 상황이라도 행복의 빛을 잃지 않는 것이야말로 진정 가치 있고 행복한 삶이다. 이 깨달음의 순간, '나'의 삶에서 새로운 길 찾기가 시작된다. 그 길 찾기의 출발점에 서서 지난 삶을 되돌아보고 앞으로 나아갈 새로운 길을 탐색하는 다음 대목 앞에서 우리는 숙연해질 수밖에 없다.

나는 나를 피해 어디론가 가는 것이 아니라 나를 찾아 달려가고 있는 것이라고 생각한다. 다만 나는 그 길을 외면하고 있을 뿐이다. 멀리 돌아갈 것이 없지 않은가. 나 자신이 한편의 비루한 다큐인데, 비제이 엄마의 외마디 비명 같은 하소연, 갑작스런 발병. 긴 투병 끝에 얼굴도 모르는 또 한 명의 비제이의 신장을, 아니 목숨을 빼앗은 나, 그런 나를 두고 다른 얼굴의 나를 찾아헤매고 있는 것이다.

나는, 내가 지난날 밟아갔던 길, 적나라한 생의 열망이 색색의 속옷에 아로새겨져 있던 카이탁, 밤의 어둠을 틈타 달려갔던 곳, 비행기와 낡은 버스를 타고 사막을 가로질러 도착했던 그 병원에 대해 먼저 기록해야 할 것이다.

트럭은 무화과나무 아래를 달려가는데, 하산은 쉬임 없이 깔깔거리는데, 그런데, 나는 어디로 가는 것일까. (p.159)


## 4. 도발적인 불륜과 탈문명: 한강

한강의 「몽고반점」(≪문학과사회≫, 2004, 가을호)에 나타나는 일상으로부터의 일탈은 매우 위험하면서도 도발적이다. 이 작품은 비디오 작가인 '그'와 처제와의 불륜의 사랑을 다루고 있다. 그는 지금까지 "후기 자본주의 사회에서 마모되고 찢긴 일상을 사실적 다큐 화면"으로 구성해 왔다. 그래서 그에게 붙여진 별명이 "강직한 성직자 이미지"이다. 그런 그가 어떤 사건을 계기로 "파격적이면서 관능적인 이미지"로 백팔십도 전환을 한다. 그 사건은 처제와 관련이 있는데, 처제는 일상으로부터 과격하게 일탈해 있는 인물이다.

처제는 늘 꿈속의 얼굴 때문에 괴로워하는데, 그 얼굴은 다름 아니라 처제가 "뱃속에 있을 때의 얼굴"이다. 이 얼굴 때문에 처제는 식구들과 외식을 하던 도중 고기를 먹지 않고 채식만을 하겠다고 선언한다. 그러자 "베트남 참전 용사 출신"의 장인은 처제를 때리면서 억지로 고기를 먹인다. 결국 처제는 손목을 자해하고 만다. 이후 처제는 정신병원에 입원했다가 퇴원 후 이혼하고 혼자 살아간다.

> 일상에서는 호기심을 갖거나 탐색하거나 일일이 반응할 만한 에너지가 남아 있지 않은 건지도 몰랐다. 그런 짐작을 하게 되는 것은, 이따금 그녀의 눈이 단지 수동적이거나 백치스러운 담담함이 아니라 어떤 격렬함을, 동시에 그것을 자제하는 힘을 머금고 있는 것처럼 느껴졌기 때문이었다. (중략) 그 자세는 연민을 불러일으키기보다, 보는 사람을 불편하게 할만큼 단단한 고독을 음영처럼 드러내고 있었다. (p.1009)

'뱃속의 얼굴' 때문에 처제는 일상에 적응하지 못하고 '단단한 고독을 음영'처럼 드러내면서 외롭게 살아간다. 곧 처제는 '뱃속의 얼굴'로 상징되는 어머니의 자궁 속과 같은 세계를 지향하면서, 이로 인해 "감각적이고 일상적인 가치"가 지배하는 현실사회에 적응하지 못하고 있는 것이다. 처제의 이러한 측면은 어린아이들의 엉덩이에만 있고 어른이 되면 사라지는 몽고반점을 아직도 엉덩이에 지니고 있는 것으로 상징화되어 있다.

> 그는 그녀의 눈이 어린아이 같다고 생각했다. 어린아이가 아니면 가질 수 없는, 모든 것이 담긴, 그러나 동시에 모든 것이 비워진 눈이었다. 아니, 어쩌면 어린아이도 되기 이전의, 아무것도 눈동자에 담아본 적이 없는 것 같은 시선이었다. (p.1042)

이런 처제에 대해 그는 "가지를 치지 않은 야생의 나무 같은 힘" 또는 "성적인 것과는 무관하며 오히려 식물적인 느낌"을 갖는다. 이러한 느낌은 그 동안 일상에 함몰되어 잊고 있던 것을 깨닫게 하는 계기로 작동한다. 처제처럼 그는 장인과 아내가 있는 일상의 삶을 거부하고, 차츰 어머니의 자궁 속과 같은 세계에 대한 지향을 강화하면서, 급기야 처제와 관계를 맺는다.

> 그가 그녀 안으로 들어갔을 때, 짓무른 잎사귀에서 흐르는 것 같은 초록빛 즙이 그녀의 음부에서 흘러내리기 시작했다. 향긋하면서도 씁쓸한 풀 냄새가 점점 아릿해져 그는 숨을 쉬기 어려웠다. 절정의 직전에 가까스로 몸을 빼냈을 때, 그는 자신의 성기가 온통 푸르죽죽하게 물들어 있는 것을 알았다. 그녀의 것인지 그의 것인지 모를 싱그런 즙으로 그의 아랫도리와 허벅지까지 시퍼런 풀물이 들어 있었다. (p.1018)

일상이 동물적이고 폭력적이라면, 처제와의 합일을 통해 도달한 세계는 식물적이다. 그 식물성의 세계는 사회를 구성하는 최소한의 단위인 가족의 틀마저 붕괴되는 곳으로, 인간이 만든 모든 사회적, 윤리적 규범이 제거된 일종의 탈문명의 공간이자, 모든 것이 미분화되고 합일되는 어머니의 자궁 속과 같은 세계이다. 그러나 그 세계는 일상의 규범으로 볼 때 대단히 위험한 곳이다. 일상에서 그 세계는 마치 처제와의 불륜관계처럼, 그것은 불순하고 타락한 것으로 규정된다. 그럼에도 불구하고 그 세계를 지향한다면, 죽음과 같은 엄청난 희생을 치를 각오를 해야 한다. 그와 처제는 그런 위험을 무릅쓰고 그들이 지향하는 세계로 나아간다. 그러기에 이 작품에 나타나는 일상으로부터의 일탈

은 그 정도가 매우 위험한 것이면서, 지금까지 이 작가의 작품성향에
비추어 볼 때 대단히 도전적이다.


## 5. 추방당한 달, 차별 없는 세계: 오수연


오수연의 「달이 온다」(≪문예중앙≫, 2003, 봄호)는 상처받은 이들의 고
통을 다루면서 그것을 극복할 수 있는 방법을 탐색하고 있어 주목된
다. 주인공 현숙은 이혼녀로 친정집에서 치매에 걸린 아버지와 임신중
절수술을 받은 여고생인 동생과 함께 지내고 있다. 현숙은 치매에 걸
린 아버지와 사사건건 다투면서도 아버지를 모시고 탈선한 동생을 보
살핀다. 그 이유는 무엇일까?


(i) 딸이 딸인 줄도 모른 아버지, 자기가 아버지라는 의식 없는 아
버지는 아버지가 아니다. 추접스럽고 변덕 심한 중늙은이일 뿐이다.
아버지만 아니라면 이런 싸구려 인간하고는 하루도 한 집안에 못 살
았다. 그러나 우리 아버지이므로 아버지다. 더도 말고 덜도 말고 지
금 비누 거품 미끌거리는 보잘것없는 육신에, 이 못난 인간성이 딱
우리 아버지다. 어느 쪽이 형식이고 내용인지는 모르겠지만, 그 둘
은 한치도 어긋남 없이 결합되고 완전무결하게 일치해야 한다. 반항
하지 말라, 아버지. 아버지의 육체든 정신이든. 우리 아버지는 아버
지이기 때문에 아버지여야 한다. (p.135)


(ii) 그 아이와 산부인과 간판을 내려다보고 올려다보며 지나가는
행인들, 수치스러운 수술을 받은 동생을 두지 않은 모든 사람들이
적이었다. 길 건너 마주 보이는 건물이 왜 무너지지 않는지 현숙은

이해할 수 없었다. 또 그 옆의 빌딩은. 우리가 저기 더 이상 없는데. 다시는 저 당당하고 바람직한 세계로 돌아갈 수 없는데. 어린 자궁에는 칼자국 나고, 야구 모자 쓴 머리통 속에는 죄짓고 멸시당한 기억이 얼룩졌는데. 이혼했을 때 현숙의 기분이 바로 이랬다. 인생에 팍삭 금이 가버린 것 같았다. 언니였으므로, 현숙의 도덕관은 간단히 뒤집어졌다. 이런 살인적인 교육제도 밑에서 방황도 안 하는 애들은 머저리야. 우리 아이가 비정상이라면, 정상적인 게 이상한 거야. 이 불공평한 세상에서 흠집 하는 없는 게 더 나빠. 우리가 맞고, 남들이 다 틀렸어. (pp.121~122)

이혼녀 현숙, 치매 노인, 탈선한 여동생이 함께 살아가면서 서로의 아픔을 감싸주고 이해해줄 수 있는 이유는 두 가지이다. 먼저 "우리 아버지는 아버지이기 때문에 아버지여야 한다."는 것과 "언니와 동생 관계"라는 가족공동체 의식이 그 첫 번째 이유이다. 다음, 세 사람 다 일상인이 살아가는 "정당하고 바람직한 세계"로부터 내팽개쳐진 존재라는 동료의식이 그 두 번째이다. 그러나 이 두 가지는 진정한 이유가 아니다.

나는 비밀, 비정상, 치욕이다. 어떤 명칭, 위계 속의 어느 위치, 너희들에게 의미 있는 아무런 방식으로도 나를 인정해주지 않았던 죄, 존재했으나 내게 아무런 존재 형식도 허락하지 않았던 죄, 이것이 너희들의 원죄다. 태초에 조상으로부터 후손으로 내려왔던 창조자를 거역한 죄는, 이제 피조물을 무시한 죄로 후손으로부터 조상으로 거슬러 올라갈 것이다. 내뿜지 말고 빨아들이고, 분비하지 말고 흡수하며, 뱉지 말고 삼켜라. 수축과 팽창, 수축과 팽창. 받아줘, 받아줘, 받아줘. 낳고 낳고 낳아 나를 붉게 뭉치게 했던 너희들, 그리고 터뜨려 끌어내어 쓰레기통에 내팽개친 너희들, 이제 나를 원인으로 원인으로 거슬러 올라가게 해줘. (중략) 나를 되돌려줘! 성씨도 성별도 없는 원초적인 내용으로. 아무런 구분도 차별도 없는 단 하나의 진실로. (pp.140~141)

진정한 이유는 "정당하고 바람직한 세계"에서 추방된 것의 회복이다. 음이 있으면 양이 있고, 해가 있으면 달이 있는 법. 그런데 지금의 우리 사회는 양과 해만을 "바람직하고 정당한 것"으로 여기고, 음과 달은 비정상적인 것으로 치부해 배척한다. 이를 이항대립체계라고 명명할 수 있을 것이다. 자본주의는 인간이성중심주의에 입각해서, 중심부에 의한 주변부의 폭력적인 지배와 배척을 그 근간으로 삼고 있다. 인간/자연, 이성/비이성, 의식/무의식, 정상/비정상, 남성/여성, 물질/영혼, 자본가/노동자의 대립항에서 전자를 중심부로 삼고, 후자를 주변부로 배척한다. 중심부만 의미 있는 것이며, 주변부는 아무런 의미가 없는 무가치한 것으로 배척된다. 이러한 폭력적인 이항대립체계에 의해 주변부에 위치한 모든 것들은 철저히 소외되고 상처받는다. 이들의 상처를 치유할 수 있는 근본적인 방법은 바로 이항대립체계를 허무는 것이다. "성씨도 성별도 없는 원초적인 내용"이자 "아무런 구분도 차별도 없는 단 하나의 진실"의 세계, 인간과 자연, 정상과 비정상, 이성과 비이성, 남성과 여성이 아무런 차별 없이 함께 공존하는 세계야말로 모든 인류가 지향하는 원초적 고향일 것이다. 물론 그런 세계가 현실적으로 도래하기는 불가능하다. 그러나 폭력적인 이항대립체계가 지배하는 오늘날 우리 모두가 차별 없는 세계를 강렬히 지향한다면, 그 지향성 자체만으로도 이항대립체계는 균열을 일으킬 것이며, 그 균열의 틈새가 커질수록 그에 반비례하여 소외되고 상처받는 일은 줄어들 것이다.

오수연의 표현을 빌자. 달은 반드시 와야 한다. 해와 달의 균형이 깨진다면 생명체는 존재할 수 없다. 해만 있다면 세계는 더욱 황폐해질 것이다. 그리고 그 해만을 소설이 추종한다면 소설은 존재할 필요가 없다. 해와 달이 공존하는 세계에 대한 지향이야말로 우리 사회를 보다 인간다운 삶이 가능한 곳으로 만들 수 있는 가장 확실한 방법일 것이다. 해에 의해 밀려난 달, 그 달이 입는 상처를 아우르는 소설의 필요성이 절박한 이유는 이 때문이다.

## 6. 존재의 본향을 찾아서: 이승우, 윤후명

이승우의 「재두루미」(≪현대문학≫, 2002. 10)와 윤후명의 「구름의 향기」(≪문학사상≫, 2002. 10)는 여로구조를 통해 삶의 의미를 탐색하고 있다. 먼저 이승우의 작품을 보자. 45세의 이혼한 중년 회사원이 설 연휴를 맞아 아들과 함께 민통선 내 철원평야에 있는 겨울철새 재두루미 떼를 보러가려고 하다가, 이혼한 아내의 반대로 혼자 찾아간다는 내용이다. 검문소에서의 엄격한 통제에도 불구하고 주인공으로 하여금 목숨을 담보하고 막무가내로 철새 도래지를 찾게 만든 이유는 무엇일까?

> 재두리미가 겨울을 나기 위해 날아드는, 민간인 통제지역을 포함하는 비무장지대는 어느 쪽의 주권도 미치지 않는 완벽한 자유의 공간이다. 누구도 소유권을 주장할 수 없다. 그 안에 있는 생명체들은 자기 자신 외에 누구에게도 속하지 않는다. 그러므로 자기 자신 외에 누구의 간섭도 받지 않는다. (p.53)

회사원은 누구의 간섭도 받지 않는 '완벽한 자유의 공간'을 확인하기 위해 필사적으로 이곳을 찾아온 것이다. 왜? 회사원은 자신만의 자유의 공간을 가지고 있지 못하기 때문이다. "물에 물 탄 듯, 술에 술 탄 듯"한 성격으로 인해 아내에게 이혼당하고 집과 아들을 넘겨주고 홀로 된 회사원, 그러면서 무능력자로 찍혀 언제 해고당할지 모른다는 불안감으로 하루하루를 살아가면서 자신의 존재가 지워지는 악몽을 꾸는 회사원. 그런 그의 삶에 있어서 무엇보다 가장 절실했던 것은 바로 혹독한 겨울 같은 현실을 피할 수 있고 생명을 유지할 수 있는 자유의 공간일 것이다. 그러나 그 공간은 그에게 부재한다. 마치 집 열쇠를 가지고도 집에 들어갈 수 없는 것처럼, 그는 그 공간에 결코 도달할 수 없는 운명에 처해 있는 것이다. 회사원의 그러한 운명은, 각기 처한 상황은 약간씩 다르다 할지라도 엄청난 가속도로 변하는 세상에 정신없이 따라가면서 마네킹처럼 살아가는 우리들 모두의 운명일 것이다.

윤후명은 '자유의 공간'을 저 먼 티베트로 끌고 간다. 주인공은 티베트에서 "흰 눈에 덮인 아름다운 수미산, 이제는 사라져 흙더미처럼 변한 구게 왕국, 죽은 사람을 칼로 저며 독수리에게 먹이는 천장"을 생각하면서 여행을 한다. 여행을 하는 목적은 무엇일까?

나도 고향집으로 돌아가고 있는 것일까? 그렇다면 세상을 어디로 떠돌다가 이제야 돌아가고 있는 것일까. 이른바 청운의 꿈이란 무엇이었을까. 내가 꿈꾸던 아름다움이란, 사랑이란 무엇이었을까. 내 삶의 중심은 무엇이었을까. 막막한 마음이었다. 내게 고향 집이란 오래전에 사라지고 없었다. 나는 돌아갈 곳이 어디인지도 모르는 채 허둥지둥 살아오기에만 바빴다. (p.216)

　　살아온 날의 허무감, 살아갈 날의 아득함, 그 불안감 속에서 안주할 수 있는 삶의 중심을 찾고자 주인공은 여행을 떠난 것이다. 돌아가 쉴 수 있는 삶과 마음의 본향을 찾아 티베트로 온 주인공은 여행 말미에 '공주'라는 담배를 팔고 있는 소녀가 있고, 물레방아로 향을 만드는 곳에 이른다. 그곳에서 한국의 인사동 가게에서 문득 어느 날 본 티베트의 총카파가 새겨진 목판을 떠올린다. 목판과 티베트와 물레방아와 소녀를 연결해주는 것은 '구름'이다.

　　나도 이제야 돌아갈 고향 집이 있다고 믿어졌다. 나는 하늘을 올려다보았다. 마지막 노을이 비낀 하늘에는 구름 한 자락 흐르고 있지 않았다. 그러나 오히려 그래서였는지, 나는 구름은 환생한다는 말을 되살려낼 수 있었다. (중략) 그와 함께 드넓은 풀밭에 팔베개를 하고 누워 흰 구름을 바라보고 있는 스스로의 모습을 머리에 그렸다. 그리고 나는 한 점의 목판화 속으로 빨려 들어갔다. 인사동에서도, 그곳에서도 사지 못한 목판화는 바로 그 마을의 풍경을 그대로 담고 있었다. 순간, 나는 나도 모르게 혼잣말로 묻고 있었다.
　　구름은 환생하는가. 그렇다면 내 삶의 물레방아가 갈아 만든 향은 언제 구름의 향기로 내게 오는가. (p.217)

　　구름은 무엇인가? 그것은 군인가족으로 태어난 떠돌아다니던 어린 시절, "보리가 누르러가고, 뻐꾸기는 울고, 나비는 팔랑거리던" 때, 이웃집 소꿉동무인 소녀와 팔베게를 하고 누워 바라보던 구름, 그것의 고즈넉함과 평화로움 그 자체이다. 전쟁이 나 소녀는 죽고 주인공은 나이 들어 삶에 부대끼면서 점차 그 때의 평화로움을 잊은 채 삶의 중심을 상실하고 방황해 왔다. 그러다가 여행을 통해 잊고 있던 마음의 본향을 찾은 것이다. 그것은 단순히 유년기라는 과거적인 공간이 아니다. 그것은 모든 존재의 시원이라 할 수 있는 어머니의 자궁 속 같은 아늑한 공간이다. 그것은 황폐한 현실에서는 부재하지만, 인사동 의 목판화처럼, 티베트의 물레방아와 구름처럼, 문득 어느 날 우리들 곁에 환생하고 현현하는 것이다. 그러나 그것은 누구에게나 쉽게 그 모습을 드러내지 않는다. 그것은 "업장을 소멸시키고 해탈"에 이르기 위해 수미산을 순례하는 사람들처럼, 늘 현실에 안주하지 않고 이상을 치열하게 갈망하면서 이상을 현실화하려는 자만이 볼 수 있는 영역이 다. 그런 자의 삶의 물레방아가 만든 향(작품)이 어떠할지는 충분히 예 측가능한 일일 것이다.


## 7. 영혼의 교감과 황홀경: 전상국, 최수철


전상국의 「물매화 사랑」(≪문학사상≫, 2004. 10)은 잔잔한 음성으로 우리를 황홀경의 세계로 인도한다. 이 작품의 주인공은 30대 후반의 주부로 이년째 가족과 떨어져 '가지울'이라는 산골에서 홀로 지내는 데, 그 이유는 가족과 어울리지 못하기 때문이다. 초년과부가 되어 힘 들게 가세를 일으킨 시어머니의 일방적인 의사소통방식에 대해 그 어 떤 이유로도 맞서서는 안 된다는 집안의 묵계 때문에 '나'는 고통을 겪는다. '나'는 어릴 적부터 필요한 경우에만 최소한의 어휘로 뜻을 전달하는 버릇이 있다. 그런데 가족은 그런 "내 방식의 말하기"를 결 코 용납하지 않는다. 그들은 '나'의 말을 매사 공격적이라 비판하면서, "말한 내용보다는 말하는 방식"을 문제 삼는다. 그러는 사이 '나'는 점차 침묵으로 일관하게 되고, 급기야 가족으로부터 우울증 환자로 치 부된다. 그런 가족과 동떨어져 홀로 산골에 있게 되면서 비로소 '잃어버린 말'을 되찾는다.

> 내가 찾은 말들은 내 주변 사람들이 원하는 그런 말이 아니었다. 우회와 함축의 음험함이나 수식이 없는 말이어서 혼란이 없었다. 내가 직접 보고 만지며 소리 듣는 것들은 더 이상 거짓이 아니었다.
> 나는 본다. 내가 보는 것은 내가 창조하는 것이다. 애기똥풀을 보았다면 그것은 분명히 내가 본 애기똥풀로 거기 존재했다. 그것은 사람들이 만들어 내는 환영이나 관념이 아니라 본질로서 선택된 뒤 내 안에 들어와 어떤 의미로 자리했다. 내 앞에 존재하는 사물과 나 사이에 말이 오가는 현상이다. 나뭇잎들이 내 안에 어떤 의미를 만들기 위해 술렁거렸고 꽃들은 상징과 상징 사이의 이미지를 밝히기 위해 환하게 움직였다. (p.149)

인간과 자연, 육체와 영혼이 조화롭게 공존하던 시기에 말과 사물은 분리되지 않았다. 곧 모든 사물은 각각 고유한 특성을 지니면서 동시에 전체적인 것과 조화를 이루었고, 그런 상태에서 각각의 사물은 자신의 본질을 나타내는 기호를 가지고 있었다. 사물들은 자신만의 고유한 기호로 서로 영혼의 교감을 하면서 서로에게 의미를 부여했다. 그러다가 인간이 세계의 중심으로 부상하는 근대 자본주의가 대두되면서 말과 사물은 분리되고, 말은 인간중심의 논리에 의해 오염된다. 모든 사물은 자체 내의 고유한 본질을 상실하고 인간의 말로 덧칠된다. 그러면서 인간은 자기중심적인 사고에 빠져 타인에 대한 배려 없이 이기적이고 폭력적인 존재로 전락한다. 이로 인해, 인간의 말도 자기중심적이면서 공격적이고 폭력적인 것으로 변질된다.

상대방에 대한 배려와 사랑이 상실된 그런 가족과 사회에서의 말은 "내 본질을 감추고 상대방을 속이는" 게임과 같은 것이다. 곧 그것은 마치 남의 말을 따라하는 구관조처럼 "다양하고 촉촉한 목소리로 사람들의 환심을 사는 것"에 불과하다. 그런 거짓과 위선의 말이 아니라, 모든 사물이 타락한 인간의 말에 의해 훼손되기 이전의 상태, 즉 인간과 자연이 합일되는 상태에서 나누는 영혼의 교감이야말로 '나'가 찾고자 하는 말이다.

그렇다면 그런 말을 어떻게 되찾을 것인가? 모든 사물이 그 자체의 고유한 본성을 지니면서 서로 교감하는 그런 말은 물매화를 사랑하는 방식에 의해 회복가능하다. 물매화의 사랑은, 인간이 '인간만이 만물의 영장'이라고 여기는 위악적이고 독선적인 태도를 버리고, 스스로를 하나의 사물의 자리에 놓고, 그리고는 모든 사물을 지극정성으로 사랑하면서 그것과 영혼의 교감을 나누는 것에 다름 아니다. 현실에 부재하는 그런 사랑을 '나'는 같은 산골에 사는 그를 통해 그 실체를 확인한다. 그는 병들어 죽음을 목전에 둔 인물로, 오로지 물매화만을 사랑하고, 목숨을 바쳐 물매화가 활짝 피기(사랑의 결실)만을 간절히 소망한다. 그런 그를 통해 비로소 '나'는 영혼으로 교감하는 말을 회복하게 되고, 그 순간 물매화의 사랑은 황홀한 결실을 맺는다.

바로 이때부터다. 눈앞에 믿을 수 없는 일이 벌어졌다. 나는 그냥 물매화 꽃망울을 보고 있었을 뿐이다. 그가 그랬듯 다른 들꽃들을 외면한 채 오직 물매화만 바라보고 있었다.……며칠 전 그가 도랑가에서 나한테 던진 말이 잠자던 바람 요정이라도 깨운 것인가. 오! 내 안에 고인 말들이 놀라운 투과력으로 노출되면서 파장을 일으킨다. 백여 송이 물매화 꽃망울이 앞 다투어 한꺼번에 꽃으로 벌어지고 있었다. 꽃망울이 모두 꽃으로 피기까지 걸린 시간은 그리 길지 않았다. 물이 충충하게 고인 도랑가 산기슭에 해맑은 우윳빛 유방운

한 자락이 내려와 깔렸다. 그가 애타게 기다리던 물매화가 핀 것이
다. 새벽 비가 내렸을 뿐이다. (p.164)

최수철의 「첫사랑에 관하여」(≪현대문학≫, 2004. 9)는 우리의 기억 속
에 내재해 있는, 그러나 지금은 일상의 틀에 함몰되어 망각하고 있던
영혼의 존재를 되살리고자 한다. 이 작품의 주인공은 어느 날 갑자기
충동적인 망상에 빠져들게 되면서 일상에 적응하지 못하고 고통을 겪
는다. '나'는 아침에 좌변기에 앉아 똥통 속으로 떨어질 것이라는 망
상을 하기도 하고, 생수 통이 공복상태의 위장처럼 꾸르륵 소리를 낸
다는 망상을 하기도 한다. 심지어, 망상의 고통을 없애기 위해 자동차
에어컨 바람을 너무 쐬다가 한 여름에 얼굴이 동상에 걸리기도 하면
서, 급기야 망상은 자살충동으로까지 깊어진다.

망상은 '정신의 위기'로 "우리의 무의식이 밤에 꿈을 이용하여, 혹
은 벌건 대낮에도 정신착란을 통해 갖가지 부질없는 몽상과 기이하고
공포스런 상념과 정신을 어지럽히는 허상을 마음으로 올려보내"는 것
에 해당된다. 곧 무의식 속에 내재된 어떤 욕망이 망상을 불러일으키
는 바, 그 욕망의 실체를 확인하지 않고서는 망상을 극복할 수 없다.
온갖 망상에 시달리던 '나'는 불현듯 한밤중에 깊은 산골로 차를 몰고
간다. 그곳에서 '나'는 일상의 굴레에서 벗어나 "우주의 미아, 시간 속
의 방랑자"가 된다. 그 순간 찾아온 것이 첫사랑의 기억이다.

우리들 대부분은 진정한 사랑의 영감을 경험하지 못한다. 단지
그 영감을 얻은 몇몇 사람들이 전파하는 사랑의 교리를 따르고 있을
뿐이다. 그리하여 우리는 단지 그 교리에 매달려 데이트를 하고 서
로 몸을 섞고 약혼을 하고, 심지어 이혼까지 한다. 나 또한 그러했

다. 하지만 우리에게 그 영감을 느낄 기회가 전혀 없었던 것은 아닐 것이다. 단지 그 기회를 그저 흘려보냈을 따름이다. 우리 삶에서 중요하기 그지없는 그 기회는 아마도 첫사랑의 경험 속에 들어 있을 것이고, 나 역시 내 첫사랑을 그렇듯 무심하게 흘려보냈으며, 이제 뒤늦게 첫사랑의 기억이 되살아나 내 삶에 부재한 사랑의 영감을 새로이 일깨워주고 있는 것이었다. (pp.59~60)

한 여자에 대한 첫사랑은 삶에 대한 첫사랑과 같다. 그런 첫사랑은 '진정한 사랑의 영감'으로 이루어진다. 첫사랑은 타인과의 진정한 영혼의 교감을 바탕으로 한다. 그것에는 물화된 일상의 것들이 개입될 틈이 없다. 그러나 첫사랑 이후의 사랑은 그런 영감을 잃고 세상사에 의해 만들어진 형식적이고 획일화되고 속물화된 '교리'에 매달리게 되고, 그러면서 "생존을 위해 필요한 어떤 것으로 치부"된다. 사랑이 그렇게 변질되듯이 우리들 인생도 그렇게 변질된다. 인간과 인간, 인간과 자연이 공존하는 '진정한 사랑의 영감'을 상실한 채, '나'는 "사랑이 없는 자리에서 무성하게 피어오르는 망상"들로 괴로워해 왔던 것이다. 첫사랑과 같은 진정한 사랑을 상실하고 살아가는 '나'에게 무의식 깊이 내재해 있던 첫사랑의 기억이 망상으로 나타난 것이고, 이로 인해 일상의 타락한 측면을 간파할 수 있는 것이다. 따라서 망상은 "그 사람에게 존재의미를 밝혀주는 상징이 다가서는 순간"이라 할 수 있다. 속물화되고 획일화된 일상으로부터 벗어나, 첫사랑처럼 진정한 영감에 의한 만남과 사랑을 지향할 때 망상의 고통으로부터 벗어날 수 있다.

이처럼 '첫사랑에 대한 기억'을 늘 잊지 않고 그것을 현실화하려고 노력하는 것이야말로 이 모순된 세계를 극복하고 인간과 인간, 인간과 자연이 함께 어우러진 조화로운 세계를 지향하는 첫걸음일 것이며, '내 영혼을 증명'하기 위해 고독한 길을 떠나는 소설 본연의 몫에 해당될 것이다.

# 타자와의 사랑, 그리고 인간의 흔적 지우기

## 1. 오만한 인간

현대사회에서 인간관계를 문제삼을 때, 다음 세 가지 상징적인 기호
들을 떠올릴 수 있다. 첫째, 벤야민이 보들레르 작품을 평하면서 언급
한 익명화된 도시군중이다. 공동체적 유대감을 상실하고 철저히 개별
화되고 단자화된 채 일회적인 만남만을 되풀이하는 도시군중의 모습
은 자본주의 사회에서 비인간화된 인간관계를 단적으로 보여주는 한
기호일 것이다. 둘째, 물신화를 들 수 있다. 자본주의는 상품의 가격이
얼마냐에 따라 그 가치를 평가하는 교환가치가 지배한다. 시장의 원리
에나 적용되어야 할 교환가치가 자본주의가 가속화되면서 인간관계에
까지 확산되어, 인간 간의 만남조차 상품물신화되어 가고 있다. 상품
전시장에 놓은 온갖 상품들처럼 인간적 유대감을 상실한 채 하나의
상품으로 전락한 초라한 인간의 모습 역시 비인간적 관계를 상징하는
또 다른 기호일 것이다. 셋째, 김영하의 「호출」에 언급된 매춘화된 만

남이다. 정보사회의 총아라 할 수 있는 '삐삐'와 '핸드폰'을 두고, 작가는 전자를 저급한 사창가의 여자로, 후자를 고급 콜걸에 비유하고 있다. 이 비유는 정보 메커니즘이 지배하는 오늘날의 사회에 있어서 인간의 만남은 돈으로 몸을 사고파는 매춘적 만남으로 전락했다는 암울한 진단에 다름 아니다.

이런 상징기호를 굳이 들지 않더라도, 오늘 우리 사회가 내포하고 있는 본질적인 문제 중의 하나가 인간은 무엇인가 하는 점일 것이다. 인간이 세계의 중심으로 등장한 것은 근대 이후이다. 근대는 인간이성 중심주의로 규정된다. 인간이성에 대한 절대적 믿음에 기초한 근대는 그러한 이성적 인간을 주체로 설정하고, 객체로서의 자연을 비이성적인 것으로 평가절하한다. 근대 이성적 인간은 스스로를 만물의 영장이라 뽐내면서, 자연을 지배하고 재가공하여 물적 풍요로움을 이루는 등, 모든 것을 인간중심으로 재편한다. 곧 근대는 인간/이성/의식/육체/물질/남성이 중심부에 자리잡고, 자연/비이성/무의식/영혼/정신/여성 등은 주변부로 전락하여, 중심부에 의한 주변부의 지배와 배척이 자행되는 이항대립체계를 구축한다.

그 결과 근대인간은 불구자로 전락한다. 근대인간은 '육체'와 '물질'과 '인간 자신'만을 중시함으로써, 스스로 완전한 존재가 되기 위한 필수조건인 타자로서의 '자연'과 '영혼'을 상실해버린 것이다. 근대인간은 잃어버린 반쪽을 찾아 방황할 수밖에 없는 운명에 처한다. 하이데거는 근대의 이러한 상황을 두고 '존재의 집'이 황폐화되었다고 규정하고 있다. 곧 인간과 자연이 어우러져 생명의 녹색향기를 발산하던 '존재의 집'은 오만한 근대인간에 의해 황폐화된다. 그 폐허의 자리에 인간은 인간의 왕국을 건설한다. 이제 인간의 왕국에는 타자에 대한 사랑과 배려는 사라지고 오로지 자신만을 최고로 여기는 지극히 개인적이고 이기적인 인간의 폭력과 공격성이 난무하고 있다.

이렇듯 오늘날 우리 사회에 있어서 인간 간의 만남은 파편화되고 상품화되고 매춘화되어 있으며, 나아가 지극이 공격적이고 폭력적이다. 물론 이러한 진단이 매우 극단적인 것일 수도 있겠지만, 우리 시대의 모순을 비판적 상상력으로 예민하게 파고들 때, 이 진단은 결코 부정할 수 없는 우울한 진실일 것이다. 그렇다면 이제 진정 인간적 유대감에 기초한 인간관계의 형성은 현실에서 실현불가능한 것인가. 혹시라도, 화려한 상품 이미지와 정보 메커니즘의 논리에 철저히 길들여져 있는 우리들이 그러한 만남을 일부러 외면하거나 망각해 온 것은 아닐까.


## 2. 잃어버린 동화 같은 삶: 정미경, 양순석, 유애숙

정미경의 「달은 스스로 빛나지 않는다」(≪문예중앙≫, 2003, 가을호)는 우리가 추구해야 할 진정한 인간관계가 무엇인가를 탐구하고 있다. 출판사 편집을 하면서 추리소설을 쓰는 여주인공 정은이 있다. 그녀는 치과의사 윤조와의 결혼을 앞두고 여름 한철 두 달 동안만 지내기 위해 시장골목의 낡은 단층집에 세를 든다. 그곳에서 그녀는 시장골목의 시끄러운 소음에 시달리고, 옆방 부부의 매일 거듭되는 싸움에 진저리를 치면서, 하루빨리 신혼집에 들어가고 싶어 한다. 그러다가 점차 그곳 생활에 익숙해지면서 사람들과 친해진다. 남편과 밤마다 싸움을 하면서도 웃음을 잃지 않는, 육감적인 여자 미란, 영화감독을 꿈꾸는 순수한 청년 승우 등과 사귀게 되면서 차츰 그곳 생활에 익숙해진다. 그러다가 뇌를 다쳐 발기불능에 빠진 남편 몰래 외도를 일삼다가 급기야 남편의 칼에 미란이 살해되면서, 정은은 다시 윤조에게로 돌아간다.

이런 줄거리에서 주목되는 것은 대립되는 두 가지 삶이다. 치과의사로 상징되는 삶과 시장골목의 삶이 그것이다. 치과의사의 삶은 백화점에서 카드로 신혼살림을 사고, 새 가구가 있는 조용한 신혼집이 있고, 적당한 섹스가 있고, 요리학원과 칵테일 스쿨이 있는 이른바 상류층의 삶이다. 반면 시장골목의 삶은 부부싸움이 있고, 분식집 개장일에 시장사람 모두가 가족처럼 모여 술을 먹으면서 담소를 나누고, 국수 국물과 순대와 애호박전을 나누어 먹는 서민층의 삶이다. 정은은 시장골목의 삶에 익숙해지면서 점차 치과의사의 삶이 "제 외로움도 남의 마음의 서걱거림도 읽을 줄 모르는 불치의 병"에 걸린 '쿨'한 것임을 깨닫고, 그런 삶을 거부하고 "끈적이며 질퍽이며 절룩거리며 걷고" 싶은 삶을 지향한다.

> 나는 아스파라거스 스튜와 쿠바 리브레를 마시며 윤조와 지내기보다는 뜨거운 차이를 마시며 의자에 올려놓은 카메라의 모니터 앞에서 끝없이 수다를 떨고 싶었다. (중략) 사무실에서 기획 회의를 하다 나는 가장 큰 목소리로 웃어 동료들을 놀라게 했고 지하철 바닥을 기어가는 장애인에게 기어이 천 원짜리를 두 장이나 찾아 건네주었다. 시장 골목을 걸어들어올 때 살갗을 스치는 뜨거운 바람에서도 묘한 쾌감을 느꼈다. 분장한 가부키 배우 같은 승우의 작은 눈을 보면서 미의 객관적 기준이란 게 얼마나 웃이는 것인지, 하는 생각도 했다. 다르게 말하자면 진짜 살아 있는 것 같다는 느낌이라고 할까. (pp.214~215)

시장골목의 삶은 정은에게 잃어버린 '동화'와 같은 삶이다. 그런 삶에 동화되면서, 정은은 치과의사로 상징되는 삶이 "우리 사이에 일상의 언어와 욕정의 언어 외에 다른 공통의 언어가 결핍"되어 있음을 자각하게 되면서 그 동안 잊고 있던 진정한 인간적 삶이 무엇인가를 깨닫게 된다.

> 대부분의 우린, 별이 아니라, 스스로는 빛나지 못하는 차갑고 검은 덩어리예요. 존재란 스스로는 빛날 수 없는 것. 누군가의 시선 속에서, 타인과의 관계 속에서 만월도 되고 때론 그믐도 되고, 그런 거 같아요. (p.220)

인간 간의 관계란 스스로 빛나는 별이 아니라, 타인과의 관계에 의해 그 개체성이 확보된다. 한 인간의 개체성이 '만월'이 되기 위해서는 타인과 더불어 공존하고, 함께 기뻐하고 아파할 수 있는 공동체적 삶, 곧 '공통의 언어'를 공유할 때이다. 개인화되고 자기중심적인 삶은 '차갑고 검은 덩어리'이자 '그믐'에 불과한 것이다. 정은이 시장골목을 떠나 치과의사의 세계로 돌아가면서 "나는 이제 빛나지 않으며 저녁의 그림자처럼 사라질 거야. 너와 나의 틈 사이, 거기 희미한 빛이 있었을 뿐"이라고 절망적 어조로 읊조리는 것은 바로 치과의사로 상징되는 삶을 살아가는 오늘 우리들의 인간관계를 압축하는 비판일 것이다.

양순석의 「거울 속의 거울」(≪현대문학≫, 2003. 10)은 세대 간에 바람직한 인간관계는 무엇인가를 문제 삼고 있다. 아이를 낳지 못해 이혼한 40대 여성 정인이 열아홉 살에 집을 떠난 후 마흔이 되어 친정집으로 돌아온다. 어린시절 어머니는 중앙시장에서 건어물 가게를 하면서 억척스럽게 돈을 벌어 자식 뒷바라지를 하였다. 다른 형제들은 어머니의 지극한 보살핌으로 출세해서 집을 떠났지만, 정인은 어릴 때부터 어머니의 구박을 받으면서 자랐다. 어렵게 대학에 들어가 결혼해서 한번도 어머니를 만나지 못하다가, 이혼하면서 다시 어머니의 집에 들어간다. 그러나 예전에 "어머니의 보이지 않는 위력으로 축조된 완벽한 구조물"인 집은 이제 낡고 퇴색해버렸고, 어머니 역시 이전의 모습을 잃고 치매에 걸려 있다. 정인은 그런 어머니와 어쩔 수 없이 살아갈 수밖에 없는 상황에 놓인다.

> 평생 전대로 날라온 생선 비린내에 절은 푼돈들로 어머니의 아비 없는 자식들을 세계인으로 키운 게 자랑스럽다는 투였다. 어머니에게 나는 어떤 존재일까. 생을 지배해온 질문이 늙어버린 어머니와 마주한 정인의 내부에서 뜨겁게 치받쳐 올라왔다. (p.58)

정인은 뜨거운 내부의 열기로 인해 어머니와 함께 사는 것이 고통스럽다. 정인은 염색을 하고 정향 물을 들인 명주에 바느질을 하면서 어머니와 함께 하는 그런 시간을 견디려 한다. 그녀에게서 어머니와 함께 사는 것은 바로 "바늘을 들고 침묵의 터널로 들어"가는 것과 같다. 정인은 이 어두운 침묵의 터널을 다음 두 가지 깨달음을 통해 극복한다.

먼저, 어머니와 자신 사이에 놓인 세대 간의 단절을 극복하는 방법의 획득이다. 그것은 명주를 바늘로 이어붙이는 것으로 제시된다.

> 명주는 까다로운 섬유였다. 성질이 예민한 명주는 재단한 대로 가만히 있어주지를 않아 달래가며 바느질을 해야하고 특히 물과는 상극이라 한 방울만 튀어도 견디지 못하고 바로 얼룩을 만들어 시위를 하는 것이 꼭 신경증의 여자 같았다. 그러나 정인은 이런 명주로

작업하기를 고집해오고 있었다. 살아있는 것을 만지는 듯한 느낌은 명주가 정인에게 주는 은밀한 기쁨이었다. (중략)

미세하게 가녀린 바늘 끝은 어떤 섬유 조직이라도 뚫을 수 있을 만큼 벼리어져 있었지만 명주를 만나면 곧잘 퉁겨져나오곤 했다. 손가락 마디 하나 길이의 짧은 바늘로 수십 장의 색색 명주조각을 이어붙이는 동안 때로 명주가 퉁겨낸 바늘은 정인의 손끝을 파고들었다. 바늘이 살갗을 찌르는 아찔한 통증의 순간, 어두운 침묵의 터널 속으로 눈부신 빛이 쏟아져들어오면 정인의 몸은 그 빛을 타고 치솟아오를 수 있었다.

아득한 한 순간. (p.63)


명주는 어머니를 상징한다. 정인의 입장에서 볼 때 명주는 신경증의 여자처럼 정인과 상극을 이룬다. 어린시절 자신만을 구박한 어머니에 대해 정인은 결코 좋은 감정을 가질 리가 없다. 그러나 명주를 정성껏 바늘로 이어붙이면서 정인은 어머니와 화해를 하게 된다. 자식을 위해 온갖 험한 일을 하면서 한평생을 살아온 어머니는 자식이라는 명주를 이어붙이기 위해 바늘에 수없이 찔리는 아픔을 견디어 왔다. 이제 그런 어머니라는 명주를 위해 정인 스스로 바느질을 해야 하는 것이다.

아이가 된 어머니에겐 이제 정인이 어머니였다. 어머니는 정인이 자신에게 어떤 존재인지 온몸을 표현하기 위해 처절히 치매에 빠져들고 있는지도 모른다. (p.62)


아이가 된 어머니를 이제 정인이 어머니가 되어 바느질을 해야 한다. 정인은 그것을 바늘에 찔리는 순간 깨닫는다. 바늘에 찔리는 아픔을 감수하면서 명주를 이어붙이듯이, 정인은 늙고 병든 어머니를 위해

자신을 희생해야 한다는 것을 깨닫게 되고, 그 깨달음의 순간 정인은
어두운 터널 같은 삶에서 눈부신 빛을 발견하게 되는 것이다.

다음, 600년이 된 나무가 싹을 피우는 것이다.

> 600년을 살아온 나무 곁에 지어진 비닐집에 처음 들어섰을 때 정
> 인은 안온한 동굴로의 피신처럼 더없이 편안했다. 미처 꿈꾸지 못했
> 던 집의 원형을 거기서 보았다. (p.48)

어머니 세대와 정인의 세대를 이어붙이는 것은 바로 600년 된 나무
가 싹을 틔우듯이, 가족이라는 공동체에 영원한 생명력을 지속시키기
위해서이다. 수많은 인간관계에 있어서 가장 기본적인 관계는 가족 간
의 관계이다. 그 관계가 서로에 대한 믿음과 사랑과 희생에 기초할
때, 그 관계는 수많은 세월이 흘러도 영원한 생명력을 지닐 것이다.
그런 관계야말로 가족과 집의 원형이다. 가족이 그런 인간적 생명력을
되찾을 때, 그 가족에 기초한 사회 역시 진정한 인간적 유대감을 회복
할 수 있을 것이다. 그러기에 이 작품은 우리 시대에 상실된 인간적
유대감을 회복하기 위해 취해야 할 가장 기본적이자 핵심적인 자세가
무엇인지를 제시하고 있다.

유애숙의 「장미 주유소」(≪문학나무≫, 2002, 가을호)는 삶에서 소외되
고 상처받은 이들의 아픔과 방황을 통해 삶의 의미가 무엇인지를 탐
구하고 있다. 제약회사를 다니다 명예퇴직을 한 후 주유소를 운영하는
유섭과 아내 순조가 있고, 미국 유학을 다녀와 교수를 하는 남편을 둔
주화가 있다. 유섭은 퇴직 이후 주유소 생활에 적응하지 못해 방황하
면서 섹스 중독증에 걸린다. 주화는 미국 유학시절 온갖 궂은일도 마
다하지 않고 남편 뒷바라지를 한 후 귀국해서는 남편의 무관심으로

인해 외로움을 느끼며 산다. 삶에서 소외되었다고 생각하는 유섭과 주화는 불륜관계를 맺게 되고, 둘은 서로의 상처를 잊으려는 듯 격렬한 정사에 몰두한다. 그러다가 유섭이 편집증에 걸린 23세의 여성과 자살하게 되고, 주화는 유섭과의 관계가 남편에게 발각되어 가위로 머리를 잘린다. 이후, 남편은 신경쇠약증에 걸려 치료를 받게 되고, 유섭의 아내 순조는 딸과 함께 남편의 흔적을 잊으려고 애쓴다.

이처럼 삶에서 상처받고 깊은 절망에 빠진 이들 인물들이 결국 깨닫게 되는 것은 부부든 타인이든 그 누구든 사람끼리 부대끼면서 이 사회를 살아가는 진정한 삶의 방식이 무엇인가 하는 점이다.

> 순조는 내일이면 이 집을 아주 떠난다. 어떤 거름으로도 다시 꽃 피우지 못할 추억이지만 작별인사만큼은 장미나무 아래 묻고 싶었다. 어쩌면 모든 관계의 다다름이란 견고한 사랑의 획득보다 서로의 상처에 대해 좀더 더 자세히 알게 되는 것뿐이지도 모르겠다고 생각했다. (p.171)

살다보면 기쁨보다는 상처받고 절망하는 경우가 더 많은 법이다. 누구를 진정으로 사랑한다는 것, 혹은 누구와 참다운 인간관계를 맺는다는 것, 그것은 눈에 보이지 않는 서로의 상처를 따뜻하게 감싸주는 것에 다름 아니다. 소설도 사회로부터 상처받고 소외된 이들의 삶과 아픔을 깊이 파고들어 갈 때 보다 큰 감동을 주는 것이 아닐까?

## 3. 해바라기 꽃잎으로 뒤덮인 별: 김숙, 구효서

김숙의 「제8전시실」(≪문학나무≫, 2003, 가을호)은 정보 메커니즘이 지배하는 현실에서 인간의 비극적인 모습을 제시함으로써 진정한 인간관계란 무엇인가를 묻고 있다. 이 작품에는 두 명의 자폐아가 등장한다. (i) 월경전증후군에 걸려 월경 때 닥치는 대로 무엇이든 먹어 삼키는 아이큐 30에 불과한 자폐아 마리와 (ii) 그 마리와 함께 살면서 생리불순에 걸린 채 제8전시실에서 텔레비전 앞을 떠나지 못하는 또 다른 자폐아로서의 주인공이 그 두 사람이다. 먼저 주인공을 보자.

> 나는 좀처럼 15인치 텔레비전 앞을 떠나지 못한다. 모래 바람 속으로 사라졌던 여자가 또다시 걸어나온다. 옆구리에 끼고 온 양동이를 모래 위해 내려놓고, 그 안에 든 기저귀를 탈탈 털어서 빨랫줄에 넌다. 그리고 희미하게 들려오는 아기들의 울음소리……나는 벌써 여섯 번이나 반복해서 보고 있다. 내가 자폐아처럼 15인치 텔레비전 앞을 떠나지 못하는 사이에 점심시간이 지나간다. (p.61)

8전시실에서 텔레비전 앞을 떠나지 못하는 주인공은 정보 메커니즘에 의해 길들여진 현대인의 자화상이다. 모든 인간적 관계가 단절된 채, 정보 메커니즘으로 통제되는 감방 같은 공간에 갇혀 메커니즘의 코드 기호로 전락하여 '노예'처럼 살아가는 현대인을 두고 작가는 '자폐아'에 비유하고 있다.

그렇다면 치약 짜는 법을 모르고, 동물원에 사육되는 동물처럼 폐쇄된 공간에서 심리적 안정감을 느끼는 자폐아 마리는 무엇을 의미하는 것일까. 그것은 정보 메커니즘의 질서에 편입되기를 거부하는 것을 의미한다. 라캉의 개념을 빌리면, 자폐아의 경우 언어를 통해 사회문화 규범체계를 배우게 되는 상징계로 진입하지 못하고, 언어를 배우기 이전의 유아기의 단계라 할 수 있는 상상계적 동일성의 세계에 갇힌 채 평생을 살아간다. 상상계적 동일성의 세계는 인간과 자연이 미분화된 세계로 궁극적으로 어머니의 자궁 속과 같은 세계이다. 자폐아가 개방된 공간보다는 밀폐된 공간에서 심리적 안정감을 얻는 것은 이 때문이다. 이런 자폐아 마리를 통해 작가가 제시하고자 하는 것은 무엇일까? 그것은 정보 메커니즘에 의해 지배, 통제되는 감방 같은 사회에서 인간은 더 이상 유기적 생명체가 아니라 일종의 코드 기호에 불과하다는 것이 그 하나요, 그런 상징계의 질서에 편입되어 자동인형 내지 노예처럼 살기보다는 그 질서를 거부하고 인간과 인간, 인간과 자연이 미분화된 상상계적 동일성의 세계를 지향하는 것이 차라리 유의미하다는 것이 그 둘이다.

주인공이 생리불순에 걸려 생명을 잉태하지 못함에 반해, 마리가 강인한 다산의 생명력을 내포하고 있는 것은 이 때문이다. 주인공이 "마리의 자궁과 우기의 열대우림처럼 풍성한 음모를 훔치려"하는 것은 정보 메커니즘에 의해 지배, 통제되는 사회에서 그런 것이 부재한다는 것을 역설적으로 비판하기 위해서이다. 자폐아적 고립과 매춘적 만남이 횡행하는 정보 메커니즘의 논리를 벗어나 상상계적 동일성의 세계를 지향할 때 진정 인간다운 만남의 회복이 가능하다는 것을 이 작품은 강조하고 있다.

구효서의 「밤이 지나다」(≪작가세계≫, 2003, 가을호) 역시 상상계적 동일성의 세계의 회복을 강조하고 있다. 자상한 남편과 영리한 아들을 둔 주부가 언제부터인가 원인을 알 수 없는 슬픔과 외로움을 느끼면서 가끔 발작적으로 울음을 터뜨리기도 하는 등의 돌출행동을 한다. 그런 그녀가 가족과 함께 천문대에서 별을 관찰하기 위해 하룻밤을 콘도에서 지내면서, 자신이 그런 돌출행동을 통해 지향하고자 하는 바가 무엇인지를 깨닫는다.

> 언제부터인지 알 수 없을 만큼 오래 전부터, 여자는 <어디 저 먼 곳>을 바라보았다. 그것은 언제나 하늘이거나 땅이었다. 구름이거나 지평선이란 뜻이 아니었다. 그 사이에 있는 인간, 인간의 삶, 인류나 문명이 아닌 것으로서의 하늘과 땅이었다. 여자는 사람들을 바라보지 않았다. 그들의 삶을 바라보지 않았다. 여자의 시선은 늘 <저 너머 어디>에 있었다. 그것은 언제나 산을 넘고 강의 건너는 현재형이었다. 구름을 뚫고 대기권을 넘는, 멈출 줄 모르는 진행형이었다. 여자는 그 그리움을 막연히 비욘드(Beyond)라고만 이름하였을 뿐 그 내용과 까닭은 알 수 없었다. 결혼 따위는 할 수 없을 거라고 여겼으나 서른네 살의 나이에 분에 넘치는 남편을 만났다. 아이도 낳았다. 행복했다. 눈물이 차오르기 시작했다.
>
> 별자리들과 혜성과 달의 분화구를 본 뒤부터였을까. 여자는 알 수 없는 심연에 빠져 눈물을 흘릴 때마다 사진 한 귀퉁이에 실수처럼 박혀 있던 검은 밤나무와 어둔 산기슭과 봉우리를 떠올리는 자신을 깨달았다. 암청색과 보라색이 뒤섞인 밤하늘을 배경으로 외롭게 서 있던 것들. 그것들은 그곳에 붙박여 선 채 한없이 멀고 깊고 어두운 하늘을 응시하고 있었다. 자신들의 존재가 다할 때까지 그러고 있을 것만 같았다. 여자는 그것들 곁에다 자신의 검은 실루엣을 세웠다. (p.173)

"다만 하룻밤이라도 당신과 아이와……모든 것을 포기하고 싶어요. 삶에 대한 계획과 아이의 장래까지도" 포기하고 그녀가 지향하고자 하는 세계는 다름 아닌 상상계적 동일성의 세계이다. 모든 것을 코드 기호화하는 정보 메커니즘이 지배하는 '문명'과 그것에 길들여진 '인간'이 사라진 세계는 인류사의 원형과도 같은 세계이다. 그 세계에서는 인간과 인간, 인간과 자연, 대우주와 소우주가 미분화된 채 함께 공존하는 어머니 자궁 속과 같은 시원의 세계이다. 그런 세계는 정보 메커니즘이 지배하는 현실에는 '실루엣'처럼 부재한다. 그것은 마치 '별자리'나 '혜성'이나 '달의 분화구'처럼 현실 저 너머에 있다. 그러나 자폐아적 고립과 매춘화된 만남을 부정하고, 그녀를 비롯하여 우리들 모두가 그 세계를 강렬히 지향할 때, 그 세계는 언젠가는 실현가능한 세계로 다가올 것이다.

다음 인용문에서 '눈부신 해바라기 꽃잎으로 스스로 빛나는 별'에 주목하자. 그 별을 통해, 우리가 진정 인간다운 만남을 회복하기 위해 지향해야 할 원초적 고향이 무엇인지, 또 진정 인간다운 만남을 지향할 때 도달할 수 있는 낙원이 어떤 것인지를 깨달을 수 있을 것이며, 그런 세계에 대한 지향성을 통해 우리가 살아가는 현실이 얼마나 삭막하고 비인간화되어 있는지를 절감할 수 있을 것이다.

여자는 눈을 들어, 자신의 행복한 일평생을 남겨두고 온 것만 같은 별을 찾았다. 검은 숲 위로 별똥별이 떨어져 내렸다.
천문대를 향해 올 때, 여자는 카스테레오에서 흘러나오는 음악을 들으며 해바라기를 생각했다. 온통 해바라기로 뒤덮인 지평선이 떠올랐다. 어디쯤이었을까 그곳은. 프랑스 남부 피레네 산맥에서부터 스페인 서안의 산티아고까지 이어진다는 천 킬로미터의 순례의 길. 언젠가 보았던 그곳 사진 중의 하나엔 <해바라기의 바다>라는 설명이 붙어 있었다. 보이는 것이라곤 푸른 하늘과 노란 해바라기뿐이

었다. 사로잡힌 듯 오랫동안 사진을 들여다보던 기억이 음악과 함께
되살아났다. 지표면이 온통 해바라기 꽃잎으로 뒤덮인 별도 있을 거
란 생각을 했다. 태양의 반사광이 아닌, 눈부신 해바라기 꽃잎으로
스스로 빛나는 별. 그 광활한 해바라기 숲속에서 문득 길을 잃고 싶
었다. (p.183)

## 4. 타자 혹은 그림자의 사랑: 정이현, 정미경, 김훈, 김원일

정이현의 「위험한 독신녀」(≪문학동네≫, 2004, 겨울호)는 타자와의 사
랑을 상실한 황폐한 사회에서 고통받고 상처받는 여성의 삶을 다루고
있다. 38살이 된 고교동창인 두 여성이 만난다. 한 여성은 직장에 다
니는 미혼의 이현주로, 그녀는 어머니의 성화에 못 이겨 맞선을 계속
해서 본다. 다른 한 여성은 양채린으로 십 년 이상 브라질에서 결혼생
활을 하다가 이혼한 후 다시 한국에 들어와 있다.

두 사람은 십 년 이상 헤어져 있다가 우연히 만났는데, 채린은 전혀
변하지 않았다. 그 이유는 채린의 기억이 스물다섯 살 시절인 1991년
에 고착되어 있기 때문이다. 채린은 여고 입학 때부터 단연 돋보일 만
큼 우아한 자태를 가지고 있었다. 장군의 아버지에 패션 디자이너인
어머니를 둔 채린은 공주로서의 요건을 완벽하게 갖춘 학생으로, "새
침하지도 않고 내숭도 떨지 않으면서 아무에게나 스스럼없이 재재거
리고 누구한테나 무람없이 구는 품수에 가까울 정도"로 세상물정 모
르는 천진한 학생이었다. 그런 채린은 성장하면서 서서히 망가져 간
다. 그녀를 망가뜨리는 주범은 남성들이다. 고교 때는 영어선생이, 대
학에서는 남학생들이, 그리고 결혼해서 브라질로 가서는 폭력을 휘두

르는 남편이 바로 주범들이다. 그녀는 결국 브라질에서 이혼을 하고 자식을 둔 채 한국으로 홀로 외롭게 귀국한다.

채린이 살아온 가혹한 세월 뒤에 남은 것은 황폐해진 정신이다. 그녀는 브라질에서의 고통스러운 기억을 깡그리 지우고 스물다섯 살 시절에 자신을 고착시킨다. 이러한 기억의 고착은 여성으로서 남성의 부속물이 되어 살아온 지난 삶에 대한 부정이면서, 남성의 도구가 아닌 여성 그 자체로서의 정체성을 찾고자 하는 자기방어기제이다. 그러나 그녀의 그런 희망조차 한국에서 만난 위선적이면서 폭력적인 남자들에 의해 산산조각 난다.

현주는 지금까지 자신이 여성으로서 억압받고 살아온 것을 인식하지 못하다가 비로소 채린을 통해 여성으로서의 자신의 사회적 자아가 얼마나 형편없는가를 깨닫는다. 하루 일과를 드라마와 함께 진행하면서 백 킬로그램이 넘는 육중한 몸으로 김희선과 최지우의 목소리를 재현하는 엄마, 딸을 결혼시키기 위해 '맞선 시장'으로 내몰고 "어떤 불운과 악행의 가능성도 지니지 않는 남자"를 사위로 삼고 싶어 딸을 닦달하는 엄마, 그리고 결혼해서 주부로 살면서 위선적인 삶을 살아가는 고교동창들. 현주는 이 모든 여성들이 한 인간으로서의 존엄성과 정체성을 상실하고 남성의 부속물로 보잘것없는 삶을 살아가고 있다는 것을 뼈저리게 깨우친다. 그 깨우침을 통해 현주는 더 이상 자신이 남성이 지배하는 사회의 도구이기를 거부한다. 폭력적인 남성중심의 사회로부터 일탈하기, 남성의 여성이 아니라 인간의 여성으로 살아가기를 결심하면서 현주 역시 채린처럼 남성중심의 폭력적이고 타락한 사회의 흐름(유행)에 편승하는 것을 거부한다. 이 거부의 자리는 사회의 일상적 통념으로부터의 일탈을 동반하는 것이기에 지극히 위험한 길이겠지만, 더 이상 남성의 종속물이기를 거부하는 여성의 자리에서 볼 때 그것은 피할 수 없는 운명과도 같은 것이다. 그 운명적 선택을 단순히 페미니즘이라는 영역으로 협소화시킬 필요는 없다. 진정한 타자의 사랑을 필요로 하는 것은 비단 여성만이 아니라 오늘날의 인간 모두이기 때문이다.

> 유행을 무시하며 살 수는 없을 줄 알았다. 지금은 그렇게 생각하지 않는다. 삶은 유행보다 더디게 지나간다. 채린과 나는 얼마나 더 이곳을 견딜 수 있을까. 하지만 위험하지 않은 길은 어디에도 없을 것이다. 이제 나는, 그녀에게 간다. (p.349)

정미경의 「달걀 삼키는 남자」(≪동서문학≫, 2004, 겨울호)는 외국인 강사를 통해 진정한 사랑이 부재하는 삶을 비판하고 있다. 스티브라는 외국인 강사는 길 잃은 고양이를 집에 데려와 키운다. 고양이털로 인한 지독한 알레르기로 고통받으면서 스티브는 자신이 기르는 고양이들에 지극한 정성을 기울인다. 그리고 그는 불규칙적으로 열리는 달걀 먹기대회에서 상금을 타기 위해 매일 날달걀을 삼킨다. 스티브가 이처럼 고양이와 달걀에 집착하게 된 것은 사랑의 부재 때문이다.

어릴 적 아버지와 어머니로부터 버림받고 자란 스티브는 부모가 자신을 버렸다는 사실로 인해 지독한 외로움을 느끼면서 자란다. 고모 밑에서 자라면서 스티브는 한번도 칭찬을 받지 못하다가, 날달걀을 먹으면서 고모로부터 칭찬을 받는다. 성인이 되어 스티브는 성공한 어머니를 찾아가지만 만나지 못한 채 되돌아 나오다가 길거리에서 자신처럼 버림받은 '랄라'라는 고양이를 거두어 키우기 시작한다. 이를 계기로 스티브는 고양이와 달걀에 집착한다.

미끈거리고 비릿하고 물컹한, 매혹적인 데라곤 없는 그 맛. 사는
일과 닮지 않았니? 달걀을 삼킨다는 것 말이야. 씹지 않고 삼키는
것. 삼키고 싶지 않아도 기어이 삼켜야만 하는 것. (p.106)

그가 매일 먹는 날달걀처럼, 사랑이 부재하는 그의 삶은 '삼키고 싶
지 않는' 것이다. 그런 그를 지탱하게 해주는 것이 고양이들이다. 그가
알레르기로 약을 먹으면서도 고양이를 버리지 않는 것은 바로 부재하
는 사랑에 대한 타는 목마름 때문이다. 그런데 동거하는 '나'는 그런
스티브를 이해하지 못하고 늙은 랄라를 스티브 몰래 약물로 죽인다.
랄라가 죽은 후 나는 타인에 대한 사랑의 소중함을 깨닫는다.

같이 부대끼던 생명의 존재감이 절실해지는 건 그것이 부재할 때
이다. 콧물을 훌쩍이는 스티브, 하루에 그저 서너 마디 이상은 하지
않는 스티브, 비릿하고 미끌거리는 날달걀을 삼켜야하는 스티브, 있
는 그대로의 스티브를 사랑해 준 유일한 존재는 랄라였다는 생각이
든다. (p.114)

찬피동물인 뱀들이 기온이 떨어지는 밤이 되면 낮 동안 데워져 온
기가 남은 아스팔트로 나와 달리는 차에 깔려 죽는다. "찬피동물조차
목숨을 걸고 몸을 비비고 싶어하는 따스함"이 있는데, 하물며 반쪽을
잃어버린 사람은 어떠하겠는가. 사람은 일생 동안 타자와의 사랑의 온
기를 구걸하면서 살아갈 수밖에 없으며, 그 사랑은 대상으로 하여금
'에메랄드 빛'을 나게 한다. 이를 통해, 이 작품은 사랑이 부재하는 시
대에 왜 사랑이 필요한가를 차분한 목소리로, 그러면서 강한 울림으로
전달하고 있다.

김훈의 「고향의 그림자」(≪현대문학≫, 2005. 1)는 어머니의 절절한 사랑을 통해 우리가 다음 세대를 위해 해야 할 몫이 무엇인가를 문제 삼고 있다. 형사인 '나'는 19살짜리 강도범을 잡기 위해 P항으로 출장을 간다. P항은 나의 고향이자 치매에 걸린 어머니가 있는 곳이다. 나에게 유년의 고향은 피난시절과 겹쳐 쓰라린 기억으로 자리잡고 있다.

고향의 냄새는 DDT 냄새였고, 내 유년의 기억 속에서 고향은 빛의 비늘이 명멸하는 바다이거나 또는 불길이나 바람이나 잿더미처럼 인간이 거기에 발붙일 수 없는 유령의 시간이었다. 중학교를 마치자 고향을 떠났고 고향은 까맣게 잊혀졌지만, 동부전선에서 전사했다는 아버지의 제삿날이나 치매요양원에 들어간 어머니를 뵈러 일 년에 한 번쯤 내려올 때마다 고향은 늘 유년의 그 디딜 수 없는 시간 속에 묻혀 있었다. (p.173)

인간이 발붙일 수 없는 유령의 시간으로 기억에 파묻혀 있던 고향은 성장하면서 점차 망각의 저편으로 사라져 간다. 그러다가 이번 출장에서 '나'는 비로소 내가 잊고 있던 고향으로부터 인간의 근원적 사랑의 문제를 인식하게 된다.

(i) 나는 아이를 안고 화장실로 들어갔다. 화장실 바닥에 쭈그리고 앉아서 뒤로 안은 아이의 바지를 벗기고 가랑이를 벌렸다. 쉬쉬, 쉬쉬. 나는 아이의 귀밑에 입을 대고 오줌 나오는 소리를 내주었다. 아이의 성기는 상아처럼 뽀얗고 고요해 보였다. 작은 살 언덕 두 쪽이 경계를 알 수 없이 맞닿아 있었다. 오줌은 그 사이에서 나올 것이었다. (중략) 아이는 고개를 돌려 내 얼굴에 볼을 비볐다. 아이의 입에서 삭은 젖 냄새가 났다. 나는 다시 오줌 나오는 소리를 내 주었다. (p.166)

(ii) 어머니는 다시 일어나 베개 터진 구멍으로 밥알을 우겨넣었다. 어머니가 내 쪽으로 시선을 돌렸다. 무릎을 벌리고 벽에 기대앉은 어머니의 밑은 어둡고 메말라 보였다. 거기서 미즈코와 내가 태어났다는 사실을 믿을 수가 없었다. 나를 쳐다보는 어머니 눈빛에 갑자기 생기가 돌더니 어머니의 입가가 실룩거렸고 두 무릎에 경련이 일어났다. 나는 어머니의 시선을 피해 방바닥에 말라붙은 오물 자국을 내려다보고 있었다. 어머니는 무릎걸음으로 내 쪽으로 다가오면서 말했다. (중략)

너가 수철이냐? 미즈코냐? 들어와 들어와 아이고 내 새끼야 네 어찌 생긴 줄 내 어찌 알꼬

어머니는 눈물도 없는 메마른 울음을 울었다. 울음소리가 목구멍에서 막혀 끼룩끼룩했다. 어머니는 방 윗목에 놓여 있던 신문지에 싼 뭉치를 내 쪽으로 던졌다. 상한 소고기였다. 진물이 흘러서 신문지가 찢어져 있었다.

미즈코야 고기 먹어라, 안창살이야. (p.183)


(i)에서 '나'가 딸에게 오줌 누는 법을 가르치고 있다. 이는 자식에게 자식이 앞으로 살아갈 사회에 적응할 수 있도록 교육을 시키는 것에 해당된다. (ii)에는 치매에 걸린 어머니의 모습이 제시되고 있다. 어머니는 늙어 치매에 걸린 채 지난 세월 못다 베푼 사랑에 대한 회한을 병적으로 드러내고 있다. 어머니는 먹고살기 힘든 시절 뱃속에 있는 아이를 임신중절수술로 지워야했던 것이고, 그것이 끝내 회한으로 남아 치매에 걸린 채 임신중절한 아이를 '미즈코'라 부르면서 베개를 아이로 착각해 밥을 먹이고 소고기를 먹이고 있는 것이다. 사랑하는 자식을 죽였고 자식들을 배부르게 먹이지 못했다는 죄책감이 어머니를 고통스럽게 하고 있는 것이다.

가난으로 인해 자식을 지워버린 어머니, 그 어머니의 평생의 회한이 있는 고향에서 비로소 '나'는 살아가면서 소중한 것이 사랑이라는 것을 깨닫는다. 어려운 시절 자신을 전부 희생해서 자식들을 키운 어머니지만, 그 어머니는 자식들에게 완전한 사랑을 베풀지 못했다는 죄책감으로 고통스러워하고 있다. 그렇다면 '나'는 어떠한가. 소고기를 풍족하게 먹을 수 있는 세대지만 과연 자식들에게 진정한 사랑을 베풀고 있는가. 어쩌면 단지 오줌 누는 법과 같은 단순하면서도 형식적인 사회적응의 방법만을 가르치고 있는 것은 아닌가. 뽀얀 속살의 아기가 성장해서도 그 순결함과 순수함을 유지할 수 있도록 타자에 대한 사랑과 배려를 진정으로 가르치고 있는 것인가.

그러나 불행하게도 지금 우리 사회에는 타자에 대한 사랑이 전무하다. 타자와의 사랑을 알지 못하는 수많은 미즈코가 있는 삭막한 곳이 우리 사회이다. 그들 미즈코가 부모가 되어 지금 자식을 기르고 있지만, 진정한 사랑이 결여될 때 자식 세대도 얼마든지 또 다른 미즈코가 될 수 있는 것이다. 이 작품은 사랑이 결여된 수많은 미즈코들이 난무하는 오늘 우리 사회를 유려한 문체로 통렬하면서도 예리하게 비판하면서 더 이상 미즈코가 없는 사회, 곧 타자를 사랑하고 아끼는 진정 인간다운 인간이 존재하는 사회를 지향하고 있다.

김원일의 「그림자」(≪현대문학≫, 2005. 1)는 포르노그래피에 익숙하고 휴대폰과 문자 메시지에 익숙한 시대를 살아가면서 우리가 잊고 있는 소중한 사랑의 회복을 강조하고 있다. 주인공 나는 7개월 동안 사귄 미혜라는 여자가 자살하자, 그녀를 자살에 이르게 한 미혜의 첫사랑의 남자 고우정을 죽이고자 결심하고 그를 찾아 나선다. 그 과정에서 미혜의 사랑의 실체와 고우정의 삶과 사랑을 확인해간다.

고우정은 어린시절 불우한 환경에서 자란 탓인지 대학생이 되어서도 외톨이로 지내면서 '햄릿'이라는 별명을 얻는다. 고우정은 "포르노 그래피를 훔쳐보며 자란 발랑 까진 신세대"와는 전혀 이질적인 존재로, "생각이 깊은 조용한 젊은이"이자 "결가부좌가 몸에 익어 출가한다면 꼭 어울리는 관상"의 소유자이다. 그런 그를 미혜는 사랑했고, 그 사랑에 실패했지만 끝내 그 사랑을 잊지 못하고 자살한다.

> 암벽에서 파열했다가, 썰물이 되어 깊은 바다 속으로 빠져나가 자취를 감추듯, 사랑 역시 파도처럼 그렇게, 한때의 열병이리라. 그러나 순결한 사랑은 한 번 소멸되면 파도처럼 연이어 생성되기가 힘들다. 그것이 한 사람과의 만남이고, 사랑의 운명이다. (p.133)

한번 소멸되면 생성되기 힘든 그 순결한 사랑을 미혜는 목숨을 걸고 지키고자 했던 것이고, 미혜의 뒤를 따라 동해안 무량사 절에서 바다로 뛰어든 듯한 고우정 역시 순결한 사랑과 삶을 위해 자신의 모든 것을 바친 것이다. 그런 고우정과 미혜의 사랑은 찰나적이고 이기적이고 감각적인 만남과 헤어짐이 난무하는 오늘날 우리가 진정 인간다운 삶을 위해 회복해야 할 상실된 타자 내지 그림자의 사랑과 같은 것이다.


## 5. 인간의 흔적 지우기: 최수철, 정찬

최수철의 「채널 부수기」(≪동서문학≫, 2002, 가을호)는 또 다른 측면에서 우리 시대의 인간의 의미를 문제삼고 있다. 등단 이후 지금까지 최수철은 정보사회를 비판하는 해체적 글쓰기를 지속적으로 감행하고 있는 바, 그것은 인간주체의 해체와 일화 중심의 글쓰기를 통한 소설 양식의 해체로 집약될 수 있다.

최수철의 이러한 글쓰기의 동인은 오늘 우리의 정보사회가 고래뱃속 같은 닫힌 공간이라는 인식에 기초하고 있다. 최수철에 의하면, 닫힌 공간은 먼저 인간이성중심주의에 의해 중심부와 주변부라는 폭력적인 이항대립체계에 기초하고 있다. 인간/이성/의식/남성/서양/정상인이 중심부이고, 자연/비이성/무의식/여성/비정상인이 주변부에 자리잡고, 중심부에 의한 주변부의 지배와 배척에 근거하고 있는 것이다. 그러면서 정보사회는 각종 정보 메커니즘에 의해 철저하게 모든 것을 지배, 통제하고 있다. 고래뱃속 같은 닫힌 공간에 모든 것을 가두어 두고, 각종 정보 메커니즘을 통해 일상의 삶은 물론이고 우리의 욕망마저 획일화한다. 이 획일적 통제를 통해 지배체제는 자신의 체제를 공고히 하면서 모든 구성원을 상품기호화하고 코드 기호화한다.

최수철은 이러한 사태를 뚫고 나갈 돌파구로 인간주체의 해체를 내세우고 있다. 실상, 인간이 태어날 때부터 이성적 주체라는 사고는 근대 자본주의를 이끌어 온 핵심동력이다. 이성적 주체로서의 인간은 만물의 영장이자 세계의 주인이며, 인간을 제외한 자연의 모든 것은 객체이자 노예라는 이항대립에 기초한 것이 인간이성중심주의의 논리이다. 그러나 인간은 태어날 때부터 선험적인 주체가 아니라, 이성중심주의에 입각한 지배체제에 의해 후천적으로 구성되어진 것에 불과하다. 지배체제의 입장에서 인간주체를 양산하는 것은 체제에 대한 비판을 억제할 수 있는 확실한 방법이다. 곧 인간이 스스로를 주체라고 자처할 때, 타인과 세계에 대한 인식은 차단된다. 오로지 '나만 잘 살고 편안하면 된다'라는 생각에 의해 모든 사고가 자기중심적이 되고, 이

것이 극단으로 치달리면서 이기적인 존재가 되는 것이다. 주체라 자처하는 인간들은 자신이 고래뱃속 같은 공간에 갇혀 감시, 통제되고 있는지를 인식하지 못한다. 오히려 주체로서의 인간은 자기 한 몸 편안하면 그만이라는 생각에, 닫힌 공간을 자신만의 자족적인 공간으로 여기고 그곳에 안주한다. 그러나 그런 자족적인 공간은 실상 고래뱃속 같은 닫힌 공간에 갇혀 있는 하나의 작은 감방에 불과하다. 그런 감방에 갇힌 인간은 더 이상 주체가 아니라, 지배체제에 의해 길들여지고 획일화된 사물 내지 마네킹에 불과하다. 지배체제는 이런 인간주체를 양산함으로써 사회에 대한 비판기능을 무화시키고, 지배체제를 흔들림 없이 유지할 수 있는 것이다.

최수철은 인간주체와 그 주체에 의한 이성적 글쓰기의 해체를 통해 고래뱃속 같은 닫힌 공간을 폭파시키고, 폭력적인 이항대립이 해체된 탈중심의 열린 공간(진공)을 지향한다. 이번 작품도 작가의 이러한 글쓰기의 맥락에 닿아 있다. 이 작품은 "삶의 전범은 케이블 티브이 식의 삶이었고, 그 중 특히 중요한 것은 그 복잡함 속에서의 질서정연한 분할"을 통해, 각종 정보 메커니즘에 중독되어 살아가는 회사원 김동학의 파멸과정을 열 세 개의 일화로 그려내고 있다. 그런 김동학을 통해 작가는 정보사회를 살아가는 우리들의 자화상이 어떤 것인지를 날카롭게 비판하고 있다.

김동학은 시도 때도 없이 작은 기계 하나를 들고 어둡고 음습한 지하의 공간을 누비며 기계 덩어리를 자기 분신인 양 찾아헤매는 희끄무레한 실루엣들에서 현대인의 자화상을 보았다. 그것은 산더미처럼 쌓여 있는 고철 더미에서 자기 소유의 작은 열쇠 하나를 찾는 것과 흡사했고, 달리 말하면 또한 그것은 어두운 밤에 혼자 방에 앉아

> 자기에게 맞는 채널을 찾기 위해 티브이 리모컨을 쉬지 않고 눌러대는 것과도 다를 바 없었다. 사람들의 사이의 관계라는 것은 그 방황과 배회 속에서 언뜻언뜻 스치는 동안 아슬아슬하게 생겨나고 있을 뿐이었다. (p.82)

작가는 정보 메커니즘에 의해 통제되는 인간은 더 이상 유기적 생명체가 아니라 '티브이 리모컨'과 같은 기계 덩어리에 불과하다고 비판하고 있다. 작가의 이러한 발언은 다가올 '미래'의 우리의 모습에 대한 비판이 아니라, 지금 현재 정보사회의 실체를 파악하지 못하고 정보 메커니즘의 한 코드 기호로 전락한 우리들 현재의 모습에 대한 비판이다.

이 작품은, 정보사회의 본질적 모순을 무시한 채 정보 메커니즘의 세계(영화적 상상력을 비롯한 멀티미디어 상상력의 세계)를 소설에 무비판적으로 수용함으로써 정보사회의 어릿광대로 전락한 소설작품들과는 확실한 질적 편차를 지니고 있다. 그러나 지금까지 이 작가가 보여주던 정보사회에 대한 비판의 강도와 그 치열성에 있어서 다소 미흡한 점이 있다는 점도 지적하지 않을 수 없다. 그 동안 정보사회를 가열하게 비판해 온 이 작가가 일종의 호흡 고르기를 하는 것일까, 아니면 또 다른 질적 비약을 위한 준비를 하는 것일까?

정찬의 「인간의 흔적」(≪현대문학≫, 2004. 11)은 오만한 근대인간의 흔적 지우기를 강조하고 있다. 설악산 등반 도중 추락사한 친구의 일을 소설로 쓴 주인공은 어느 날 김우현이라는 독자를 만나 산양에 대한 이야기를 듣는다. 산양은 모든 종(種)들 중 원시적 형질을 유지하는 유일한 화석동물이다. 그 산양의 보금자리가 설악산인데, 그 이유는 설악산의 영혼이 산양의 영혼과 닮았기 때문이다. 근대물질문명이 대두하기 이전에 인간은 산양과 영혼의 교감을 나누었다. 그러다가 인간이 세계의 중심으로 등장하면서 인간과 산양은 분리되고 설악산과 산양의 영혼은 발붙일 공간을 잃게 된다.

> 별빛에서 산양냄새가 났다. 그것은 오랜 시간의 냄새였다. 너무나 오래되어 시간의 씨앗처럼 느껴지는, 인간이라는 종(種)이 생겨나기 전에, 순간이 영원이며 영원이 순간인 어느 캄캄한 심연에서 피어오르는 아득한 냄새였다.
> "그제서야 저는 깨달았습니다. 노인이 무엇을 기다린지를."
> "무엇을 기다렸습니까?"
> "산양의 혼이었습니다."
> "산양의 혼?"
> "자신의 혼이 산양의 혼으로 변신하기를 기다린 것입니다."
> "왜 그랬을까요."
> "언젠가 노인은 말했습니다. 하나의 영에 불과한 인간이 수많은 영들을 삼키고 있다고. 그토록 잔인하고 수치스러운 인간의 흔적을 남기지 않고 세상을 떠나는 것이 소원이라고. 노인은 자신의 혼에서 인간의 흔적을 지우려 한 것입니다." (p.53)

인간이 오만함을 벗어버리지 않으면 결국 인간은 파멸한다. 인간중심주의가 지배하기 전, 인간과 인간, 인간과 자연은 서로 다투지 않고 소중한 타자로서 서로를 존중하고 사랑했다. 그러다가 인간이 스스로를 만물의 영장이라 자처하면서부터 오늘날의 모든 비극이 시작되었다. 인간은 자신의 이기적인 삶을 위해 타자로서의 타인과 자연을 지배하고 배척하여 왔다. 그 결과 인간은 인간으로부터 소외되고 자연으로부터 소외되어 고립무원의 상태에 빠진다. 인간과 인간, 인간과 자

연이 함께 어우러져 공존하는 '존재의 집'을 회복하기 위해서 인간은
이제 '잔인하고 수치스러운' 인간의 흔적을 지우고 타자와 영혼의 교
감과 사랑을 나누는 존재가 되어야 한다. 그런 점에서 다음 푸코의 말
은 오늘 우리 소설이 지향해야 할 역사의 올바른 방향성과 관련된 유
효한 한 측면을 뚜렷이 제시해주고 있는 것으로 판단된다. "인간은 바
닷가 모래밭에 그려진 얼굴처럼 흔적도 없이 사라져야 한다."

# 처용과 도스토예프스키, 그리고 무의미 시론 : 김춘수

## 1. 들어가기 전에

1997년 1월에 김춘수 시인은 76세의 나이로『들림, 도스토예프스키』와『꽃과 여우』라는 두 권의 책을 출간하였다. 전자는 오래 전부터 '들린'(신들린) 도스토예프스키를 대상으로 하여 자신의 시세계를 육화한 것이며, 후자는 일종의 자전소설로 과거 시인의 시, 수필 등의 텍스트를 무수히 연결시켜 조직해내면서 자신의 생애를 회상하고 있다.

그런데 2004년 운명을 달리한 시인의 연대기를 작성하려 할 경우, 두 권의 책 중 주목되는 것이 후자인 자전소설이다. 1950년까지의 시인의 생애를 서술하고 있는 이번 자전소설로 인해 시인의 문학적 연대기를 작성하는 것은 한층 쉬워지고 풍성해질 수 있을 것 같다. 이 책 이전에 시인의 연대기를 참고할 수 있는 것은 문장사판 전집(1982)과 민음사판 전집(1994)에 실린 일련의 글들이다. 사실, 1995년에 시인의 연대기를 작성할 때에도 이들 책들을 중심으로 하고, 다소 미흡한 부분은 시인과의 대담으로 보충했던 기억이 있다. 그런데 이번 책은 1995년에는 대담을 통해서만 알 수 있을 뿐인, 기존에 알려지지 않은 중요한 내용들을 담고 있고, 또한 기존에 알려진 사실의 경우에도 더욱 상세한 내용을 덧붙이고 있다. 이런 점 때문에 앞으로 시인의 연대기를 작성할 때에는, 적어도 1950년 이전까지의 것은 이 자료로 모든 것을 해결할 수 있을 듯하다.

그런데 다음 두 가지 문제를 지적하지 않을 수 없다. 첫째, 기억의 측면이다. 가령 다음 대목을 보자.

(i) 아주 어릴 때의 일입니다. 내 나이 너댓 살쯤 되었을까 어쩜 그보다도 더 어렸을지도 모릅니다. 강보에 싸여 기저귀를 차고 있었을 그런 젖먹이 시절이었을지도 모릅니다. 지금 생각하니 거기는 우리 고향에 있는 세칭 장개섬이라고 하는 작은 섬이었읍니다.[1]

(ii) 내 나이 서너 살 때다. 나는 조모님과 어머님의 손을 잡고 장개섬이라는 작은 섬에 나들이 간 일이 있다. (중략) 그날은 몹시 무더웠다. 어머님은 강보에 싼 동생을 품에 안고 계셨다고 기억된다.[2]

(i)은 1983년에 발간된 문장사판의 한 구절이고, (ii)는 1997년에 발간된 『꽃과 여우』의 한 구절이다. 여기서 강보에 쌓인 것이 (i)에서는 시인 자신으로, (ii)에서는 동생으로 진술되고 있다. 물론 시인의 연대기에서 강보에 쌓인 것이 누구인지가 그렇게 중요하지 않을 수도 있다. 그러나 이러한 기억의 편차가 내재한다는 것은 시인의 문학적 삶

---

1) 이 글에서 사용하는 주된 텍스트는 문장사판 전집 1,2,3권(1982~1983)과 민음사판 전집(1994), 그리고 『꽃과 여우』(민음사, 1997)이다. 문장사판 전집 3권, p.391.
2) 김춘수, 『꽃과 여우』, 민음사, 1997. p.21.

을 재구함에 있어서 자료의 정확성을 논할 때 중요한 문제로 부각될
수 있다.

　다음, 어린시절을 회상함에 있어서 회상의 주체(성인의 시인)가 회상
의 대상(유년기의 시인)에 깊이 개입되어 있다는 점이다.

> "울이 아기들 귀엽게 놀앨 합시다"
> <우리>를 <울이>라고 소리낼 때는 한 번 혀를 안으로 말아넣
> 었다가 밖으로 도로 펴면서 <이>를 소리낸다. 혓바닥이 허연 이 사
> 이로 튀어나올 것 같다. <울>을 길게 말아 넣고 <이>는 급히 그
> 리고 짧게 뱉어버리듯 한다.3)

　『꽃과 여우』의 한 구절로, 어린시절 유치원 원장 선생님의 아내(보
모)의 발음에 대해 회상하는 주체가 개입하여 설명하고 있는 부분이다.
이러한 개입은 일본 유학시절 릴케를 통한 러시아 문학에의 경도를
서술하는 것을 비롯하여 많은 부분에서 나타나고 있다. 이전의 책에서
는 볼 수 없는 이러한 개입은 이 책이 자전'소설'이라는 점을 감안할
때 충분히 가능한 일이지만, 연대기 작성을 위한 자료의 관점에서 접
근할 때 역시 정확성의 측면에서 문제가 될 수 있다.

　『꽃과 여우』가 1950년까지의 시인의 삶을 세밀하게 서술하고 있음
에도 불구하고, 시인의 문학적 삶을 재구함에 있어서 이 자료를 전면
적으로 수용하기 어려운 이유가 여기에 있다. 따라서 이 글은 기존의
자료와 1995년에 시인과 행한 대담자료를 바탕으로 하되,『꽃과 여우』
에 제시된 자료 중, 기왕에 밝혀지지 않은 자료를 보충하여 시인의 문
학적 삶과 시세계를 재구성하고자 한다.

---

3)『꽃과 여우』, p.31.

## 2. 시적 원형질으로서의 통영, 그리고 습작시기

### 2-1. 통영, 그 원초적 동일성의 고향

시인 김춘수는 1922년 11월 12일(음력 9월 24일)에 경남 통영읍 서정 61(현재 경남 통영시 동호동 61)에서 아버지 金永八, 어머니 許命夏의 3남 1녀 중 장남으로 태어났다. 그의 가계는 엄격한 유교집안이면서, 조부는 인동 고을원을 지낸 만석꾼이였고, 선친도 삼천석꾼이였던 부유한 집안이었다. 또한 "선친은 서울 유학을 하고 동경도 다녀온 개화된 분"이라는 기록이나 외가의 외사촌형이 동경 유학을 갔다는 기록 등에서 알 수 있듯이 대단히 지적인 집안이었다. 일제시대에는 보기 드문 유복한 환경에서 어린 김춘수는 행복한 유년시절을 보낸다.

그러기에 불우한 어린시절을 보내면서 입은 정신적 외상을 극복하기 위해 문학을 운명적으로 택한 다른 문인들과는 달리, 김춘수는 우연적으로 그리고 뒤늦게 문학의 길에 들어선다. 그의 시에 삶의 애환이나 고통이 절절히 배어 있지 않은 것은 이러한 사실과 무관하지 않을 것이다. 그의 나이 너댓 살쯤일 때, 그는 강보에 싸여 어머니와 함께 세칭 '장개섬'이라는 작은 섬에 간다. 그곳에서 하늘과 바다를 온통 뒤덮고 있는 갈매기를 처음으로 본다. 그리곤 유치원에 입학해서 원장이 보여준 서양 그림책에서 그 새를 다시 본다. 그러나 그 새는 갈매기가 아니라 "기다란 날개를 편 하얀 몸뚱이의 비행기"4)이다. 바다의 갈매기와 유치원의 그림책에서 본 비행기가 동일시되는 삶, 그

---

4) 문장사판 전집 3권, p.391. 『꽃과 여우』에는 원장이 보여준 서양 그림책에서 비행기를 보았다는 내용이 누락되어 있다. 『꽃과 여우』, p.22 참조.

평화로운 유년시절을 보낸 김춘수에게 있어서 훗날 그의 시적 원형으로 자리잡는 것은 그 시절의 평화로움이 투영되어 있는 고향 통영의 아름다운 바다와 유치원에서의 이국체험이 어우러진 기억이다.

> 내 고향의 봄은 바다에서 와서 바다 너머로 가 버린다. 新綠節도 그렇다. 봄에는 바닷물이 연두색이 되었다가 新綠과 함께 짙은 초록으로 바뀐다. 閑麗水道를 건너서 불어오는 바람은 봄에는 진달래꽃빛을 하고 느릅나무 어린 잎사귀를 흔들어 준다. 바람이 毛髮을 소금물로 더욱 부드럽게 해 주고 송진 냄새를 한길이나 골목에도 흩뿌리게 되면 계절은 어김없이 新綠節로 바뀐다. 식탁에는 숭어, 미더덕, 짚신게…… 이런 것들이 사라지고 생멜치가 오른다.[5]

‘통영’보다는 사투리 ‘토영’으로 친근한 지금의 통영. 한반도의 최남단에 위치한 작은 항구로 "봄에는 귤과 탱자가 익고 겨울에는 눈이 무르팍까지 쌓이고 눈 개인 다음날은 雪晴의 그 하늘 깊이 山茶花가 지고, 바다가 눈부신 빛깔로 제 살을 드러내곤 하는 그런 겨울날", 어린 김춘수는 한밤에 잠을 설치면서 멀리서 바다가 우는 소리를 듣곤 한다. 시인은 훗날 통영을 떠나 대구와 서울로 거처를 옮기면서도, 바다가 우는 소리를 듣는다. 그 환청에 실려 되살아나는, 바다의 이미지에 담긴 아름답고 평화롭던 유년기의 공간이 「처용단장」 연작시로 형상화되면서 ‘처용’을 분만한다.

김춘수는 5세 때 미션 계통의 유치원에 입학하여 1년간 다닌다. 원장은 호주에서 온 선교사였고, 보모는 그 선교사의 부인으로 서양여자이면서 늘 한복을 입고 있었다. 기독교적 분위기가 물씬 풍기는 그곳

---

5) 문장사판 전집 3권, p.104.

에서 그는 천사와 하느님이라는 단어를 배웠고, 크리스마스 때 만국기
가 펄럭이는 곳에서 아동극을 보면서 신선하고 낯선 분위기에 젖는다.

濠洲아이가
韓國의 참외를 먹고 있다.
濠洲 宣敎師네 집에는
濠洲에서 가지고 온 뜰이 있고
뜰 위에는
그네들만의 여름하늘이 따로 또 있는데

길을 오면서
행주치마를 두른 天使를 본다.
(「幼年時1」)[6]

　유치원 뜰과 선교사집 마당 사이에 탱자나무 울타리가 있고, 울타리
틈으로 보인 얼굴이 희고 눈이 푸른, 전혀 사람 같지가 않는 선교사
집 남매를 통해 그는 전혀 다른 세계의 신선한 이미지를 체득한다. 이
이국적 분위기 체험이 첫 시집 『구름과 장미』에서 '장미'라는 상징으
로 표상된다.

　바다와 유치원을 통해 형성된 어린시절의 이 기억은 김춘수에게 강
렬한 무의식으로 자리잡는다. 갈매기와 비행기(자연과 문명), 바다와 하
늘, 인간과 사물, 꿈과 현실이 공존하는 이 공간이야말로 어머니의 자
궁 속 같은 원초적 동일성의 공간일 것이다. 사회적 상징체계에 편입
되어 그 언어를 배우면서 우리는 이 공간을 망각한다. 그러나 우리들

6) 문장사판 전집 1권, p.192.

무의식 속에는 이 공간에 대한 욕망이 항상 내재되어 있다. 김춘수는
그의 무의식 속에 내재된 이 공간에 대한 지향을 그의 시적 원형으로
삼는다.

> 壁이 걸어오고 있었다.
> 늙은 홰나무가 걸어오고 있었다.
> 한밤에 눈을 뜨고 보면
> 濠洲 宣敎師네 집
> 廻廊의 壁에 걸린 靑銅時計가
> 겨울도 다 갔는데
> 검고 긴 망토를 입고 걸어오고 있었다.
> 내 곁에는
> 바다가 잠을 자고 있었다.
> 잠자는 바다를 보면
> 바다는 또 제 품에
> 숭어새끼를 한 마리 잠재우고 있었다.
> (「처용단장」1부 Ⅰ의 Ⅲ)[7]

유년기의 총체적 기억을 담고 있는 위의 시에서 보듯, 존재론적 시
에서부터 「처용단장」 연작의 무의미시에 이르는 과정에서 그의 시가
궁극적으로 지향하는 것은 바로 유년기의 평화롭던 고향에 대한 기억
에서 유추된, 인간과 사물이 조화롭게 공존하는 원초적 동일성의 세계
이다.

---

7) 문장사판 전집 1권, p.215.

## 2-2. 문학과의 우연적인 만남, 그리고 릴케와의 운명적인 만남

김춘수는 1929년에 당시의 통영읍에서 4, 50리 떨어진 안정의 간이 보통학교에 진학한다. 서너 달 만에 통영공립보통학교로 전학하는데, 시골학교에서 옮긴 영향으로 1학년 때까지는 두각을 드러내지 못했으나, 2학년부터 졸업 때까지 계속 수석을 차지한다. 이 보통학교 시절에 김춘수는 '예수'의 의미를 나름대로 구축한다.

> 男子와 女子의
> 아랫도리가 젖어 있다.
> 밤에 보는 오갈피나무,
> 오갈피나무의 아랫도리가 젖어 있다
> 맨발로 바다를 밝고 간 사람은
> 새가 되었다고 한다.
> 발바닥만 젖어 있었다고 한다.
>
> (「눈물」)[8]

보통학교 5학년 때 김춘수는 동급생이면서 자신보다 나이가 많고 덩치도 큰 아이를 접한다. 그 아이는 가난해서 "늘 무르팍을 드러낸 베잠방이"를 입고 있었으며, "무릎 밑 노출된 아랫도리에는 바윗빛이 된 때가 엉기고 굳어져 그것 자체가 이미 살갗이 돼버린 듯"하여, 마치 "오갈피나무의 껍질"을 보는 듯했다. 그런 아이를 보면서 김춘수는 "갈릴리 호수를 맨발로 걸어갔다."는 예수의 기적을 떠올리고, 그 예수가 그 아이의 바윗빛 때를 말끔히 씻어주는 기적이 일어나기를 바

---

8) 문장사판 전집 1권, p.213.

란다9). 이러한 심리는 가난한 그 아이에 비해 만석꾼네 집의 손자인 자신의 위치에 대한 부끄러움에서 비롯된 것이다. 그리고 이 부끄러움이라는 심리적 콤플렉스를 극복할 수 있는 매개물로서 '예수'를 받아들이고 있는 것이다. 곧 김춘수에게 있어서 '예수'는 종교적 신앙의 대상이 아니라, 그의 삶에 있어서 심리적 콤플렉스를 극복할 수 있는 여러 방법론적 매개물 중의 하나인데, 그가 훗날 역사 허무주의에 빠졌을 때에도 '예수'는 매개물로 등장한다.

1935년에 보통학교를 졸업하면서, 졸업식 때 졸업생을 대표해 답사를 하고, 경상남도 도지사 표창을 받는다. 졸업 후 경성으로 유학을 하여 5년제 경성공립제일고등보통학교(4학년 때 경기공립중학교로 교명이 바뀜)에 입학한다. 당시 김춘수를 비롯한 3형제가 모두 경기중학교를 졸업하거나 다녀 '수재집안'으로 알려져 신문에 화제기사가 실리기도 한다. 그러나 그는 불편한 하숙생활 등으로 인한 여러 가지 상황으로 인해 학교에 적응하지 못한 채 방황하면서 1년을 보냈고, 급기야 형편 없는 성적을 받게 되면서 선친으로부터 심한 꾸지람을 듣는다10). 2학년 재학 때 선친이 4남매의 교육을 위해 경성부 종로구 명륜동 3가 72-6으로 이사를 하면서 그는 하숙생활을 청산한다. 이 때 본적도 서울로 옮겼으며, 통영에는 조모를 비롯한 일부 가족들이 남는다.

중학교 시절 김춘수는 농구 선수를 한동안 하였고, 또 학년대표로 육상 단거리 선수를 지내기도 하였다11). 그러면서 영화에도 심취하였다. 보통학교 때부터 이미 무성영화시대의 미국배우들을 알고 있던 그는 중학교 시절 학교를 까먹고 극장에 아침부터 틀어박혀 프랑스 영

---

9) 『꽃과 여우』, pp.57~63.
10) 『꽃과 여우』, p.66.
11) 문장사판 전집 3권, p.194.

화를 즐겨보기도 했으며, 영화잡지 『영화지우』를 애독하기도 했다. 영화에 대한 이러한 심취는 동경 유학시절을 거쳐 운명을 달리하기 직전까지 지속되었다. 그가 영화에 이토록 심취한 것은 앞서 '예수'를 받아들인 것과 동일한 이유에서이다. 그것은 고희를 넘어선 시인이 영화 심취 이유를 밝힌 다음 대목에서 확일할 수 있다.

> 영화는 또 하나의 꿈이요 꿈은 카타르시스다. 일본의 시대극과 미국의 서부극은 나에게는 제2의 현실이었다. 나는 요즘 스티븐 스필버그의 영화를 보면서 내가 60년도 전에 생각하고 있었던 넌센스 영화가 이제야 나타났구나 하는 감회를 새삼 가져보곤 한다. 그렇다. 투명 인간과 같은 인물, 나는 다 보면서 남은 나를 보지 못한다. 배트맨과 같은 인물, 하늘을 날고 빌딩의 벽을 뚫고 내닫는다. 아무도 그를 붙잡지 못한다. 그런 초인들, 그리고 「쥐라기 공원」과 같은 환상세계. 그런 것들이 모두 한때 내가 혼자서 보고 있었던 내 망막의 스크린이었다. 나는 60년도 앞질러 그런 영화를 만들고 있었다. 그것은 넌센스의 센스다. 내가 어려서부터 성서에 나오는 예수의 기적에 관심을 가지게 된 것도 이와 궤를 같이 한다. 12)

김춘수에게 있어서 영화는 예수처럼 부조리한 현실을 극복할 수 있는 하나의 방법적 매개물이다. 훗날 그가 릴케를 통해 시를 쓰게 되면서 러시아 문학에 경도되고, 급기야 도스토예프스키에까지 이르게 되는 것 역시 현실을 극복하고자 하는 방법적 매개물 찾기의 연속선상에 놓여 있다.

김춘수는 졸업을 석 달 앞두고 1939년에 중학교를 자퇴한다. 무슨

---

12) 『꽃과 여우』, p.116.

특별한 이유가 있어서라기보다도, 졸업을 앞두고 닥친 걷잡을 수 없는 불안감과 4년 수료면 고등학교나 대학예과는 지원할 자격이 있다는 계산착오에서였다13). 결국 그 해 입시를 놓치고, 북경으로 갈까 하다가 그 해 11월에 일본 동경으로 건너가 간다에 있는 학원에서 적당한 고등학교를 목표로 수험준비를 한다. 그는 "전공을 꼭 무엇을 하겠다는 생각없이 그저 선친이 권한 법학을 해볼까 하는 막연한 생각"을 가지고 있던 중, 그의 인생에 있어서 결정적인 전환의 순간을 맞는다. 그러니까 1940년 4월 초순경 동경 神田이란 곳에서 N大(일본대학)의 예술과 전문부 예과에 다니던, 사각모를 쓴 옛 벗을 만나, 그곳 대학이 4년 수료자를 위해서 전문부에 예과를 두고 있다는 것을 알고 간단한 테스트를 거쳐 그 대학 창작과에 입학을 한다. 부유한 집안에서 태어나 여리고 곱게 자란 김춘수는 그의 일생에 있어서 일대전환이 되는 이 일을 계기로 문학에 발을 디디게 된다. 이 무렵 그의 문학에 절대적 영향을 끼치게 되는 릴케와 운명적으로 만난다.

　　18歲 때의 늦가을이다. 나는 日本 東京 神田의 大學街를 걷고 있었다. 그 거리는 한쪽 편이 왼통 古書店으로 구획져 있었다. (중략) 즐비한 古書店들의 어느 하나의 문을 들어서자 서가에 꽂힌 얄팍한 책 한 권을 나는 빼어들었다. 書冊들에서 풍기는 퀴퀴한 냄새와 크고 부피있는 유럽의 辭典類에 압도되어 나는 그 아주 가벼운 重量의 책을 빼어들었을 것이다. (중략) 하숙집에서 포장을 풀고 내가 사온 책을 들여다 보았다. 라이너 마리아 릴케라는 詩人의 日譯 詩集

---

13) 문장사판 3권, p.186. 그런데 『꽃과 여우』에서는 두 가지 이유 때문인 것으로 제시되어 있다. 첫 번째 이유는 상급학교 진학에 대한 매력이 떨어지면서 "왜 나는 지금 여기서 이러고 있는가 하는 서먹서먹함과 고독감" 때문이다. 두 번째 이유는 5학년 때 담임인 이토라는 일본인 영어교사와의 불화 때문이다. pp.77~79.

이었다. 내가 펼쳐본 첫번째 詩는 다음과 같다.

> 사랑은 어떻게 너에게로 왔던가
> 햇살이 빛나듯이
> 혹은 꽃눈보라처럼 왔던가
> 祈禱처럼 왔던가
> —말하렴!
>
> 사랑이 커다랗게 날개를 접고
> 네 꽃피어 있는 靈魂에 걸렸읍니다.

이 詩는 나에게 하나의 啓示처럼 왔다. 이 세상에 詩가 참으로 있구나! 하는 그런 느낌이었다. 릴케를 통하여 나는 詩를 (그 存在를) 알게 되었고, 마침내 詩를 써 보고 싶은 충동까지 일게 되었다. 14)

릴케와의 만남을 통해 김춘수는 시의 존재를 알게 되고, 이후 릴케와 관련된 것은 전부 섭렵한다. 이 릴케는 그의 초기시인 존재론적 시에 결정적인 영향을 미친다.

김춘수의 문학에 또 다른 영향을 미친 것이 당시 일본대학 예술학원 창작과에서 강의를 하던 하기하라 사쿠타로 교수의 시론 강의와 중견 소설가로 영어를 가르치던 이토 세이의 강의였다. 40대의 1급 시인으로 시론을 강의하던 시간강사인 하기하라는 강의 준비 없이 즉흥적으로 강의를 하였는데, 가령 봄날 창문을 열고 '구름'이라는 제목을 내세운 뒤 그것과 관련이 있는 문학작품을 생각나는 대로 강의하였다.

---

14) 문장사판 전집 2권, p.358.

이로부터 김춘수는 문학을 이론적으로 하기보다는 즉흥적으로 하는 것, 곧 강의식 수사나 이론이 아니라 시적인 수사가 옳다는 것을 배운다. 또 동경 상과대를 졸업하고 영어 교양과목을 맡아 에드거 앨런 포우의 소설을 영어원서로 강의한 이토 세이로부터 분석적이고 조직적인 두뇌훈련을 받는다.[15]

릴케와의 만남, 그리고 하기하라와 이토 세이로부터 입은 영향 하에서 김춘수는 시인이 되기 위해 상당한 습작을 하였고 그 중의 두세 편은 고국의 신문학예란에 투고기재되기도 하였다. 그러던 중, 뜻하지 않게 그의 인생에서 가장 고통스러웠던, 그리고 이후 그로 하여금 역사 허무주의로 빠지게 만든 불행한 사건에 휩쓸린다.


## 2-3. 역사의 폭력에 대한 체험과 그 부정

1942년 12월 겨울방학을 맞이하여 동경 세나가야의 하숙에서 귀향할 짐을 꾸리던 김춘수는 요코하마 헌병대 소속 헌병보인, 한국인 동포로 서북 사투리를 쓰던 安에게 끌려간다. 그 이전 겨울방학을 앞두고 호기심으로, 또 귀성여비도 마련할 겸, 나가사끼에서 화물선 하역 작업을 하는 동포 학생 두 사람을 따라 하역작업에 참여하였다. 작업 도중 휴식시간에 安의 유도심문에 말려 총독정치와 대동아전쟁의 양상, 그리고 일본천황에 대한 불경한 소리를 지껄이게 된다. 그것이 화근이 되어 불경죄로 헌병대에 끌려가 약 한 달간, 그리고 세다가야 署 감방에서 육 개월간 유치되었다가 여름을 바라보며 출감한다. 이 일로

---

15) 이 부분은 1995년 시인과의 대담을 통해 밝혀진 것인데, 『꽃과 여우』에 그 내용이 실려 있다. 이 책에는 대담 때에는 언급하지 않던 쿠노 토요히코 교수에 대한 기록이 있는데, 김춘수에게 큰 영향을 미치지 않은 것으로 되어 있다. pp.99~103.

학교에서 퇴학을 당하고 일본경찰에 의해 부산 수상서까지 수갑이 채워진 채 호송당한다. 이후 그는 '不逞鮮人'이라 낙인 찍혀 해방 때까지 숨어살게 된다. 그러면서 그는 1944년 부인 明淑瓊과 중매 결혼을 한다.

김춘수는 일제말기에 겪은 이 체험과 한국전쟁의 체험으로 인해 '역사=이데올로기=폭력'이라는 인식을 갖는다. 이 인식이 그를 역사 허무주의에 빠지게 만들고, 그것이 1960년대 말 이후의 그의 시작 방향을 결정짓는다.

> 나는 역사의 의지라는 것을 생각하게 되었다. 역사는 선한 의지도 가지고 있을는지 모르나 나에게는 악한 의지만을 보여 주었다. 나는 역사를 악으로 보게 되고 그 악이 어디서 나오게 되었는가를 생각하게 되자 이데올로기를 연상하게 되고, 그 連想帶는 마침내 폭력으로 이어져갔다. 나는 폭력·이데올로기·역사의 삼각 관계를 도식화하게 되고, 차츰 역사 허무주의로, 드디어 역사 그것을 부정하는 지경에 이르게 되었다.[16]

일제말기와 한국전쟁의 체험으로 인해 역사 허무주의에 빠지는 과정과 릴케를 통해 알게된 러시아 문학에의 경도는 일의 선후를 떠나 김춘수의 시세계 형성에 밀접한 상관관계를 가지는 듯하다.

> 릴케로 하여 촉발된 러시아와 슬라브 민족에 대한 호기심은 나로 하여 러시아 문학과 러시아 사상을 탐색하는 쪽으로 이끌어갔다. (중략) 니콜라이 베르댜예프는 지금껏 나를 괴롭히는 사상가 중의

---

16) 민음사판 전집, p.521.

한 사람이다. 그가 프랑스로 망명하여 30년대에 쓴 책인『현대에 있어서 인간의 운명』에는 <여태까지는 역사가 인간을 심판했지만 이제부터는 인간이 역사를 심판해야 한다>는 말이 나온다. 이 말은 지금도 내내 화두가 되고 있다. 역사의 이름으로 개인으로서의 나는 심한 시달림을 받았다. 레온 세스토프의 책에는 <천사는 전신이 눈으로 돼 있다>는 말이 나온다. 이 말도 아직까지 화두가 되고 있다. 내 속에도 천사가 있다. 그가 나를 보고 있다. 그에게 보이고 있는 괴로움으로부터 나는 벗어나지 못하고 있다. 그의 책『허무로부터의 창조』는 19세기 말 러시아의 허무주의가 어디서 왔는가를 체호프의 문학을 해설하면서 밝혀내고 있다. 유럽의 합리주의가 그 원흉이 되고 있다.[17]

김춘수에게 있어서 역사에 대한 부정은 유럽의 합리주의에 대한 부정으로 이어진다. 그가 훗날 주창한 무의미시도 유럽의 합리주의에 입각한 이성적 사고와 이성적 글쓰기의 부정에 해당된다는 점을 염두에 둘 때, 역사 허무주의와 러시아 문학은 김춘수 시세계를 형성하는 데 중요한 역할을 하고 있는 것으로 판단된다.


## 3. 존재론적 고독과 그 본질에 대한 탐구

해방을 맞이하여 김춘수는 그의 고향에서 청마 유치환 선생을 만나면서 본격적인 시작 활동을 전개한다. 1945년 통영에서 유치환, 윤이상, 김상옥, 전혁림, 정윤주 등과 통영문화협회를 결성해 근로자를 위한 야간 중학과 유치원을 운영하면서 연극, 음악, 문학, 미술, 무용 등

---

17)『꽃과 여우』, p.104.

의 예술운동을 한다. 또한 극단을 만들어 연기자로 경남지방 순회공연을 하기도 한다. 1946년 그는 통영중학교 교사로 부임하여 1948년까지 근무한다. 이 무렵 그는 1946년 9월에 나온 『해방 1주년 기념 사화집』에 시 「哀歌」를 발표한 이후, 『죽순』, 『백민』, 『예술신문』, 『영문』 등에 시를 본격적으로 발표하면서, 통영에서 유치환, 윤이상, 전혁림과 거의 매일 만난다. 1946년 歲暮에 청마 선생의 주선으로, 그때 마산에 살던 신진들인 조향, 김수돈과 함께 동인 사화집 『魯漫派』 제1집을 발간한다. 이 사화집은 제2집부터 김수돈이 탈퇴하고 조향의 盡力으로 2인 사화집으로 꾸며졌고, 제3집을 마지막으로 폐간된다.

김춘수는 어린시절부터 유치환과 특별한 인연을 맺은 적이 있다. 김춘수가 유치원생일 때 그를 가르치던 여선생이 결혼을 했고, 그때 김춘수는 들러리를 섰는데, 그때의 신랑이 유치환인 것이다. 이런 인연으로 김춘수는 유치환과 같이 많은 일을 했지만, 김춘수는 유치환의 인격과 시관에 대해 부정적인 입장을 가지고 있었다.

나는 청마 곁에 있으면서도 청마의 시 세계는 어쩐지 거북하기만 했다. 너무 굳어 있어 보이고 너무 존엄해 보이기도 하고 간혹은 반대로 너무 낯이 간지럽기도 했다. 나는 아직 얼굴을 보지도 못한 시인들, 미당이나 목월, 지훈, 두진 등 『청록집』을 낸 3가(家) 시인들의 시 세계에 훨씬 더 친근감을 느꼈다. 나는 이들의 시를 모범으로 습작을 새로 시작했다. 이리하여 나는 40년대 후반의 몇 해를 아류의 시를 쓰고 있었다. 1948년에 낸 내 첫 시집인 『구름과 장미』에 실린 시들의 거의 반쯤은 어린 시들이다.[18]

18) 『꽃과 여우』, p.214.

1948년 9월에 "詩作에 있어서 槪念的 用語 乃至 表現을 避하고 말을 精鍊함으로써 그로 構成되는 분위기로서 音樂이 音樂의 세계를 이루듯 시의 세계를 이루려는 노력이 현저함"이라는 유치환의 서문을 단 첫 시집 『구름과 장미』(행문사)를 통영에서 자비로 출간한다. 첫 시집에 대해 박목월은 신문에 간곡한 신간평을 해주고, 병석에 있던 조지훈은 재미있게 보았다는 엽서를 보내주는 바19), 이에 김춘수는 상당히 고무된다. 1949년 마산중학교로 자원해 전근을 하면서 주거지를 마산시 중성동 58번지로 옮기고, 1951년까지 근무한 뒤, 1951년부터 1952년까지 마산고등학교에 재직하는데, 이 때 김수돈, 정진업, 김세익 등과 가깝게 교우한다.

1949년 두 번째 시집의 서문을 얻기 위해 서울로 서정주를 방문한다. 당시 시집을 내면서 선배들의 서문을 받는 것이 통례라, 그 해 겨울 세모에 미당이 자주 가는, 손소희가 경영하는 명동의 '마돈나'에서 서정주를 만난다. 키가 작고 헤어진 중절모에 땟국에 찌던 까만 두루마기를 입은 서정주는 술에 만취가 되어 있었고, 김춘수는 시집에 대한 서문을 부탁하고 허락을 받은 뒤 귀경한다. 1950년 3월에 "前著 『구름과 薔薇』에 比하야 越等한 進境이나 飛躍을 뵈이고 있는 것은 아니라."는 서정주의 서문을 단 두 번째 시집 『늪』(문예사)을 상재한다.

1950년 한국전쟁을 통해 김춘수는 일제말기에 당한 역사의 첫 번째 폭력에 이어 두 번째 폭력을 체험한다. 6·25가 일어나자 그는 마산 근교 안성의 조그마한 마을로 피난을 갔다가 그 곳이 되레 위험해 다시 마산으로 되돌아온다. 실제 마산은 전쟁터는 면했지만, 김춘수는 전쟁으로 인해 식솔들을 이끌고 피난을 떠나면서 이데올로기의 등쌀을 몸

---

19) 문장사판 전집 2권, p.350.

소 체험한다. 전쟁 기간의 답답하고 초조한 날들을 보내며 그 심정을 토로한 시들을 묶어 세 번째 시집 『旗』(문예사)를 출간하는데, 그 후기에 김춘수는 "나는 나의 모든 어지러운 생각을 整頓해 가야만 했다. 이런 素描의 形式으로라도 나는 나를 未來에로 建設해 가야만 했다."고 적고 있다.

1952년 진주에서 설창수, 구상, 이정호, 김윤성 등과 시동인 『시와 시론』을 결성한다. 이 동인지는 대구의 언론계에서 일하던 구상이 주재하였는데, 단 한 호만 내고 폐간된다. 여기에 김춘수는 시 「꽃」과 함께 첫 산문인 「시 스타일론」을 발표한다. 1953년 4월에 네 번째 시집 『燐人』(문예사)을 로댕의 데생을 복사해서 표지장정으로 삼고 등사판으로 제본까지 손수하여 출간한다. 1954년 3월에는 기존 시집에서 가려 뽑은 작품을 시선집 『第一詩集』(문예사)으로 묶어 간행하고, 그 해 9월에 『세계근대시감상』을 간행한다. 1956년 5월에는 부산대 강사 시절에 제자인 고석규의 발의로 유치환, 김현승, 송욱, 고석규 등과 동인지 『시연구』를 간행하였지만, 고석규의 타개로 창간호에 그치고 만다. 부산대학교, 해군사관학교 등에 출강하던 김춘수는 그 동안 『문학예술』에 연재해 오던 글을 모아 첫 시론집인 『한국현대시형태론』(해동문화사)을 1958년 10월에 상재하고, 그 해 12월에 제2회 한국시민협회상을 수상한다.

1959년 4월에 문교부 교수자격 심사규정에 의해 김춘수는 국어국문학과 교수자격을 인정받는다. 이 일은 일제 때 '불령선인'으로 낙인찍혀 영어(囹圄)생활을 하고 학교를 퇴학당하면서 입은 정신적 상흔을 어느 정도 치유해준다. 1959년 6월에 존재론적 시계열의 완성태인 다섯 번째 시집 『꽃의 소묘』(백자사)를 상재하고, 이 시집과 동일한 내용을 담고 있는 여섯 번째 시집인 『부다페스트에서의 소녀의 죽음』(춘조사)을 11월에 상재하면서 30대의 시작 활동을 일단락짓는다. 더불어 그해 12월에 제7회 자유아세아문학상을 조병화와 함께 수상한다.

첫 시집 『구름과 장미』에서 다섯 번째 시집인 『꽃의 소묘』로 이어지는 30대의 시작 과정은 릴케에의 경도를 완연히 드러내면서 존재의 본질을 탐구한 시기라 할 수 있다. 한마디로 이 시기의 시들은 가시적인 존재의 배후에 숨어 있는 비가시적인 존재, 곧 "얼굴을 가린 나의 新婦"(「꽃을 위한 序詩」)의 본질을 탐구해 들어간 시기이다. "꽃처럼 곱게 눈을 뜨고, 不毛의 이 땅바닥을 걸어가 보자"(「序詩」)로 시작되는 첫 시집 『구름과 장미』에서, "눈 뜨면/물 위에 구름을 담아 보곤/밤엔 뜰 薔薇와/마주 앉아 울었노니"(「구름과 장미」)라고 하는 바, 여기서 구름과 장미는 다음과 같은 의미를 갖는다.

> 구름은 우리에게 아주 낯익은 말이지만, 장미는 낯선 말이다. 구름은 우리의 古典詩歌에도 많이 나오고 있지만, 장미는 전연 보이지가 않는다. 이른바 舶來語다. 나의 내부는 나도 모르는 어느 사이에 작은 금이 가 있었다. 구름을 보는 눈이 장미도 보고 있었다. 그러나 구름은 감각으로 설명이 없이 나에게 부닥쳐왔지만, 장미는 관념으로 왔다. (중략) 장미를 노래하려고 한 나는 나의 생리에 대한 반항으로 그렇게 한 것이 아니라, 그것은 하나의 이국취미에 지나지 않았다.[20]

'고전=감각=구름'과 '이국취미=관념=장미'의 대칭이 첫 번째 시집을 지배한다. 구름으로 상징되는 전통적인 것에 대한 탐구는 「歸蜀

---

20) 문장사판 전집 2권, pp.381~382.

途 노래」,「밝안祭」 등으로, 장미로 상징되는 이국취미는「禮拜堂」,「窓에 기대어」,「막달아 마리아」 등으로 나타난다. 이후 두 번째 시집을 거치면서 구름은 서정주와 유치환의 시적 영향으로 구체화되고, 장미는 릴케에로의 지향성으로 나타나는데, 점차 김춘수는 장미의 상징성을 통해 존재의 본질을 탐구해 들어간다. 이러한 지향성은 "廣大無邊한 이 天地間에 숨쉬는 것은/나 혼자뿐이다"(「밤의 詩」)라는 존재의 본질적인 고독감 때문이다. 이 고독감은 전쟁으로 표상되는 현대의 부조리한 세계에서 "密林을 잃은 草原을 잃은/어쩌노 우리들의 살결은 造花의 生理를 닮아"(「집(2)」)가는 존재에 대한 인식에서 비롯된다. "하늘과 땅의 永遠히 잇닿을 수 없는 相剋의 그 들판에서 조그만한 바람에도 前後左右로 흔들리는 運命"(「갈대」)에 처해있는 존재의 위기를 극복하기 위해서는 존재가 평화롭게 공존할 수 있는 존재의 본질적인 공간, 하이데거적인 의미로 '존재의 집'을 지향해야 한다. 그 본질적 공간에 대한 지향이 '장미'라는 유추를 거쳐 "알프스의 山嶺에서 외로이 쓰러져 간 라이나 마리아 릴케의 旗"(「旗」)로 표상되고, 그 旗는 다시 '꽃'이라는 정서적 감각물로 변용되면서 꽃을 소재로 한 일련의 시들을 통해 존재의 본질을 탐구해 들어간다. 이 과정을 김춘수 스스로 다음과 같이 압축적으로 요약해놓고 있다.

> 나는 나의 관념을 담을 類推를 찾아야 했다. 그것이 장미다. 이국취미가 철학하는 모습을 하고 부활한 셈이다. 나의 발상은 서구 관념철학을 닮으려고 하고 있었다. 나도 모르는 사이 나는 플라토니즘에 접근해 간 모양이다. 이데아라고 하는 非在가 앞을 가로막기도 하고 시야를 지평선 저쪽으로까지 넓혀 주기도 하였다. 도깨비와 귀신을 나는 찾아 다녔다. 先驗의 세계를 나는 遊泳하고 있었다.[21]

　이러한 존재의 본질탐구를 통해 김춘수가 궁극적으로 도달하고자
한 것은 그의 시적 원형을 이루는 유년기의 평화롭던 동일성의 공간
이다. "始源의 衝動"(「最後의 誕生」)으로 명명될 수 있는 그 곳은 "우리
들 두 눈에/그득히 물결치는/시작도 끝도 없는/바다"(「능금」) 혹은 "草
綠의 샘터에/빛 뿌리며 섰는 黃金의 나무"(「죽음」)가 있는 곳이다.


## 4. 타령조에서 처용단장으로 이어지는 무의미시의 추구

### 4-1. 타령조와 언롱

　1960년에 김춘수는 마산의 해인대학(현 경남대학교)에 조교수로 발령
받게 되고, 이듬해 4월에 경북대학교 문리과대학 국어국문학과 전임강
사로 발령받는다. 당시 문리과대학 학장인 하기락 교수의 주선으로 전
임강사가 된 경북대학에서 김춘수는 근 20년을 재직하는데, 처음에는
대구시 매당동에서 거처를 하다가 후에 만촌동으로 집을 옮긴다. 그는
이 대학에서 후진양성뿐 아니라 많은 시인들을 길러냈고, 문단에서는
순수시의 이론과 이 계열의 작품에 지대한 영향력을 미친다. 이후 1981
년 대학을 떠날 때까지 김춘수의 삶은 대학교수로의 강의와 후진양성
에 주력하였고, 간혹 고향인 통영을 왕래하면서 옛 고향에 대한 아련
한 추억을 떠올리기도 하는, 어쩌면 시인으로서는 단조로운, 대학교수
로서는 당연한 생활을 한다.
　그러나 안정되고 단조로운 생활과는 달리 이 시기의 그의 시는 엄

---

21) 문장사판 전집 2권, p. 383.

청난 질적 변화를 감행한다. 1961년 6월에 시론집『詩論』(문호사)을 간행하고, 1963년에는『현대문학』6월 호에 단편소설「처용」을 발표한 후, 1966년에는 경상남도 문화상을 수상한다. 여섯 번째 시집 이후 근 10년 만인 1969년 11월에 나온 일곱 번째 시집인『打令調 其他』는 1959년부터 1969년까지 발표한 시들을 모아 묶은 것이다. 이 시집에서부터 김춘수는 무의미시로 진입한다.

1959년 12월에『사상계』에 타령조 연작을 발표하기 전, 김춘수는 관념공포증에 걸린다.『부다페스트에서의 소녀의 죽음』에서 "言語는 말을 잃고/잠자는 瞬間,/無限은 微笑하며 오는데/茂盛하던 잎과 열매는 歷史의 事件으로 떨어져 가고,/그 銳敏한 가지 끝에/明滅하는 그것이/詩일까,"(「裸木과 詩 序章」)라는 회의를 표명하면서, 김춘수는 "어떤 관념은 시의 형상을 통해서만 표시될 수 있다는 것을 눈치 챘고, 어떤 관념은 말의 피안에 있다는 것도 눈치"챘다. 곧 존재론적 시를 쓸 때에는 "세상 모든 것을 還元과 第一因으로 파악해야 하는 집념의 포로"가 되어 있었는데, 이제는 그런 시작 방법으로는 "실재를 놓치고 감각을 놓치고 지적으로는 불가지론에 빠져들어 끝내는 허무를 안고 딩굴 수밖에 없다는 것"22)을 깨닫는다.

한계에 부딪친 존재론적 시에 대한 지양태가 바로 관념과 대상으로부터의 자유라는 무의미시(Nonsence Poetry)이고, 그 첫 실험이「타령조」연작에 나타나는 음악성(타령조와 言弄이라는)의 강조이다. 타령조와 언롱에 의한 음악성의 강조는 기존의 시적 담론체계의 파괴를 동반한다. 곧 사회적 상징체계의 말을 파괴하고 그 피안을 탐구해 들어가려는 시가 무의미시다. 말의 피안은 무의식의 영역이며, 그곳에는 유년기에

---

22) 문장사판 전집 2권, p.383.

각인된 원초적 동일성의 공간이 내재해 있다. 그 공간에 대한 지향성을 무의식의 언술을 통해 드러내면서 점점 그 무의식 속으로 깊숙이 진입해 들어가는 과정이 그의 무의미시의 전개과정이다.

## 4-2. 역사 허무주의자와 처용, 그리고 서술적 이미지

음악성을 강조함으로써 의미를 배제하려는 그의 무의미시는 1969년 4월 『현대시학』 제1집에 「處容斷章 1」을 발표하면서 「처용단장」 연작시로 연결되어 한층 구체화된다. 1972년에 시작법보다는 이론에 중점을 둔 대학교과서용 시 이론서 『시론』(송원문화사)을 출간한 후, 1974년 시선집 『처용』(민음사)에 「처용단장」 제1부를 실어 발표한다. 「처용단장」 제1부를 13개월에 걸쳐 13편의 단장으로 쓰면서 그는 위를 반이나 잘라내는 대수술을 받기도 한다. 1976년 5월에 수상집 『빛속의 그늘』(예문관)을, 8월에는 시론집 『의미와 무의미』(문학과지성사)를, 그리고 11월에는 「처용단장」 제2부를 담은 시선집 『김춘수 시선』(정음사)을 간행함으로써 무의미시를 일층 깊게 탐구해 들어간다.

「처용단장」 연작은 다음 두 가지 측면에서 비롯된 것으로 추론된다. 첫째, 당시의 김수영의 시적 행로에 대한 김춘수의 라이벌 의식과 관련이 있는 것으로 보인다. 처음에 모더니즘 시를 쓰던 김수영이 4·19 이후 역사와 현실참여를 외치면서 참여문학으로 진입하자, 타령조 연작을 통해 무의미시를 추구하던 김춘수는 심한 좌절감을 느낀다.

이 무렵, 국내 시인으로 나에게 압력을 준 시인이 있다. 故 김수영씨다. 내가 타령조 연작시를 쓰고 있는 동안 그는 만만찮은 일을 벌이고 있었다. 소심한 기교파들의 간담을 서늘케 하는 그런 대담한

일이다. 김씨의 하는 일을 보고 있자니 내가 하고 있는 試驗이라고
할까 練習이라고 할까 하는 것이 점점 어색해지고 무의미해지는 것
같은 생각이었다. 나는 한동안 붓을 던지고 생각했다.[23]

이후 김춘수는 김수영과 『한국문학』의 집필동인으로 같이 활동하지
만, 아마도 그는 김수영을 넘어서는 방법을 찾으려 무척이나 고심했던
같다. 김수영이 걸어가는 현실참여의 길이 아닌 길에서 김수영과 맞설
수 있는 방법으로 택한 것이 "역사주의 세계관을 배척하는 신화적, 윤
회적 세계관의 기교적 실천이요 놀이"[24]인 「처용단장」이다.

둘째, 1960년대 말부터 찾아온 역사 허무주의이다. 일제 때의 감옥
체험과 한국전쟁, 그리고 4·19를 거치면서 1960년대 후반부터 그는
"현실무감증 현상이 노출되고 역사에 대한 회의가 생기면서 이기적인,
도피적인, 또는 방관자적인, 무관심주의적인 상태"[25]에 빠진다. 그는
현대를 "폭력과 성행위의 애너키즘"이라 파악하고, '역사=이데올로기
=폭력'의 삼각관계에 무방비로 노출된 개인의 숙명에 고민한다. 그것
을 심리적으로 극복하기 위해 그는 "극한에 다다른 고통을 견디며 끝
내는 춤과 노래로 달래 보는 인고주의적 해학"[26]을 택한다. 그것이 「처
용단장」 연작시이다.

'처용'에는 김춘수의 유년기가 투영되어 있다.

處容은 어떻게 나에게로 왔을까? 그는 東海龍의 아들이다. 그렇
다. 나는 바다가 되어 버린 것이다. 동해가 아니라, 한려수도로 트이

23) 문장사판 전집 2권, p.351.
24) 민음사판 전집, p.524.
25) 민음사판 전집, p.520.
26) 문장사판 전집 2권, p.574.

는 남쪽 바다. 다도해. 봄에 유자가 익고, 겨울에 죽도화가 피는 그
러한 바다. 바다는 자라고 있었고 자라는 동안 죽기도 하고 깨어나
기도 했다. 죽은 바다를 어떤 사나이가 한쪽 손에 들고 있기도 하고,
山茶花가 질 무렵, 다 자란 바다가 발가벗고 내 앞에 드러눕기도 했
다. 발가벗은 바다의 가장 살찐 곳에 山茶花가 지기도 하고, 어떤
때는 크나큰 해바라기 한 송이가 져서는 점점점 바다를 다 덮기도
했다.27)


　김춘수의 무의식 속에 고스란히 살아있는 유년기의 그 평화롭던 고
향, 바다와 하늘, 인간과 사물, 꿈과 현실이 조화롭게 공존하는 그 원
초적 동일성의 공간의 산물인 처용을 통해 김춘수는 역사와 이데올로
기의 폭력을 고발한다. "처용은 역사에 희생된 개인이고 역신은 역사
이다. 이 때의 역사는 역사의 악한 의지 즉 악을 대변한다."28) 곧 처
용연작은 "개인을 파괴하는 역사의 악 또는 이데올로기의 악을 내 자
신의 경험과 처용을 오버 랩시키면서 드러내려고 한 것"이다.

　"고전의 현대화를 통한 신화적 세계"에의 탐구라 할 수 있는 처용
연작을 통해 김춘수가 궁극적으로 지향하는 것은 처용이 아무런 상처
를 받지 않고 평화롭게 살아갈 수 있는 원초적인 동일성의 공간이다.
궁극적인 지향점은 동일하면서도 「처용단장」 제1부와 제2부는 그 시
작 방법론에서 특질을 달리한다.

　『타령조 기타』에서 추구되던 음악성을 통한 의미배제는 「처용단장」
제1부에 이르러 묘사연습으로 이어져 시에 있어서의 관념의 배제로
연결된다. 관념의 배제는 서술적 이미지의 추구로 구체화된다. 그는

27) 문장사판 전집, 2권, p.575.
28) 민음사판 전집, p.523.

이미지를 서술적 이미지와 비유적 이미지로 구분한다. 전자는 이미지 그 자체가 목적인 이미지이며, 후자는 이미지를 관념의 수단으로 쓰는 불순한 것이다. 따라서 관념배제를 위한 이미지는 전자의 이미지로, 그것은 "묘사된 어떤 상태만을 인정하되 그 상태에 대한 판단(관념의 설명)은 삼가"하는 이미지이다. 여기서 그는 다시 서술적 이미지를 두 가지로 나누고, 그 중 시와 대상과의 거리가 없어진 서술적 이미지에 의한 시를 무의미시로 채택한다. "현대의 무의미시는 대상을 놓친 대신에 언어와 이미지를 실체로서 인식하게 되었다고 할 수 있다."[29]

그에 의하면, 시란 원래 대상(풍경, 사회, 현실)의 구속을 받아야 그 의미가 있다. 곧 "대상과의 거리가 유지되는 동안 시인은 항상 자기의 인상을 대상에 덮어씌움으로써 대상에 의미부여를 하게 되는 것"이다. 대부분의 시가 그러하다. 그렇다면 김춘수가 주장하는 대상과의 거리가 없어진 무의미시란 무엇인가? 그것은 대상과의 거리가 유지되는 대부분의 시와는 무엇이 다른가?

그것은 바로, 그가 「처용단장」 제1부의 시작 방법론으로 내세운 "인상파풍의 寫生과 세잔느 풍의 추상과 액션 페인팅"[30]이 혼합된 방법론이다. 이 세 가지 방법은 모두 회화에 있어서 기존의 전통적인 방법에 반기를 든 20세기 초의 추상예술에 해당된다. 그러면서 각각은 나름대로의 특성을 지닌다. 인상파의 경우, 그것은 물체의 고유한 색채에 대한 부정, 대상파악의 방법으로서의 윤곽선의 제거를 특징으로 한다. 대상에의 종속에서 색채를 해방시킨 이 인상파에서, 우리는 전통적인 의미에서의 회화의 대상이 서서히 그 중요성을 잃어가게 되는

---

29) 문장사판 전집 2권, p.376.
30) 문장사판 전집 2권, p.387.

맥락을 파악할 수 있다. 그리고 큐비즘의 원조라 할 수 있는 세잔느의 추상은 원근법이라는 일원시점에서 탈피하여 여러 지점에서 볼 수 있는 복수시점을 통하여 분할된 대상을 기하학적으로 재구성하는 방법이다. 한편, 액션 페인팅(Action Painting)은 추상표현주의에 해당되는 것으로, 미국의 플록(Pollock)이 대표적인 인물이다. 이것은 미술의 원천이 무의식에 있다는 초현실주의자들로부터 큰 영향을 받은 것으로, 그 중요한 특징은 '대상을 지운다'는 것이다. 곧 캔버스는 대상의 재현, 재구성, 분석 또는 현실적이며 구체적인 이미지가 있는 어떤 것을 표현하는 장으로서보다는 행위하는 장으로서 의미를 띤다. 어떤 이미지의 추적이 아닌, 행위의 자발성은 그리는 것에의 부단한 함몰을 뜻한다. 창조하는 것 자체가 테마가 되는 플록의 그림은 한마디로 구성주의적인 짜임새를 깨뜨리는 세계, 의식을 벗어난 세계, 의식의 통제를 비껴난 세계로서의 자동기술과 일치한다. 몰아상태에서 지속되는 행위야말로 자동기술에 다름 아니다.

대상으로부터 색채의 해방, 다원시점을 통한 대상의 재구성, 무의식의 자동기술에 의한 창작행위 자체의 드러냄, 이 세 가지 방법론이 혼융된 것이 「처용단장」 제1부의 시작 방법론이다. 따라서 이 방법론에 입각한 서술적 이미지는 이전의 타령조보다 무의식의 언술에 보다 깊이 진입한 형태라 할 수 있다.

사생이라고 하지만, 있는(實在) 풍경을 그대로 그리지는 않는다. 집이면 집, 나무면 나무를 대상으로 좌우의 배경을 취사선택한다. 경우에 따라서는 대상의 어느 부분은 버리고, 다른 어느 부분은 과장한다. 대상과 배경과의 위치를 실지와는 전연 다르게 배치하기도 한다. 말하자면 실지의 풍경과는 전연 다른 풍경을 만들게 된다. 풍경의, 또는 대상의 재구성이다. 이 과정에서 논리가 끼이게 되고, 자유연상이 끼이게 된다. 논리와 자유연상이 더욱 날카롭게 개입하게 되면 대상의 형태는 부숴지고, 마침내 대상마저 소멸한다. 무의미의 시가 이리하여 탄생한다.[31]

## 4-3. 주술적 리듬과 원초적 동일성의 세계로의 지향

대상의 상실은 불안과 허무를 가져온다. 타령조와 언롱을 거쳐 대상과의 거리가 없어진 서술적 이미지에 의한 김춘수의 무의미시의 탐구는 허무에 부딪치게 된다. 그 허무의 초극은 이미지의 초극을 통한 주술적 리듬의 세계로의 진입으로 나타난다. "대상의 철저한 파괴는 이미지의 소멸 뒤에 오는 것"[32]이라는 생각 하에, 그는 '脫이미지'와 '超이미지'를 주장한다.

이미지를 지워 버릴 것. 이미지의 消滅—이미지와 이미지의 연결이 아니라(연결은 통일을 뜻한다), 한 이미지가 다른 한 이미지를 뭉개 버리는 일. 그러니까 한 이미지를 다른 한 이미지로 하여금 소멸해 가게 하는 동시에 그 스스로도 다음의 제3의 그것에 의하여 꺼져 가야 한다. 그것의 되풀이는 리듬을 낳는다. 리듬까지를 지워 버릴 수는 없다. 그것은 無의 소용돌이이다. 이리하여 시는 행동이고 논리다.[33]

이미지의 소멸을 위한 이미지의 되풀이가 리듬을 낳게 되며, 이 리

31) 문장사판 전집 2권, p.387.
32) 문장사판 전집 2권, p.398.
33) 문장사판 전집 2권, p.395.

듬을 타는 것, 곧 "염불을 외우는 것"이 「처용단장」 제2부이다. 이 시에서 과연 주술적 리듬이란 무엇이며, 그 리듬을 통해 궁극적으로 지향하는 바가 무엇인지를 살펴보자.

> 돌려다오.
> 불이 앗아간 것, 하늘이 앗아간 것, 개미와 말똥이 앗아간 것,
> 女子가 앗아가고 男子가 앗아간 것,
> 앗아간 것을 돌려다오.
> 불을 돌려다오. 하늘을 돌려다오. 개미와 말똥을 돌려다오,
> 女子를 돌려주고 男子를 돌려다오.
> 쟁반 위에 별을 돌려다오.
> 돌려다오.                          (「들리는 소리 I」)[34]

　먼저, 시행의 각 문장이 의사소통의 기본골격은 유지하나, 주어가 모두 생략되어 있음을 볼 수 있다. 시적 통사구조에서 주어생략은 흔한 일이지만, 그런 경우 의미전달에 큰 지장을 주지 않는다. 그런데 여기서는 주어가 생략됨으로써 의미전달과 시적 대화에 큰 장애를 초래하고 있다. 이처럼 주어나 문장의 핵심어를 생략하는 경우는 실어증의 한 유형에 해당된다. 이러한 사태는 의식상의 언술(énoncé)에 무의식의 언술이 개입된 형태이다. 무의식은 사회적 상징체계가 그의 욕망을 억압하고 거세시켰다고 느끼고, 그 거세된 욕망을 표출한다. 그 욕망은 무수하기에, 빼앗긴 무수한 욕망의 언술들이 의식의 언술을 뚫고 분출된다. 위 시에서 '~앗아간 것'이나 '~을 돌려다오'에서 '~'에 해당되는 모든 것이 사회적 상징체계에 의해 빼앗긴 무의식의 욕망의

---

34) 문장사판 전집 1권, p.228.

이미지이자, 현실의 대상과의 거리를 소멸한 '서술적 이미지'이다.

다음, 서술적 이미지도 '돌려다오'의 반복(8번)에 의해 소멸된다. 여기서 주목할 것은 '돌려다오'라는 단어가 어형변화를 동반하지 않고 일종의 부정사의 형태로 고정되어 있다는 점이다. 이것은 실어증의 유형 중, 구문규칙을 상실하고 문장을 낱말더미, 곧 一文(one sentence utterance)과 一語文(one word sentence) 형태로 퇴화시키는 인접성 장애의 경우에 해당된다. 인접성 장애는 어린이가 사회적 상징체계에 의해 메타 언어를 배우는 과정의 역순을 취한다. 이것은 기존의 담론체계를 거부하고, 대신 어린아이의 무체계적인 낱말더미의 수준으로 퇴화한 것이다. 그 퇴화의 징표가 '돌려다오'의 부정사적 형태로의 고정이다. 그러한 부정사적인 낱말의 반복은 무의식적 언술의 반복이며, 그 반복이 주술적인 리듬을 낳는다. 주술적 리듬은 소멸된 서술적 이미지보다 실상 무의식적 욕망의 언술에 더 깊숙이 뿌리를 내리고 있다. 그렇다면 이 무의식의 주술적 리듬을 통해 궁극적으로 지향하는 바는 무엇인가?

> 키큰해바라기.
> 네잎토끼풀없고
> 코피.
> 바람바다반딧불.
>
> 毛髮또毛髮. 바람.
> 가느다란갈라짐.        (「들리는 소리 XI」)[35]

완전한 일어문 형태를 취하고 있는데, 일어문은 의식상이 완전히 제

---

35) 문장사판 전집 1권, p. 231.

거되고 무의식적 언술만으로 이루어질 때 가능하다. 따라서 무의식의
욕망이 무엇인지를 이 부분에서 포착할 수 있다. 그 욕망은 '키큰해바
라기/네잎토끼풀', '바람바다반딧불'로 표상되는 사물과 '모발'로 표상
되는 인간이 대립하지 않고 조화롭게 공존하는 원초적 동일성의 공간
이다. 그러나 어머니의 자궁 속 같은 아늑한 공간에 있던 어린아이는
자라면서 사회적 상징체계에 진입하고 그 언어를 배우면서 동일성의
상태가 깨어짐('가느다란갈라짐')을 느낀다.


     잊어다오.
     어제는 노을이 죽고
     오늘은 애기메꽃이 핀다.
     잊어다오. 늪에 빠진
     그대의 蛾眉,
     휘파람새의 짧은 휘파람,
         *
     (중략)
     지렁이가 울고
     네가래풀이 운다.
     개밥 순채,
     물달개비가 운다.
     하늘가재가 하늘에서 운다.
     개인 날에도 울고 흐린 날에도 운다.　(「들리는 소리 XII」)[36]


　'노을', '애기메꽃', '그대의 蛾眉', '휘파람새' 등이 공존하는 동일
성의 공간은 어린이가 사회적 상징체계에 진입하면서 사라진다. '늪에

---

36) 문장사판 전집 1권, pp. 231-232.

빠진다'. 그것을 깨닫는 순간 어린아이는 성장발육을 중지한다. 사회적 상징체계의 언어를 거부한다. 말더듬이 어린아이 상태로 퇴화한다. 일어문과 일문이 그것을 예증한다. 그리곤 동일성의 공간의 상실감으로 '운다'. 울음은 주술적 리듬을 타고 사회적 상징체계의 언술을 파괴하면서 상실된 동일성의 공간에 대한 지향을 강하게 드러낸다. 그 울음은 말더듬이 어린이의 울음이면서, 또한 동일성의 공간을 그리워하는 모든 사물들의 울음이며, 그 울음은 '개인날에도 울고 흐린 날에도 운다'로 지속성을 띤다.

> 울고 간 새와
> 울지 않는 새가
> 만나고 있다.
> 구름 위 어디선가 만나고 있다.
> 기쁜 노래 부르던
> 눈물 한 방울,
> 모든 새의 혓바닥을 적시고 있다. (「들리는 소리  序詩」)[37]

'울고 간 새'는 말더듬이 어린이고, '울지 않는 새'는 말을 배우기 이전의 어머니의 자궁 속의 어린이다. 그 새들이 '구름'(어머니의 자궁) 위에서 만남으로써 원초적인 동일성의 세계에 대한 지속적인 탐구의 지를 표출한다. 나아가 그런 탐구('눈물')가 '모든 새'(모든 인간)의 혓바닥을 적실 정도로 가치 있는 것임을 암시하고 있다.

「처용단장」 제2부에 나타나는 말을 배우기 이전의 어린아이의 발화 태인 주술적 리듬은 타령조와 서술적 이미지보다 훨씬 더 무의식의

---

37) 문장사판 전집 1권, p.228.

언술에 진입해 있다. 이 무의식의 주술적 리듬을 통하여 김춘수가 궁극적으로 지향하는 것은 원초적인 동일성의 공간이다. 그곳은 처용이 폭력을 당하기 이전의 평화로운 저 깊은 바다 속의 공간이며, 시인의 무의식 속에 각인되어 있는, 말을 배우기 이전에 공유하던 아늑하고 평화로운 공간이며, 또한 인류가 궁극적으로 지향해야 할, 인간과 사물이 조화롭게 공존하는 공간이다. 이후 김춘수는 말더듬이 어린아이의 발화단계를 넘어 언어 이전의 단계인 동물의 언어로 「처용단장」 연작을 밀고 들어가는 바, 이는 그가 무의미시를 통해 지향하는 원초적 동일성의 공간에 대한 치열한 천착에서 빚어지는 필연적인 결과이다.

## 5. 무의미시의 극한 탐구, 그리고 도스토예프스키와의 맞섬

### 5-1. 동물의 언어와 무의미시의 극한 탐구

김춘수는 1975년 『한국문학』 3월 호에 시 「이중섭」을 발표하면서, 이후 「이중섭」 연작을 계속 발표한다. 이들을 묶어 시집 『南天』(근역서재)을 1977년 10월에 상재하였고, 그보다 앞서 6월에 시선집 『꽃의 소묘』(삼중당)를 상재한다. 시집 『남천』에 실린 「이중섭」 연작은 「처용단장」 제1, 2부에 나타난, 원초적 동일성의 공간에 대한 지향이 지속되고 있음을 보여주고 있다. 1979년 시론집 『시의 표정』(문학과지성사)과 수상집 『오지않는 저녁』(근역서재)을 간행하면서 그는 경북대학교를 떠나 영남대학교 문리과대학 국어국문학과 교수로 자리를 옮겨 1981년까지 재직한다. 1980년 1월에 수상집 『시인이 되어 나귀를 타고』(문장사)를 상재하고, 11월에 시집 『비에 젖은 달』(근역서재)을 상재한 후, 그는 오랫동안의 대학교수 생활을 마감하고 정계로 나간다.

1980년대에는 김춘수의 시적 편력에 있어서 예외적인 시기이다. 집요하게 추구해오던 무의미시에 대한 탐구를 잠시 멈춘 채 그는 외도를 한다. 김춘수는 1981년 4월 국회의원이 되어 국회 문공위원으로 4년간 활동하는 한편 예술원 회원이 된다. 정치를 '역사=이데올로기=폭력'이라고 비판하던 그가 폭력을 휘두르고 정권을 잡은 정부의 국회위원이 되었다는 사실은 아이러니가 아닐 수 없다. "처용이 신라왕에게 사로잡혀 그의 신하가 되어 벼슬"38)을 한 격인 이 일을 두고 시인 스스로, "별 반성 없이 정치에 관련하게 된 것은 역사를 가볍게 생각했기 때문"이라고 했지만, 아무튼 국회위원의 경력은 그 역시 드러내고 싶지 않은 대목이라는 것을 대담에서 느낄 수 있었다. 추측컨대, 역사 허무주의자로서 탈역사적인 공간을 추구해온 김춘수에게 있어서의 역사감각의 결여가 정계입문의 가장 큰 원인이 아닐까? 그 문제야 어쨌든 정계입문으로 인해 무의미시에 대한 탐구는 1980년대 말까지 제자리걸음을 한다.

김춘수는 1982년 2월에 경북대학교에서 명예문학박사 학위를 받고, 그 해 4월에 시선집 『처용이후』(민음사)를, 8월에는 회갑기념으로 『김춘수 전집』3권(문장사)을 상재한다. 1985년 12월에는 『현대문학』에 연재한 글을 묶은 수상집 『하느님의 아들, 사람의 아들』을 상재한다. 1986년 7월에는 『김춘수 전집』(서문당)을 간행하고, 그 해 방송심의위원회 위원장으로 취임한 뒤 1988년까지 재임한다. 1988년에 해외기행시가 주축을 이룬 시집인 『라틴 점묘 기타』(탑출판사)를 간행하고, 1989년에는 『시론』을 증보한 시 이론서 『시의 이해와 작법』(고려원)을 간행

---

38) 문장사판 전집 2권, p. 575.

한다.

이윽고 1990년대가 되면서 김춘수는 다시 본격적으로 무의미시를 탐구해 들어간다. 1990년에 시선집『샤갈의 마을에 내리는 눈』을 간행하고, 1991년 3월에는『현대시학』에 연재한 글을 모아 시론집『시의 위상』(둥지)을 상재하고, 그 해 10월에는 고희기념으로 박의상, 이승훈, 오세영 등의 주선에 의해 연작장시『처용단장』(미학사)을 상재하면서 한국방송공사 이사로 취임한다. 1992년 3월에 시선집『돌의 볼에 볼을 대고』(탑출판사)를 간행한 후, 그 해 10월에는 은관문화훈장을 받는다.

『처용단장』에 실린「처용단장」연작시 중 제3, 4부는『현대문학』에 1990년 4월 호부터 1991년 1월 호까지 연재한 총 50편의 연작시인「처용단장」제3부와, 다시『현대문학』에 1991년 2월 호부터 1991년 6월 호까지 연재한 총 21편의 연작시인「처용단장」제4부를 묶은 것이다. 제3, 4부에 이르러 그의 무의미시는 동물의 언어로 심화된다.

> 언어는 해체되고 의미는 단순한 소리로 분해된다. 음절 단위의
> 언어로, 즉 동물의 언어로 퇴화한다. 아니, 원상 복귀한다.

>> ㅜ ㅉㅣ ㅅㅏ ㄹ ㄲ ㅗ 바보야.
>> ㅣ ㅂㅏ ㅂㅗ ㅑ,
>> 역사가 ㅕ ㄱ ㅅㅏ ㄱㅏ 하면서
>> ㅣ ㅂㅏ ㅂㅗ ㅑ,

> 제 3부의 39의 일부다. 이 상태는 일종의 악보다. [39]

---

39) 민음사판 전집, p.526.

동물의 언어란 무엇인가? 「처용단장」 연작시가 궁극적으로 추구하는 것이 인간과 사물이 공존하는 원초적인 동일성의 공간임에 주목하자. 그 공간은 현실에 부재한다. 그러면서 현존한다. 현존하는 부재로서의 그 공간은 이성적 사고가 지배하는 현실의 표면 속에 내재해 있는 심층이다. 그것은 이성적이고 의식적인 언술의 세계가 아니라, 비이성적이고 무의식적인 언술의 세계이다. 심층에 있는 무의식의 언술을 표층의 의식상의 언술에 분출시킴으로써 부재하는 동일성의 공간을 현현시킬 수 있다. 김춘수는 지금 그것을 시도하고 있다. 그는 사회적 상징체계의 언어 이전 단계의 언어, 곧 인간과 사물, 인간과 동물이 교감할 수 있는 무의식의 언술로 원상복귀함으로써 기존의 시적 담론체계를 완전히 파괴하고, 그럼으로써 상실된 동일성의 공간을 원상복귀시키려 한다. 그것이 동물의 언어이다. 그 언어는 사회적 상징체계에서 볼 때에는 동물의 언어이지만, 그 체계의 언어를 거부한 말더듬이 어린이가 볼 때에는 그가 애초에 공유했던, 인간과 사물이 동일성을 누리던 때의 본래적인 언어이다. 김춘수의 무의미시는 이 동물의 언어에 이르러 무의식의 욕망을 가장 과격하고도 극단적으로 표출한다. 이 자리를 넘어설 때 시는 더 이상 쓰여질 수 없을지도 모른다.

## 5-2. 도스토예프스키와의 맞섬

타령조와 언롱, 서술적 이미지, 그리고 말을 배우기 이전의 어린이의 발화태인 주술적 리듬을 거쳐 동물의 언어로까지 밀고 들어간 이후는 불립문자의 단계일진데, 이 단계에서 김춘수는 숨을 잠깐 돌린다. 1993년에 4월에 산문시집 『서서 잠자는 숲』(민음사)을 간행하고,

1994년 11월에는 『김춘수 시전집』(민음사)을, 1996년에는 『壺』(한밭미디어)를 간행한 후, 1997년에 이르면서 『들림, 도스토예프스키』를 간행한다.

> 도스토예프스키는 인간의 존재 양식이 비극적(신학적 용어를 쓰면 앤티노미의 상태)이라는 것을 여실히 그려 보인다. 여기서 우리는 하나의 계시를 받게 된다. 인간 존재의 이 비극성은 역사의 대상이 될 수 없다는 그 계시 말이다. 이미 인간의 존재 양식은 한 패턴으로 굳어 있다. 역사는 늘 이 점을 잊어서는 안 된다. 역사주의의 낙천주의는 도스토예프스키에게서 좌절을 경험해야 한다.[40]

"도스토예프스키는 단 한 편의 소설도 쓰지 않았다."라는 루카치의 명제를 잠시 떠올리자. 루카치의 이 말은, 소설은 근대 자본주의라는 훼손된 세계의 양식으로 자본주의의 모순을 비판하고 새로운 가능세계를 지향한다는 의미이다. 여기서 새로운 가능세계는 인간과 사물, 육체와 영혼이 공존하는 선험적 총체성의 세계이다. 도스토예프스키는 선험적 총체성의 세계를 황금시대로 명명하였는데, 그의 작품은 바로 이 황금시대를 전면적으로 다루고 있기에 소설이 아니며, 그러기에 그의 작품은 소설 다음에 오는 새로운 양식에 해당된다.

물론 김춘수가 도스토예프스키에 심취한 이유는 루카치의 견해와는 무관하다. 김춘수가 도스토예프스키에 심취하는 이유는 도스토예프스키 문학이 그의 역사 허무주의와 상통하기 때문이다. 곧 김춘수는 자신의 시처럼 도스토예프스키 역시 역사를 초월한 인간존재의 비극성을 다루고 있다고 보는 것이다. 김춘수의 이러한 판단이 옳고 그른지

---

40) 김춘수, 『들림, 도스토예프스키』, 민음사, 1997. p.92.

를 따지기 전에, 김춘수가 지향하는 원초적 동일성의 세계와 도스토예
프스키의 문학세계가 일맥상통함은 분명하다. 가령 김춘수가 김동인
소설 「복녀」와 도스토예프스키의 소설 「죄와 벌」을 대비시키면서, '복
녀'는 육체가 무너지자 영혼도 무너졌음에 반해, '소냐'는 육체가 무너
졌는데도 영혼은 살아있다고 평가하는 부분[41]을 보자. '소냐'의 영혼
이 살아있을 수 있는 것은 '소냐'가 지향하는 세계가 인간과 사물이
합일된 황금시대이기 때문이다. 반면 '복녀'는 근대 자본주의의 훼손
된 세계에 함몰된 인물이다. 원초적 동일성의 세계를 지향하는 김춘수
에게 있어서 '소냐'는 바로 그 세계의 인물이자, 근대 자본주의 개념
에 입각한 역사주의의 망을 초월한 인물로 강렬하게 와 닿았을 것이다.

이처럼, 도스토예프스키의 작품에 담긴 황금시대와 김춘수의 시가
지향하는 원초적 동일성의 공간은 그 도달방법에 있어서는 차이를 지
니지만 그 지향점에 있어서는 상통한다. 따라서 김춘수는 도스토예프
스키와 맞서려고 하고 있다. 애초에 릴케를 통해 러시아 문학을 접했
고, 러시아 문학 중에서 도스토예프스키에 심취한 김춘수이지만, 그와
맞서기 위해 도스토예프스키가 걸은 길과는 달리, 존재론적 시에서 출
발하여 무의미시를 거쳐 그 극한으로까지 밀고 들어간 것이다. 그러기
에 김춘수는 도스토예프스키와 충분히 맞설 수 있으며, 나아가 시의
영역에서는 도스토예프스키를 넘어서, 도스토예프스키를 하나의 방법
론적 매개로 삼아 시세계를 펼칠 수 있는 자리에까지 이르고 있다. 그
러나 아쉽게도 김춘수는 도스토예프스키를 빌어 무의미시를 변용시키
면서 그의 시가 지향하는 원초적 동일성의 세계를 심화시키려는 지점
에서 운명을 달리하고 만다.

41) 『꽃과 여우』, p.105.

## 6. 고독한 무의미 시인이 낳은 빛나는 처용

「처용단장」 연작시를 통해 김춘수는 무의미시를 극단으로 밀고 들어가고 있다. 타령조와 언롱→대상과의 거리가 없어진 서술적 이미지→말을 배우기 이전의 어린이의 발화태인 주술적 리듬→동물의 언어→도스토예프스키와의 맞섬으로 이어지는 김춘수의 무의미시의 시사적 의의는 무엇인가?

그의 무의미시는 우리 시사를 이끌어 온 몇 개의 계열체 중에서 모더니즘 계열체의 최정점에 서 있다. 1930년대 이상이라는 거대한 봉우리 이후 모더니즘 계열체는 김춘수의 무의미시라는 봉우리를 가진다. 이 봉우리에 의해 모더니즘 계열체는 그 질적 깊이를 한층 심화한다. 그의 무의미시는 1960년대 『현대시』 동인들에게도 지대한 영향을 미쳤고, 1990년대 이후의 해체시에도 지속적인 영향을 미치고 있다. 그의 무의미시가 궁극적으로 지향하는, 인간과 사물이 평화롭게 공존하는 원초적인 동일성의 공간은 모든 문학이 지향해야 할, 인류의 상실된, 그러나 반드시 회복되어야 할 시원(始原)의 공간이다. 유년기에 체득된 그 동일성의 공간을 '처용'을 통해 인류의 시원의 공간으로 질적으로 심화시킨 그의 무의미시를 두고, 시가 난해하다고 외면하여 그의 작업을 고독하게 만드는 것은 시의 깊이와 한국시의 흐름에 대한 무지를 드러내는 것일 뿐이다. 오랜 시작 기간 동안, 존재론적 시를 거쳐 무의미시를 고독하게 추구해 온 시인이 낳은 '처용'은 모더니즘 계열체에서 휘황찬란하게 빛나고 있지 않은가? 나아가 '처용'은 시인의 문학과 삶의 운명이 잉태한 위대한 형식으로 우뚝 솟아 있지 않는가? 그러기에 '처용'은 도스토예프스키와 충분히 맞설 수 있을 만큼 강렬한 빛을 지금 발하고 있고, 또 오랫동안 발할 것이다.

제 3 부 | 형식, 혹은 운명



3

# 순결한 영혼을 향한 끝없는 자아성찰 : 윤동주

## 1. 순결한 영혼의 시

윤동주(1917~1945)의 시는 많은 평자들의 지적처럼 '한점 부끄러움 없는 순결한 삶과 순결한 시'로 우리들의 시심을 자극하고 있다. 그가 (i) 사상불온 및 독립운동, (ii) 비일본신민, (iii) 온건하나 서구사상이 농후하다는 죄명 하에 투옥되어 해방을 얼마 앞두고 옥사했다는 점, 그리고 일제말기 암흑기에 모국어로 시를 썼다는 점 등을 들어 그의 시를 저항시로 규정하든, 혹은 릴케 등과의 비교문학적 관점에 그의 시의 특징을 논하든, 그 모든 논의들에 앞서 그의 시편들을 읽노라면 한점 티 없이 맑고 순결한 영혼을 만날 수 있다. 곧 그의 시는 세속에 찌들고 타락한 우리들에게 '부끄러움'을 불러일으키고, 그의 시에 빛나는 저 맑고 순수한 천체적 이미지와 그 이미지와 합일된 순결한 영혼을 지향하게 한다.

1948년 유고시집 『하늘과 바람과 별과 시』의 표제처럼, 그의 시는 어둠 속에서 빛나는 영롱한 별, 그 별들이 반짝이는 서정적 아름다움이 가득 찬 세계와 합일되고자 한다. 그의 시가 오랫동안 사랑을 받는 이유는 그의 시적 자아가 지니는 이러한 서정적 순결함과 관련이 있는데, 그의 시 전편에는 그런 순결함을 잃지 않으면서 그것을 보다 심화시키려는 자아의 치열한 자기성찰과 반성이 녹녹히 녹아 있다. 이 글에서는 그런 자아의 자기성찰의 측면을 중심으로 하여 그의 시의 순결한 영혼을 탐색하고자 한다.

## 2. 동시적 자아와의 갈등

1917년 북간도 명동촌에서 기독교 집안의 장남으로 태어난 윤동주는 처음에 동시를 쓰다가, 1938년 연희전문학교 문과에 입학하면서부터 본격적인 서정시를 쓰기 시작한 후, 1943년 일경(日警)에 체포되면서 시작 활동을 마감한다. 이 짧은 기간에 그의 시적 자아는 또다른 자신의 자아에게 스스로 다짐을 하면서 자신의 모습을 변모시키는 바, 그것을 크게 (i) 동시적 자아와의 갈등, (ii) 이상적 자아에 대한 지향, (iii) 역사적 자아와의 결합으로 나눌 수 있다.

먼저, 동시적 자아와의 갈등은 그가 연희전문학교에 재학 중이던 1938년에서 1941년 사이에 씌어진 시에 집중적으로 나타나고 있다.

산모퉁이를 돌아 논가 외딴 우물을 홀로 찾아가선 가만히 들여다
봅니다.
우물 속에는 달이 밝고 구름이 흐르고 하늘이 펼치고 파아란 바

람이 불고 가을이 있읍니다.

　　그리고 한 사나이가 있읍니다.
　　어쩐지 그 사나이가 미워져 돌아갑니다.

　　돌아가다 생각하니 그 사나이가 가엾어집니다. 도로가 들여다보
니 사나이는 그대로 있읍니다.

　　다시 그 사나이가 미워져 돌아갑니다.
　　돌아가다 생각하니 그 사나이가 그리워집니다.

　　우물 속에는 달이 밝고 구름이 흐르고 하늘이 펼치고 파아란 바
람이 불고 가을이 있고 追憶처럼 사나이가 있읍니다.

(「自畫像」, 1939. 9)

　달밤의 논가 외딴 우물은 현실의 구체적 장소가 아니라 시적 자아
의 내면세계를 비쳐주는 것으로, 이상의 거울이나 서정주의 거울처럼
자아성찰의 한 도구이다. 밝은 달과 구름과 하늘과 파아란 바람이 불
고 있는 우물은 순수하고 맑고 아름다운 동심의 세계를 상징한다. 그
세계에 추억처럼 서 있는 사나이는 그런 동심의 세계를 지향하는 동
시적 자아이다. 동시적 자아를 들여다보는 또다른 자아는 성인이 된
현실적 자아로, 그 현실적 자아가 동시적 자아를 떠나려 하지만 떠나
지 못하고 갈등하고 있다. 이처럼 성인으로서의 현실적 자아가 동시적
자아라는 과거적 요소와 결별하지 못하는 이유는 무엇일까? 그것은
현실에 대한 시적 자아의 부정적 인식에 기인한다.

거 나를 부르는 것이 누구요.

가랑잎 이파리 푸르러 나오는 그늘인데,
나 아직 여기 呼吸이 남아 있소.

한번도 손들어 보지 못한 나를
손들어 표할 하늘도 없는 나를

어디에 내 한몸 둘 하늘이 있어
나를 부르는 것이오.

일을 마치고 내 죽는 날 아침에는
서럽지도 않은 가랑잎이 떨어질 텐데……

나를 부르지 마오.

(「무서운 時間」, 1941. 2. 7)

시인은 지금 '가랑잎 이파리 푸르러 나오는 그늘'에 있다. 그곳은 동심의 세계와 현실세계의 경계선에 해당된다. 시인은 동심의 세계에 뿌리를 내린 채, 현실로 나오려 하지만 그것을 두려워한다. 현실의 세계는 '한번도 손들어 보지 못한' 곳이고 '손들어 표할 하늘도 없는' 곳으로, '내 한몸 둘 하늘'이 없는 곳이기 때문이다. 시인은 만약 그런 현실에 자신이 나아간다면 궁극적으로 가랑잎이 떨어지듯이 죽음에 이르게 될 것이라는 인식을 하고 있다. 그리하여 시인은 현실에 나아가기를 두려워하면서 자신의 존재를 동시적 자아에 유폐시키고 있는 것이다. 현실에 대한 이러한 인식이 일제식민지라는 열악한 현실상황에서 연유한 것이라는 구체적 언급이 또렷이 드러나지는 않지만, 「병원」 등의 시편을 볼 때, 시인의 현실에 대한 부정적 인식이 시대의 어둠과 관련이 있음을 알 수 있다.

식민지라는 타락하고 훼손된 세계에 발붙이기를 거부하고, 그런 세계에 때묻지 않은 하늘과 바람과 별이 빛나는 순수한 동심의 세계를 지향함으로써 윤동주의 시는 시대의 어둠을 환하게 밝히게 된다. 과거적 세계인 동시적 자아에 대한 이러한 지향은 필연적으로 현실로부터의 일탈로 이어지기 마련이다. 이로 인해 현실로 향하는 외향적 의식은 약화되는데, 그의 시에 식민지라는 시대적 상황이 거의 제거되어 있는 이유가 여기에 있다. 현실인식이 약화되면서 시인의 의식은 과거의 동심의 세계로 내향화면서 그 방향을 좁히게 된다. 하지만 과거의 동심의 세계는 현실에는 없다. 그리하여 시인은 사라진 동심의 세계를 담고 있는 하늘, 별 등의 천체적 이미지로 의식을 집중시키고 그것을 시화하면서 타락한 시대에 자신의 순결함을 유지하는 것이다.

그러나 광포한 현실의 외압 앞에서 동심의 세계의 흔적을 간직한 요소들은 점점 사라져가기 마련이다. 더구나 성인으로서 언제까지나 마냥 지나버린 어린시절의 추억만을 간직한 채 살아갈 수는 없는 것이다. 동시적 자아와의 결별은 피할 수 없는 일로 다가온다. 시인은 "사랑처럼 슬픈 얼골-아름다운 順伊의 얼골"(「少年」)로 상징되는 동시적 자아와의 이별을 예감할 수밖에 없게 되고, 결국 "잃어버린 역사"(「눈 오는 地圖」)처럼 동시적 자아인 '순이'를 떠나 보낼 수밖에 없는 것이다.

시인은 동시적 자아와 결별하면서 타락한 현실을 수용할 수밖에 없는 위기상황에 처한다. 그러나 시인은 타락한 현실에 발붙이기를 끝끝내 거부하고 스스로를 '방안'에 유폐시킨다. '방안'에서 시인은 동시적 자아를 대신할 수 있는 대타개념으로서의 어떤 자아를 갈망하는데, 이를 두고 시인 스스로 "사상이 능금처럼 저절로 익어가옵니다."(「돌아와 보는 밤」)라고 표현하고 있다. 곧 경험적이면서 과거적인 동시적 자아와 결별하고 시인은 그것을 대체할 수 있는 보다 성숙되고 지적으로 다듬어진 자아를 어둠 속에서 하나 둘 구체화해 나가는 것이다. '방안'에서의 자아탐색은 극도의 의식의 좁힘을 가져오기 마련이며, 이것이 가속화될 때 필연적으로 의식은 혼의 영역으로 돌진하게 되는 바, 그것이 「또 다른 故鄕」에 선명하게 제시되어 있다.

## 3. 이상적 자아에 대한 지향

고향에 돌아온 날 밤에
내 白骨이 따라와 한방에 누웠다.

어둔 방은 우주로 통하고
하늘에선가 소리처럼 바람이 불어온다.

어둠 속에 곱게 풍화작용하는
백골을 들여다보며
눈물 짓는 것이 내가 우는 것이냐
백골이 우는 것이냐
아름다운 魂이 우는 것이냐

지조 높은 개는
밤을 새워 어둠을 짖는다.

어둠을 짖는 개는
나를 쫓는 것일 게다.

가자 가자
쫓기우는 사람처럼 가자
백골 몰래
아름다운 또 다른 고향에 가자.

(「또 다른 故鄕」, 1941. 9)

1941년 12월 연희전문학교를 졸업하기 전에 씌어진 이 시를 통해 동시적 자아와 결별한 시인이 또다른 이상적 자아를 지향하고 있음을 볼 수 있다. 동시적 자아와 결별한 채, 자신이 태어나서 어린시절을 보낸 북간도의 '고향'에 돌아온 시인은 동시적 자아를 질적으로 변용시킨 새로운 자아를 찾고자 한다. 여기서 세 개의 자아가 제시되어 있는데, '백골', '나', '아름다운 혼'이 그것이다. 백골은 동시적 자아도 아니고, 현실에 안주한 자아도 아니다. 그것은 열악한 현실에 안주하지 못하고 그 현실과 대립하는 자아이다. 자아는 현실에 안주하기를 거부하고 곱게 풍화작용하는 백골을 바라보면서, 동시적 자아의 대타 개념으로서의 이상적 자아를 지향한다. 그것이 아름다운 혼이다. 아름다운 혼으로서의 자아는 별과 하늘과 바람이 있는 동시적 자아의 요소를 질적으로 변용시킨 것이다. 그것은 현실에 때묻지 않은 동심의 세계를 끌어안으면서, 그것을 '우주'로 질적으로 확대, 심화시킨 것이다. 시인이 그런 아름다운 혼이 있는 '또 다른 고향'을 지향하면서, 그 의식은 동시적 자아를 지향하던 과거적인 의식에서 미래지향적인 의식으로 전환된다.

여기서 시인이 지향하는 아름다운 혼이라는 이상적 자아는 타락한 시대에 안주하기를 거부하고 내면의 순수성을 지키려는 시인의 가열 찬 의지에 의해 획득된 영역이다. 아름다운 혼은 두 가지 측면에서 의 의를 가진다.

첫째, 일제식민지, 그것도 암흑기에 아름다운 혼을 지향함으로써 시 인과 시가 순결한 영혼의 울림을 지니게 된다는 점이다. '시인은 天 命'이라 시인 스스로 언급할 때, 그의 시는 시인의 삶 그 자체가 된다. 곧 시가 삶이고 삶이 시인 것이다. 말하자면 아름다운 혼의 세계는 시 인의 삶이고, 그 삶이 시가 된 것이다. 그러기에 암흑기에 모국어로 시를 썼다는 것으로 그의 시는 시사적 의미를 지니면서, 나아가 그 누 구도 함부로 다가갈 수 없는 아름다운 혼의 영역으로까지 나아감으로 써 그의 시는 보다 깊은 시적 울림을 내포하게 되는 것이다.

둘째, 오늘날의 관점에서 볼 때, 근대 자본주의가 육체와 영혼의 이 분법에 입각하여 육체만을 강조하는 것이라는 점에 동의한다면, 영혼 을 지향하는 윤동주의 시는 자본주의가 지속되는 한 그 의의를 지니 게 된다는 점이다. 이 점을 밝히기 위해서는 루카치의 견해를 언급할 필요가 있다. "내 영혼을 증명하기 위해 길을 떠난다." 할 때, 이 때의 영혼은 자본주의에 의해 사라진 선험적 총체성을 의미한다. 밤하늘에 빛나는 별이 내 영혼의 별이 되고, 어디를 가더라도 마치 집안에 있는 것처럼 안온한 시대, 일종의 인류사의 황금시대에 해당되는 목가적 세 계가 바로 선험적 총체성의 세계이다. 루카치는 사물화된 자본주의 시 대에 사라진 인류의 선험적 고향을 '영혼'으로 표명한 바, 적어도 자 본주의가 지속되는 한 모든 위대한 문학은 바로 이 영혼으로 상징되 는 선험적 고향을 지향한다. 윤동주의 아름다운 혼은 그런 점에서 오늘날에도 우리들에게 강한 감흥을 불러일으키고 있는 것이다.

여기서 시인이 지향하는 아름다운 혼이 김소월의 「초혼」처럼 물신화의 영역에까지 나아가지 못한 점을 논할 필요가 있다. 물신화된 혼은 해코지를 하기 마련이다. 곧 혼을 현현시키는 대가로 그 혼을 엿보는 자의 목숨을 담보하는 것이다. 따라서 물신화된 혼의 현현을 위해서는 삶의 전부를 걸고 죽음으로 치달려야 한다. 「초혼」이 그 영역에 도달해 있는 바, 그것은 김소월이 삶의 전부를 걸고 사라진 혼을 현현시키려는 것이라 할 수 있다. 한국시사에서 김소월 이후 아름다운 혼을 지향한 윤동주이지만, 김소월처럼 죽음을 무릅쓰고 혼의 영역으로 치달리지는 않고 있다. 윤동주에게서 혼은 물신화되어 해코지를 하는 혼이 아니라 '아름다운' 혼이기 때문이다. 즉 윤동주는 영혼을 지향하지만, 그 영혼은 타락한 시대에는 찾을 수 없는 순결함과 순수함을 의미하며, 시인은 그런 순결한 영혼을 지향함으로써 자신의 삶과 시의 순결성을 지키려 하는 것이다.

이처럼 시인은 김소월처럼 아름다운 혼의 영역으로 치달리지 않고, 그 혼의 세계와 타락한 현실과의 경계선에 서서 현실에 부재하는 이상적 자아를 지향한다.

(……)
풀 한포기 없는 이 길을 걷는 것은
담 저쪽에 내가 남아 있는 까닭이고,

내가 사는 것은 다만,
잃은 것을 찾는 까닭입니다.

　　　　　　　　　(「길」, 1941. 9. 31)

시인은 풀 한포기 자랄 수 없는 불모의 현실에서 이상적 자아를 지향하지만, 그 자아는 담 저쪽의 세계에 있다. 곧 현실에 부재한다. 시인은 혼과 현실의 경계선에 서서, 불모의 현실과 긴장관계를 유지하면서 부재하는 이상적 자아를 지향한다. 이로 인해 시인은 혼으로 좁혀진 의식을 확장시켜 현실로 시선을 돌리게 된다. 이전에 동시적 자아를 지향할 때 현실은 두려운 곳이었다. 하지만 동시적 자아를 질적으로 변용시켜 보다 성숙된 이상적 자아를 지향하는 지금, 시인은 이제 현실을 막연히 두려운 곳으로 인식하지 않는다. 대신 이상적 자아를 불가능하게 하는 현실의 요소가 무엇인지를 탐구하게 되는데, 그 탐구의 결과가 역사적 자아와의 만남으로 이어진다.

## 4. 역사적 자아와의 결합

시인은 1942년 도일 직전 혼의 영역으로 내향화하던 시선을 현실로 외향화하면서 현실에 대한 저항의지를 「肝」에서 표명하고, 이어 「懺悔錄」에 이르러 구체적인 역사의식을 드러낸다.

> 파란 녹이 낀 구리거울 속에
> 내 얼골이 남아 있는 것은
> 어느 王朝의 유물이기에
> 이다지도 욕될까
>
> 나는 나의 참회의 글을 한줄에 줄이자
> ― 滿二十四年一個月을
> 무슨 기쁨을 바라 살아왔든가

(중략)

밤이면 밤마다 나의 거울을
손바닥으로 발바닥으로 닦아보자

그러면 어느 운석 밑으로 홀로 걸어가는
슬픈 사람의 뒷모양이
거울 속에 나타나온다.

(「懺悔錄」, 1942. 1. 24)

타락한 현실로 의식을 외향화시킨 시인은 이상적 자아의 부재가 식민지라는 현실상황에서 비롯된 것임을 인식한다. 시인은 거울에 자신을 비추어 본다. 순간 거울은 멸망한 조선왕조의 유물로 변한다. 누구도 닦지 않아 녹이 슨 거울에 비친 자신의 모습을 보고 자신이 멸망한 나라의 후손임을 자각하고 그 욕됨을 깨닫는다. 그 치욕을 벗어나기 위해 시인은 혼신의 힘을 다해 자신을 갈고 닦음으로써 녹슨 구리거울을 맑게 하고자 한다. 그러면서 '운석'으로 상징되는 세계를 지향하는데, 이 때 운석은 아름다운 혼으로 상징되는 이상적 자아의 세계이다. 이 순간, 이상적 자아는 역사적 자아와 결합된다. 역사적 자아와 결합된 이상적 자아를 품고 시인은 도일한다. 도일 후 씌어진 마지막 시가 「쉽게 씌어진 시」이다.

창밖에 밤비가 속살거려
六疊房은 남의 나라,

詩人이란 슬픈 天命인 줄 알면서도

한줄 詩를 적어볼까,

땀내와 사랑내 포근히 품긴
보내주신 학비 봉투를 받아

대학노—트를 끼고
늙은 교수의 강의 들으려 간다.

생각해 보면 어린 때 동무를
하나, 둘 죄다 잃어버리고

나는 무얼 바라
나는 다만, 홀로 沈澱하는 것일까?

人生은 살기 어렵다는데
詩가 이렇게 쉽게 씌어지는 것은
부끄러운 일이다.

六疊房은 남의 나라
창밖에 밤비가 속살거리는데,

등불을 밝혀 어둠을 조금 내몰고,
時代처럼 올 아침을 기다리는 최후의 나,

나는 나에게 작은 손을 내밀어
눈물과 위안으로 잡는 최초의 악수.

(「쉽게 씌어진 詩」, 1942. 6. 3)

시인은 육첩방에서 자신이 남의 나라에 와 있다는 인식을 분명히 한다. '쉽게 씌어진 시'는 아마도 자신이 식민지 백성이라는 역사적 의식을 지니기 이전의 시들을 말할 것이다. 시인은 그런 시들과 최후로 결별한다. '최후의 나'는 바로 역사적 의식을 가지기 전의 자아를 의미하며, '최초의 악수'는 역사적 의식을 가진 역사적 자아와의 최초의 조우를 의미한다. 시인은 이제 역사적 자아와 이상적 자아가 결합된 채, 시대의 어둠을 분명히 인식하고 그 어둠을 내몰고 희망의 아침이 올 때까지 스스로를 불태우는 등불이 되고자 한다.

그러나 그 등불이 활짝 밝혀지기도 전에 시인은 여름방학을 맞아 귀국하려다 일경에 체포되고 만다. 시인은 도일한 후 「흰 그림자」, 「흐르는 거리」, 「사랑스런 추억」, 「쉽게 씌어진 시」를 차례로 쓰고, 1943년 7월 14일 여름방학을 맞아 귀국하려다가 체포된다. 1944년 4월 독립운동이라는 죄명으로 2년형을 언도받아 福岡형무소에 투옥된 후, 해방을 불과 6개월 앞둔 1945년 2월 16일 형무소에서 옥사하고 만다.


## 5. 서시와 함께

역사의식과 결합된 그의 시가 어쩌면 남아 있을지도 모른다는 많은 추측들이 있지만, 어쨌든 지금 현재로서는 그런 시는 부재한다. 시인은 짧은 생애를 살다 갔지만, 그가 남긴 유고시집 『하늘과 바람과 별과 시』는 오늘날도 그 강력한 향기를 풍기면서 어두운 시대를 순결하게 살다 간 지고한 등불로 우리들을 환하게 밝혀주고 있다. 타락하고 훼손된 시대를 거부하고 때묻지 않는 순수한 동심의 세계와 아름답고 순결한 영혼을 지향하면서 끝없는 자기성찰을 행하고 있는 시인의 삶

과 시는, 그 모습만 달리할 뿐 여전히 타락하고 훼손된 시대를 살아가
는 우리들에게 아름다운 영혼의 울림으로 살아 숨쉬고 있다. 한점 부
끄럼 없는 삶을 살았고, 아름다운 영혼이 깃들은 모든 것을 사랑한 그
의 시는 어둔 밤하늘에 빛나는 별처럼 반짝이면서 메말라 있는 우리
들 시심을 일깨워주는 '서시'로 우리들 곁에 영원히 함께 있을 것이다.

죽는 날까지 하늘을 우러러
한점 부끄럼이 없기를,
잎새에 이는 바람에도
나는 괴로워했다.
별을 노래하는 마음으로
모든 죽어가는 것을 사랑해야지
그리고 나한테 주어진 길을
걸어가야겠다.

오늘밤에도 별이 바람에 스치운다.

(「序詩」, 1941. 11. 20)

# 자연적 정한에서 존재의 중심에 이르는 삶 : 박목월

## 1. 결혼과 등단, 그리고 경주

시인 박목월의 본명은 영종(泳鍾)이다. 1916년 1월 6일 경북 경주군 서면 모량리 571번지에서 부 박준필과 모 박인재 사이의 2남 2녀 중 맏이로 태어났다. 조부 박훈식은 일찍이 눈을 뜬 개화의식의 소유자로, 아들 준필이 대구의 중학교(지금의 중, 고등학교를 통합한 교육기관)를 졸업하도록 하고, 며느리가 기독교인이 되는 것을 허락하였다. 또한 부지런히 일하고 아껴서 추수가 50섬 남짓 되는 규모로 집안을 일으켰다. 목월의 부친은 당시 경주군 수리조합의 이사로 목월에게 엄격한 법도를 가르쳤고, 이에 반해 어머니는 자상한 사랑을 베풀었다. 이런 '법도 있는 사랑'의 가르침을 받으며 자란 목월은 조부에 의해 7세 되던 해인 1923년 4월 경주군 서면 건천리에 있는 건천보통학교에 입학한다. "가늘게 짠 본목에 퍼런 물감을 들인 한복차림"[1]으로 책보를 메고 모량과 건천 사이 십리 길을 오가면서 공부를 하고 친구도 사귀었다. 산골 아이인 목월은 당시 친구를 통해 한번도 본 적이 없는 낙동 강과 바다의 이야기를 듣고, "혼자서 꿈꾼 그 상상의 바다, 상상의 강 은 너무나 아름답고도 찬란한 세계"[2]라는 생각을 할 정도로 상상력이 풍부한 소년이었다. 보통학교 4학년이 되던 해, 손주의 통학 편의를 고려한 조부의 배려로 부친이 분가하여 건천으로 이사를 한다. 목월의 어머니가 교회에 다니기 시작한 것도 이 시기이다.

1929년 3월 보통학교를 졸업하고, 1930년 4월 어머니의 신앙과 또 그에 영향받은 목월 자신의 희망에 의해 대구에 있는 미션계의 중학 인 계성학교에 입학한다. 계성학교 시절 학적부를 보면, 목월은 학업 성적의 측면에서는 우등생은 아니지만 온순하고 성실하며 부지런한 보통학생이었다. 그러나 그는 보통학생이 아니라 특별한 학생이었다. 그 이유는 중학생 신분으로 이미 동요시인으로 등단을 하였기 때문이 다. 목월은 16세가 되던 1932년 중학교 3학년 때, 아동잡지『아이생활』 에 동요를 투고하였고, 1933년 봄『어린이』(개벽사 간)에「통딱딱 통딱 딱」이라는 동시를 처음 발표하였으며, 그 해 6월『신가정』에「제비 맞이」가 현상 당선되면서 정식 동요시인으로 등단을 하였다. 그리하여 학우들 사이에서도 시인으로 통하면서 인기가 높았는데, 이를 계기로 목월은 평생 문학의 길을 걷기로 결심하였다.

19세가 되던 1935년 3월에 목월은 계성학교를 27명 중 14등으로 졸업한 후, 5월에 경주의 동부금융조합 서기로 취직한다. 이 직전, 1934년 겨울방학 때 목월은 동향의 선배인 김동리를 만나 친교를 나 누기 시작하였다. 목월이 졸업하던 1935년 1월에 김동리의「화랑의

---

1) 박목월,『박목월 자선집 7권』(삼중당, 1973) p.368.
2) 위의 책, p.318.

후예」가 신춘문예에 당선되자 목월은 축하의 술자리를 같이 하기도 하였다. 이후 김동리는 목월에게 외로움을 달래주는 문우인 동시에, 문학적 열정을 자극하는 일종의 경쟁자 역할을 한다. 그런 김동리가 경주를 떠나 다솔사로 들어가자 목월은 혼자 남게 된다. 하숙을 하면서 직장생활을 하던 내성적 성격의 목월은 퇴근 후 혼자 수정남산의 골짜기나 반월 성지를, 또는 풀이 우거진 왕릉을 배회하다가 하숙방에 돌아와서 어두운 밤하늘을 쳐다보면서 외로움을 달랬고, 그것을 시로 써 잡지에 발표하기도 했다.

그런 와중에, 혼담이 오가면서 목월은 선을 보기 시작하였다. 백번 정도 넘는 선을 보던 목월은 결국 1938년 5월 20일 유익순 여사와 운명적인 결혼식을 올린다. 여기서 운명적이라는 것은 다음 두 가지 이유 때문이다. 먼저, 1937년 크리스마스 날 목월이 진주까지 선을 보러 가기로 약속이 되어 있어, 금융조합 지소에 출장을 갔다가 경주로 가기 위해 기차를 타게 되었는데, 우연히 한 처녀와 동석을 하면서 인사를 나누고 헤어졌다는 점이다. 다음, 진주로 선을 보러 간 목월이 시간이 늦어 진주에서 묵게 되었는데, 그 때 꿈에 한 노인이 나타난 아내 될 사람의 성이 '유'씨라고 말했다는 것이다. 그러다가 이듬 해 봄, 화창한 일요일 오후, 목월 혼자 불국사 경내를 산책하다 직장동료를 만났는데, 그 일행 중 동료의 처제가 작년 기차간에서 만난 처녀였고, 그녀가 공주에서 올 봄 여학교를 졸업한 18세의 처녀로 이름이 유익순이라는 사실을 알게 된다. 목월은 진주에서 꾸었던 꿈을 생각하면서 유익순과의 만남을 운명적으로 받아들인다. 그리고 목월의 어머니 역시 신부감이 기독교를 믿는 집안의 규수라는 사실에 흡족해 한다. 그리하여 두 사람은 공주 제일예배당에서 결혼식을 올리고 일평생의 동반자로서 인연을 맺는다. 두 사람의 집안은 비교적 넉넉한 형편이기에 두 사람은 집안으로부터 신혼살림의 도움을 받을 수 있었음에도 불구하고, 집안의 배려를 일체 거절하고 자립한다는 신념으로 경주읍 노동리의 셋방에 신혼의 보금자리를 마련하였다. 목월은 돈에 욕심이 없이 시만을 열심히 썼고, 아내 유익순 역시 사치할 줄 모르는 알뜰한 주부였다. 이듬해 여름, 첫 사내아이가 태어났는데, 그가 서울대학교 국어국문학과 교수를 역임한 박동규이다.

가난하지만 안정된 생활 속에서 목월은 더욱 열심히 책을 읽고 글을 썼는데, 이 무렵 목월은 동시뿐만 아니라 성인시에도 관심을 가지기 시작하였다. 목월이 성인 시인이 되고자 한 내적 계기는 "동시로서는 내적 충족을 기할 수 없기 때문"[3]이었고, 외적 계기는 1939년 2월에 창간된 『문장』지의 출현이었다. 당시 이 잡지는 이병기, 정지용, 이태준 등 당대 일류문인을 심사위원으로 한 신인추천제를 실시하였다. 목월은 섣불리 투고를 했다가는 동요시인으로서 아동문학계에 누를 끼칠지 모른다는 우려로 망설일 수밖에 없었다. 결국 결심을 굳히고 투고를 하였는데, 필명을 목월로 하였다. 이 필명은 목월이 좋아했던 두 시인 중, 수주(樹洲) 변영로에게서는 나무 수(樹)자를 나무 목(木)자로 바꾸고, 소월(素月) 김정식에게서는 달 월(月)자를 그대로 따서 붙인 이름이다. 목월은 「길처럼」과 「연륜」 두 편을 투고하여 『문장』 1939년 9월 호에 첫 추천을 받게 된다. 당시 정지용은 선후기를 이렇게 쓰고 있다.

등을 서로 대고 돌아앉아 눈물 없이 울고 싶은 리리스트를 처음

---

3) 박목월, 「내성적 사모」, 『청록집』(삼중당, 1974) pp.329~330.

만나 뵈입니다 그려. 어쩌자고 이 험악한 세상에 애련측측한 리리시
즘을 타고나셨습니까?[4]

정지용이 목월 시의 특성을 리리시즘으로 간파하고 있음을 볼 수
있다. 이후 목월은 1939년 12월에 「산그늘」로 두 번째 추천을, 그리고
1940년 9월에 「가을 어스름」과 「연륜」으로 마지막 세 번째 추천을 받
아 성인 시인으로 등단을 완료하게 된다. 세 번째 추천을 하면서 지용
은 다음과 같은 추천사를 쓰고 있다.

> 북에는 소월이 있었거니 남에 박목월이가 날 만하다. 소월의 툭
> 툭 불거지는 朔州龜城調는 지금 읽어도 좋더니, 목월이 못지 않아
> 아기자기 섬세한 맛이 좋다. 민요풍에서 시에 발전하기까지 목월의
> 고집이 더 크다. 소월이 천재적이요, 독창적이었던 것이 신경, 감각
> 묘사까지 미치기에는 너무 '民謠'에 시종하고 말았더니, 목월이 謠
> 的 대상 연습에서 詩까지의 콤포지션에는 謠가 머뭇거리고 있다. 謠
> 的 修辭를 충분히 정리하고 나면 목월의 시가 바로 조선시다.[5]

성인 시인으로 추천을 완료하기 전, 목월은 1940년 4월경 동경 유
학을 떠나 두 달간 문학청년들과 교류를 나누다가, "시는 남에게서 배
우는 것이 아니라 혼자 공부해서 스스로 터득할 수밖에 없는 세계"라
는 것을 깨닫고 경주로 되돌아온다. 귀국 후 한 달 동안 동해안 도보
여행을 다녀오는데, 이 때의 자연에 대한 체험은 목월 시의 한 중요한
자양분으로 자리잡게 된다. 그리고는 『문장』지 추천을 완료하던 9월
에 금융조합에 복직을 한다.

---

4) 정지용, 「선후기」, ≪문장≫, 1939. 9.
5) 정지용, 「시선후기」, ≪문장≫, 1940. 9.

일제말기에 이르러, 1940년에 동아, 조선일보의 폐간, 1941년 4월에 『문장』과 『인문평론』의 폐간, 그리고 1941년 12월 태평양전쟁의 발발 등으로 이어지는 암흑기가 도래하면서 목월의 시 발표는 중단된다. 그러던 중, 1942년 3월에, 목월과 거의 같은 무렵 『문장』지의 추천을 받은 조지훈이 목월에게 편지를 보낸다. 내용은 근간 경주에 가보고 싶다는 것이었는데, 지훈에 대해 일면식도 없는 목월이지만 지훈의 경주 방문을 환영한다는 편지를 보낸다. 이윽고 둘은 경주에서 만나 닷새 동안 함께 지내면서, 나라 잃은 시인의 울분을 달래고, 시에 대한 많은 이야기를 나누면서 서로의 관계를 돈독히 한다. 이 때 두 시인이 화답의 형식으로 주고받은 작품이 조지훈의 「완화삼」과 「낙화」, 박목월의 「밭을 갈아」와 「나그네」이다. 그러면서 목월은 "발표할 데도 없고 불러줄 아이도 없는" 암흑기를 맞이하여, 자신이 쓴 작품을 땅을 파서 묻어 두었다. 목월의 이러한 행위는 아마도 언젠가는 자신의 작품이 다시 햇빛을 보게 되리라는 기대감에서 비롯된 것일지도 모른다.


## 2. 자연상실감과 그 회복

1945년 8월, 그토록 갈망하던 해방의 순간이 도래하였다. 하지만 감격의 기쁨도 잠시, 나라는 좌익과 우익의 첨예한 갈등으로 인해 또다른 혼란 상태를 맞이하게 된다. 그런 와중에서, 목월은 김동리의 권유로 우익단체인 청년문학가협의회에 가입하면서, 조지훈, 박두진 등과 교류를 나눈다. 1946년 2월 하순경, 목월은 급히 상경하라는 박두진의 전보를 받고 경주에서 상경한다. 내용은 박두진이 근무하던 '을유문화사'에서 『문장』 추천시인의 합동시집을 발간하는 것이었다. 이런 저런

논의를 거쳐 결국은 '자연지향'이라는 공통적인 시세계를 추구하는 목
월, 두진, 지훈 세 사람의 합동시집을 내기로 하였다. 목월의 작품「청
노루」에 기초하여 『청록집』이라는 제목을 단 이 시집은 1946년 6월 6
일에 발간된다.

　1947년 2월 목월은 금융조합 부이사로 승진한 지 한 달 만에 사표
를 제출하고, 모교인 대구 계성학교의 교사로 부임한다. 그러다가 청
년문학가협회의 잦은 서울 모임과 또 때마침 들어온 이화여고의 교사
직 제안을 받아 1949년 봄에 집을 서울로 옮긴다. 이후 목월은 1949
년 결성된 한국문학가협회의 사무국장을 맡으면서 교직과 출판사 경
영 등의 일을 함께 하면서 바쁜 나날을 보낸다. 이 기간 중에 목월은
지훈, 두진 등과 함께 1950년 6월 『시문학』이라는 시 전문잡지를 발
간하지만, 한국전쟁으로 인해 창간호가 종간호가 되고 만다.

　1950년 6월 한국전쟁이 발발하자 목월은 대구로 피난을 가 1953년
환도 때까지 3년간 공군종군문인단의 일원으로 복무한다. 전쟁 당시의
심정을 목월은 다음과 같이 기록해 두고 있다.

> 　사변을 당하게 되자, 나는 시를 생각할 여유가 없었다. 시를 쓰려
> 는 의식보다 더 강렬한—애국심이랄까, 적에 대한 적개심이랄까, 혹
> 은 신에 대한 울부짖음이랄까, 그와 같은 격정과 분노의 직접적인
> 불길에 휩싸인 것이다. 그것을 시로써 정화시키려는 의욕도 용기도
> 없었다.[6]

　그러나 한국전쟁 직후 발표된 시편들을 보면 전쟁의 그림자는 찾아
볼 수 없다. 일제강점기에 추구해 오던 시세계가 여전히 시적 주조음

---

6) 박목월, 『보라빛 소묘』(신흥출판사, 1958) p.5.

으로 자리잡고 있음을 볼 수 있다. 하지만 『청록집』 계열의 작품들이 민요적 가락을 바탕으로 표현을 극도로 압축한 것이라면, 전쟁 후의 시들에서는 민요적 가락이 자취를 감추었고 표현도 조금은 느슨해지고 있다. 목월의 시가 시세계의 전환을 꾀하는 것인데, 목월 스스로 이를 다음과 같이 표현하고 있다.

> 청록 계열의 단아하고 극도로 선택된 간결한 어휘와 함축성, 정형시에 가까운 시형으로는 '비등하는 현실'의 폭넓은 수용, 내면의 강렬한 감동의 소용돌이, 힘있게 솟구치는 절규적인 부르짖음의 세계를 포용할 수 없었던 것이다. 나는 탈피를 갈구하였고, 자유스러운 형식에의 몸부림이 계속된 것이다. (중략) 현실에 처하여 생각하며 느낀 것을 '이야기하듯'한 자세로 노래해 보리라 생각한 것이다.[7]

목월은 40대를 앞두고, "한국적인 정서의 바탕 위에서 청춘의 애달픔"을 노래하던 것에서 "충실한 삶"으로의 시적 전환을 꾀하려 하고 있는 것이다. 이 전환 직전, 그러니까 『청록집』에 수록된 작품과 같은 무렵에 쓴 작품들을 모아 1955년 12월에 첫 번째 개인시집 『산도화』를 상재함으로써, 초기의 시세계를 일단락짓는다. 그러면서 제3회 아시아자유문학상을 수상한다.

『청록집』에서 『산도화』에 이르는 초기시의 특징은 "눈 먼 처녀의 감추어진 한이나 표연히 떠나는 두루마기 나그네의 보이지 않는 한을 가장 깊이 감추는 것"[8]으로 요약될 수 있다. 그것은 인간과 자연의 거

---

7) 위의 책, pp.176~177.
8) 김윤식, 「박목월론」, ≪심상≫, 1977. 6.

리에서 오는 자연상실감과 그 회복을 통한 달관의 경지일 것이며, 이를 '자연적 정한'의 세계라 명명할 수 있을 것이다.

한편, 유익순 여사의 회고에 의하면, 30대 말기에 목월은 여성문제로 '혹독한 시련'을 겪게 된다. 환도 전 1953년 봄, H양의 언니가 목월을 적극적으로 사모했지만, 가정에 충실하고 윤리의식이 강한 목월을 보고 다른 남자와 결혼을 해 떠난다. 그런데 언니와 함께 목월을 자주 만나던 H양이 몰래 목월을 사모했고, 전쟁이 끝난 후, 대학을 다니기 위해 상경을 한 그녀는 연모의 정을 억제하지 못하고 매일 혼자 목월을 찾아와 애절한 시선으로 목월의 마음의 문을 두드린 것이다. 가정에 충실했지만, 원래 다정다감한 목월이었기에 차츰 그녀에게로 마음이 기울어지면서 1954년 초봄부터 서울의 밤거리를 함께 거니는 날이 많았다. 그런 만남이 지속되다가 급기야 두 사람은 그해 가을 제주도로 가서 동거생활을 시작한다. 그런 생활이 넉 달째 될 무렵, 부인 유익순 여사가 제주에 나타난다. 그녀는 두 사람 앞에 아무 싫은 소리를 하지 않고, 두 사람이 입을 겨울 한복과 생활비를 내놓았다. H양과 목월은 고개를 떨어뜨릴 수밖에 없었고, 결국 목월은 H양과 헤어져 서울로 돌아온다. 하지만 목월은 곧장 집으로 가지 못하고, 효자동 부근에서 두 달 동안 하숙을 하면서 몸과 마음을 가다듬은 후, "모든 물결이 잠들고 환한 얼굴"로 가정으로 돌아간다. 이후 목월은 이전보다 더 충실한 가장이 된다.


## 3. 현실생활의 달관

40대에 접어든 1956년 목월은 두 번의 불행을 연이어 겪는다. 먼저

60대의 아버지가 노환으로 별세하였고, 몇 달 후 30대 초반으로 문학 지망자이던, 폐결핵을 앓던 동생 영호가 세상을 하직한 것이다. 시 「하관」은 바로 아우 영호의 죽음을 애도하는 작품이다.

이즈음 목월은 뚜렷한 직장을 갖고 있지 않았다. 서라벌예대와 홍익대학에 강사로 나가고 있었지만 수입은 형편 없었다. 1950년대 후반은 목월의 일생 중에서 가장 많은 경제적 시달림을 받은 시기라 할 수 있다. 목월은 출판사에 기획 등을 해주거나, 많은 수필을 쓰면서 생활비를 벌 수밖에 없었다. 1956년부터 1959년 사이에, 목월은 『구름의 서정』(1956), 『토요일의 밤하늘』(1958), 『여인의 서』(1959) 등의 수필집과 자작시 해설 『보라빛 소묘』(1958), 『문학강화』(1959) 등을 잇달아 펴내었다. 그러면서 시 창작도 활발히 병행하여, 두 번째 개인시집인 『난, 기타』를 1959년에 상재하였다.

1962년 목월은 한양대 국문과 교수로 임용된다. 목월은 한 시간 강의를 위해 사흘을 뜬눈으로 새우면서 강의준비를 할 정도로 열정적이고 성실하게 교수의 직무를 수행하였고, 그러면서 자기 시론을 논리적으로 체계화해 나갔다. 그러던 1963년 11월, 목월은 당시 영부인인 육영수 여사의 문학 개인교수가 되어 달라는 요청을 받고 고민을 거듭하다가, "대통령 부인이 문학에 대해 올바른 이해를 갖는다면 문학인 전체를 위해 도움이 되지 않겠어요."라는 유익순 여사의 권고에 그 제의를 수락한다. 한편 5·16으로 해산되었던 한국시인협회가 1965년 4월 재창립되었고, 목월은 1968년 2월 회장에 취임하여 하직 때까지 그 자리를 맡는다. 이 때 영부인이 목월의 회장 취임을 축하하는 자리를 마련했고, 이 자리에서 목월은 가난한 후배시인들의 시집을 발간했으면 좋겠다는 의사를 피력한다. 영부인은 후원자의 이름을 밝히지 않는다는 조건으로 이를 흔쾌히 수락했고, 그것이 1969년 12월부터 1971년 3월에 걸쳐 30여 권의 시집으로 결실을 맺게 된다. 이를 두고 문단에서는 그 시집을 '어느 고마운 분'의 시리즈라고 말하고 있다.

목월은 이 기간에 많은 시집을 발간하였고, 또한 많은 상을 수상하였다. 시집으로는 『청담』(1964), 『경상도의 가랑잎』(1968), 『어머니』(연작시집, 1968), 『청록집 기타』(조지훈, 박두진과 공저, 1968), 『산새알 물새알』(동시집, 1962) 등이 있고, 산문집으로는 『동시의 세계』(1963), 『밤에 쓴 인생론』(1968), 『구름에 달 가듯이』(1968), 『불 꺼진 창에도』(1969), 『사랑의 발견』(1970), 『뜨거운 점 하나』(1970) 등이 있다. 그리고 대한민국문학상(1968), 고마우신 선생님상(1968), 서울시문화상(1968), 국민훈장모란장(1972) 등을 수상하였다.

목월의 나이 48세 때 상재된 시집 『청담』부터 목월의 시세계는 "생활 감정에 밀착되면서 시를 통해 인간의 지혜로운 세계를 탐구"9)하는 것으로 전환한다. 대표적인 작품이 "지상에는/아홉 켤레의 신발/아니 현관에는 아니 들깐에는/아니 어느 시인의 가정에는/알전등이 켜질 무렵을/문수가 다른 아홉 켤레의 신발을"로 시작하는 「가정」으로, 이 작품에는 생활의식이 진하게 배여 있다. 물론 시집 『난, 기타』에도 생활의식이 반영되어 있지만 시집 『청담』은 그 정도를 달리 하고 있다. 먼저 내용의 측면에서, 『청담』은 현실생활을 농도 짙게 반영하되 그것을 달관하는 경지에 이르고 있다. "나는 외로운 얼굴을 하고/자다 깨다 혼자서/지낼 만큼 지내다 가는 것이다/나의 침상의 허전한 자리는/태어나는 그날부터 나의 것"이라는 시 「침상」의 구절은 이를 잘 보여주고 있다. 한편 형식의 측면에서, "병원으로 가는 긴 우회로/달빛이 깔

9) 김광림, 「박목월의 시 세계」, 『101편의 시』(삼중당, 1975).

렸다/밤은 에테르를 풀리고/확대되어 가는 아내의 눈에/달빛이 깔린 긴 우회로/ 그 속을 내가 걷는다/흔들리는 남편의 모습"(「우회로」)이라는 표현에서 보듯, 선명한 이미지가 강하게 표출되고 있음을 볼 수 있다. 시집 『청담』에 나타나는 이러한 선명한 이미지는 목월 시의 독특한 한 방법론으로 자리잡으면서, 1970년 5월부터 1971년 4월까지 발표된 연작시 「사력질」에서 거의 완성된 형태로 제출되고 있다.

한편, 목월의 나이 52세 때 간행된 시집 『경상도의 가랑잎』은 또다른 방법으로 생의 달관을 노래하고 있다. 『청담』과 『사력질』이 선명한 이미지를 통해 달관의 경지를 추구한다면, 『경상도의 가랑잎』은 경상도 사투리의 능숙한 구사에 의한 향토성 추구와 더불어, 유장하면서도 거의 주술에 가까운 시적 리듬을 통해 삶과 죽음에 대해 깊은 관조와 달관을 보여주고 있다. "아베요 아베요/내 눈이 티눈인 걸/아베도 알지러요/등잔불도 없는 제삿상에/축문이 당한기요/눌러 눌러/소금에 밥이나마 많이 묵고 가이소"로 시작되는 「만술아비의 축문」은 그 대표적인 예이다.

## 4. 서늘한 체험과 구원의 세계

자연적 정한의 세계에서 출발하여 현실생활을 거쳐 그 달관의 경지에 도달한 목월은 50대인 1973년 초봄 한국시의 전체적 수준의 향상을 위해 사제를 털어 시 전문지를 만들기로 결심한다. 목월은 박남수, 김종길과 만나 시지 발행계획을 말하고 협조를 구한 뒤, 10월 시 전문지 『심상』을 창간한다. 목월, 박남수, 김종길, 이형기, 김광림이 편집 기획위원으로, 김종해, 이건청이 실무위원으로 출발한 『심상』은 몇 가지 점에서 당시 한국문단에서 획기적인 전기를 마련하였다. 먼저, 종전의 1인 편집체제에서 여러 사람의 편집기획위원 체제를 도입했다는점, 다음으로 작품 위주의 엔솔로지 형태인 종전의 시지와는 달리 본격시론과 수준 높은 에세이를 동시에 실었다는 점, 마지막으로 원고엄선주의를 채택했다는 점이 그것이다. '권위 있는 시지'를 만든다는자부심으로, 목월을 비롯한 당시『심상』관계 시인들은 무보수로 밤낮일을 했고, 그 결과 한국 시지 역사상 최고 수준의 잡지를 발간하게된 것이다. 창간호에 대한 반응은 기대 이상이었다. 하지만 목월은 잠시도 쉴 틈이 없이 다음 호 제작을 위해『심상』사무실에 하루도 빠지지 않고 들렀으며, 동시에 교수로서의 강의에도 충실하였다. 그리고목월은 1974년 암살당한 영부인의 전기집필을 맡는데, 이것은 정치적측면과는 전혀 무관한 것으로, 단지 그 동안의 인간적 정에서 비롯된것이다. 목월은 자료수집 및 집필로 분주한 1년을 보낸 후 전기를 완성한다.

목월은 그런 바쁜 와중에도 꾸준히 시를 써 나이 60세가 되던 1976년 시집『무순』을 발간한다. 이 때, 목월은 문과대학장을 맡고 있었는데, 학장이 된 이후에도 등교할 때마다 수위에게 먼저 인사를 할 정도로 겸손했고, 학장보다 시인임을 더 명예롭게 생각하는 진정한 시인이었다. 그러면서 목월은 이제부터 더 열심히 시를 써야겠다는 생각을밝히곤 했다. 그러나 이 무렵 목월은 고혈압으로 2주 남짓 입원할 정도로 건강이 좋지 않았다. 그래서일까? 목월은 죽음과 관련된 시를 많이 썼다. 「용인행」을 보면, "목사님의 소개로/용인엘 갔었다. 내외가/고속버스를 타고/평당 3,000원이면 싼값이지요/산기슭에서 소개업자가말했다/나는 양지바른 터전을/눈으로 더듬고/서녁 하늘 같은 눈으로/아

내는 나를 쳐다보았다."라고 되어 있다. 죽음을 앞둔 60대 목월의 시
적 세계는 다음 시에 잘 압축되어 있다.

><br>
> 빈 것은
> 빈 것으로 정결한 컵
> 세계는 고드름막대기로
> 꽂혀 있는 겨울 아침에
> 세계는 마른 가지로
> 타오르는 겨울 아침에,
> 하지만 세상에서
> 빈 것이 있을 수 없다.
> 당신이 서늘한 체념으로
> 채우지 않으면
> 신앙의 샘물로 채운다.
> 그리고
> 오늘 아침에는
> 나의 창조의 손이
> 장미를 꽂는다.
> 로오즈 리스트에서
> 가장 매혹적인 죠세피느 불르느스를
> 투명한 유리컵의
> 중심에.

(「빈 컵」)

이 시에서 인간의 흔적은 제거되어 있다. 인간은 빈 그릇일 뿐이다.
그 빈 그릇에 신의 섭리를 가득 채워야 한다. 이처럼, 인간이 지닌 모
든 탐욕과 허물을 벗어버리고 빈 그릇 같은 '서늘한 체념'에 도달할

때, 비로소 보다 높은 구원의 세계인 '신앙의 샘물'에 도달할 수 있는 것이다. 이러한 경지는 일차적으로 목월의 돈독한 신앙에 의해 가능했을 것이다. 그러나 보다 본질적으로는 40여 년을 오로지 시만을 위해 살아온 시인의 외길 삶에서 비롯된 것이다.

> 시는 (중략) 나의 경우 구속되고 폐쇄된 젊음을 의식할 때 그것에의 해방, 탈출을 희구하는 갈증이요, 혹은 불완전한 인간과 인간 사이에 벌어지는 틈바구니 속에서의 몸부림이요, 죽음의 그 모습을 보일 때의 하얀 목마름이었다.10)

목월에게서 시는 삶 자체였다. 시를 통해 삶의 희로애락을 극복하고 달관의 경지에 이를 때, 시는 삶의 모든 것을 지탱하는 유일무이한 중심이 된다. 살아가는 인생에서 시가 하나의 신앙이 되는 것이다. 시와 신앙이 등가의 자리에 놓이는 정신세계는 아무나 근접할 수 있는 경지가 아니다. 그것은 시를 삶의 모든 것으로 여기고, 시를 위해 삶의 모든 것을 바치면서 살아온 목월 같은 위대한 시인만이 도달할 수 있는 최고의 정신세계이다. 이 세계에서 비로소 인간과 사물과 신이 완벽한 균형상태로 합일될 수 있다. 그리고 그런 세계는 온갖 존재가 주변부를 방황하다 모든 것을 체념하고 달관의 경지에서 귀일해야 할 중심부이다. "나의 창조의 손이/장미를 꼽는다/(중략)/투명한 유리컵의/중심에"라는 말은 그 누구도 감히 할 수 있는 것은 아니다. 그것은 시인으로서의 외길 인생을 살면서 시를 신앙과 일체시키고, 이를 통해 모든 존재의 중심을 깨달은 시인만이 할 수 있는 것이다. 그렇지 않으

---

10) 박목월, 『박목월 자선집 1권』(삼중당, 1973) pp.329~330.

면 그것은 신과 시에 대한 신성모독에 해당된다.

1978년 3월 24일, 목월은 평소처럼 새벽 산책에서 돌아온 뒤 가벼운 어지럼증을 느껴 자리에 누웠고, 그리고는 편안한 모습으로 영원히 잠든다. 목월은 시인을 사랑하는 모든 이들의 곁을 떠나, 살아 생전 아내와 동행했던 용인모란공원에 묻힌다. 아니 그는 묻힌 것이 아니라, '영원히 아름답고 끝없이 즐거운' 세계, 곧 음과 양이 합일되는 모든 존재의 중심부로 귀향한 것이다.

> 죽음은 그야말로 소멸이나 종언이 아니다. 내 육신이 스스로 영원한 시간으로 돌아가서 그곳에서 환한 눈을 뜨는 것이다……괴로운 것은 영원히 괴로울 수 없다. 괴로움은 괴로움으로서 한때를 지나가는 것이다. 또한 그 괴로움은 죽음이라는 사실을 거쳐서 느긋하게 평안하고 황홀하게 서럽고 어둡게 환한 영원히 아름답고 끝없이 즐거운 것으로 돌아가 버린다.[11]

목월이 떠난 이듬해인 1979년, 미망인 유익순 여사와 장남 박동규 교수에 의해 유고시집 『크고 부드러운 손』이 간행되었다. 그러나 목월에 대한 기억은 그것으로 끝난 것이 아니다. 해마다, 붉은 철쭉과 노란 개나리가 만발하는 3월이 오면 용인모란공원에서는 시인을 기리는 추모제가 열린다. 그리고 목월이 창간한 『심상』도 한 호도 거르지 않고 지금도 발간되고 있다. 나아가, 그가 남긴 위대한 시는 늘 우리들 가슴에 아름다운 꽃향기를 불러일으키면서 우리들의 시심 속에 살아 숨쉬고 있다. 적어도 시가 사라지지 않는 한, 목월의 시는 자연적 정한의 세계에서 존재의 중심의 세계에 이르기까지 넓고도 깊은 향기를

---

11) 박목월, 『구름의 서정』(박영사, 1958) p.56.

풍기면서, 고고한 청노루의 자태로 우리들 곁에 영원히 함께 있을 것
이다.

# 존재의 목소리 현현과 자기성찰의 시조 : 김준

## 1. 구도자의 시조

　나는 시조를 창작하는 데 있어서 단순한 서정의 표상만을 드러내
려 하지는 않는다. 오히려 자기성찰의 도구로서의 서정이요, 자기
수련의 목표 그 자체로서의 서정이라는 의미를 갖고 있기 때문에 자
연 과작이라고 말하고 싶다. (『쓸쓸하지 않는 연습』 책머리에서)

　시인 스스로 자신의 시조창작을 두고 "자기성찰의 도구"이자 "자기
수련의 목표 그 자체"라고 언급하고 있는 바, 이는 '시조'를 전범으로
하여 일평생을 살아오면서 자기성찰과 수련을 했다는 의미이다. 성찰
이나 수련은 정신의 영역에 해당된다. 그것은 육체적 만족이나 물질적
풍요로움과는 거리가 먼 것으로, '나'라는 존재는 무엇이며, 또 어떻게
사는 것이 진정 참다운 삶이고 가치 있는 삶인가라는 식의 정신적 측
면과 관련이 있다. 시인 스스로 시조가 성찰과 수련의 그 자체라고 말

할 때, 시조는 바로 시인의 삶 그 자체이자 전부인 것이다. 시인은 성직자나 구도자처럼 시조를 통해 자기성찰과 수련을 하는 것이다. 그런 시조를 쓰는 것은 고통스러운 것이며, 그의 과작은 여기에 연유한다고 볼 수 있다.

1938년 전북 정주에서 태어나 1960년 ≪자유문학≫지에 시조 「이마음」으로 당선한 이후, 첫 시조집 『四十二章』(1966)에서 출발하여 『인정은 물일레』(1974), 『진실로 네 앞에는 무엇을 미워하랴』(1991), 『쓸쓸하지 않는 연습』(1998) 등 네 권의 시조집을 발간한 김준의 시세계는 과연 자신의 언급대로 자기성찰과 수련 그 자체인가? 이 물음에 대한 답을 찾기 위해서는 최근 발간된 네 번째 시조집에 실린 다음 작품을 먼저 살펴볼 필요가 있다.

　　　한치 앞도 볼 수 없는
　　　내 무딘 세월들은

　　　주어진 시간만큼
　　　지루하기 그지없어

　　　넉넉히 펴 놓고 보일
　　　그런 때도 없었네.

　　　그 넓고 넓은 세상
　　　인생의 변두리에서

　　　미리 챙겨 놓은
　　　크고 작은 일들조차

언제나 지나치고 말았네,
주변머리 없었네.

무심히 잊고 사는 일이
때로는 덕이 될 듯도 하여

온갖 어려움도
지혜롭게 버티었네

오늘도 내 분수 안에서
존재하는 것일세.

(「자화상」전문, 『쓸쓸하지 않는 연습』:<br>이하 시조집 순서대로 숫자와 페이지만 표시, 4: pp.33~34))

회갑을 맞이하는 시점에서 시인은 자신이 지금까지 살아온 인생에 대해 스스로의 자화상을 그리고 있다. '한치 앞도 볼 수 없는' 격동의 세월에서 시인은 '넉넉히 펴 놓고 보일' 큰 명예나 권세 없이 '지루하기 그지' 없는 단순하면서도 평범한 삶을 살았고, '미리 챙겨 놓은 크고 작은 일들조차' 잊어버리면서 '인생의 변두리'에서 '주변머리' 없이 살았다고 자신의 삶을 뒤돌아보고 있다.

그러면서 마지막 수에서, 그런 보잘 것 없는 삶이지만 언제나 '분수'를 지키면서 온갖 어려움도 지혜롭게 극복해 왔다고 말하고 있다. 여기서 '분수'는 평범한 일상인으로서 지켜야 할 '분수'라는 의미보다는 시인으로서의 '분수'를 의미한다. 곧 시인은 시인으로서 자신에게 주어진 분수 안에서 최선을 다해 살아왔으며, 시인으로서 시조를 통해 삶의 지혜를 터득하고 온갖 어려움을 극복해 온 것이다.

## 2. 존재의 언어, 그 현현

그렇다면 시인이 '자기성찰과 수련 그 자체'라 명명한 시세계가 무엇이기에, 시인으로서의 분수를 지키면서 세상살이의 온갖 어려움을 극복했다고 감히 말할 수 있는 것인가?

넉넉한 마음으로
이 자리에 섰습니다

지금 눈앞에
빛나는 언어들은

참으로 온당한 말씀
은혜로운 결과입니다.

산과 들 어느 것도
부끄럽지 않습니다

온 세상 선한 것들
단풍으로 윤기나고

맞추어 눈물겹도록
하늘 저리 푸릅니다.
(······)

「가을 들녘에서」, 4: p.23)

네 번째 시조집에 실린 작품으로, 김준의 시세계의 특질을 압축적으로 보여주고 있다. 첫 번째 수에서 시인은 가을 끝자락에 수확을 마친 들녘에 서 '넉넉한 마음'으로 자연의 풍광들을 바라보면서 '빛나는 언어'를 보고, 그 언어를 통해 '참으로 온당한 말씀'과 '은혜로운 결과'를 읽고 있다. 두 번째 수에서 가을의 들녘과 푸른 하늘은 부끄럽지 않고 선한 것들로 윤기 난다고 읊조리고 있다. 언뜻 보면, 산과 들과 강 등의 구체적인 자연물을 대상으로 한 평범한 자연예찬시로 읽힐 수도 있는 작품이다.

그러나 이 작품은 그런 해석의 차원을 뛰어넘는다. 그것은 '빛나는 언어'라는 구절 때문이다. 가을 들녘에 펼쳐진 자연의 제반 형상들을 두고 그 외적 풍경을 묘사하기보다는 그 대상으로부터 '빛나는 언어'를 감지하는 시인의 시적 능력은 예사롭지 않다. 대개 시는 시적 언어를 매개로 하여 어떤 대상에 시인의 정조를 투사한다. 이때의 언어는 일상언어이면서 고유한 시적 언어로, 그 담당자는 시인 자신이다. 곧 시인 자신의 시적 정조에 따라 언어는 선택되고 배제되는 것이다.

그런데 시인은 가을의 자연물로부터 언어를 보고 있다. 이것이 갖는 의미를 파악하기 위해서는, 하이데거가 횔데를린의 시를 분석하면서 언급한 "시는 언어에 의한 존재의 건설이다."(하이데거, 『시와 철학』)라는 대목에 주목할 필요가 있다. 하이데거는 근대 자본주의를 두고 '존재의 집의 결핍 내지 황폐화'로 명명하고 있다. 곧 근대 이전에 인간과 자연은 '존재의 집'에서 합일되어 조화롭게 공존하였다. 그런데 근대가 시작되면서 '존재의 집'은 황폐화되고 인간과 자연의 합일은 파괴되면서 '존재가 사라져 버린 시대'로 전락한다. 이런 상황에서 시인은 사라져버린 존재의 목소리(언어)를 듣고(읽고) 그 목소리에 따라 모든 사물들을 그 본질에 있어서 명명한다. 달리 말하자면, 시인은 모든 사물들에서 존재의 목소리(언어)를 읽고 그 목소리(언어)로 노래함으로써 사라져버린 '존재의 집'을 현현하고, 동시에 근대 자본주의에 의해 훼손된 일체 사물의 진정한 본질을 존재의 목소리(언어)를 통해 건설하고 명명하는 것이다.

보다 구체적으로, 시인은 존재의 목소리를 듣고, 그 목소리를 통해 일체 사물의 숨겨진 본질적 의미를 현현함으로써, 인간과 자연이 하나의 원환을 이루는 '존재의 집'을 건설하는 것이다. 그러기에 이때의 언어는 '궁핍한 지상의 언어'가 아니라 지상에는 부재하는, 그러나 인간이 진정 인간다운 삶을 회복하기 위해 반드시 되찾아야 할 '존재의 언어'인 것이다.

김준 시인이 가을 들녘에서 자연의 일체 사물로부터 '빛나는 언어'를 눈앞에서 보고 읽는다는 것은 바로 사라져버린 신과 존재의 언어를 읽는다는 것이며, 동시에 훼손되기 이전의 사물 그 자체의 본질을 읽고 명명한다는 의미이다. 수확이 끝난 텅 빈 가을 들녘을 보면서 '넉넉한 마음'을 갖게 되고 '은혜로운 결과'라고 말할 수 있는 것은 시인의 언어가 아니라 존재의 언어이기에 가능하다.

겉으로 보이는 현상적 측면에서 보면, 텅 빈 가을 들녘의 모든 사물은 쓸쓸하고 공허하며, 수확이 끝난 뒤에 버려진 하찮은 것들에 불과하다. 그러나 가시적인 현상의 측면을 떠나 모든 사물의 본질의 측면에서 본다면, 곧 존재의 언어에 따르면 각 사물은 겉으로는 텅 비어 있지만, 그 텅 빔 속에 또다른 풍요를 내포하고 있다. 각 사물은 그 자체의 고유한 존재적 의의를 지닌 '온당한 말씀'이자 '은혜로운 결과'이면서, 그 모든 것이 인간과 자연의 합일을 지향하는 존재의 목소리를 현현하고 있는 것이다. 시인은 그러한 존재의 목소리에 따라 사물의 본질적인 것을 건설하는 것이다.

가시적인 현상 너머 사물의 본질에 대한 천착, 사라진 존재의 목소리의 명명과 현현으로서의 시조, 그런 시조가 시인의 자기성찰과 수련 그 자체가 되는 경지, 이것이 갖는 의미가 무엇인지에 대한 물음은 현대에 있어서 시조의 의미에 대한 탐색과 맞물려 있다.

시조의 현대적 의의에 대한 논의는 여러 측면에서 가능하겠지만, 여기서는 본연지성(本然至性)과 기질지성(氣質至性)의 측면에서 그 의의를 살펴보고자 한다. 본연지성은 통일과 동일화와 보편화의 원리이며, 기질지성은 차별과 분별과 특수화의 원리이다. 이기(理氣)철학에서 본연지성은 이(理)이며, 기질지성은 이와 기(氣)를 함께 지칭한다. 가시적인 현상들의 제반 다양한 측면들이 기질지성에 해당된다면, 그 다양한 차별성을 통일하여 보편화하는 것이 본연지성이다. 본연지성은 세계와의 접촉 없이도 존재하는 자아로, 주관과 객관, 감정과 이성이 구분되지 않는 미분화 상태이기에 대립과 갈등이 있을 수 없다. 시조는 본래 이 본연지성에 기초하고 있다. 인간과 자연의 차별이 아니라, 인간과 자연의 통일과 합일의 세계가 시조가 지향하는 궁극적 세계이며, 그 세계는 본연지성에 의해 가능하다.

그런데 근대 자본주의가 도래하면서 본연지성으로서의 합일은 하나의 이상으로만 존재할 뿐이다. 세계는 이제 대립과 갈등이 난무하며 그것은 기질지성의 측면과 관련이 있다. 시조의 현대적 의의는 기질지성이 지배하고, 대립과 갈등이 난무하는 사회에서 본연지성에 의해 통일과 동일성을 강렬히 추구하는 것이다. 이를 달리 말하자면, 인간과 자연이 대립된 근대 자본주의 사회에서 시조는 인간과 자연이 합일된 동일성의 세계를 본연지성에 의해 지향하는 것이라 할 수 있다.

시조의 현대적 의의를 이렇게 판단한다면, 김준 시인이 도달한 존재의 언어로서의 시조의 측면은 실상 시조가 도달할 수 있는 가장 깊은 영역에 해당된다고 볼 수 있다. 인간에 의한 자연지배와 이에 따른 물질적 측면의 풍요만을 구가하면서, 자연과의 합일과 순수한 정신적 가치를 상실한 현대사회에 있어서 시조가 존재하는 가장 강력한 근거가 바로 상실된 '존재의 집'을 회복하는 것이다. 김준 시인은 상실된 '존재의 집'의 목소리를 현현하면서, 존재가 사라져버린 시대의 황폐함을 극복하고, 그런 시조를 자아성찰과 수련 그 자체로 삼고 있는 것이다.

어둠이 숲을 타고
소르륵 내리는 밤

풀벌레 울음으로
달빛 저리 눈부시다

어룽진 창살을 비껴
깃을 펴는 이 낭음(朗吟).

호젓이 뜰에 서니
되려 허(虛)한 나의 의상

밟히는 시름자락
시원(始原)으로 고이 접고

이대로 한 마리 호접(胡蝶)인양
적막 속을 날고 있다.

(「가을 어느 날 밤」, 3: p.87)

가을 어느 날 밤 시인은 뜰을 거닐고 있다. 시인은 가시적인 현상의 자연물을 보고 있지만, 그 현상 뒤 본질에 내포된 존재의 목소리를 듣는다. 그럴 때, 어둠이 숲에 '내리고', '풀벌레 울음'이 '눈부신 달빛'으로 치환되고, '낭음'이 뜰에 '깃을 편다'. 이것은 단순한 의인화가 아니다. 이것은 인간과 자연의 합일을 지향하는 물아일체, 본연지성, 존재의 목소리의 현현의 경지에 해당된다. 그 경지에 도달할 때, 시인은 현실의 온갖 허물(의상)을 벗고 '한 마리 호접'이 되어 적막한 뜰을 거닐게 된다. 아니, 날게 된다. 인간과 나비가 일체가 되는 것은 장자의 '호접지몽(胡蝶之夢)'의 세계에 다름 아니다. 꿈과 현실, 인간과 자연의 경계가 사라지고 모든 것이 일체가 되어 공존하는 이 세계는 '무위자연'의 그것이자, '시원'에 해당된다. 만물의 원천으로서의 시원은 인간과 자연이 합일되는 동일성의 세계이자, 존재의 집이며, 어머니의 자궁 속처럼 아늑한 원초적 고향이다. 그것은 근대 자본주의가 도래하면서 사라진, 인간과 자연이 더불어 공존하는 평화로운 세계로, 상품 물신주의가 만연하고 육체적 쾌락이 지배하는 자본주의 사회에서 반드시 회복되어야 할 세계이다. 김준 시인은 그 세계를 지향하면서 그 세계의 목소리로 시조를 쓰고, 그 시조를 통해 자신을 성찰하고 수련하는 것이다.

다음 두 편은 인간과 자연, 꿈과 현실, 육체와 영혼, 물질과 정신이 합일된 '존재의 집'의 목소리에 기초한 시조를 자기성찰 그 자체로 삼은 시인만이 도달할 수 있는 삶의 지혜이자 혜안일 것이다. 그것은 대립, 갈등, 물욕을 비롯한 온갖 소유욕 등에서 벗어나 통일과 합일과 무욕을 깨우친 고귀한 정신에 다름 아니다. '말과 침묵', '말과 숨결', '고독과 만족'의 대위법, 그리고 '빈 그릇과 풍요'의 대위법은 다른 시조 작품에서 흔하게 볼 수 있는 것과 같은 장식적이고 수사적인 차원의 것이 아니다. 그것은 본연지성에 기초하여 인간과 자연의 합일을 지향하면서 그 세계의 목소리로 시조를 쓰고, 그 시조로 자신을 부단히 성찰하고 수련한 시인만이 도달할 수 있는 영역이다.

(i)
건네는 말보다는
새겨두는 침묵이어라

무어라 말하지 않고
속 깊은 숨결이어라

오로지 차고 넘치는
고독이란 이 만족.
(「사랑을 위하여2」, 4: p.45)

(ii)
내 진정 말하지만
저 빈 그릇 다시 보게나

지쳐 무료할 땐
생각 말고 살펴 보게나

넉넉히 비어 있음은
진정 풍요 아닌가.
(「풍요로움」, 4: p.93)

## 3. 불교, 천명, 그리고 청산으로

김준 시조가 도달한, 존재의 목소리의 현현을 통해 인간과 자연이 합일되는 세계를 지향하는 것을 두고 가혹한 현실을 무시한 일종의 현실초월적 내지 도피적인 것이라 비판할 수도 있다. 그러나 그러한 비판은 김준 시세계의 전모를 탐색할 때 전혀 무근한 것임을 알 수 있다.

김준 시조의 출발점에는 상실감이 뿌리깊게 자리잡고 있다. 상실감의 원인을 "가난,/시름,/우울 속에/한신들 울기만 했다."(「네 이 못난 두꺼비야」, 1: p.43)는 시구에서 보듯 개인적 삶의 차원에 둘 수도 있고, 전쟁과 분단을 몸소 겪은 세대로서 절박하게 느끼게 되는, '철조망'(「네 이 몹쓸 사람아」, 1: pp.55~57)으로 상징되는 사회역사적 비극에 둘 수도 있다. 아니, 그러한 원인들이 복합적으로 작용하여 김준 시조의 기저에 상실감이 자리잡게 된 것이라 보는 것이 보다 타당할 것이다. 1938년 생으로 일제강점기와 해방, 그리고 전쟁과 국토분단이라는 불행한 시대의 비극적 일들을 직, 간접적으로 체험하고, 동시에 가난한 농촌출생으로 척박한 삶을 살아오는 과정에서 이러한 상실감이 그의 시적 원형질로 자리잡게 된 것이라 볼 수 있다. "쓰디 쓴 입 언저리/쑤셔오는 뼈마디와//모래알같이/헝거롭기만 한 이 가슴//어디매 눈길을 주랴/안개 자욱 낀 이 앞인데."(「푸념」, 1: p.31)라는 구절은 현실과 삶에서 겪게 되는 절망감과 아픔, 그리고 미래에 대한 불안한 측면을 단적으로 보여주고 있다.

아마도 김준 시인뿐만 아니라 시인과 같은 세대의 시인들에게서 이러한 상실감과 절망감은 보편적 정서에 해당될 것이다. 김준 세대의

시인들은 자신들에게 주어진 이런 정서를 때로는 절망적 어조로 토로
하거나, 아니면 시대적 현실에 대한 직접적인 비판을 가하거나 하는
식으로 시적 대응을 행한다. 그러나 김준 시인은 그 나름의 독특한 방
식으로 시세계를 구축한다.

1

北風이 몰아쳐도
의젓한 街路菩薩

출렁이는 그림잘
微笑로 인도하며

"煩惱도 다스리고 보라!"
어머니의 默示여.

2

노래 사라진 벌판
별도 지친 하늘에서

몸부림 치다치다
외면한 歲月인데,

無量히 經을 외는 慈悲
우뚝 사는 街路菩薩
(······)

(「街路燈」, 1: pp.7∼8)

‘북풍’이나 ‘노래 사라진 벌판/별도 지친 밤하늘’은 열악한 현실상황을 의미한다. 시인은 그 상황에 절망감과 상실감을 느끼고 그것에 맞서 ‘몸부림 치다치다’ 그 황량한 세월을 ‘외면’한다. 여기서 ‘외면’은 현실도피를 의미하지 않는다. 그것은 속악한 현실의 세파에 휩쓸리기를 거부하고, 그 거친 급류로부터 자신을 지켜내기 위한 한 방법에 해당되는데, 그것이 ‘가로 보살’되기이다. ‘의젓한 가로등’은 어두운 밤하늘을 밝게 비추는 구원의 빛으로 길 잃고 방황하는 이들이 나아갈 길을 제시한다. ‘보살’은 ‘무량히 경을 외면서’ 속세의 온갖 번뇌를 다스리고 다스려 그것을 초월하고, 그 초월의 경지에서 일체중생을 ‘미소’로 대하고 그들에게 자비를 베푸는 존재이다. 시인은 이러한 ‘가로 보살’처럼 가혹한 세상사에 절망하지 않고, 모진 세파를 꿋꿋이 헤치고 온갖 번뇌를 무언의 정신집중인 ‘묵시’를 통해 극복하려 한다.

시인은 이러한 자세를 “고된 외로움을/꿈으로 달래 가고//몸서리 치는 세월을/쓸어 안는 地心”(「窓」, 1: p.10)으로 표현하고 있다. 곧 시인은 ‘보살’, ‘번뇌’, ‘경’ 등으로 상징되는 불교의 선사상을 매개로 하여 현실의 탁류에 휩쓸리지 않고 그것을 정신적으로 극복할 수 있는 강력한 버팀목을 마련하고 있는 것이다. 김준 시조에서 절망이나 좌절, 슬픔 등이 등장하지 않는 것은 시인이 개인적, 사회적 측면에서 그런 정서를 느끼지 못해서가 아니라, 그것을 정신적으로 굳건하게 극복할 수 있는 지주를 마련하고 있기 때문이다.

1

오히려 꽃을 피어
밤을 사르는 외로움

저려 오는 눈보라도
체온으로 다스리고

못 지운 그을음에 얽혀
주름 느는 認苦ㄴ가.

　　　2
평생 비바람에
향수야 뜨내기로

마른 한숨이
세월만 불러 가고

쌓여 온 悔恨에 젖어
바위로 굳은 가슴이여.
(……)

(「石燈」, 1: pp.19~20)

　오랜 세월 석등은 비바람과 눈보라를 맞으면서도 꿋꿋이 그 자리에서 자신의 모습을 지켜오고 있다. 석등은 세월의 급류에 휩쓸리지 않고 불교의 선사상을 매개로 하여 올곧은 정신으로 굳건히 자신을 견디어 내는 시인의 모습 그 자체이다. 석등처럼, 시인은 어두운 밤과 같은 현실에서 오랜 세월 비바람에 깎이면서 한숨과 회한을 쌓아왔고, 그로 인해 숱한 상처(못 지운 그을음)를 입었지만, 그 모든 상처와 아픔을 인고로 참고 견디면서 기어이 꽃을 피우고 그럼으로써 차가운 석등에 따사로운 체온을 되찾겠다는 의지로 현실을 견디어 내는 것이다. "한 가닥 벅찬 의미로/ 웃어보는 그 훗날"(「석등」, 1: p.21)을 꿈꾸면서 시인은 현실의 가혹한 상황을 극복하고 정신적 숭고함과 순수한 가치를 지향하면서 현실을 견디어 내는 것이다.

여기서 김준의 후기시조에 나타나는 사물의 가시적인 현상 너머 비가시적인 본질로 시적 인식을 심화시키는 한 단초를 읽을 수 있다. 비생명체이자 무기물인 '석등'과 '바위'를 두고, 가시적 현상에 머물지 않고 그 본질로 인식을 심화시켜, 그것을 '꽃'이라는 생명체로 치환시키는 것이 그것이다. 말하자면, 부재하는 존재의 목소리의 현현은 하루아침에 이룩된 것도 아니며, 어떤 가식적인 포즈도 아닌 것이다. 그것은 시인이 그 출발에서부터 현상 너머 본질을 인식하려는 시적 치열성이 축적된 결과이며, 그러기에 이러한 시적 인식은 김준 시인만이 가질 수 있는 고유한 영역이다.

속악한 현실에 휩쓸리지 않고 정신의 순수한 가치를 추구하고자 하는 시인의 자세는 의식의 내향화를 동반한다. 곧 시인은 현실로 시선을 외향화하기보다는 그 현실과 맞서 자신의 순수를 지키고 또 꿈을 이루기 위해 자신의 내부로 의식을 지향시킨다. 의식의 내향화는 공간의 좁힘을 동반한다. 그것이 세월 밖의 "한 잔 차(茶)잔에/허전한 나의 공간(空間)"(「나의 공간」, 2: p.31)인데, 시인은 현실과 거리를 둔 자신만의 공간에서 삶에 대한 사념에 빠져든다. 어떻게 사는 것이 진정 의미 있고 가치 있는 것인가에 대한 탐색을 통해 시인은 '가난하지만 주어진 것에 만족하면서 하늘이 부럽지 않는 무욕의 삶'(「하늘이 부럽지 않다」, 2: p.20)과 모든 어려움을 극복한 '자비로운 삶'(「가로등 II」, 2: p.25)을 지향한다. 시인은 이를 위해 '천명'에 따른 삶을 살고자 한다.

짐짓 천명(天命)을 지켜
허둥이는 당신의 길

아픈 능선(稜線)을 따라
웃으며 가는 당신의 길

깊고 먼 일월(日月)을 찾아
배웅가는 당신의 길.

(「숙명」, 2: p.39)

초기에는 불교의 선사상을 매개로 하여 타락한 현실을 이겨낼 수 있는 정신적 버팀목을 마련하던 시인은 이제 불교라는 종교적 측면에서 벗어나 보다 보편적인 매개항으로 나아가는데, 그것이 '天命'으로 상징되는 세계이다. 시인은 하늘이 정해놓은 만물의 질서와 섭리에 따른 삶을 살아가고자 한다. 그런데 현실은 천명을 거부하고 모든 것을 인위적이고 인공적으로 재편함으로써 타락하고 훼손되어 있다. 그런 현실에서 천명을 지키는 것은 어려운 일이기에 '허둥'될 수밖에 없고, '아플' 수밖에 없다. 그러나 시인은 그런 험난한 삶의 여정을 '웃으며' 살아가면서 '깊고 먼 일월'로 상징되는 세계를 지향한다. 여기서 '일월'은 후기시에 가서 자연으로 구체화된다. 다음 시조는 시인이 정신적 버팀목의 매개항으로 불교에서 출발하여 천명을 거쳐 자연으로 나아가는 과정을 잘 보여주고 있다.

(……)
양계장 암탉은
한 마리 나비인양

청산(靑山)을 부르며
훨훨 춤을 춘다

새로운
둥지를 찾아
빙빙 도는
출발(出發)로.

(「양계장의 암탉」, 2: pp.29~30)

　'양계장 암탉'은 타락한 현실에 길들여지고 사육된 존재이다. 시인은 그런 삶을 거부하고 한 마리 '나비'가 되어 청산을 훨훨 날아다니고자 한다. 곧 시인은 '청산'으로 상징되는 자연을 새로운 둥지로 설정하고 그것으로부터 삶의 섭리를 터득하여, '암탉'이 '나비'로 변하듯 스스로의 질적 변화를 꾀하고자 한다. 두 번째 시조집을 보면, 시인은 구체적 자연물, 예를 들어 '내장산', '다보탑', '추풍령', '해바라기', '석류', '진달래' 등의 구체적이고 가시적인 자연물을 대상으로 하여, 그것을 통해 험난한 세파를 헤쳐 나갈 정신적 자양분을 습득하고 있다. 그러다가 세 번째 시조집 이후, 점차 시인의 인식이 깊어지면서 시인은 자연일반으로 의식을 넓히고, 나아가 눈에 보이는 가시적 자연현상이 아니라 비가시적인 본질적로 의식을 심화시킨다.

차라리 거추장스러운
남루를 벗어버리고

아예 아무 것도
외면한 이 산정에 서서

차분히, 홀가분한 마음으로
긴 겨울을 노래하리.
(……)
때때로 겨울나무는
알몸으로 춤을 춘다

고이 잠들 수 없는
영욕의 허울을 벗고,

더불어 겨울나무로 서서
산의 뜻을 헤아리리라.
(「겨울나무로 서서」, 3: pp.32~33)

시인은 속세의 온갖 거추장스러운 남루를 벗어버리고 모든 것을 외면한 채 홀가분한 마음으로 겨울 산정에 서서 겨울나무를 바라보고 그 나무와 일체가 되고자 한다. 잠들지 못하게 하는 온갖 번뇌와 영욕의 허울을 벗어버리고, 알몸으로 춤을 추는 겨울나무와 일체가 되어 산의 섭리를 배우고자 한다.

어느 먼 두메산골
계절은 저홀로 두고
구름도 외면한 채
본시 정한 마음이더니
지금은
어느 길손의 손에 닿아
어안이 벙벙하겠구나.

> 난은 난이라서 귀하고
> 향기 또한 그윽하다
> 가꾸고 다듬은들
> 본 뜻이야 빛이 날까
> 그 신비
> 황홀하다 해도
> 사로잡지 못하네.
>
> 　　　　　　（「전시장의 난을 보고」, 3: p.65）

　전시장의 난은 본래의 난이 아니라 가꾸고 다듬어진 인공의 난이다. 시인은 그런 인공적인 난으로 상징되는 자연을 거부한다. 두메산골에 정한 마음으로 있던 난 본래의 모습, 곧 인공적이고 가시적인 난이 아니라, 난 본래의 모습을 지향한다. 난은 난이라서 귀하고 향기 또한 그윽하지만, 인공의 난은 난 그 본래의 특질을 드러내지 못한다. 인공적이고 가시적이고 현상적인 난이 잃어버린 난 본래의 신비롭고 황홀한 특질, 곧 타락한 현실의 훼손된 인간이 결코 사로잡을 수 없는 난의 본질과 일체가 되려 한다. 난의 본질은 인공화되고 상품화된 자연에서 결코 찾을 수 없다. 시인은 난의 그러한 본질과 일체가 됨으로써 난처럼 고고하고 숭고한 정신적 가치를 지니려 하고, 난처럼 기품 있는 삶을 살고자 한다. 시인에게서 난은 인공적으로 가꾸어지는 도학적, 현학적 취미의 대상이 아니다. 시인에게서 난은 삶과 인생의 예지를 깨우쳐주는 스승과도 같은 것이다. 이것은 난의 가시적 현상에 시선을 고착시켜서는 도달할 수 없는 영역이다. 가시적 현상 너머 본질에까지 인식을 천착시킬 때 비로소 가능한 영역이기에, 이를 통해 시인의 정신의 깊이가 어느 정도인지를 가늠할 수 있을 것이다.

세월을 외면하고
무량(無量)만을 반추한다

눈도 귀도 병이 될듯 싶어
마음 꼭꼭 닫아두고

견고한 고독의 자세로
청산을 받들고 있다.

(「바위 1」, 3: p.68)

　시인은 자연의 본질을 터득하기 위해 현실의 세월로부터 눈과 귀와
마음을 꼭꼭 닫고, 바위처럼 '견고한 고독'의 자세로 '청산'을 받들면
서 청산의 섭리를 배우고자 한다. 유한한 인간세계와 대비되는 '청산'
의 무한함과 그지없음을 깨우치려는 시인의 가열찬 정신은 드디어 자
연과 일체되어 자연의 본질에 내포된 상실된 존재의 목소리를 듣고,
그 목소리를 현현하는 경지에 이르게 된다.

한치의 빗금도 없이
출렁이던 너의 꿈은

냉냉한 하늘 높이
계절을 응시하며

노련한 몸놀림으로
언어들을 잉태한다.

어둠 깔린 산길 따라

> 외로움을 뒤로 하고
>
> 언젠가 빛깔 짙을
> 그 날을 손짓하며
>
> 나목(裸木)은 생각이 깊다
> 우람한 짐승처럼.
>
> 아슴한 기억 속에
> 헤아리는 삶의 역정(歷程)
>
> 혹한의 그 형벌로도
> 끝내 정직한 의식은
>
> 진부한 관념을 털고
> 신명초행(神命初行)을 적고 있다.
>
> 　　　　　　　　　(「나목」, 3: pp.82~83)

　시인은 앙상한 겨울나무를 본다. 현상적 차원에서 겨울나무는 무성했던 잎을 다 떨어뜨리고 앙상한 가지만을 을씨년스럽게 드러내고 있다. 그러나 시인은 겨울나무의 그런 현상적 측면에 머물지 않고, 그 본질로 인식을 심화시킨다. 그럴 때, 겨울나무는 앙상하지만 그 본질에 고귀한 생명을 내포하고 있으면서, 존재의 목소리를 담고 있는 것으로 질적 변용을 꾀한다. '노련한 몸놀림'으로 '잉태한 언어'는 나무에 내포된 존재의 목소리이다. 그것은 '언젠가 빛깔 짙을 그 날'을 기다리는 나무의 '꿈'과 관련이 있다.

　여기서 '그 날'을 겨울이 가고 여름이 와서 풍성한 나뭇잎을 드리우는 날로 해석할 수도 있다. 그러나 그것은 피상적 접근에 불과하다. '그 날'은, 지금은 훼손된 현실에 의해 앙상해진 나무이지만, 훼손되기 이전 나무가 내포하고 있던 그 본래의 생명력을 되찾을 때, 곧 인간과 자연이 합일되는 '존재의 집'을 되찾는 때를 의미한다. 이러한 해석은 마지막 수의 '진부한 관념'과 '신명초행'을 통해 뒷받침된다. '진부한 관념'은 훼손된 현실에 길들여진 의식이다. 시인은 이를 거부하고 겨울나무처럼 질적 변용을 통해 '신명초행', 즉 사라진 존재의 목소리를 듣고 그것을 현현하려는 첫걸음을 내딛고자 한다. '정직한 의식'은 현실에 훼손되지 않은 의식이자, 부재하는 존재의 목소리를 듣고자 하는 의식이며, 그 목소리를 통해 모든 사물의 현상 너머 본질에 내포된 본래적 모습을 되찾으려는 의식이다. 시인은 그런 정직한 의식으로 존재의 목소리를 현현하려 하기에 현실에 편안하게 안주할 수 없다. 정직한 의식으로 현실을 살아가는 것은 시인에게서 '혹한의 형벌'과도 같은 것이다. 시인은 그 형벌을 달게 감수하면서 기꺼이 자신을 바쳐 존재의 목소리를 현현하고자 한다. 그 현현의 결과물이 그의 시조이고, 그 시조는 바로 시인이 한평생 행해 오고 있는 자기성찰과 수련 그 자체이다.


## 4. 쓸쓸하지 않는 연습

나이 65세, 아직도 왕성한 시작 활동을 하고 있고, 후진 양성에 정력적으로 애쓰고 있음에도 불구하고, 시인은 노을 물드는 가을산에 올라 '저무는 연습'을 '애써' 배우고 있다.

노을진 산굽이를
구름처럼 머문 가을

그 가을산을
서둘러 보면서도

더없이 텅 비이 있음은
알 수 없는 일이다.

숲길을 걸어가면
쓸쓸한 나이만큼이나

마음은 서걱서걱
잎새에 바람 일고

조금씩 저무는 연습을
애써 배울 뿐이다.

(「가을산에 와서」, 4: p.25)

시간이 흐르고 만물이 변화하는 것은 자연의 섭리이자 진리이다. 꽉
참이 있으면 텅 빔이 있고, 오름이 있으면 내림이 있고, 젊음이 있으
면 늙음이 있는 법. 시인은 정년퇴임을 앞두고 지나온 세월의 여정을
회고하면서 '쓸쓸함'을 느낄 수밖에 없을 것이다. 하지만 평생 천명을
지키고 신과 자연의 섭리에 순응하면서 올곧게 살아온 시인이기에 그
섭리에 순응하고자 한다. 시인은 가을산의 텅 빈 모습을 보면서, 삶도
그렇게 꽉 참에서 텅 빔으로 흐른다는 사실을 깨닫고, 조금씩 '저무는
연습'을 한다. 그러면서 시인은 "지나간 모든 것은/참으로 아름답다//

늘상 새로움은/그 속에 숨"(「쓸쓸하지 않는 연습1」)쉰다는 사실도 알고 있고, 또한 "흘러 온 만큼/흘러가는 강물"(「강가에서」)도 있다는 사실도 알고 있다.

그러기에 시인은 정년퇴임을 앞두고도 '쓸쓸하지 않는 연습'을 한다. 그렇다. 시인은 결코 쓸쓸하지 않다. 처음 '불교'에서 출발하여 '천명'을 거쳐 '자연'으로 나아가, 자연의 본질에 내포된 존재의 목소리를 명명하고, 그 목소리가 현현된 작품을 통해 끝없는 자기성찰과 수련을 해온 위대한 시인이기에, 아직도, 계속해서, 그리고 아주 오랫동안 시인으로서의 분수를 지켜야 할 일이 너무도 많기 때문이다. 시인은 '자리에 연연하지 않고', 다만 지난날 삶에서 얻게 된 '소중한 기억'을 가슴 깊이 새긴 채, '밝은 햇살' 아래에서 마음껏 자연과 함께 노니는 '바람'이 되어 자신이 앞으로 '흘러가야 할 강'을 설계하고 있다. 우리는 앞으로도 계속해서 자유로운 '바람'이 전해 올 아름답고 황홀한 목소리를 담은 작품과 그 작품에 살아 숨 쉬는 시인의 고귀한 삶과 자기성찰의 노래를 가슴 뭉클하게 접할 수 있을 것이다. 시인의 앞길에 늘 '밝은 햇살'이 함께 하기를 기원하면서 다음 시로 글을 마치자.

그윽히 이는 생각
때로는 바람이고 싶네

머무는 자리마다
연연해 하지 않는

그래서 미련도 없이
지나치는 기억으로

정이 깊고 보면
소중했던 마음들은

겨운 봄날의
초록에 눈을 달고

목숨과 견줄 수도 없는
그러한 한때였네.

어느 날 속달로 받은
한 장의 전보처럼

비정이 앞서 가는
무심한 구름을 보았네

차라리 미움이 병이라던가
생각을 접어본다

간절한 종종 걸음
이제 보아 주체롭네

더러는 밝은 햇살
보배인양 스치다가

이대로
아아, 그냥 이대로
바람이고 싶다네.

(「쓸쓸하지 않는 연습(2)」, 4: pp.36~37)

# 시인 예수의 눈물에서 존재론적 사랑으로 : 정호승

## 1. 삶과 시의 진실이 주는 감동

가끔, 분주한 생활에서 벗어나, 고요한 산사에서 풍경소리를 들으며 밤을 하얗게 지새울 때나, 혹은 인적 드문 강가에 앉아 노을이 물드는 강물을 바라볼 때면, 지나간 삶의 아프고 기쁜 기억들이 하나둘씩 선명히 떠오른다. 살아오면서 누군가를 만나고 헤어지는 과정에서 사랑하고 미워한 그 모든 것들이 주마등처럼 뇌리를 스쳐 지나간다. 산다는 것이 얼마나 힘들고 고통스럽고 또 부질없는 것인가를 깨닫고는, 텅 빈 가슴 속으로 물밀 듯이 밀려드는 공허감과 고독감에 주저앉고 싶은 마음이 든다. 세상에 홀로 남아 있다는 외로움, 사랑하고 미워한 모든 것들에 대한 그리움과 회한, 앞으로 살아갈 날에 대한 막막함 앞에서 아득한 절망의 심연으로 곤두박질치는 자신을 발견한다. 그럴 때, 정호승 시인의 다음 시는 외로운 우리들의 가슴에 절절히 와 닿는다.

울지 마라
외로우니까 사람이다
살아간다는 것은 외로움을 견디는 일이다
공연히 오지 않는 전화를 기다리지 마라
눈이 오면 눈길을 걸어가고
비가 오면 빗길을 걸어가라
갈대숲에서 가슴검은도요새도 너를 보고 있다
가끔은 하느님도 외로워서 눈물을 흘리신다
새들이 나뭇가지에 앉아 있는 것도 외로움 때문이고
네가 물가에 앉아 있는 것도 외로움 때문이다
산 그림자도 외로워서 하루에 한 번씩 마을로 내려온다
종소리도 외로워서 울려퍼진다.
(「수선화에게」, 『외로우니까 사람이다』, 열림원, 1998. p.38)

외로우니까 사람이고, 살아간다는 것은 외로움을 견디는 것이라고 시인은 말하고 있다. 아니 서정적 주체 '나'가 외로워서 울고 있는 '너'에게 나지막한 목소리로 다독거리고 있다. '나'와 '너'는 분리된 존재가 아니다. 외로워서 울고 있는 '너'나 '울지 마라'고 다독거리는 '나'는 한 존재이다. '나'는 그 어떤 사람이 그리워서 오지 않는 전화를 기다리다 외로움에 지쳐 물가에 나와 울고 있다. 그런데 나 속의 또다른 나는 울음을 그치고 이 절절한 외로움을 이겨내려 한다. 그래서 시선을 들어 물가 주변을 돌아본다. 그리고는 깨닫는다. 나뭇가지에 앉아 있는 '가슴검은도요새'도, 하루에 한 번씩 마을로 내려오는 산 그림자도, 멀리서 울려 퍼지는 종소리도, 그 모두가 외로운 존재라는 것을. 심지어 하느님도 외로워서 눈물을 흘린다는 것을. 결코 함께 할 수 없는 물속의 제 그림자에 도취되어 그것을 하염없이 그리워하

는 수선화에서부터 우주의 삼라만상을 다스리는 하느님에 이르기까지,
세상의 모든 존재가 본질적으로 외로운 존재라는 것을 깨달을 때, 외
로움은 존재의 피할 수 없는 숙명이 된다. 따라서 외로움을 회피하거
나, 혹은 외로움 때문에 슬퍼하거나 절망해서는 안 된다. 눈이 오면
눈길을 걷고 비가 오면 빗길을 걷듯이, 나에게 주어진 외로움을 숙명
으로 받아들이고 견디면서 길을 떠나야 한다.

인간이란 외로운 존재이고, 삶은 그 외로움을 견디는 일이라는 것,
그리고 그 외로움은 우주만상의 존재원리라는 것. 이러한 교훈적 설파
는 때로는 허위적이고 작위적인 시적 수사에 머무는 경우가 많다. 그
러나 정호승 시인에게 있어서만은 시인의 고통스러운 삶과 시적 실천
이 어우러진 진실이다. 인간을 비롯하여 우주의 삼라만상이 외로운 존
재라는 시적 통찰은 시대의 모순에 절망하고 눈물 흘리면서도, 그 모
든 아픔을 밤하늘에 빛나는 별로 승화시키고자 한 시인 정호승만이
확보할 수 있는 시적 진실이다. 그러기에 정호승 시인의 시편 하나하
나는 인생과 삶에 대해 우리들이 깨닫지 못하고 있는 깊은 진리를 담
고 있으면서, 동시에 남녀노소를 막론하고 모두의 가슴을 촉촉이 적시
는 보편적 넓이를 확보하고 있다.


## 2. 시인 예수의 눈물과 마음의 칼

정호승 시인의 시세계는 크게 두 측면으로 구분될 수 있다. 『슬픔이
기쁨에게』(1979), 『서울의 예수』(1982), 『새벽편지』(1987), 『별들은 따뜻
하다』(1990)라는 시집을 발표하던 시기의 시세계와 『사랑하다 죽어버
려라』(1997), 『외로우니까 사람이다』(1998), 『눈물이 나면 기차를 타라』

(1999)라는 시집을 발표하던 시기의 시세계가 그것이다. 전자는 시적 인식이 사회공동체로 향해 있으며, 후자는 개인적 체험의 영역으로 향하고 있다. 두 세계는 겉으로는 확연히 다른 모습을 보이고 있지만, 긴밀한 상관관계를 맺고 있다.

초기의 정호승 시인은 어두운 밤에 사랑의 새벽을 기다리는 시인, 모든 사람을 그런 시인으로 만들게 하는 시인으로 압축될 수 있다. 곧 시대의 어둠에 절망하고 그 어둠 너머의 새벽을 기다리는 시인이라 할 수 있다.

(······)
혁명이란 강이나 풀,
봄눈 내리는 들판 같은 것이었을까

죽은 아기 위에 타오르는
마른 풀을 바라보며

내 가랑이처럼 벗고 드러누운
들길을 걸었다.

전철이 지나간 자리에
피다 만 개망초꽃
(「개망초꽃」, 『서울의 예수』, 민음사, 1982. p.13)

시인이 ≪반시≫ 동인으로 활동하던 시기는 유신과 5월의 광주로 상징되는 군사독재정권의 폭압과 파행적 산업화로 인한 부익부빈익빈 현상이 만연하던 때이다. 이 시는 5·16 군사혁명을 봄눈 덮인 혹한의

들판으로, 또는 마른 풀이 타올라 흙이 시커멓게 드러난 황량한 들판
으로 비유하고 있다. 여기에, 죽은 아기와 그 아기를 낳은 미친년의
가랑이를 투사시킴으로써 군사혁명이 갖는 부정적 측면을 강화시킨다.
곧 이 비유는, 군사혁명은 사람들을 미치게 만들고, 또 아이를 죽게
만드는, 말하자면 모든 생명적인 것을 얼어붙게 만들고, 그리고 생명
적인 것이 자라날 터전마저 빼앗아감으로써 생명의 땅을 동토와 불모
의 땅으로 만들었다는 비판을 내포하고 있다. 마지막 행에서는 전철에
피다 만 개망초꽃으로 시선을 집중시키고 있는데, 전철은 군사독재정
권의 파행적 산업화를 상징하고, 개망초꽃은 산업화에 희생당한 여린
민중들을 상징한다.

이처럼 정호승의 시는 직설적인 사회비판시와는 달리 강, 들, 꽃,
풀 등의 자연물을 섬세한 감성으로 포착한 뒤, 그것에 모순된 사회현
실을 투사시켜 현실의 모순을 비판하는 방법을 취한다.

> (……)
>
> 들풀들이 날마다 인간의 칼에 찔려 쓰러지고 풀의 꽃과 같은 인
> 간의 꽃 한 송이 피었다 지는데, 인간이 아름다워지는 것을 보기 위
> 하여, 예수가 겨울비에 젖으며 서대문 구치소 담벼락에 기대어 울고
> 있다.
>
> (……)
>
> 목이 마르다. 서울이 잠들기 전에 인간의 꿈이 먼저 잠들어 목이
> 마르다. 등불을 들고 걷는 자는 어디 있느냐. 서울의 들길은 보이지
> 않고, 밤마다 잿더미에 주저앉아서 겉옷만 찢으며 우는 자여. 총소
> 리가 들리고 눈이 내리더니, 사랑과 믿음의 깊이 사이로 첫눈이 내
> 리더니, 서울에서 잡힌 돌 하나, 그 어디 던질 데가 없도다.
>
> 　　　　　　　　　　　　（「서울의 예수」, 『서울의 예수』, pp.45～46)

‘서울=인간=눈=밤’과 ‘들풀=꽃=등불’이 대비되고 있다. 시인은 ‘서울’을 시적 대상으로 삼고, 여기에 자연물을 끌어들여 서울의 불모성을 비판하고 있다. 서울은 혁명의 총소리가 들리고, 칼을 든 인간들이 있고, 눈이 내리고, 사랑과 믿음이 매몰된 어두운 곳이다. 시인은 그런 공간에서 ‘풀의 꽃’과 같이 ‘아름다운 인간의 꽃 한 송이’를 지향하면서 울고 있다. 울고 있는 시인은 예수이다. 시인 예수는 현실에 억압당하고 버림받은 이들을, 짓밟히고 꺾이는 풀과 꽃에 비유하고, 그들의 고통스런 아픔과 함께 하면서 울고 있다. 그 울음은 죽은 아이를 부둥켜 앉고 가랑이를 벌린 채 울고 있는 미친년(민중)을 보고, 그것을 자신의 일처럼 가슴 아파하는 시인 예수의 울음이다. 그러나 그 울음은 체념이나 한탄의 울음에만 머물고 있지 않다. 그 울음은 칼을 품고 있다.

> (……)
> 슬픔을 기다리며 사는 사람들의
> 새벽은 언제나 별들로 가득하다.
> 나는 오늘 새벽, 슬픔으로 가는 길을 홀로 걸으며
> 평등과 화해에 대하여 기도하다가
> 슬픔이 눈물이 아니라 칼이라는 것을 알았다.
> (……)
> (「슬픔을 위하여」, 『슬픔이 기쁨에게』, 창작과비평사, 1979. p.9)

시인 예수는 시대의 어둠에 절망하고 슬퍼한다. 그러면서 새벽하늘에 빛나는 별로 상징되는 세계를 간절히 기원한다. 그리고 그 세계의 도래를 위해 마냥 눈물만 흘릴 것이 아니라 칼을 지녀야 한다는 것을 깨닫는다. 그러나 그 칼은 모순된 현실에 대해 직설적이고 선동적인 비판을 가하는 칼이 아니다. 그것은 밤하늘에 빛나는 별을 지향하는 서정적 이미지의 칼이자, 사랑과 화해, 자유와 평등을 지향하는 마음의 칼이다. 시인 예수는 그런 칼을 품고 눈 덮인 겨울밤의 서울거리에서 눈사람이 되어 눈을 맞는다.

> 사람들이 잠든 새벽거리에
> 가슴에 칼을 품은 눈사람 하나
> 그친 눈을 맞으며 서 있습니다.
> 품은 칼을 꺼내어 눈에 대고 갈면서
> 먼 별빛 하나 불러와 칼날에다 새기고
> 다시 칼을 품으며 울었습니다.
> 용기 잃은 사람들의 길을 위하여
> 모든 인간의 추억을 흔들며 울었습니다.
>
> 눈사람이 흘린 눈물을 보았습니까
> 자신의 눈물로 온몸을 녹이며
> 인간의 희망을 만드는 눈사람을 보았습니까
> (……)

(「눈사람」, 『슬픔이 기쁨에게』, p.18)

눈사람은 마음의 칼을 품고 그 칼로 시대의 어둠을 비판하면서 슬픔의 눈물을 흘린다. 그런데 그 눈물은 눈사람의 형체를 지울 수 있는 것이다. 그러면서 그 눈물은 시대의 어둠에 절망하고 살아가는 사람들에게 용기를 북돋워 주고, 나아가 혁명이 앗아간, 지금은 추억이 되어 버린 인간의 희망을 강렬하게 지향하도록 한다. 자신을 희생시키면서 인간의 희망을 되살리려는 그 지향성은, 바다, 고향, 이슬, 풀, 꽃, 새 등으로 확장되면서 서정적 이미지를 낳고, 그 서정적 이미지는 친근한 시적 리듬을 타고 '슬픔으로 가는 새벽길'에 아름다운 사랑노래로 울려 퍼진다. "아름다움이 이 세상을 건질 때까지/절망에서 즐거움이 찾아올 때까지"(「맹인 부부 가수」) 그 노래는 울려 퍼지면서, 궁극적으로 밤하늘에 빛나는 아름다운 별의 세계를 지향한다.

> (……)
> 나에게
> 진리의 때는 이미 늦었으나
> 내가 용서라고 부르던 것들은
> 모든 거짓이었으나
> 북풍이 지나간 새벽거리를 걸으며
> 새벽이 지나지 않고 또 밤이 올 때
> 내 죽음의 하늘 위로 떠오른
> 별들은 따뜻하다
>
> (「별들은 따뜻하다」, 『별들은 따뜻하다』,
> 창작과비평사, 1990. p.28)

북풍이 불고 어둠이 짙게 깔린 시대에 시인은 자신을 희생시키면서 사라진 별을 지향한다. 그 별은 얼어붙은 우리들 가슴에 따뜻하게 와 닿는다. 그러나 그토록 애절하고도 간절하게 별빛을 그리워하고 기다리지만, 그 별빛은 실체로 다가오지 않는다. "별들은 죽고 눈발은 흩날린다/날은 흐리고 우리들 인생은 음산하다"(「눈발」). 그래서 '마음의 칼'은 '마음의 무덤'으로 변하기도 하지만, 시인은 끝끝내 별에 대한 지향을 포기하지 않는다. 아니, 시대가 더욱 암울해지고 비극적이 될 수록, 시인의 별은 더욱 맑고 순정한 모습을 띠게 된다. 그가 지향하는 별은 어두운 밤의 시대에 사랑을 기다리고 아름다움을 아름다워하는 마지막 인간의 등불, 시인 예수의 모습으로 빛나고 있다.

> (……) 새벽마다 사람의 등불이 꺼지지 않도록 서울의 등잔에 홀로 불을 켜고 가난한 사람의 창에 기대어 서울의 그리움을 그리워하고 싶다.
>
> 「서울의 예수」, 『서울의 예수』, pp.46~47)

## 3. 이별의 아픔과 절망, 그리고 그 극복

시대의 어둠을 자연물에 투사하여 비판하던 시인은 1990년대로 접어들면서 7여 년이라는 공백기간을 거친다. 이후 1997년 다섯 번째 시집을 내면서 개인적 체험을 시적으로 용해하는 형태로 시적 세계를 변모시킨다. 시인의 긴 공백과 시적 전환은 군사독재정권의 퇴진이라는 시대적 변혁과도 관련이 있겠지만, 보다 근본적으로는 개인사적 삶과 관련이 깊다.

> 찾아가보니 찾아온 곳 없네
> 돌아와보니 돌아온 곳 없네
> 다시 떠나가보니 떠나온 곳 없네
> 살아도 산 것이 없고
> 죽어도 죽은 것이 없네
> 해미가 깔린 새벽녘
> 태풍이 지나간 허허바다에

겨자씨 한 알 떠 있네
(「허허바다」, 『사랑하다가 죽어버려라』, 창작과비평사, 1997. p.37)


　태풍이 지나간 바다처럼, 시인은 삶에서 엄청난 폭풍우를 만나 깊은 마음의 상처를 입은 채 짙은 허무감에 빠져 있다. '살아도 산 것이 없고 죽어도 죽은 것이 없는' 상태. 어둠 속에서도 빛나는 별을 지향하던 시인은, 지금 짙은 안개가 깔린 '허허바다'에 떠 있는 '한 알의 겨자씨'처럼, 삶의 방향감각을 잃고 홀로 외롭게 방황하고 있다.


(i)
(……)
사는 날까지 살아보겠다고
기다리는 날까지 기다려보겠다고
돌아갈 수 없는 저녁 강가에 서서
너를 보내고 나니 해가 진다
(……)

(「북한강에서」, 『별들은 따뜻하다』, p.36)


(ii)
(……)
밤이 지나지 않고 새벽이 올 때
어머니를 땅에 묻고 산을 내려올 때

스스로 사랑이라고 부르던 것들이
모든 증오일 때

사람들은 때때로

수평선 밖으로 뛰어내린다

(「삶」, 『별들은 따뜻하다』, p.10)

(iii)

(······)

미안하다

나도 내 인생이 박살이 난 줄은 몰랐다

도포자락을 잘라서 내 얼굴에

누가 몽두를 씌울 줄은 정말 몰랐다.

(······)

(「겨울밤」, 『사랑하다가 죽어버려라』, p.49)

세 편의 시를 통해 시인의 개인적 불행의 정도를 감지할 수 있고, 그 불행이 사랑하는 이와의 이별에서 비롯된 것임을 짐작할 수 있다. 이 세 편의 시 외에도, 이 시기의 시들에서 삶에 실패했다는 인식으로 인해 정신적, 육체적으로 괴로워하면서 방황하는 시적 자아의 지치고도 힘든 모습을 쉽게 읽을 수 있다.

(······)

삶의 형식에는 기어이 참여하지 않아야 옳았던 것일까

나는 아직도 그 누구의 발 한번 씻어주지 못하고

세상을 기댈 어깨 한번 되어주지 못하고

사랑하는 일보다 사랑하지 않는 일이 더 어려워

삶 전문점 창가에 앉아 눈 내리는 거리를 바라본다.

청포장사하던 어머니가 치맛단을 끌고 황급히 지나간다

누가 죽은 춘란을 쓰레기통에 버리고 돌아선다

멀리 첫눈을 뒤집어쓰고 바다에 빠지는 나의 기차가 보인다

<blockquote>
헤어질 때 다시 만날 것을 생각한 것은 잘못이었다<br>
미움이 끝난 뒤에도 다시 나를 미워한 것은 잘못이었다<br>
눈은 그쳤다가 눈물버섯처럼 또 내리고<br>
나는 또다시 눈 내리는 기차역 부근을 서성거린다<br>
(「첫눈」, 『사랑하다가 죽어버려라』, pp.28~29)
</blockquote>

첫눈 내리는 퇴근길에 시인은 "아무데도 떠날 데가 없어" 기차역 부근에서 서성거린다. 서성거리면서 "삶의 형식에는 기어이 참여하지 않아야 옳았던 것"이라고 자책하면서 지나온 회한 어린 삶을 반추해 본다. 누구의 발 한번 씻어주지 못하고, 세상을 기댈 어깨 한번 되어주지 못했다는 뼈저린 후회감이 전신을 엄습한다. 그러면서 사랑하는 일보다 사랑하지 않는 일이 더 어렵다고 말한다. 사랑하는 대상을 떠나보내고 그 대상을 사랑하지 않아야 한다는 사실에 시인은 견디기 힘들어 하고 있다.

이 부분에서 우리는 시인 정호승의 따뜻한 내면을 새삼 확인할 수 있다. 애초에 눈 내리는 어두운 밤의 시대에 상처받는 민중들의 아픔과 함께 하면서 눈물 흘리던 시인 예수의 모습을 떠올려보자. 시인은 전철에 버려진 개망초꽃을 보고 가슴 아파 하고, 그 가슴 아픔을 견디지 못해 눈사람이 되어 눈물을 흘렸다.

그런 섬세하고도 따뜻한 심성의 소유자이기에 사랑하는 이와의 이별은 너무나 큰 충격으로 와 닿았을 것이다. 사랑하는 이를 사랑하지 않아야 한다는 사실을 시인은 도저히 받아들일 수 없는 것이다. 그래서 "헤어질 때 다시 만날 것을 생각"하고 "미움이 끝난 뒤에도 다시 나를 미워"할 수밖에 없는 것이다. 떠나버린 사랑, 그 사랑에 대한 회한과 증오가 겹치면서 삶은 파탄으로 치달린다. "첫눈을 뒤집어쓰고 바다에 빠지는 나의 기차"를 볼 정도로 그것은 절망적이다. 시대의 어둠을 헤쳐 나갈 별빛을 지향하던 시인의 삶도 방향을 상실한 채, 긴 방황의 시간을 보내게 된다. 그러나 시인은 이 절망적인 상황을 극복할 수 있는 방법을 절망의 끝자락에서 터득한다.

> (i)
> (⋯⋯)
> 사랑은 언제나 어머니를 천만번 죽이는 것과 같이 고통스러웠으나
> 때로는 실패한 사랑도 아름다움을 남긴다.
> 사랑에 실패한 아들을 사랑하는 어머니의 늙은 젖가슴
> 장마비에 떠내려간 무덤 같은 젖꽃판에 얼굴을 묻고
> 나는 오늘 단 하루만이라도 포기하고 싶다
> 뿌리에 흐르는 빗소리가 되어
> 절벽 위에 부는 바람이 되어
> 나 자신의 적인 나 자신을
> 나 자신이 증오인 나 자신을
> 용서하고 싶다.
> (「늙은 어머니의 젖가슴을 만지며」, 『사랑하다가 죽어버려라』, p.27)

> (ii)
> 그는 아무도 나를 사랑하지 않을 때
> 조용히 나의 창문을 두드리다 돌아간 사람이었다
> 그는 아무도 나를 위해 기도하지 않을 때
> 묵묵히 무릎을 꿇고
> 나를 위해 울며 기도하던 사람이었다
> 내가 내 더러운 운명의 길가에 서성대다가

드디어 죽음의 순간을 맞이했을 때
그는 가만히 내 곁에 누워 나의 죽음이 된 사람이었다
(……)

(「그는」, 『사랑하다가 죽어버려라』, p.77)

(i)에서 시인은 실패한 사랑도 아름다움을 남긴다는 것을 깨닫는다. 그 깨달음은 어머니의 사랑을 통해서이다. 어머니의 사랑은 그 어떤 목적이나 대가가 없는 사랑이다. 그것은 사랑에 실패한 아들의 상처를 다독거리면서 감싸 안고 희망과 용기를 주는 사랑이다. 진정한 사랑은 그런 것이다. 사랑하는 대상에 대한 아집과 집착, 그리고 편집증적인 소유욕, 혹은 어떤 대가가 개입된 사랑은 진정한 사랑이 아니라 자신만을 생각하는 이기적인 사랑이다. 그런 사랑은 대상의 상실로 인한 외로움을 두려워한다. 외롭지 않기 위해 떠나려는 대상을 더욱 붙잡으려 한다. 그러면서 사랑은 증오가 된다. 시인은 '어머니의 사랑'의 실체를 깨달으면서 그 증오를 비로소 극복하게 된다.

그 극복이 (ii)의 사랑으로 연결된다. 진정한 사랑은 자신만을 위하는 사랑이 아니다. 그것은 사랑하는 대상을 위해 자신을 버리고, 그 대상의 쓸쓸함과 외로움을 공유할 수 있어야 하며, 심지어 죽음까지도 함께 할 수 있어야 하는, 이타적인 사랑이다. 시인은 이 두 가지, 즉 '어머니의, 이타적인 사랑'을 깨달으면서 이별의 슬픔으로 인한 절망적 고통을 서서히 극복해 나간다.

## 4. 고요한, 아름다운 사랑노래

자신보다는 사랑하는 이를 먼저 생각하는 이타적인 사랑, 그것이 사랑의 본질이고 진리이다. "먼곳에 있는 사람을 사랑"(「연어」)하는 것. 마치 연어처럼 그리워하는 대상에게 다가가기 위해 온갖 상처를 입고 결국에는 죽게 되는 것, 그것이 진정한 사랑이다. 그리고 그런 사랑을 위해 외로워하고 고독해 하면서 살다 죽는 것이 인생이다.

> 내 천 개의 손 중 단 하나의 손만이 그대의 눈물을 닦아주다가
> 내 천개의 눈 중 단 하나의 눈만이 그대를 위해 눈물을 흘리다가
> 물이 다하고 산이 다하여 길이 없는 밤은 너무 깊이
> 달빛이 시퍼렇게 칼을 갈아 가지고 달려와 날카롭게 내 심장을
> 찔러
> 이제는 내 천 개의 손이 그대의 눈물을 닦아줍니다
> 내 천개의 눈이 그대를 위해 눈물을 흘립니다
> (「물 위에 쓴 시」, 『사랑하다가 죽어버려라』, p.13)

'하나의 손'으로 눈물을 닦아주고 '하나의 눈'으로 눈물을 흘리는 것은 진정한 사랑이 아니다. 그것은 나를 속이고 가면을 쓴 채 상대방에게 대가를 요구하는 것이자, 소유욕과 아집에 사로잡힌 것에 불과하다. 시인은 그런 이기적인 사랑 때문에 긴 방황의 시간을 보냈다. 길이 없는 밤길에서 방황했을 뿐만 아니라, 심지어 시퍼런 칼에 심장이 찔리는 듯한 고통을 겪어 왔다. 그 고통의 시간을 보낸 후 비로소 진정한 사랑의 본질을 깨닫는다. 어떤 가식이나 체면 따위를 버리고, 사랑 때문에 가슴 아파하고 눈물 흘리는 이를 온 정신과 육체로 감싸 안아 주는 사랑이야말로 진정한 사랑이다. 나를 버리고 내 모든 것을

주는 것, 죽음도 두려워하지 않고 사랑하는 것, 그것이 사랑이다.


>      너를 향해 천천히 걸어갔다
>      너는 산으로 들어가버렸다
>      너를 향해 급히 달려갔다
>      너는 더 깊은 산으로 들어가버렸다
>      (중략)
>      길은 끝이 없었다
>      지상을 떠나는 새들의 눈물이 길을 적셨다
>      나는 그 눈물을 따라가다가
>      네가 들어간 산의 골짜기가 되었다
>
>      눈 녹은 물로
>      언젠가 네가 산을 내려올 때
>      낮은 곳으로 흘러갈
>      너의 깊은 골짜기가 되었다
>                          (「입산」, 『외로우니까 사람이다』, p.34)


사랑하는 사람에게 가까이 다가가고자 하지만 그 사랑은 항상 저
멀리 있다. 영원히 함께 할 수 없는 사랑을 찾아 끝없는 길을 떠난다.
그 길은 지상을 떠나는 새들의 눈물로 젖어 있는, 외롭고 고독한 길이
다. 사랑하는 대상과 영원히 합일될 수 없는 줄을 알면서도, 스스로가
깊은 골짜기가 되어 언젠가는 눈 녹은 물이 되어 나에게로 올 대상을
하염없이 기다리는 것, 그것이 진정한 사랑이다. 그 사랑은 지금 이곳
에서 함께 할 수 없지만, 언젠가는 또다른 생에서 함께 할 수 있는 기
다림을 동반한다. 그러기에 "사랑하다 죽어버려라."고 감히 말할 수

있다. 죽음은 사랑의 끝이 아니다. 그것은 이루지 못한 사랑과의 합일을 가능케 하는 것이다. 죽음을 담보한 기다림의 사랑, 그 기다림 속에 내재된 영원한 외로움과 고독의 사랑, 그것이 진정한 사랑이며, 그것은 인간을 비롯한 모든 존재의 숙명이다. 이 순간 시인의 개인적인 아픔과 사랑은 모든 존재의 보편적이면서 숙명적인 아픔과 사랑으로 승화된다. 이 승화는 자신만을 생각하는 이기적인 사랑으로는 불가능하다. 외로움을 숙명적 원리로 받아들이고 그것을 내면화할 때, 그리고 사랑의 대상을 소유하기보다는 그 대상의 모든 것을 내 모든 것으로 감싸 안고 기다릴 때, 그럴 때 비로소 가능하다. 이제 시인의 사랑은 '고요한 아름다움의 사랑'에 도달한다.

> (……)
> 나는 눈물이 없는 사람을 사랑하지 않는다.
> 나는 눈물을 사랑하지 않는 사람을 사랑하지 않는다
> 나는 한 방울 눈물이 된 사람을 사랑한다
> 기쁨도 눈물이 없으면 기쁨이 아니다
> 사랑도 눈물 없는 사랑이 어디 있는가
> 나무 그늘에 앉아
> 다른 사람의 눈물을 닦아주는 사람의 모습은
> 그 얼마나 고요한 아름다움인가
> 　　　　　(「내가 사랑하는 사람」, 『외로우니까 사람이다』, p.11)

## 5. 존재론적 사랑을 위해

> 길이 끝나는 곳에 산이 있었다
> 산이 끝나는 곳에 길이 있었다
> 다시 길이 끝나는 곳에 산이 있었다
> 산이 끝나는 곳에 네가 있었다
> 무릎과 무릎 사이에 얼굴을 묻고 울고 있었다
> 미안하다
> 너를 사랑해서 미안하다
>
> (「미안하다」, 『사랑하다 죽어버려라』, p.9)

'너를 사랑해서 미안하다'고 말하기 위해 시인은 길고도 긴, 외롭고도 외로운 사랑의 길을 걸어왔고, 또 걸어가고 있다. 여기서 '너'는 개인적 영역의 어떤 대상에 머물지 않는다. 그것은 인간존재뿐만 아니라, 우주의 모든 존재를 포괄하고 있다.

'산의 골짜기'가 되어 사랑하는 대상을 하염없이 기다리던 시인이 지금 정동진 바닷가에 서 있다. 정동진의 바다, 일출, 그리고 기차의 철로를 바라보면서 시인은 우주생명의 언어와 교감하고 자연친화적인 순백한 감성을 드러내면서 넓고도 깊은 사랑을 노래한다. 그 사랑은 눈물에 젖은 것이면서, 아침 햇살처럼 깨끗하고 황홀하고 아름답다.

> (……)
> 기차가 밤을 다하여 평생을 달려올 수 있었던 것은
> 서로 평행을 이루었기 때문이 아니겠는가
> 우리 굳이 하나가 되기 위하여 노력하기보다
> 평행을 이루어 우리의 기차를 달리게 해야 한다

> 기차를 떠나보내고 정동진은 늘 혼자 남는다
> 우리를 떠나보내고 정동진은 울지 않는다
> 수평선 너머로 손수건을 흔드는 정동진의 붉은 새벽 바다
> 어여뻐라 너는 어느새 파도에 젖은 햇살이 되어 있구나
> 오늘은 착한 갈매기 한 마리가 너를 사랑하기를
> (「정동진」, 『외로우니까 사람이다』, p.19)

　정동진의 아침 해돋이를 보고 시인은 새삼 사랑의 본질을 깨닫는다. 사랑은 바다와 바다, 갈매기와 갈매기 간에 이루어지는 것이 아니다. 갈매기가 바다가 되고, 바다가 갈매기가 될 수 없듯이 진정한 사랑은 기차의 철로처럼 평행선을 이루는 것이다. 만나지 못하는 것에 대한 그리움과 기다림, 그리고 외로움이 사랑의 본질이다. 그 본질 때문에 눈물 흘리고 가슴 아파하지만 늘 저 멀리서 서로를 감싸 안고 서로의 아픔을 함께 하는 것이 사랑이다. 만남이 있고 이별이 있고 또 만남이 반복되는 그 과정에서 사랑은 깊어가고 넓어진다. 아픔과 고독과 외로움을 내면화하고 진정한 사랑을 지향할 때, 그래서 아침 햇살에 반짝이는 붉은 바다처럼 황홀하고 열정적일 때, 사랑은 빛난다.

　이제 정동진은 울지 않는다. 그곳은 사랑이 넘치는 곳이기 때문이다. 시인도 이제 울지 않는다. 지금 이곳에서 사랑의 합일은 불가능하지만, 그 사랑을 언젠가는 미지의 저 먼 곳에서 아침 바다처럼 환하게 이룰 수 있다는 믿음이 있기 때문이다. 사랑하다 죽는 것이 더 이상 두렵지 않다.

　지금 정호승의 시는 인간존재의 숙명적인 원리로서의 사랑을 대자연의 섭리로부터 배우고, 또 역으로 그것을 대자연에 투사하여 넓고도 깊은 존재론적 사랑을 노래하고 있다. 그러기에 그의 사랑노래는 사랑

상실의 시대에 사랑에 목말라 하는 우리들에게 큰 감동을 불러일으키
면서 절절히 와 닿는다.

# 어둠 속의 빛, 그늘 속의 푸르름 : 나희덕

## 1. 가열찬 삶의 의지

　살다보면 치유할 수 없는 어떤 상처로 고통받거나, 혹은 켜켜이 쌓여 가는 삶의 더께로 인해 숨이 턱턱 막힐 정도로 힘겨울 때가 있다. 그리하여 누구와도 그 아픔을 공유할 수 없고, 또 누구의 도움도 받을 수 없는 처지에서 모든 꿈과 희망을 잃어버리고 홀로 어둡고 외로운 골방에서 뼈에 사무치듯이 밀려오는 고독과 맞설 때, 그러면서 어떻게 하든 그 고독을 이겨내고 또다른 삶의 끈을 잡고자 할 때, 나희덕의 네 번째 시집 『어두워진다는 것』(창작과비평)을 읽노라면 가슴 절절히 시구 하나하나가 와 닿는다. 30대 중반을 넘어선 여성시인답지 않게, 시인은 이번 시집 도처에 삶의 힘겨움과 고독과 절망을 절제된 시어로 깔아놓고, 그러면서 그것을 극복하고자 하는 가열찬 삶의 의지를 드러내고 있다.

　애초에 나희덕은 전교조 교사답게 현실참여적인 시에서부터 출발하였다. 첫 시집 『뿌리에게』(1991)를 보면, 1980년대를 장식한 민중이념으로 무장한 시인이 1990년대에 들어서면서 그 이념의 실현불가능을 깨닫고 새로운 빛을 찾아 문지방을 넘어서고 있다. 그러나 그녀의 넘어서기는 1990년대 민중문학가들의 가볍고도 발 빠른 변신 내지 변절과는 다르다. 그녀는 1990년대 사회에서 더 이상 민중문학의 이념이 실현불가능하다는 것을 뼈아프게 각인하는 동시에, 그 이념을 대신하면서 현실적 절망을 이겨낼 수 있는 새로운 어떤 좌표를 찾아 넘어서기를 감행한다. 그것이 두 번째 시집 『그 말이 잎을 물들였다』와 세 번째 시집 『그곳이 멀지 않다』를 지탱하는 시적 골간이다.


## 2. 문지방 너머 흙속으로

나희덕의 두 번째 시집 『그 말이 잎을 물들였다』에는 쓸쓸함과 허무감이 짙게 배어 있다. 쓸쓸함은 문지방 넘어서기와 관련이 있다. 1980년대의 확신에 찼던 신념이 허무와 환멸로 뒤바뀐 1990년대, 그 혼돈의 시대에서 표류하는 민중문학을 두고 정지아는 "나는 문지방 위에 서 있다."라고 표현하였다. 문지방 이쪽은 신념을 꿈속에서 유지하는 곳이며, 저쪽은 신념불가능의 사실을 사실대로 승인하고 새로운 방법을 모색하는 곳이다. 그러나 대부분의 민중문학은 그러한 문지방에서의 고뇌를 거치지 않고 가볍게 몸바꿈을 하였다. 나희덕은 가벼운 몸바꿈을 거부하고 문지방 위에서 자신이 나아갈 길을 고통스럽게 모색하고 있다.

모색의 과정에서 그는 "아직은 문을 닫지 마셔요 햇빛이 반짝거려야 할 시간은 조금 더 남아 있구요 새들에게는 못다 부른 노래가 있다고 해요."라는 쓸쓸한 '해질녘의 노래'를 나지막이 부르고 있다. 그 쓸쓸함은 민중문학의 발 빠른 변신을 거부한 자의 쓸쓸함이다. 껍질을 벗는 아픔을 감수하지 않고 발 빠르게 변신하는 이들 옆에서 나희덕 은,

> 저물고 싶지를 않습니다
> 모든 것이 떨어져 내리는 시절이라 하지만
> 푸르죽죽한 빛으로 오그라들면서
> 이렇게 떨면서라도
> 내 안의 물기 내어줄 수 없습니다. (pp.58-59)

고 말하면서, 그러한 변신에 두려움을 느낀다.

> (……)
> 어제 너를 내리쳤던 그 손으로
> 오늘 네 뺨을 어루만지러 달려가야 한다는 것이,
> 결국 치욕과 사랑은 하나라는 걸
> 인정해야 하는 것이 두렵기만 하다
> (……)                                          (p.96)

발 빠른 변신을 거부하고 자신의 시세계를 지키려는 자아는 그것이 불가능한 현실로부터 고립, 유폐된다. "잔설이 그려내는 응달과 양달 사이"(p.17), 그 문지방 위에서 그는 쓸쓸함을 노래하고 외로움과 고독 감을 표출한다. 그러면서 "나부끼다 못해/서로 뒤엉켜 찢겨지고 있는/ 저 잎새의 날들을 넘어야"(p.47)하는 것처럼, 절망을 극복하고 문지방 을 넘어서려 한다. 세상의 경계로 다시 나오기 위해 그는 자신이 나아

갈 문지방 저 너머의 빛을 찾는다.


(……)
내 안의 후미진 골방을 들여다보게 하는 이 방
세상의 숨죽인 골방들, 그 끊어진 길이
하늘의 별자리로 만나 빛나고 있다. (p.87)


유폐된 골방에서 자아는 자신의 후미진 골방을 들여다본다. 나아갈 길이 끊어진 암담한 상태에서 고통스러운 자기응시를 통해 "내가 기대어 살아온 것은 정작/허기에 불과했던 것일까?"(p.56)라는 회의적인 물음을 던진다. 그러면서 자신보다 앞서 절망에 빠진 이들이 그것을 극복하고 나아간 길, 그 하늘의 빛나는 별을 자신이 나아갈 길로 선택한다. 문지방 너머의 반짝이는 빛을 찾아 나희덕의 자아는 세상의 경계로 다시 들어온다.


(……)
말이 아니어도, 잦아지는 숨소리,
일그러진 표정과 차마 감지 못한 두 눈까지도
더이상 아프지 않은 그 순간
삶을 꿰매는 마지막 한땀처럼
낙엽이 진다.
낙엽이 내 젖은 신발창에 따라와
문턱을 넘는다, 아직은 여름인데. (pp.84~85)


문지방을 넘어선 자아가 도달한 곳이 '흙속'이다. 나희덕의 자아는 흙속으로 표상되는 자연의 공간에 서서 새로운 출발을 하고 있다. 그

러나 그 출발은 "네 물줄기 마르는 날까지/폭포여, 나를 내리쳐라"(p.8)
라는 인고의 시간을 견뎌온 자아의 출발이다. 모든 허물을 벗고 빈 마
음으로 흙속에서 자아는 새롭게 태어난다.

> (……)
> 무엇을 더 보탤 것도 없이
> 어두워져가는 그림자 끌고
> 어디 흙속에나 숨어야지
> 참 길게 울었던 매미처럼
> 둥치 아래 허물 벗어두고
> 빈 마음으로 가야지
> 그때엔 흙에서 흙냄새 나겠지
> 나도 다시 예뻐지겠지
> (……)                    (p.98)

　나희덕이 새로운 출발점으로 설정한 '흙속'은 실상 그의 시적 원형
에 해당된다. 그것은 "깊은 곳에서 네가 나의 뿌리였을 때/나는 막 갈
구어진 연한 흙"(『뿌리에게』, p.8)이었던, 첫 번째 시집의 자아에게로 되
돌아가는 것이다. 흙속은 순수 영혼과 순수 자연의 세계를 표상한다.
곧 정보사회의 논리에 오염되지 않는 순수 영혼의 세계로 상징되는
'흙속'이 시인이 새롭게 설정한 좌표이며, 그 좌표를 통해 나희덕은
신념상실의 시대에도 현실에 야합하지 않고 자신의 순수함을 지키면
서 정보사회의 타락한 현실에 맞서 자신만의 시세계를 구축한다.

## 3. 정체성 상실의 위기와 그 극복

그런데 순수 영혼과 순수 자연에 대한 시인의 지향은 이번 네 번째 시집에 이르러 좌절의 측면을 띠고 있다. 곧, "떠내려가기 직전의 나무뿌리처럼/모래 한알을 움켜잡고"(p.74)있는 위태한 형국의 시적 자아로 제시되고 있는데, 이런 상태를 두고 스스로,

> 툭 탯줄이 끊어지고
> 존재의 둑을 휩쓸고 들어오는 물결 속에서
> 나는 누군가의 마른 종아리를 간신히 붙잡았다
> (중략)
> 내가 잡은 것은 뗏목이었다 (p. 75)

라고 말하고 있다. '흙속'으로 표상되는 순수 영혼의 세계를 새로운 좌표로 설정하고 그것을 지향했지만, 지금 자아는 자기존재의 정체성을 유지할 수 있는 최소한의 경계선마저 상실한 채, 뗏목 위에서 표류하고 있다. 그 이유는 무엇일까?

그 원인을 먼저 시인의 자전적 측면에서 찾을 수 있다. 늦깎이에 대학원을 다니고, 강의를 하고, 아이를 돌보고, 남편 뒷바라지를 하면서 번요(煩擾)한 일상에 부대끼는 과정에서, 애초 설정한 '흙속'에 대한 지향성이 약화된 것이라 볼 수도 있다. 그러나 이번 시집에 나타나는 자아의 위기감을 단순히 그런 자전적 삶에 두기에는 그녀의 시적 세계가 너무 넓고 깊다. 아마도 또다른 중요한 원인은 점점 비인간화되고 상품화되어 가는 오늘날의 정보사회에 있을 것이다. 모든 것을 컴퓨터 코드 기호화하는 정보 메커니즘 앞에서 인간의 무의식과 자연마저 자

유롭지 못하다는 지적처럼, 오늘날의 정보사회에서 시인이 지향하는 '흙속'으로 상징되는 순수 영혼과 순수 자연의 세계는 더 이상 현실태로 존재하지 않는다. 자아의 정체성을 확립하게 해주는 타자로서의 순수 영혼의 세계가 부재하는 현실적 상황 앞에서 그녀는 이전의 신념 상실만큼의 깊은 절망감에 빠지게 되는 것이다.

(i)
뿌리뽑힌 줄도 모르고 나는
몇줌 흙을 아직 움켜쥐고 있었구나
자꾸만 목이 말라와
화사한 꽃까지 한무더기 피웠구나
그것이 스스로를 위한 弔花인 줄도 모르고 (p.20)

(ii)
그의 등에 묻은 지푸라기만 하염없이 떼어내고 있는
밤, 그 메마른 되새김질로 십년이 지났다
자신이 점점 제웅으로 변해가는 줄도 모르고 (p.51)

(ii)에서 십 년 동안 일상생활에 부대끼다 보니 자아는 어느새 '제웅'이 되어 있었고, (i)에서는 그 시간 동안 그렇게 뿌리 뽑힌 줄도 모르는 채 제 딴에는 열심히 꽃(시)을 피웠는데 그것이 한낱 죽음의 꽃(조화)에 불과하다는 것을 깨닫는다. 지난 세월의 모든 노력이 헛되고 부질없는 것이었다는 이 뼈아픈 깨달음 앞에서 자아는 큰 절망과 좌절의 심연으로 곤두박질치게 되고 짙은 허무감에 빠지게 되는데, 그것이 이번 시집에서 '그늘'과 '어둠'의 이미지로 응축되어 있다.

(i)

햇빛에게조차 잊혀져 너무 깊이 잠들어버린

눈의 기억을 잃어버린

옆으로 옆으로 밀려나 그늘진 비탈 쪽으로 더 깊이 뿌리 내린

흙먼지와 뒤엉켜 아래부터 조금씩 굳어가고 있는 (p. 70)

(ii)

어둠만 어둠만 밀려와
닫혀진 문 앞에서 나 오래도록 서성거리고 (p. 79)

흙속으로 표상되는 순수 영혼의 세계로 나아갈 통로(문)는 닫혀 있
다. 그 닫힌 문 앞에서 시적 자아는 서성거린다. 이제 문을 열기를 포
기하고 정보 메커니즘의 각종 빛들이 난무하는 일상의 밝은 세계에
자신을 내맡길 수밖에 없다. 그러나 자아는 그것을 거부하고 일상의
빛이 최소한으로 작동하는 그늘진 곳, 어두운 곳에 서서 여전히 흙속
의 세계를 갈망한다.

큰아이가 자꾸 시계를 올려다본다
그러나 한마리 나방인 듯이
오늘은 창 밖 어둠속에 나는 숨어서
오래오래 들여다본다 (p. 48)

일상은 '시계'로 상징되듯이 획일화되고 건조한 곳이다. 그곳에는

순수 영혼이 살아 숨쉴 수 있는 '흙속'은 없다. 흙속의 세계는 부재한
다. 따라서 자아는 그런 일상에 안주하기를 거부하고 '나방'이 되어
어둠 속으로 침잠한다. 이처럼 일상에 안주하기를 거부하고 일상에 부
재하는 세계를 지향할 때, 자아는 그 경계선에서 서서히 생명력을 상
실해간다. 곧 '흙먼지와 뒤엉켜 아래부터 조금씩 굳어'간다. 이 굳어감
은 두 가지 의미를 지닌다.

먼저, 자신의 신념을 쉽게 포기하고 현실에 안주하는 몸 가벼운 변
신과는 질적으로 다르다는 점이다. 1980년대 민중문학을 목청껏 외치
던 이들이 그 신념을 헌신짝처럼 내팽개치고 정보사회의 현란한 불빛
아래를 유영함으로써 자신의 시적 세계를 방기한 것과는 달리, 나희덕
은 자신의 신념을 지켜나갈 새로운 좌표를 설정하고 지금까지 그것을
일관되게 지향해옴으로써 자신만의 시세계를 또렷이 구축할 수 있었
던 것이다. 다음, 나희덕은 어둠과 그늘 속에 있으면서도 자신이 지향
하는 '흙속'의 세계를 강렬하게 지향함으로써, 모든 것을 코드 기호화
하는 정보사회에서도 순수 영혼의 세계에 도달할 수 있는 방법을 터
득하게 된다.

> 핏빛 울음이 터지기 직전의
> 네 마음과도 같은
> 석류를
>
> 그 굳은 껍질을 벗기며
> 나는 보이지 않는 너를 향해 중얼거린다 (p.10)

자아는 어둠 속에서 '보이지 않는 너', 곧 정보사회의 현란한 일상

에서는 보이지 않는 흙속의 세계에 대해 '터지기 직전의 핏빛 울음'처럼 강한 갈망을 드러낸다. 이 치열한 갈망이 자아로 하여금 어둠 속의 빛, 그늘 속의 푸르름을 감지할 수 있게 만든다.

> (i)
> 小滿 지나
> 넘치는 것은 어둠뿐이라는 듯
> 이제 무성해지는 일밖에 남지 않았다는 듯
> 나무는 그늘로만 이야기하고
> 그 어둔 말 아래 맥문동이 보랏빛 꽃을 피우고 (p.24)

> (ii)
> 다시 눈을 떠보니 母山 어느 상수리나무 그늘이었다
> 신기하게도 잎들은 푸르렀고
> 새들은 무슨 힘으로 날아가는지 알 수 없었다 (p.83)

현실에는 부재하는 '흙속'의 세계로 인해 좌절하고 절망하지만, 그러나 그것을 치열하게 지향함으로써 이제 자아는 '어둠' 속에서도 '보랏빛 꽃'을 볼 수 있게 되고, '그늘' 속에서도 '푸른 잎'을 보게 된다. 곧 흙속의 세계는 모든 것이 비인간화되고 상품화되는 현실에는 부재하지만, 그것을 강렬히 지향할 때, 그것은 언제 어디에서든지 우리 앞에 현현한다. 그것은 눈에 보이지 않지만, 맑은 소리를 울리면서 우리들에게 다가온다.

> (i)
> 웃음소리 같기도 하고 박수소리 같기도 한
> 그 소리들은 무슨 냄새처럼 나를 숲으로 불러들인다 (p.12)

(ii)
　　발 밑의 흙이 자글거리는 소리
　　계곡물이 얼음장 건드리며 가는 소리
　　나를 물끄러미 바라보던 송아지
　　다시 고개 돌리고 여물 되새기는 소리
　　마른 꽃대들 싸르락거리는 소리 (p.18)


　순수 영혼을 상징하는 흙속의 세계만을 집요하게 추구해온 자아는 흙속에 뿌리를 드리우고 있는 모든 자연대상물로부터 소리를 듣는다. 그 소리는 메마른 현실에서는 들을 수 없는 밝고 희망찬 생명의 소리이고, 그 소리에 이끌려 자아는 흙속의 충만한 세계 속으로 들어가 그것과 일체가 되어 교감을 한다.


　　먹어도 먹어도 배부르지 않은
　　햇빛을
　　연초록 잎들이 그렇게 하듯이
　　핥아먹고 빨아먹고 꼭꼭 씹어도 먹고
　　허천난 듯 먹고 마셔댔지만

　　그래도 남아도는 열두 광주리의 햇빛! (p.14)


　각종 정보 메커니즘의 휘황찬란한 빛이 아니라, 흙속으로 표상되는 순수 영혼의 세계에서 넘쳐 나오는 햇빛을 마음껏 받아 마시고 있는 자아의 모습을 통해, 오늘 우리가 잊고 있는 것이 무엇이며, 진정 인간다운 삶을 영위하기 위해 반드시 회복해야 할 것이 무엇인지를 뼈아프게 깨달을 수 있다. 그러기에 나희덕의 이번 시집은 모든 것이 상품화되어 가는 지금, 어둠 속에서 방황하는 우리들에게 반성적 사유를 촉발시키면서, 순수 영혼의 빛이라는 아름답고 건강한 세계의 소중함을 뼈아프게 환기시켜 주고 있다. 또한 이번 시집은 신산한 삶에 좌절하거나 절망하지 말고 꿈과 희망을 끝까지 간직하면서 그것을 얻으려고 최선의 노력을 다할 때 진정 소중한 것과 일체가 될 수 있다는 것을 깨우쳐주고 있다.

►► **저자소개**

**문 홍 술(文 興 述)**

1961년 경남 사천에서 태어나 경희대 국문과를 졸업하고 서울대 대학원 국문과에서 석사, 박사학위를 받았다. 1993년 조선일보 신춘문예 문학평론 부문에 「인간주체의 와해와 새로운 글쓰기」가 당선되어 평론활동을 시작했다.

저서로 『자멸과 회생의 소설문학』(1997), 『작가와 탈근대성』(1997), 『시원의 울림』(1998), 『모더니즘 문학과 욕망의 언어』(2000), 『한국 모더니즘 소설』(2003), 『존재의 집에 이르는 지도』(2004) 등과 장편소설 『굴뚝새는 어디로 갔을까』(2000), 편저 『운수 좋은 날』(2001), 『태평천하』(2002), 『상록수』(2003), 공저 『소설 신라열전』(2001) 등을 펴냈다.

현재 서울여자대학교 국어국문학과 교수로 재직 중이다.



역락 비평 신서 5
**형식의 운명, 운명의 형식**

저  자 문홍술

인  쇄 2006년 3월 24일
발  행 2006년 3월 30일

**펴낸곳**  도서출판 역락
**등  록**  1999년 4월 19일 제303-2002-000014호
**펴낸이**  이대현
**편  집**  이태곤

주소 서울 성동구 성수2가 3동 301-80
전화 3409-2058, 2060
팩스 3409-2059
홈페이지 http://www.youkrack.com
e-mail youkrack@hanmail.net

값 18,000원
ISBN 89-5556-467-8-93800


*잘못된 책은 바꿔드립니다.